《教父版圖》系列一之3

上海教父

下

《上海教父》〈下〉目錄

前言

民國初建至三十年代，中國軍閥混戰，豪強紛起，英、法、美、日等列強加緊並擴大了對中國的經濟、文化侵略。

就在這時局動盪之際，中國第一大城市——上海，崛起了一批遊刃於黑白兩道的梟雄人物，如黃金榮、杜月笙、張嘯林、鄭子良之流，他們憑藉各種手段拉幫結派，搶奪地盤，擴張勢力，操縱黃、賭、毒，稱霸上海灘。他們依仗帝國主義及其他黑道勢力，既當政府官員，又做幫會大哥；既為流氓把頭，又是商界大亨。這股強大的青洪幫人馬，在各個山頭幫派之間既互相勾結又互相爭奪；大把頭操縱手下的徒子徒孫，形成一個龐大的勢力網，滲透到社會的各個階層，對當時的社會產生了相當深遠的影響。

本書以長篇小說的形式，再現當年政治的腐敗、時局的混亂、幫會的猖獗；尤其翔實地描述當年上海灘種種光怪陸離的奇特社會現象，描述青洪幫的崛起與發展，江湖道上，如何詭譎變化；描述白道黑道如何沆瀣一氣、為害社會，三教九流人物為了各自的私利運用各種手段將上海灘搞得烏煙瘴氣；此外，還記述了多起震驚當年上海灘以至整個中國的歷史事件之來龍去脈。

杜月笙，中國現代史上最著名的青幫頭目、大毒梟、商界大亨，上海灘的黑道教父，是這部長篇小說的主角。他原來只是一個苦難孤兒，亡命闖蕩上海灘，以出眾的智算機謀與吃人不吐骨頭的手段，打倒一個又一個對手，吞掉一個又一個地盤，一步步走向黑道的頂峰……。

第五十四章　美人計軟硬兼施

杜月笙當晚去了圓潤院。

小腳阿娥現在是三間堂子的老鴇，再加寧波狀元樓生意興隆，她這個老闆娘可謂財源廣進，穿得一身珠光寶氣，猶如個貴婦人。看見杜月笙穿著一身黑香雲衫褲，後面跟著馬世奇與江肇銘，一副江湖大哥的模樣走進來，立即上前相迎：「唉喲！月笙哥，又來找你的相好啦？」

「阿娥姐，有禮有禮！」杜月笙拱手，哈哈一笑。

使媽戴三娘點頭打過招呼，向樓上便叫：「香櫻！」

一個十八九歲的大姑娘應聲從樓堂房間裡走出來，長得圓口圓臉的，倚著欄杆便叫一聲：「杜先生！」

杜月笙對著阿娥笑笑：「阿娥姐，給世奇和阿銘各找個粉頭樂樂。帳由我來付。」說完，上樓堂去。

這個香櫻是洪老五大約在半年前從蘇北拐買回來的姑娘，瓜子臉，圓眼睛，容貌秀美，皮膚白晰，身材修長而又顯得珠圓玉潤，洪老五暗稱「上品」，不惜花了三十個銀洋。回來後經過三個月調教，再以一百三十個銀洋的價格轉讓與小腳阿娥，小腳阿娥知道杜月笙現在法租界白相人中的聲望，已是個新崛起的大好佬，便特意要戴三娘去請他來給這個可憐的姑娘「開苞」。完事後，杜月笙大感滿意，封給小腳阿娥一百個銀洋，說要把香櫻「包」三個月。這大筆款子當然也包括了對阿娥過去「仗義相救」的感謝。以後，杜月笙就每隔三五天便來圓潤院把個香櫻玩個顛三倒四，不過動作尚屬「正常範圍」，但這回香櫻感到這流氓頭似乎特別粗暴，忍不住連聲「呀呀」的慘叫，不斷哀求：「杜先生，痛死我啦！杜先生，您輕著點，輕著點喲！」

杜月笙不管她，只管在發洩心中某種莫名的仇恨。他玩這個粉頭才個把月，感覺「味道好極了」，曾打算為她贖身，納為小老婆；但現在為了爭奪大達碼頭，他不得不把她「獻」給那個法國佬，他斷定德瑞克會滿意。那些洋妞，一個個皮膚粗糙，性情粗野；這個香櫻，是個典型的東方美人胚子，再加性情溫柔，足可以叫那個法國佬銷魂。「觸那！法國佬，送給你玩之前我先來玩個夠！」杜月笙心裡邊罵邊在香櫻的身上又抓又捏又夾又咬，姑娘雙手舉過頭抓住床框，睜著驚恐的雙眼看著自己遭罪。她不敢反抗，只能唉喲唉喲的喘氣呻吟怪叫慘叫。

玩夠了，也滿足了，杜月笙吼了幾聲，喘了幾口粗氣，往床上一倒，閉目養神。過了一會，才睜眼看看正一絲不掛地跪在自己身旁，兩隻小手掌在自己乾瘦的胸口上摸來摸去的香櫻，捏捏她的小乳頭，道：「我帶你去侍候個人，侍候得好，我就為你贖身。」

「唉喲，那真多謝杜先生呢。」香櫻嬌嬌的笑起來，「侍候誰呀？」

「一個法國佬。」

「唉喲，那些洋人紅鬍鬚綠眼睛的怪嚇人的，聽說他們玩女人玩得很野的，我害怕呢。」

「你以為是洋癟三啊？人家是嘉福洋行的老闆！銀洋壘起來像座小山！你侍候得他開心，有說不完的好處呢！你來了這裡，就侍候我一個人，算你好命了！我不贖你出去，以後你就要侍候不同的人，這些人中比洋人粗野的多的是！你以為這裡是天堂啊？把你吊起來慢慢抽打，把你捆起來慢慢折磨，那才夠你受！」

「唉喲，杜先生，別說了！我害怕！」香櫻叫起來。

「那就聽我的話！」杜月笙霍地坐起，右手食指輕輕托起香櫻的尖下巴，「你要好好侍候那個法國佬，不就是他玩你你玩他嘛！記住，一切都要順著他！一定要讓他滿意！」雙眼露出凶光來，「嘿嘿，如果他覺得不滿意，我就殺了你！我是青幫的大好佬！」

杜月笙陰冷陰冷的語氣和笑容嚇得這個才來上海灘不久的鄉下少女雙眼發呆，嘴唇劇烈顫抖：

「是，是，杜，杜先生。」

第二天晚上，曹振聲、杜月笙帶著身穿開高腰衩旗袍的香櫻來到法租界大馬路富洋酒店的豪華客房，德瑞克早已如約坐在房中慢品白蘭地。曹振聲先為各人互相介紹了幾句，然後對香櫻打個眼色。香櫻照著杜月笙事前的吩咐，扭著腰肢站到客廳中，裝出嬌媚的笑容，雙手高舉過頭，挺起胸前兩個本已是高聳的肉團，慢慢地轉了兩個圈。

曹振聲便對德克瑞笑道：「先生上好桃花運來了。這位東方美女是這位杜月笙先生從千百個美女中特意選出來跟先生共度良宵的，覺得怎麼樣？」

德克瑞這時已看得雙眼都有點發直，慢慢走到香櫻的面前，像是在欣賞一件工藝品，先左看右看一會，再伸出粗糙的雙手——手背上長滿黃灰色的長毛，嚇得香櫻輕輕「呀」的一聲，閉上了眼睛——在姑娘嬌嫩的軀體上亂摸，同時嘴裡不時發出「嘖嘖嘖」的咋舌聲，一副垂涎欲滴的模樣，最後咧開嘴，對曹、杜二人點點頭，微微的笑了，竟說出兩句生硬的中國話來：「不錯，這位小姐不錯。你們中國人說的，上品，是上品。」

「德瑞克先生真是高品味！」曹振聲笑著讚道，邊說邊走上前來，輕輕拍拍德瑞克的肩頭，「好東西要慢慢享用才夠味。」對香櫻揮揮手，「姑娘先去洗個澡，在房裡等先生。」然後把德瑞克拉回沙發上，斟上白蘭地，把酒杯一舉，「乾！」

香櫻進去了。曹振聲說了幾句巴黎如何、上海灘怎樣的話後，便轉到杜月笙身上：「德瑞克先生，這位杜月笙先生我已經說過了，在上海灘是有名的大好佬，也就是有財有勢的人……」最後，拱拱手道：「德瑞克先生，你今天上午提出的所有條件，杜月笙先生都全部同意。那麼，先生把貴公司的裝卸貨物保鏢押運權交給杜月笙，應該是沒問題了吧？」

曹振聲娓娓而談的時候，杜月笙坐在旁邊，謙恭地微笑；德瑞克也沒有插一句話，而是悠游的抽著雪茄，不時看看曹振聲，不時又看看杜月笙。他對杜月笙送來的「東方美女」大感滿意，但他更看重自己手中的產業，聽了曹振聲這一問，他也沒有立即回答，而是笑了笑，問杜月笙：「杜先生，你知道我為什麼能夠跟劉芒先生長期合作嗎？」

「我想是因為劉芒為先生做事，沒有出過錯，也沒有惹出過麻煩。」

「錯也出過，不過不大；最主要的，是他沒有給我惹過什麼麻煩。」德瑞克笑笑，「我來上海做生意，為的是銀洋，對其他沒興趣。」輕輕彈了一下煙灰，「我聽說劉芒的幾個手下跟他親如兄弟，現在劉芒去見了上帝，按道理應該由他原來的手下來接手，如果我交給你，你有把握不鬧出事來？」

「這個先生請一萬個放心，我絕對有把握。」

德瑞克又抽雪茄，過了約兩分鐘，慢慢站起來：「那好，明晚兩位再來。」

當夜可憐的香櫻被這個渾身長著黃灰色長毛的法國佬玩得顛三倒四，哀叫連聲，到第二天又遭了兩次罪。但她不敢忘記杜月笙陰森森的威脅，拼命咬著嘴唇也得順從。她的溫順忍耐與哀叫呻吟令德瑞克興奮得發狂，滿意得打顫，嘴裡不時輕輕地叫「真真是上好桃花運」。

當第二天晚上曹、杜二人再來「拜訪」時，相互寒暄幾句後便切入正題，德瑞克靠在大沙發上，毛絨絨的大手捋捋上唇的兩撇八字鬍，哈哈笑道：「杜先生選來的姑娘果然上品，不錯，不錯！別人若來承接嘉福洋行的裝卸貨物押運權，得交一筆保證金，現在我也不收杜先生了，香櫻姑娘就算了這筆費用吧！」

「多謝德先生。」杜月笙滿臉笑容站起來，哈哈腰，「那麼，還得請德先生親口對劉芒原來的手下說明。」

「這個當然！」只見這法國佬把手一揚，「什麼時候？在哪裡？」

「明天晚上，老半齋酒樓。」

第二天傍晚，杜月笙雇了輛豪華馬車，送曹振聲和德瑞克到這菜館來。曹振聲原本不想來，他不想跟劉光、陶才這類亡命之徒直接打交道。但杜月笙「誠意相邀」，打躬作揖，終是把他扯來。杜月笙知道他在法租界當局裡的地位，他認為曹的到來可以在劉光、陶才等人心中造成一種威懾力量：他代表著租界當局；還有一點更為重要，那就是他擔心德瑞克的中文不靈光，得有這個總翻譯來坐鎮翻譯。三個人上了二樓，入座春芳雅室。沒多久，各種揚州名菜便送上來，擺得滿桌皆是。這時，楊廓、陶才、李山寒三人走進門來。

杜月笙一看只來了三人，也如鄭子良只看到其他三人那樣暗吃一驚，但他不表露出來，而是滿腔熱情地為各人作介紹。其實德瑞克跟這三人是見過面的，不認識的只有曹振聲，杜月笙於是把這位「曹先生」大大恭維吹捧一番，陶才等人一聽這位是法租界總翻譯，工部局裡說得起話的大好佬，不覺就心中生出幾分敬畏來，連連打躬作揖。看上去都是熱情洋溢。一番寒暄，相互落座。杜月笙也問明其他三人為何沒來了，不禁暗暗慶幸自己迅速採取行動，否則被鄭子良著了先鞭就糟了。心中慶幸，嘴上便向各人連連舉杯祝酒：「多謝各位賞面，務請開懷暢飲，不醉無歸！」

不覺酒過三巡，氣氛融洽極了。這時德瑞克已乾掉了兩杯白蘭地，各種菜餚都嘗了點，連讚好味，又經不住曹振聲的一再鼓吹，又喝了半杯洋河大麴，放下酒杯，暗暗點頭：「好酒！好酒！」

曹振聲道：「德瑞克先生，這酒有三百年歷史了！是中國名酒呢！」他跟杜月笙事前商量好的，只管天南地北的胡吹亂侃，儘量把正題拖後再說，好讓陶才這伙人吃得高興，喝得興奮，那樣才好說話，減少對抗。

哪料現在話音剛落，卻見陶才一抹嘴，撇開了正聊得高興的嫖經，把正題挑起來了，問杜月笙道：「月笙哥，先不說堂子裡的滋味。你設下這豐盛酒席宴請我們這些粗人，不知有何貴幹？」

杜月笙哈哈一笑，便放下酒杯，拱拱手：「才哥、廓哥、寒哥，以後我們大家就是在大達碼頭一起撈錢的好兄弟了！」

「什麼意思？」李山寒愣了愣，手中的酒杯就停在面前。

「這個請德瑞克先生跟各位說說。」杜月笙做個手勢，同時站起身，對德瑞克哈哈腰：「請。」

德瑞克站起來，這番鬼佬海量，沒什麼醉意：「各位先生，劉芒先生受主恩召，離我們去了。」

願主保祐他。」在胸口劃個十字，「以後嘉福洋行的裝卸貨物權責本人就交與這位杜月笙先生，杜先生已向我明確表示繼續僱用各位。各位就不必出外謀職了。我希望各位及原來手下的人都能跟杜先生愉快合作。」這法國佬的中國話咬音不大準，說得更不流暢，看眾人一眼，發現有人愣著，於是又用法語說了一遍。

德瑞克的法語還未說完，曹振聲已站起來，把這番話覆述了一遍，然後雙手舉杯：「法租界工部局希望本租界各碼頭風平浪靜，貨如輪轉。現在嘉福洋行把裝卸貨物權責交與月笙，各位以後就情同手足，共謀發財了！來，為大家都發財乾杯！」

杜月笙捧著酒杯應聲站起來，看著陶才三人，現出一臉誠摯的微笑。當時陶才三人已經幾杯落肚，酒氣正往上衝，腦袋難免糊塗。陶才與楊廓聽了德瑞克和曹振聲的話，有點發愣，似乎沒完全反應過來，看見曹振聲和杜月笙站著向自己舉杯，便也舉杯站起來；看見曹、杜二人把酒乾了，他倆也跟著乾。

只有李山寒坐著，愣了一會，突然一指曹振聲，叫起來：「曹曹先生，你說德先生把碼頭的權責交給了杜月笙？」

曹振聲笑道：「正是，但這不是我說的，是德先生自己的決定。」

「唉呀！德先生，我們為你的公司……」

德瑞克擺擺手：「來來來，吃菜！」手中杯一舉，「喝酒！乾杯！」

未等李山寒再往下說，杜月笙已從懷中掏出六張銀票來，在陶才三人面前各放一張：「雖然現在德瑞克先生把嘉福洋行在大達碼頭裝卸貨物的權責交給我，但我還得全靠各位兄弟的大力相幫。這裡每人一百大洋，算是兄弟的心意。」

「唉喲！多謝月笙哥！」楊廓首先叫起來，「人傳月笙哥仗義疏財，果然不假！」陶才拿起銀票看看，也道聲多謝，只有李山寒仍愣著。

杜月笙不管他，立即又放下三張銀票：「這三張票子是給劉光、劉松和王陽照三位仁兄的，也是每人一百大洋。勞煩三位回去跟各位兄弟說說，我杜月笙以後就是大家的好兄弟，在大達碼頭，有錢大家撈，有財大家發！」說著看一眼李山寒，「當然，如果有哪位兄弟要自己出去闖，我杜月笙也不會勉強。」

李山寒愣著，他發現杜月笙笑容滿臉裡藏著某種陰森森的東西，猛然記起說書人說的「笑臉虎」來——口蜜腹劍，笑裡藏刀，不覺就打了個寒噤。這頓酒宴喝到二更天方散，除了李山寒悶悶不樂外，其他人看來都挺盡興。終於散席，陶才三人有點醉醺醺的離開老半齋，杜月笙盛情相送，在酒樓門口攔了三輛黃包車，一人一輛，自己付了車資，吩咐車伕快快送各人歸家。

陶才與楊廓不覺對著他伸出大姆指：「多謝！多謝！月笙哥果然夠朋友！」

目送三輛馬車遠去，杜月笙轉頭對曹振聲一揖：「有勞曹先生把今晚的事告知一下黃探長。」

「好說！」曹振聲笑道，心裡暗暗感嘆一句：「不愧諸葛亮，果然聰明！」

第二天上午，劉光、陶才等人來到劉芒家給這個前大哥上香。祭奠儀式完，陶才把五位兄弟拉到一起，同上豫園的春風得意樓。在雅室落座，聊了幾句閒話，陶才便把昨晚杜月笙宴請的經過詳細說了一遍，同時把百元銀票各放在劉光、劉松和王陽照面前：「這是杜月笙相贈給各位的，說是有財大家發。」看一眼劉光，「光哥，鄭子良昨晚設宴的情況如何？」

劉光也把經過說了一遍，然後，六個人陷入沉默。過了約三分鐘，還是李山寒先叫起來：「劉大哥一死，人人都來爭大達碼頭。他媽的！我主張誰也不給，大家齊心協力頂住！」沒有人響應。

又過了約三分鐘，陶才終於長長嘆了口氣：「唉！兩股人馬進逼，論人比我們多，論勢比我們大，這哪頂得住啊？更要命的，德瑞克已親口說了把洋行的裝卸貨物權責交給杜月笙，這個諸葛亮一肚詭計，手下又有三十六股黨，不久前又把顧嘉棠等人收羅門下，他又是黃公館的紅人，黃金榮夫婦親自為他張羅婚事的，這面子以前誰有過？他現在可以公開搬人馬來大達碼頭『接管』，名正言順。我們怎麼辦？跟他們打？他們人多，而且背後有黃金榮，有巡捕；不打，我們還能做什麼？只能夠做偷雞摸的小癟三。」說完，又是「唉」的一聲長嘆。

又是一陣沉默。顯然，大家都覺得不好受，但都沒辦法。

「才哥的意思，是奉杜月笙做大哥了？」劉光終於開口。

「我想了整夜，這看來是唯一的辦法。只有這樣我們才可以繼續在大達碼頭撈下去。」陶才說得坦然，「各位想想，江湖道，不外求財，若跟杜幫開戰，只有造成死傷，就算把杜幫打走了，也不過是出口氣，嘉福洋行的裝卸貨物權還是要不來，這樣打生打死的，又何必？說不定還會被逮進捕房裡吃生活，這肯定花不來。」

「加入俠誼社怎麼樣？」王陽照輕聲問，「鄭子良說是加盟，不是要吞併我們的碼頭。」

「這是大個子有意把話往輕裡說。」楊廓道，「我們入了俠誼社，自然就是奉他做大哥，這跟奉杜月笙做大哥有什麼區別？但洋行老闆並沒有把權責交給他！他邀我們入俠誼社，分明是看中我們佔有大達碼頭，如果碼頭的裝卸貨物權責不在我們手裡，那在他眼裡我們還有什麼意思？不就是俠誼社裡的一個小卒子？說白了，除非我們六兄弟能夠繼續把持大達碼頭，如果把持不住，就得倚靠一方，那我寧願奉杜月笙做大哥。他現在的名氣跟鄭子良不相上下，更主要的是他背後的牌頭是黃金榮。在法租界，誰能夠跟黃金榮比？我們靠上杜月笙，等於靠上黃金榮，江湖上多少朋友想靠都靠不上呢。」頓了頓，「靠上黃金榮這個大後台，以後肯定省了許多麻煩。大家都是有家室兒女的，老實說，除非萬不得已，我可不想跟人動刀動槍。」

這話說得挺在理，沒有人提出反對意見，連李山寒也不哼聲了。又沉默了一會，劉松像在問自己，也像在問眾人：「那怎樣回覆鄭子良？俠誼社可是有一百幾十號人的。」

「跟鄭子良明說，我們不加入俠誼社了，這個怪不得我們。餘下的事交給杜月笙，」陶才毫不猶豫地說，「鄭子良若搬人馬來搶來奪，由杜月笙去應付。我們跟他講好了，我們不想打架。讓他手下的三十六股黨和四大金剛那伙人跟鄭子良打好了！」

「才哥說得對！」李山寒叫起來，他好像終於發洩了一下心中之憤。

六個人又議論了一會，統一了意見，然後回大達碼頭。他們從東門路出去，走了一會，遠遠看見杜月笙、馬世奇、馬祥生、江肇銘等人在跟自己手下的一幫小兄弟在指手畫腳，似乎交談甚歡。

六人急步上前，陶才大叫了一聲：「月笙哥！」

杜月笙別頭一看，立即滿臉笑容拱手上前相迎：「哈哈！六位仁兄，月笙在此等候多時了！」

馬、江與陶才等人雖然沒有正式打過交道，大家也是相識的，便相互上前嘻嘻哈哈的拍肩頭，一伙流氓兄弟的模樣。幾句寒暄後，劉光、劉松和王陽照先對杜月笙的百元相贈拱手道謝，然後陶才把鄭子良邀請他們六人及其手下「加盟」俠誼社的事和盤托出，本以為杜月笙會對此作出什麼驚詫的反應，哪料這白相人竟然微笑：「那你們打算怎樣做呢？」

「我們一致願意奉月笙哥做大哥，其他小兄弟也願意，大家繼續在大達碼頭撈，就照劉大哥生前訂下的規矩做。權責在大哥，大哥得大頭，我們得小頭。」陶才看定杜月笙，「但有一點我們商定要先跟月笙哥說明，那就是我們都不想跟俠誼社的人動刀動槍，以後也不想跟其他碼頭的江湖朋友發生爭執。不知月笙哥明不明白我們的意思？」

「哈哈！」杜月笙大笑起來，「各位不愧是劉芒兄生前的好兄弟！我明白！各位放心，有什麼事，就由我杜月笙來應付！」

「果然有大哥風度！」陶才向手下一揮手，「從現在起，我們大家一同奉月笙哥做大哥！」向劉光等人打個眼色，齊齊一拱手：「杜大哥！」

其他嘍囉其實不在乎奉誰做大哥，最要緊的是可以撈銅鈿，現在見六個小頭目都已叫杜月笙做大哥，那還有什麼意見的，立即紛紛走上前來，也抱拳拱手，七嘴八舌的叫大哥。

杜月笙作個羅圈揖還禮：「各位好兄弟，以後有錢大家撈，有財大家發！」臉上的表情是既得意又輕鬆，其實心裡正在猛打轉：現在大達碼頭是到手了，但如果鄭子良一氣之下真的搬上大隊人馬來挑釁，該怎樣應付？

喧譁嘈吵了一會，杜月笙把陶才等拉過一邊，低聲問：「你們準備什麼時候回覆鄭子良？」

「中午飯後，」劉光道，「昨晚他一再叮囑要今天下午之前給他一個答覆，我們三人都答應了。江湖道，不可失信。」

「那好，你去回覆他。」杜月笙笑笑，「記得告訴他，嘉福洋行的老闆已把裝卸貨物的權責給了我杜月笙，而你們也已奉了我杜月笙做大哥。至於他如何喊打喊殺，你不必管他，回來就是。」拱拱手，「就這麼辦。我現在先去找黃探長商量商量。」說完與馬祥生、馬世奇和江肇銘揚長而去。

劉光、劉松兄弟走進光裕里鄭宅時，鄭子良拱著手急步上前相迎，心中滿懷期望；當聽了回覆，一股股怒氣不禁就直湧上來，幾乎要冒火。但他知道這些都怪不得劉光兄弟，也怪不得陶才他們。他恨的是杜月笙。

劉光兄弟互相打個眼色，一同站起來拱手：「子良哥，大達碼頭還有事，小弟先告辭。」

鄭子良不挽留，沒哼聲，霍地站起來做了個「請」的手勢，送兩人來到門口，突然陰沉地問：「兩位兄弟，我若帶領大隊人馬到大達碼頭來，你們怎麼辦？」

劉光微微一笑：「那就是杜月笙跟良哥的事了。」轉身大步而去。

鄭子良坐回太師椅上，覺得實在忍不下這口氣，隨手拿起支白蘭地，猛灌了兩口，更感怒火中燒，不覺咬牙切齒，衝口而出：「觸那！杜月笙，我就跟你大幹一場！」

這時候的鄭子良已不在乎能否奪得大達碼頭，只在乎能否出一口氣，在江湖上好好露一臉，叫人不得瞧低了自己。看一眼牆上的掛鐘，才一點半，叫女傭黃嫂把管家黃良和帳房賴鏡叫來，對著這兩個五六十歲的小老頭一揚手：「你倆立即分頭去把潘阿毛、阿榮、阿祥、余青、方千里他們叫來，記得叫他們帶上手下的兄弟，帶上傢伙！」又別過頭，看了站在身後的兩個保鏢一眼：「你倆跑得快。董志，你現在去新開河碼頭，叫高丁旺、李中百他們帶上碼頭的兄弟，二點半之前去大達碼頭跟我會合！小孟，你去關橋碼頭，叫黃勝連同劉川帶上碼頭的兄弟，也是二點半之前去大達碼頭！都叫他們記得帶上傢伙！」

這幾個手下很少看見鄭子良如此怒氣沖沖的模樣，也不敢問，黃、賴二人哈了兩下腰：「是，少爺！」轉身出去。董、陳二人拱手叫聲：「是！大哥！」急步出門。

大約過了半個鐘頭，潘阿毛與阿祥、余青等人急步走進鄭宅，看見鄭子良正靠在太師椅上閉目養神，便高聲問：「良哥！發生了什麼事？」

鄭子良猛地睜開眼：「阿毛，來了多少兄弟？」

「四、五十個。」

「帶傢伙沒有？」

「帶了！」

「走！」鄭子良霍地站起來，大步走出去，對著站在門外路口的嘍囉們一聲大叫：「各位兄弟！跟我去搶奪大達碼頭！搶得到，以後大家發財！誰敢攔阻，打他落黃浦江！走！」

眾人大叫：「好哇！去搶碼頭！」一個個舉棍的舉棍，舞棒的舞棒，浩浩蕩蕩，向東面殺奔過去。來到大達碼頭，剛好兩點半，只見遠處已聚了一大群人，手中似乎也都拿著傢伙。不過人群沒有動。人堆裡突然衝出兩個人，向鄭子良狂奔過來。

鄭子良大步迎上前：「小猛、董志，黃勝、高丁旺他們來了沒有？」

「來，來了。」

「一共來了多少人？」

「三、三、四十個。」

「那好！」鄭子良朝人群方向大步走去，他看見有很多人向自己望過來，斷定那必是關橋碼頭或新開河碼頭的手下，心裡得意：「杜月笙，我八九十人湧到這大達碼頭來，看你敢不敢應戰！」

杜月笙作好了應戰的準備，但他心知用不著應戰。

鄭子良氣沖沖穿過人群，來到「陣」前，一看對方的陣勢，心裡立時涼了半截。

他看到大達碼頭大倉棧空地前站了約有六、七十人，站在最前面的是杜月笙，一身黑香雲衫褲，板大的腰帶，十足一副江湖大哥的模樣，神態不但不驚慌，而且臉露微笑。兩邊站著馬祥生、江肇銘、范長寶、闊嘴巴怡生、馬世奇、何野鯉等手下幹將，一字排開，身後側是顧嘉棠、葉綽山與芮慶榮，既像是保鏢，又像是方面大將，這些人在白相人地界裡都是小有名氣的，鄭子良基本上認得。他們的身後就是大群癟三白相人，同樣是舉棍舉棒的，喧譁嘈吵，亂喊亂叫，看來不但不害怕，似乎還像是來軋鬧猛的好玩。至於劉光、陶才及其手下，則站在最後面，他們有的就叉著手，有的也拿了根扁擔之類的傢伙在亂舞，看來也並非完全的袖手旁觀；而最叫鄭子良倒抽一口冷氣的，是有十來個手持長槍的巡捕站在空地前，一個個頭戴藍色太陽帽，身穿藍色嗶嘰制服，腿上裹著黃布綁腿，樣子是嚴陣以待，看誰敢鬧事，就把他逮進局子裡去。

第五十五章　床第上離奇豔案

杜月笙對陶才等人說自己「先去跟黃探長商量商量」，目的是要讓這批新羅致門下的徒眾知道自己的能耐，同時也想好了，這是應付鄭子良挑釁的上策。一離開大達碼頭，他便直奔十六鋪望江樓。黃金榮當時正在該茶館的雅室裡跟徐福生等幾個三光碼子皮包水，打探各路人馬的訊息。

聽了杜月笙一番說明，眨眨那雙金魚眼：「月笙，有關嘉福洋行把裝卸貨權責交與你的事，昨晚曹振聲在電話裡跟我說了。既然如此，鄭子良怎還會來鬧事？」

「這大個子脾氣暴躁，他是吞不下這口氣。」杜月笙說得肯定，「又恃著俠誼社人多勢眾，所以就明知理虧也要去大達碼頭鬧事。我既然接手了大達碼頭，自然要維持那裡的秩序，就只好把源利俱樂部的巡場、荷官等人也拉去應戰。這樣一來，第一，俱樂部的生意肯定要受影響了；第二，大達碼頭發生械鬥，法租界當局肯定知道，黃老闆也麻煩；第三，傳出去是黃門中人內鬨，江湖上實在有損黃老闆的聲譽。我想來想去，便跑來告訴爺叔。」

黃金榮想了想，悠悠抽一口雪茄：「月笙，這種事我不便公開出面，明白嗎？」

「這個當然。」

「那你說怎麼辦？」

「說書人說的，曲突徙薪，防患未然。」杜月笙很篤定地說了幾句，「鄭子良再性情暴躁，也不敢跟爺叔您作對，也不敢當著巡捕的面挑起械鬥。爺叔只要知會程義哥一聲，這件事就不會發生了，爺叔也絲毫無損，不用掛心了。大達碼頭平安無事，當然這是爺叔對月笙的恩典。」

杜月笙最後這句話很令黃金榮受用。這個法租界的第一把頭對這個得意門生本來就另眼相看，現在想想，這確是對相互都有利的事，命令程義去維持治安又是自己的職責所在，於是一揚手：「好吧，你現在去麥蘭捕房，程義在那裡，就說是我的意思，照你說的辦。」

麥蘭捕房是法租界治安捕房總機構，程義是「三球頭」，華探小頭目，黃金榮的手下，又是黃金榮的親信隨從程聞的結義兄弟。他聽義兄說過杜月笙，知道這個白相人現在黃公館裡的地位，當杜如此這般一說，他便連連點頭；更何況杜月笙把張二十大洋的銀票往他手裡一塞，就令他「月笙哥只管吩咐，小弟一切照辦」了。

吃過午飯，這位三球頭帶上手下十三個巡捕，全副武裝，開往大達碼頭「維持治安」，又受到杜月笙及其手下的一番熱情款待。

大約兩點半，高丁旺、李中百、梁源等新開河霸首遵照鄭子良的指令，帶著約十多個手下來到大達碼頭；幾乎在同時，黃勝和劉川也帶了二十個手下到來。他們可以猜得出是什麼回事，於是一個個帶了傢伙。但他們根本不敢動，因為杜月笙的人比他們還多得多，更何況有十多個巡捕好像等著逮人進局子。緊接著，鄭子良來了，一看這陣勢，也是當即愣著。

卻見杜月笙面露微笑，走上前來，一抱拳：「子良哥帶了這麼多人來大達碼頭，舞刀弄棒的，不知有何貴幹？」

「杜月笙！你……」鄭子良手一指，他本要往下說的是：「不關其他兄弟的事！你夠膽就跟我單打獨鬥，誰輸了誰就退出大達碼頭！」

但他這些話全未說出口，程義已走上前來，遠遠叫一聲：「鄭子良！」

鄭子良不認識這個捕房三球頭，但他一看這傢伙身上的制服，就已明白此人必是這伙巡捕的頭目，不覺怔了怔：「我是。這位大爺……」

程義依照杜月笙事前的囑咐，大步走到鄭子良面前，站定了，語調低沉：「子良兄，黃探長要我告訴你，他不希望看到自己的門生內鬨，互相打鬥，惹他人的笑話；他不希望看到大達碼頭出現任何的騷亂，給法租界的治安添麻煩；他不希望看到江湖上你爭我奪；他不希望法租界的洋行利益受到損害。總之，他不想看到任何人給他惹麻煩。否則，我就只好遵照黃探長的指令，維持秩序。」

程義這番話說得鄭子良一愣一愣的。他明白自己又一次敗在了杜月笙的手下。這白相人已買通了巡捕房來維護自己的利益，也就是說，巡捕房現在竟成了他的保護人，自己枉為名聲響噹噹的俠誼社大哥，卻鬥不過這個為黃金榮看賭場的「小赤佬」！鄭子良氣哪！覺得胸口如同堵了一塊大石，猛喘了幾口粗氣，只聽程義已對著兩邊的人大喝一聲：「你們舞刀弄棒的幹什麼！？全部散去！不得聚眾鬧事！黃探長有令，誰敢在大達碼頭惹麻煩，就逮他進局子！判他坐監！」看一眼鄭、杜二人：「江湖道，和為貴。你倆叫手下全部散去，別叫我難做。我好向黃探長交代！」

這時杜月笙十二分恭敬地對著程義拱手躬身：「遵命，義兄。」回頭對馬祥生等人頗威嚴的一揚手，大叫道：「黃探長有令，都散了！不得惹事！」

那伙嘍囉便一陣亂叫：「走啦！」

鄭子良看著這個一副大哥模樣的杜月笙，氣得發昏卻又發作不得，怒視了對方約半分鐘，回到頭對手下怒吼一聲：「散了！走！」轉頭大步而去，手下也一哄而散，各回自己原來所在的地盤。

一場戰雲密佈，定必轟動整個上海灘的流氓械鬥就這樣煙消雲散。事後正如杜月笙所預料的，鄭子良終是不敢跟黃金榮和巡捕房作對，沒有再搬人馬到大達碼頭來。杜月笙算是大獲全勝，在大達碼頭立穩了腳跟。而他如何「智取大達碼頭」的故事就在白相人地界盛傳一時，這個諸葛亮先鬥嚴老九，再勝鄭子良，名聲又一度傳響，叫他越發得意。

這天睡醒午覺，想起香櫻已經送了給法國佬，自己也該做得落門落檻，對小腳阿娥有個補償，於是叫上袁珊寶、馬世奇，三人篤悠悠逛到圓潤院來。

小腳阿娥不在圓潤院。女傭戴三娘熱情招呼兩人在客廳落座，奉上香茗：「阿娥姐剛出去了，去了蘿春閣茶樓會金繡姐要跟人『講開』呢。」

「什麼？」杜月笙吃一驚，「阿娥姐又要跟誰打架？」

「不是阿娥姐要跟人打架，她是為阿金去跟人講開呢。杜先生知道阿金嗎？」

「金剛鑽阿金？」杜月笙喝口茶，「聽說過。」

阿金是個富婆，她的丈夫陳文瑛是城內三牌樓路萬昌珠寶店的老闆，比她大二十來歲，已是年過花甲，雄心不再，平時只管托著個鳥籠上茶館逍遙，去看京戲，聽說書，跟朋友遊山玩水，又或偷偷摸摸的去逛堂子，店裡的業務基本上就由老婆打理。這個阿金，為人精明，頗善鑑貌辨色，口才也好；做的是珠寶生意，自然精於串高門走富戶，手下又有幾個專門為她找尋闊客推介貨色的業務員，因而跟一般達官貴人和富門豪第多有來往；又由於她專門向外國洋行辦理金剛鑽進口業務，所以就得了個「金剛鑽阿金」的綽號。七八年來，生意雖說不上興隆，也還過得去。大約在三年前，萬昌珠寶店來了一個四十來歲的中年人，看上去像個混血兒，一身西裝革履，持一根嵌了好幾顆寶石的手杖，說一口生硬的上海話，自稱是南非鑽石商人，聽了行家的介紹，來找阿金，推銷他手中的鑽石。阿金是識貨的，看了他的貨色，確是精品，價錢也合理，便全部買下來，並在豫園得意樓設宴招待他。此人自稱英文名叫弗蘭克，中文名叫薛鐵生，母親是上海人，父親是英國人，住在南非，做鑽石生意的。

三杯落肚，兩人談得頗為投契。以後又打了幾次交道，阿金看他生得高大英俊，見多識廣，幽默風趣，比自己的丈夫不知要勝多少倍，慢慢便起了心。得知他又來上海，便在老城廂四牌樓路的途順客棧租了房間專門招待，房中孤男寡女，又是飲酒，談笑甚歡，阿金更適時講幾句挑逗的話。這婆娘原籍蘇州，那是出美女的地方，年紀雖已三十六七，且育有一女，但徐娘半老，風韻猶存。到雙方都面紅耳熱時，她便脫了外衣，只穿了件緊身背心，同時連拋幾個媚眼，撇了撇嘴，顯出一個成熟女性的特有韻味來，那聲調也成了個風情少女了：「薛先生，我熱得很呢，來幫我扇扇喲！」薛鐵生本來就是個浪蕩子，逛過不少堂子的，一看這婦人如此眼神語氣，早已心領神會，說聲：「好喲！」走上前來，不是扇扇，而是加熱，一把攬住阿金便親嘴。阿金作狀嬌啼了幾聲，掙扎了兩下，便任由他抱進了紅羅帳去……。

以後這混血兒一回上海來，就入住途順客棧，然後叫伙記通知阿金來「談生意」，一「談」就是整個上午，又或整個下午、整個晚上。

第二天阿金自會來繼續「談」。在外面，兩人甚少出雙入對，以避人耳目；在房裡；卻多是如膠似漆。兩人都覺得自己是「財色兼收」。由於進貨價低，阿金的鑽石生意便越做越好。到了大約半年前，薛鐵生又來到上海，入住途順客棧；阿金得報，帶上銀票前來。跟以前一樣，生意未談，便先行歡。哪料這回卻搞出件命案來。

且說調情階段已過，兩人隨即進入主題。那難言的快感像海潮般一浪一浪的湧來，阿金閉上眼睛，情不自禁雙手亂抓，呻吟怪叫，叫了也不知一刻鐘還是半個鐘，突然感覺薛鐵生定住了，睜眼一看，只見這混血兒臉色青白，雙眼上翻，阿金不覺也一下愣住，正想問：「你怎麼啦？」未說出口，薛已啪的一聲，倒了下去。

阿金立即作出的反應就是一聲驚叫：「唉呀！馬上風！」薛鐵生現在整個人趴在了她的身上，雙眼仍睜著，如死魚一般，把個金剛鑽嚇得那顆心幾乎沒從喉嚨蹦出來。

房間內靜極了，阿金只聽見自己的心在怦怦怦的跳。發愣了大約五分鐘，這富婆一邊在心裡叫著「鎮靜，鎮靜」，一邊就從床上慢慢爬下來，挪著腳步坐到沙發上。剛坐定，看桌上有包香菸，撲過去就抽出一支，雙手劇烈地抖著，劃了幾次洋火才算點了煙，猛吸起來。腦中一片空白。香煙抽完，意識才回復過來：「怎麼辦？現在怎麼辦？」

她首先想到逃跑，再一想，不行！途順客棧從老闆到小開都認得自己，都猜得出自己跟這個混血兒的關係，如此一逃，等於說自己蓄意謀殺，再畏罪潛逃，逮回警察局一個屈打成招，豈不要命！那麼，報案？但怎說得清？房間裡就兩個人，其中一個卻死了！沒有第三者作證，那真是跳進黃河也洗不清！同時就想起以前聽到的那種種警察局裡的黑暗，只覺一股寒氣湧上來，毛骨悚然，連打了幾個寒顫：就算不被定個蓄意謀殺罪，但身為珠寶店的老闆娘，這是瞞不過的，那些警察知道自己是個富婆，不狠狠勒榨一筆才怪，還不知要被榨多少錢財方能脫得了身！還有，自己若被逮進警局，肯定會鬧得街知巷聞，什麼偷情養野漢哪，賣身榨騙錢財哪，種種難聽的話都會傳出來，自己畢竟是個老闆娘，以後還怎麼做人！

對！要洗脫了關係才好！阿金心中大叫。但怎樣才能脫了關係？腦中猛打轉，同時猛抽香煙，心中把相識的達官貴人豪門富戶慢慢想了一遍，唉！與這些人不過是一面之緣，並不相熟，更無深交，不知靠不靠得住，如此大事體，怎可以相托！抱著腦袋又苦想了一會，突然想到了強盜金繡！直覺上感到這白相人嫂嫂講義氣，會有辦法。霍地跳起來，往房門方向便衝，衝了幾步，一個轉身，心裡罵聲：「觸那！」一不作二不休，撲回床上，把這混血兒藏在上衣夾縫裡的五顆鑽石全翻了出來，往懷裡一揣，放好了，再為這混血兒穿好衫褲，還不忘套上那雙擦得光可鑑人的皮鞋，才拉門出去，吩咐客棧小開不要進房，說是客人在睡覺，然後急匆匆走出途順客棧，直奔泰記烏木店。

強盜金繡看她神色慌張地衝進來，一把便將她拉進後間：「阿金，什麼事？」

阿金把事情經過一五一十地說了一遍，最後是哭喪著臉：「金繡姐，小妹知道你朋友多，神通廣大，這回無論如何救救小妹！一定要幫小妹脫了關係才好！否則逮進警局，那就慘了喲！」

強盜金繡坐在太師椅上，愣著眼，不哼聲。

「如果金繡姐能夠擺平了這件事，小妹一定重重報答！」阿金看她這模樣，不得不再加這一句。

強盜金繡還是沒哼聲，也不知她在如何算計；沉默了一會，突然把手一揚：「阿金，別說報答不報答的話！你這個大富婆，若被逮進警局說不定就成窮鬼了！這件事先不要扯上警局才好！」

「就是，就是！金繡姐說得對！」

「這樣吧，你就拿一顆鑽石出來，外加三百個銀洋，」強盜金繡不愧強盜的綽號，說出來時一點不覺得難為情，簡直如同是為朋友兩肋插刀，「這件事就由我來擺平；擺不平，就我來幫你承擔！」

阿金怔了怔，剛剛聽這強盜說「別說報答不報答的話」，還以為她真的這樣講義氣，觸那！但自己現在無人可求！想到這裡便大叫一聲：「好！金繡姐夠義氣，那就一言為定！」說著就從懷裡掏出一顆鑽石來，外加三張百元銀票，雙手遞過去：「金繡姐，全在這裡了，你到底有什麼辦法？」

強盜金繡一把將鑽石銀票接過，放懷裡了，心中高興得大叫：「哈哈！發筆橫財！」嘴上道：「這件事不難辦，你放心，包你沒事。」

「金繡姐你先跟我說說，我好安心啊！」阿金急得幾乎要跺腳。

「你整天就想著如何賺錢，如何跟那個混血的快活，不懂江湖道上的事，那要吃虧呢！」強盜金繡笑起來，「告訴你吧，城裡出了命案，警局就要派警員去收屍，由仵作佬來驗屍，然後呈份公文上去，報告死因及案件詳情。我認識個仵作頭兒，叫李典漢，他就是為警局辦事的，驗屍公文就由他來寫。我現在跟你一起去找他，我來給你做個人證……」

強盜金繡帶著金剛鑽阿金直奔豫園春風得意樓，邊走邊低聲道：「據我所知，李典漢經常跟他的幾個仵作手下在春風得意樓開飯。到時見了面，你不用說話，一切由我來擺平。」阿金這時已全靠了這個江湖阿姐，只知連連點頭。

上了二樓，各個雅室看了看，在最尾間的「含江」雅室終於看到三個男人坐在一張臨窗小桌旁，正準備起筷。金繡急步走過去，叫一聲：「漢哥。」

一個四十來歲的中年人站起來：「哈哈，金繡姐，也來開飯啊？來，喝一杯！」

金繡微笑，拉拉阿金在另一張還沒客人的餐桌旁坐下，招招手要李典漢過來。

「神神秘秘的什麼事？」李典漢一個粗人模樣，走過來，還沒坐下便問。

金繡拉他坐下來，在耳邊快速地說了幾句，手中銀票隨即暗暗往李典漢的衣袋裡一塞：「一百元的票子，你老哥拿去飲茶，事情要了結得乾乾淨淨才好。」

李典漢心中一陣興奮：哈哈！大筆橫財！這強盜金繡做事倒也落門落檻。臉上便笑了：「好說，好說。」別過頭對那兩個正望過來的仵作手下道：「兩位兄弟，先別吃了！生意來了，走吧！」

強盜金繡與阿金在前，李典漢與兩名手下隨後，五人來到途順客棧薛鐵生訂下的客房。關好門，強盜金繡指指床上躺著的薛鐵生，對這三名仵作道：「這個人是這房子的住客，今天上午請阿金姐來這裡談生意，阿金姐覺得自己一個人來不方便，就把我也叫上。我們三個人談了沒幾句，他突然一把抓住自己的胸口，輕輕『呀』了一聲，就雙眼一翻，倒地上了。我倆被他嚇得一大跳，連忙把他抬就寢，哪知他已氣絕身亡，就是現在這個樣子。看來肯定是心臟病突然發作了。典漢哥，你看看是不是這樣？」

李典漢便與兩個手下上前驗屍，果然身上別無傷痕，也無中毒跡象，便很肯定地點點頭：「金繡姐說得不錯，此人果然是心臟病突發猝死了。」看兩個手下一眼，「你倆看著。」說完自己便走了出去，蹬蹬蹬下樓，來到櫃檯。當時中午，廳堂沒閒人，櫃檯只有個身材矮小的肥佬坐在那兒扇扇子。李典漢認得他就是客棧黃老闆，便走過去，低聲表明身份：「黃老闆，我是為警局辦事的仵作頭目，來貴棧辦案。」

肥佬一聽出了命案，頓時雙眼發直：「什，什麼？死……」

李漢典一拍他的肩頭：「不必驚慌，不關你的事。把登記簿拿出來。」

黃老闆抖著雙手拿出登記簿，李典漢翻到三樓尾房那一行，上面寫的是：「弗蘭克，男，四十歲，十天房租付訖。」

李典漢把登記簿遞過去，指指「弗蘭克」的名字：「此人來租房，有沒有說過他是什麼人，哪裡來的？」

黃老闆愣著：「這人像個混血兒，沒有說。只是有個女……」

「沒的事。」李漢典打斷他的話，掃一眼附近沒人，低聲道，「黃老闆，十天的房租你也賺了，下午我就叫警局的人來收屍，有我的手下在房裡看著，你不要亂張揚。若有人問你什麼，你只管說不知道，那就什麼事都沒有。江湖上有句話，叫『光棍不斷人財路』。最好別惹事上身。明白嗎？」

黃老闆以前聽說過警察、仵作、幫會人士互相勾結的事，作為一個正正經經的小商人，向來都是膽小怕事的，他當然不想惹事上身，不覺連連躬身：「小人明白。小人明白。大爺吩咐的是。」

打通了這個關節，當天下午，李典漢便一紙公文上呈警局，大意是：老城廂四牌樓路途順客棧今晨發現僵屍一具，已死多時。遺物中有數十銀洋，可證決非謀財害命矣。又經仔細查驗，身上別無傷痕，也無中毒跡象，其死因乃心臟病突發。此人為一混血兒，查無國籍，亦無苦主，可即收殮，以免造成民心驚惶。云云。

當時上海鎮守使鄭汝成，便叫來兩個手下警員，拍拍桌上的這紙公文：「你兩個跟李典漢去途順客棧看看，如果沒有什麼可疑，又沒人來喊冤叫屈的，就把這個洋癟三拉到義塚去埋了便是。」

當然什麼可疑也沒有，因為黃老闆除了知道這個洋癟三租住了三樓尾房外，其餘的一問三不知。警員問了幾句，也不再問，何必為自己找麻煩？這件「洋癟三倒斃途順客棧案」就這樣了結了。

案件在警局中是了結了，但不知怎麼搞的，不久卻在白相人地界傳了開來，而且越傳越奇。最後傳到了阿金的丈夫陳文瑛耳裡，這老頭一聽老婆竟勾上了個洋癟三，後來洋癟三又竟死在了她的懷中，那種心情就別說了。自知說不過這個潑婆娘，一氣之下，便與朋友去登莫干山打算散散心，豈料真箇是禍不單行，途中竟發生了車禍，一命嗚呼。

金剛鑽阿金先死了個情夫，隨後又死了丈夫，而結果是成了個名符其實的富孀了。

有關以上的江湖傳聞，杜月笙曾聽人說過。兩個月前他來圓潤院嫖香櫻，閒聊中順便向小腳阿娥打探其中內幕，阿娥作為強盜金繡的義妹，又是金剛鑽阿金的朋友，便如此這般說了一番。杜月笙也懶得考究是傳說的真還是這個七十鳥說的真，只管微笑。只是現在阿金又為什麼要跟人講開？

「阿金得罪了誰？」杜月笙看戴三娘一眼，喝口茶，「要找到阿娥姐和強盜金繡出馬？」

「不是阿金得罪了人，是有人要欺負這個金剛鑽呢。」戴三娘把一盤上好瓜子放在八仙桌上，「杜先生請用。杜先生知道爛塊頭阿根嗎？」

「爛塊頭阿根？」杜月笙想了想，「這個倒沒聽說過。」

「就是他欺負了金剛鑽呢！聽金繡姐跟阿娥姐說，是這樣的……」

第五十六章　白相人嫂嫂奇譚

話說萬昌珠寶店旁邊有一塊空地，陳文瑛之前出資把它買了下來，打算造房子擴大店面；隨後車禍身死。金剛鑽阿金在兩個月內接連死了情夫和丈夫，心情鬱悶，也懶得打理那塊地皮了。這樣又過了幾個月，心境才總算慢慢平伏下來，看看這片空地，白放著實在太可惜，但一時又拿不定主意是把它賣了好還是用來建房子好，就在猶豫之際，竟有人打上門來。

前天早上，阿金與女兒陳小蓓在蘿春閣茶樓雅室喝茶，心裡正在盤算怎樣處置那片空地，突然走進來一個三十歲左右的青年，此人名叫成根，綽號「爛塊頭」。以前曾在萬昌珠寶店買過金戒指的，阿金認得他，看見他朝自己走過來，就點頭招呼：「成根，來喝早茶啊？」

「來找你金剛鑽。」成根一屁股坐在阿金旁邊，話說得直截了當，那對老鼠眼則賊碌碌的轉。

「有什麼關照？」阿金心中打個突，不過語氣還算平靜。

「寶號旁邊有塊空地，你先夫以前買下的，白放在那兒都這麼長時間了，簡直浪費。我打算在那兒起間分店，建個小花園，來跟你商量商量。」

「那好，出個價。」阿金不愧是老闆娘，說得爽快。

「五十個大洋。」成根右手掌一張開，五指朝天。

「你開什麼玩笑！」阿金杏眼兒一瞪，「我買回來是一百個大洋，現在賣出去，至少得二百！」

「你是不賣？」爛塊頭也把老鼠眼一瞪。

「沒得商量！」阿金毫不示弱，手中茶杯向上一舉，「你要在這裡喝茶，入我的帳。要說那塊地，尊口免開！」

爛塊頭現在一看這金剛鑽果然夠硬，心中大罵一句：「你這婆娘！不信你不服！」臉色陡然凶起來，眼神陰冷陰冷的盯著阿金：「金剛鑽，我成根是出了名的爛塊頭，又有一幫江湖兄弟，買賣好商量，你最好別惹惱了我，否則，嘿嘿……。」

這傢伙以為就這幾句話便可以把阿金嚇得俯首貼耳，哪知他話音剛落，這金剛鑽已霍的站起，右手啪的一聲拍在餐桌上，怒目圓睜，猶如潑婦罵街：「爛塊頭，你想在我金剛鑽面前賣野人頭！見你的鬼！你也不撒泡尿照照自己的衰樣，敢在我金剛鑽面前耍威風！我操你祖宗三代！」一手拿起茶壺來，作狀就要對著爛塊頭的面門擲過去。

正所謂好佬怕爛佬，爛佬怕爛婆，尤其在茶館這樣的公眾場合，眾目睽睽，爛塊頭一看阿金這個雌虎樣，心先怯了，更可況那陳小蓓也不是個軟角色，雖年華二九，卻如其母一樣巾幗不讓鬚眉，也同時霍地站起，手上拿了茶杯，杏眼圓睜：「爛塊頭，你敢！」

爛塊頭沒嚇著對方，反被這兩母女嚇得站起來後退了兩步，掃一眼四周圍上了幾個茶客，更多人在雅室門外探頭探腦，心想這回真是丟盡了臉，不覺咬牙切齒：「阿拉走著瞧！」轉身狼狽而去。

這流氓哪忍得下這口氣，在阿金的嘲笑聲與茶客的噓聲中走下蘿春閣，氣鼓鼓立即去找自己那三個知心流氓朋友，直到吃中飯時才算找齊了，四個人就一邊喝酒一邊商議如何跟金剛鑽鬥一鬥出口氣，打劫珠寶店他們還沒有這個賊膽，商議出來的還是當時一般流氓白相人常用的方法：硬吃這婆娘！

第二天午飯後，阿金像往常一樣在萬昌珠寶店後間午睡，也不知睡了多久，突然被女兒發狂般亂搖，同時聽到聲嘶力竭的大叫：「媽！快起來！快起來！」

阿金霍地坐起：「什麼事！」

「爛塊頭帶了人在空地起房子啦！」

「什麼！」金剛鑽嚇得即時睡意全消，倒穿了拖鞋衝出店外，向左面一看，只見爛塊頭成根正雙手交叉胸前，眼神似笑非笑，站在空地上看著自己；他的身後是兩個小青年，嘴裡叼了支香菸，斜著身，搖著腳，一副流氓相。另一個流氓則在大聲吆喝幾個土木工匠在空地上豎木樁。

阿金氣得幾乎發昏，衝上前：「爛塊頭！你……」

「我怎麼樣？」成根仍然叉著雙手，左腳支地，右腳輕輕地搖來搖去，嘴角露出一絲絲冷笑，一副我不把你放在眼裡的模樣，「金剛鑽，我就把你硬吃了，你能怎麼樣？有本事，現在跟我開打啊；或者，去官府告我啊？」

「你！你……」阿金幾乎氣結。

「你這個富婆，這麼塊地皮對你來說算什麼？」成根竟笑起來，「這麼小氣！」

小蓓擔心母親氣昏了胡來，立即衝上前一把拉個阿金的手臂：「媽！我們先回去！」阿金也聰明，趁機找個台階下，任由女兒拉著便走回店裡。在後間太師椅上坐下，連喘了幾口粗氣。

「現在怎麼辦，要不要報官？」小蓓看母親漸漸平伏，低聲問。

「不能報官！」阿金說得斬釘截鐵。

「為什麼？我們有地契呢！」

「你不想想，你媽我是寡婦，被人瞧不起的！」阿金瞪女兒一眼，「我若上訴官府衙門，申訴狀上就得寫明『萬昌珠寶店主孀婦阿金』，那些警察看了，肯定要來敲詐勒索的！官司未打贏，還不知先要賠多少進去，說不定比那塊地皮的價錢還要高！那我還打這官司來幹什麼？嘿嘿，爛塊頭敢這樣硬吃我金剛鑽，大概就是看準我不敢告官！」

「那就白看著他們把地佔了？」

「不！得想辦法！」阿金同樣說得斬釘截鐵，然後，閉目養神；過了一會，才又睜開眼來，「不能報官，又不能公開跟他們打，當然更不能讓他們白吃！嘿嘿，白相人的事，應該找白相人來解決！這件事還是得找強盜金繡！」說著站起來，換了上街的服飾，從後門悄悄溜出去——免得被爛塊頭他們看見，攔了一輛黃包車，趕往泰記烏木店。

自從「洋癟三命案」完滿了結後，強盜金繡心裡多謝金剛鑽讓自己發了筆大大的橫財，金剛鑽則感激她為自己徹底脫了關係，兩人可謂臭味相投，來往得更較以前密切。現在阿金來把爛塊頭硬吃的事細述了一遍，強盜金繡雖未跟這爛塊頭打過交道，但也早聞其名，且見過幾面。閉著眼想了一會，覺得與其收阿金一二十個銀洋「講開費」損了「姐妹情誼」，不如大大方方在這富婆面前顯顯自己的本事，在白相人地界再撈點名聲，於是一拍胸口：「阿金妹！你放心，這事我來幫你擺平！」隨後叫來一個街頭小癟三：「阿九，你現在去街口找那個擺攤的寫信佬，要他幫我寫一張燙金帖子，就說我史金繡邀請成根哥明天下午三點在蘿春閣茶樓二樓喝茶，到時務必一會。寫好後，你就直接去三牌樓萬昌珠寶店左邊的空地，那裡有人在打木樁起房子，你就交給一個叫成根的人。記住了？」

「記住了。」阿九點頭，把強盜金繡的話複述了一遍。

「好記性！去吧！」強盜金繡塞給他十個銅元，「剩下的銅鈿歸你。辦妥了就立即回來告訴我。」阿九高興得連說三聲是是是，接了銅元便朝安仁街口飛奔。

阿金問：「金繡姐，明天準備怎樣跟爛塊頭講開？那人是十足的無賴，又有無賴兄弟，就我和你去，人手不夠呢！」

「放心！」強盜金繡一擺手，「明天我會叫上阿娥、洪老五、李寶英、陳寶姐等十來個姐妹，非把爛塊頭治住不可！」

「哈哈！精彩！」杜月笙聽戴三娘說到這裡，不禁放聲大笑，看一眼牆上的掛鐘：二時三刻，「這麼說，現在阿娥她們是在蘿春閣茶樓了？」

「肯定是。」戴三娘點頭。

「好戲就要開場了！」杜月笙看一眼馬世奇、袁珊寶，笑著站起來，「兩位兄弟，走！看看潑婆娘如何跟白相人講開，別錯過了這個軋鬧猛的好機會！」袁、馬二人本來還想在這裡樂樂的，看大哥如此有興緻，只得跟隨。

三個人興沖沖離開了圓潤院，向西走不多遠便進了縣城，走上蘿春閣茶樓二樓，向中間大廳一看，只見廳中兩張大圓桌坐了十五六個「巾幗英雌」，大都是三十歲左右的婆娘，坐在最外面的正是強盜金繡、小腳阿娥，洪老五，還有四個三十來歲的婦人，肯定是金剛鑽阿金、李寶英、陳寶姐等人。一個個手中拿著茶杯，眼睛則瞟著樓梯口，似乎在嚴陣以待。阿娥一眼瞥見杜月笙三人，揚揚手打個招呼，杜月笙也微笑點點頭，同時拉著馬世奇和袁珊寶走過不遠處一張沒有客人的小餐桌坐下，低聲道：「兩位，我不動你們也別動。」

三個流氓就等著看這伙女流氓如何跟男流氓「講開」。其實不用等多久。伙記過來開了茶，便有四個流氓白相人打扮的青年走上樓來了，一副趾高氣揚的模樣。

「爛塊頭！你過來！」阿金突然霍地站起，「我金剛鑽在這裡等著跟你講吃茶！」

成根一眼望過來，心中暗吃一驚：我的媽呀！一幫白相人嫂嫂！阿九把燙金的帖子交與他時，他一看是強盜金繡相邀，還以為是這個有名的女強盜要找他談什麼生意，一起去撈一筆，於是滿口應承，哪料這女強盜原來是要在這裡擺下局子為金剛鑽出頭！不過事到如今，硬著頭皮也得走過來，聲調也夠高夠粗的：「金剛鑽！你講吃茶，我陪你！」看一眼也已站起身來的強盜金繡，輕輕一抱拳：「金繡姐，邀請小弟來，有什麼關照？」

「關照你別太欺負人！」金繡那對圓眼睛瞪得像兩隻小燈籠，右手一拍餐桌，桌上的杯啊壺啊一齊鏗鏗鏗的響，「阿金是我的好姐妹！你成根欺負人竟敢欺負到了我姐妹的頭上！我強盜金繡是路見不平拔刀相助！就在這裡跟你講開！」

「嘻嘻，金繡姐何必發火？有話好商量。」成根直覺勢頭不對，想來個以柔制剛，先緩和一下氣氛——他看到其他十來個女流氓已紛紛離座圍過來。

史金繡不吃他這一套，仍是怒目圓睜：「你說，你是不是在阿金買下的空地上自己建房子？」女強盜這一吼，大廳上的茶客全都一齊望過來，有十個八個好事者走過來湊熱鬧。

爛塊頭即時收起嬉皮笑臉，愣在當地，掃一眼四周，只見金剛鑽阿金、小腳阿娥等人似乎已在摩掌擦掌，心中不覺怯了，不過嘴上還硬：「我在那塊爛地上建房子，關你屁事！」

「什麼？」洪老五右手一指，幾乎戳到成根的鼻尖，那雙杏眼兒毒毒的，「我在你根記雜貨鋪裡開堂子，是不是關你屁事！搶人東西還口硬，你當我們姐妹是堂子裡的粉頭啊？哼！」

一個身材高大，三十二三歲的婆娘應聲衝上來，瞪著一雙一大一小的怪眼，老牛那樣的聲音，一開口就是破口大罵：「爛塊頭！見你的鬼！你欺負阿金姐就是欺負我們眾姐妹！你以為我們是三牌樓路的小商販？觸那！我們夠膽去砸了你的雜貨店！叫那裡變成垃圾鋪！」

這個還未叫完，另一個大肥婆也已衝上來，穿一身花花綠綠的衣服，那聲音是高而尖：「爛塊頭你他媽的欺負孤兒寡婦算哪路貨色！想找女人，乾脆回家去踩你的大老婆小老馬！」

其他婆娘也紛紛湧上來亂叫，有的叫爛塊頭你沒本事就去逛堂子算了，有的叫你爛塊頭他媽的撒什麼無賴佔人田地，有的要他把女兒賣給洪老五做煙花，有的乾脆叫他去跳黃浦江，總之一邊亂吵亂嚷，一邊就在這流氓面前指手劃腳，根本不容爛塊頭與他那三個流氓朋友說話。

爛塊頭被指到眼花，被罵到發昏，他明白這些撒潑婆娘都不是好惹的，好漢不吃眼前虧，先逃出去再計較，便大叫一聲：「你們這幫潑婦！簡直是十三點！」別頭看看身後三個呆若木雞般站著的癟三朋友，「我們走！」轉身就想溜。

「哪裡走！」一直冷笑著沒哼聲的小腳阿娥一步衝過來，一把就抓住了爛塊頭的手臂，在這伙女流氓中，算她最打得，「來了就得講吃茶！」

爛塊頭只覺阿娥五指如鋼爪般的堅硬有力，原來還以為來了個男流氓，別頭一看，竟是個怒目圓睜的俏婆娘，奮力一掙竟沒能掙脫，心中不覺暗吃一驚：「你，你是誰？」

「哈哈！」強盜金繡一拍他的肩頭，「不認識嗎？簡直有眼不識泰山！這就是我們姐妹中的武功大師小腳阿娥！」

爛塊頭怔了怔。他聽說過這婆娘怒揍嫖客，當街打瘦猴堂的故事，又相傳她是大好佬虞洽卿的乾女兒，黃金榮也得讓三分的，一聲「我的媽呀」幾乎沒叫出口來，看她這雌老虎的模樣，如此的手勁，真的有點著慌：「阿娥姐，阿娥姐……」

「坐下！」小腳阿娥一把將他拉過來，往椅上一按，「講吃茶，現在才算開場！」說著自己右腳一抬，就踏在了另一張椅子上，俯視著爛塊頭，頗有點女山大王的氣概。

「各位姊姊，各位姊姊，有事好商量，有事好商量！」爛塊頭知道自己是走不脫了，鬧下去只會越來越丟臉，跟十多個婆娘打本來就打不過，何況其中還有個了不得的小腳阿娥！心想吃癟也得認了，抱著拳頭便向四周亂拱，最後是對著強盜金繡、金剛鑽阿金和小腳阿娥又拱了兩拱，「三位姊姊，三位姊姊，阿金姐、金繡姐、阿娥姐，有事慢慢商量！慢慢商量！」

「沒得商量！」阿金一拍餐桌，「爛塊頭！拿二百個大洋出來！我就讓你在那裡建房子！沒錢，立即滾蛋！把空地上的所有東西搬走！」

「聽清楚沒有！」強盜金繡也大喝一聲。

「是，是。」爛塊頭看著這伙女煞星那凶神惡煞的模樣，先應承了再說。

「你別耍滑頭！」洪老五叫道，「以為離開這蘿春閣就可以說話不算數！你若還敢撒賴，我們就去砸了你的根記雜貨鋪！」

「不敢，不敢。」爛塊頭又不斷地拱手，同時站起來，「各位姊姊，小弟現在就去辦，現在就去辦！」一步步溜向梯口，後面跟了那三個癟三，也在不斷地拱手：「各位姊姊，現在去辦，現在去辦！」狼狽下樓而去。

眾婆娘放聲大笑，一個年紀較輕的拍阿娥的肩頭：「哈哈！阿娥姐你果然英雄！嚇得爛塊頭臉青唇白！」

阿娥大笑：「那個臭癟三！」轉頭一指強盜金繡：「金繡姐才叫厲害！爛塊頭一聽金繡姐的大

名，就雙腳打軟了啦！」

洪老五笑得眼淚水都幾乎迸出來，指著剛才聲音高而尖的那個大肥婆：「寶英姐厲害啊！這身軀往爛塊頭面前一站，小山一般，爛塊頭哪還敢嘴硬呢！」立即又是鬨堂大笑，連整個大廳的茶客也跟著怪笑起來，而最妙的是，這個寶英姐竟毫不生氣，還連說「過奬過奬」。

笑了一會，金剛鑽阿金突然向大家作了個羅圈揖：「各位姐妹！今天多得各位仗義相助，阿金在此謝過了！現在請各位去小店坐坐，我略盡地主之誼，今晚就到春風得意樓開飯，我做東！」話說得好聽，其實阿金是怕爛塊頭還賴在空地不走，她得趁熱打鐵，把這伙婆娘拉去「監督」。晚上一頓飯，不過花三幾銀洋，人家幫了你的忙，自己做事就得落門落檻。

眾婆娘一聽，大聲叫好，阿金奮臂一呼：「那現在就去囉！」左手挽了強盜金繡，右手挽了小腳阿娥，領頭下樓。其餘的白相人嫂嫂吵吵嚷嚷的跟在後面。

待兩伙人都走了，廳堂回復了平靜，茶客們在議論紛紛時，馬世奇低聲問袁珊寶：「珊寶哥，上海灘的江湖傳聞你知道得最多，剛才那伙婆娘你認識幾個？」

袁珊寶哈哈一笑：「這些都算是上海灘有點名氣的白相人嫂嫂，強盜金繡、金剛鑽阿金、小腳阿娥、洪老五這幾個不用說了。剛才那個大肥婆你看到了吧？她叫李寶英，住在城裡西倉橋的，她的丈夫叫陳六甲，是個買賣地皮的經紀人，大她二十多歲。明知她在外面有小房子，但也只得做開眼烏龜！」嘻嘻兩聲，「你說這婆娘厲害不厲害？」

「厲害厲害！」馬世奇也笑。

「當然，這倒不算什麼。」袁珊寶喝口茶，「其實，李寶英的一大賺錢本事是為茶樓接洽說唱藝人，據說不管本地幫外地幫，要想在茶樓登台就得先去拜訪她，由她來跟茶樓老闆接洽，由她來統一安排，否則就唱不成。也是個厲害的婆娘！」

第五十七章　南碼頭深夜劫土

話說杜月笙掌管源利俱樂部後，由於他收羅了顧嘉棠、芮慶榮等流氓頭及其手下癟三，大大煞住了剝豬玀之風，又以癟三代做大閘蟹的辦法應付了法國佬要捉賭客遊街的難題，從而使賭場生意相當興隆，而他早已不滿足於現況，私下裡一直在組織自己的力量，並且開始在煙業插上一腳。

當年的上海灘，幾乎所有流氓集團都想在這一行插上一手。但沒有幾個人真正能夠做得出個市面來，因為有財雄勢大的大把頭把持煙業。

在英租界，是以華探目沈杏山為首的大八股黨稱霸了販運煙土權；在法租界，是黃金榮暗中為煙行押運，同時自己也參與販毒售毒。那些小流氓團伙，就只能看準時機偷偷摸摸的幹些劫土的勾當，根本沒能耐跟黃金榮之流的大把頭抗衡。杜月笙認定，如果仍是跟在黃金榮的屁股後面，那就不管立下了多大的功勞，仍只能是黃金榮手下的門徒。杜月笙要自己立起個大山頭，做山大王。

今天的杜月笙已不是當年跟著馬祥生戰戰兢兢地走進黃公館時的杜月笙了，也不是對著林桂生點頭哈腰，「侍疾師娘」時的杜月笙了。他今天已收羅了一批門徒，又有幾個忠誠於自己、打得殺得的得力幹將；有過單槍匹馬跟英租界大好佬嚴老九講開的「威名」，「智勇雙全」挫敗俠誼社大哥鄭子良的「業績」，又佔有了大達碼頭、南碼頭的地盤，在白相人地界裡已稱得上聲名赫赫。杜月笙下了決心要利用自己手中的這股力量，自己打個場面出來，做個真真正正的大亨，而不只是個「黃金榮的得意門生」——儘管他決不放棄這個有利無害的牌頭。

經過了好長一段時間的思慮，杜月笙決定在南市劫土。

這天晚飯後，他把顧嘉棠等心腹手下叫到金福里，宣佈自己的決定。江肇銘一聽，叫起來：「月笙哥，這兩年我們兄弟一直想做煙土生意，但這樣事那樣事，沒有作成。現在我們比以前強多啦！要幹，就幹大的！現在土行興旺的是在英法租界，不是在南市華界！那裡大都是些燕子窠，官府又口口聲聲說要禁煙，那些批發土行多是躲起來的，能有多大油水？我說哪，要劫，就去劫租界的！」一拍八仙桌，簡直豪氣干雲。

杜月笙看一眼自己這個大徒弟：「阿銘你說得不錯，那些洋人靠販煙發了大財，我杜月笙以後是要搶回這塊肥肉，但這是以後的事，現在不行！」

「為什麼不行？」江肇銘原來是坐著的，一蹦跳到了條凳上，「月笙哥你有三十六股黨呢！又有嘉棠哥、綽山哥、慶榮哥及他們的手下幫手，至少也有個一百幾十號人了，怕什麼？」

杜月笙笑起來：「阿銘，我們能夠把一百幾十號人拉上大街打架嗎？現在是劫土，得手後就要立即散水的，不是打群架，不是佔地盤！」臉色慢慢嚴峻起來，「在租界裡押運煙土的可能有巡捕，我們可以跟黃探長作對嗎？有本事跟沈杏山作對嗎？跟巡捕作對嗎？被人一槍打死了是白死，逮住了更可能會惹出事來！」掃一眼眾人，「我之所以說要在南市劫土，一，那裡是華界，這樣可以避免跟黃金榮、沈杏山等捕房發生衝突；二，華界政府明令禁煙，土行失了土，也不敢向警局報告。三，正因為南市的土行勢力較弱，而且力量分散，我們才好動手。各位認為如何？」目視顧嘉棠、芮慶榮、葉綽山三人。

這三大金剛，在打單幫時就曾劫過煙土，也曾為土行押運過煙土，對這一行可謂熟門熟路。現在一看大哥望過來，自然心領神會，異口同聲：「月笙哥說得對！」

不過顧嘉棠也直言不諱地加上一句：「可惜我們過去只在租界做過，沒在南市……」

「那不要緊，萬變不離其宗。」杜月笙喝口茶，語氣放緩，「以後各位就多加注意，回去後發散手下兄弟去南市打聽，一有消息，回來報告，不得擅自行動，不得江湖亂道，否則按幫規處置！」

這個搶劫令就算是發下去了。第二天，杜月笙要馬世奇去南碼頭把何野鯉叫上福如茶樓雅室。杜月笙用計把南碼頭奪到手後，便要何野鯉在南碼頭一帶稱王稱霸，勒榨商船，硬做生意。每個月向杜月笙進貢，時多時少，杜月笙也不跟他計較。最近這兩個月，竟然拿不出銀洋來。現在一聽杜月笙叫他，何野鯉心中不覺怦怦的跳，害怕杜月笙跟他「算帳」。走進福如茶樓雅室，這個小流氓頭便對著正悠悠閒閒在那裡喝茶的杜月笙把腰猛躬：「月笙哥，您早。月笙哥，您早。」

杜月笙看他一眼，臉露微笑，做個手勢讓他坐，閒話兩句後才問：「阿野，南碼頭現在如何？」

「月笙哥，您別見怪，」何野鯉幾乎又想站起身，「南碼頭儘是來些水果船，實在沒有什麼油水，收到的保費僅夠十來個兄弟開飯。現在天寒地凍的，船來得更少了。所以這兩個月實在……」

杜月笙「嘿嘿」笑了兩聲，擺了擺手，示意他不必再說。「今天不說這個。」杜月笙把手中茶杯舉了舉，話題一轉，「阿野，可知道南市一帶的土行煙業情況？」

「知道些。」何野鯉一聽不是說「貢銀」的事，心裡定下來，「比如南順記，我知道那是南市的土行，不過沒有公開掛牌的。」

「那你怎麼知道？」

「幾個月前我到南市的燕子窠旺記香兩口，見到旺記的老闆李旺跟個青年人又說又笑的挺親熱，我過完癮，便跟李旺打招呼。李旺知道我是在南碼頭做生意的，彼此同輩份，便介紹我認識那個青年人，大家便聊起來。這青年人原來叫詹青平，是南順記經理詹順的一個侄子，跟著叔父在南順記做伙記的。後來我又聽好幾間燕子窠的老闆說，他們的貨都是從南順記那裡批來的。所以我就知道南順記是間土行，規模可能還不小。」

「照你所知，南市還有哪幾間土行？」

「聽說還有信誠記、樂陶記，其他的就不知道了。官府查得緊，這些土行都不公開掛牌的，也不知實際究竟在哪裡。」

杜月笙點點頭：「那南市的燕子窠有多少？」

「不少。具體多少，不知道。大多都是在里弄胡堂裡的，不像在租界那麼明目張膽的做。」

「很好。」杜月笙又點頭，看定何野鯉，壓著嗓門把自己「南市劫土」的決定簡要地說了幾句，最後道：「阿野，你在南碼頭，情況最清楚。記住，一有什麼消息，立即回來報告。」頓了頓，笑笑，「不妨跟詹青平交個朋友，探探路。」

「是，月笙哥。」

過了大約半個月，何野鯉吃過晚飯，來到金福里杜宅。

杜月笙一看他的神色就知道有要事，把他引進後間密室，待送茶進來的女傭出去了，又看江肇銘關了門，才低聲問：「有什麼情況？」

何野鯉低聲答：「月笙哥，我聽說後晚南順記有貨上岸。」

「聽說？聽誰說的，消息可不可靠？」杜月笙前俯，雙眼冷峻。

「詹青平親口說的。」何野鯉說得認真，「遵照月笙哥你的吩咐，我回到南碼頭就一直想著怎樣接近詹青平，跟他交朋友。但我又不便問李旺和其他燕子窠的老板，就算問可能他們也不會說出南順記的地址。幸好上個禮拜終於在旺記又見到詹青平，他也來香兩口。過完癮我就拉了他去春風得意樓開飯，席間飲酒，搞清楚了南順記原來就在西倉橋街，店面是批發三台砲等外國香煙的。過了兩天，我又請他去喝早茶。這樣一來二往的，大家也相熟了，又是同門朋友，看來他沒有對我起戒心。今天中午我請他去望江閣開飯，席間有意灌了他幾杯，他喝得有點酒醺醺的，我就有意把話題引向做生意，他說現在生意不好做，官府查得緊，過兩天再來一批貨，賣光了，賺筆大的，然後就得歇歇了，避避風頭。我又套他，說自己是南碼頭霸首，問他是不是在南碼頭上貨，我可以為他押運。他就搖頭，說那是他叔父的事，他不清楚，說完又喝酒，我怕他起疑心，不敢再問，最後這小子就完全醉了，我還得雇了輛黃包車把他送回南順記。」

說到這裡，喝口茶，看看杜月笙，只見這大哥盯著自己連眼也沒眨，便道：「月笙哥，聽他說是過兩天，那當然就是後天了；既然運的是煙土，當然不能在白天招搖過市了，那就只有在晚上。所以我說後天晚上。可惜現在是具體的時間、地點、人數都不能確定。我先來給月笙哥報個信。」

「你做得很好。」杜月笙不但沒責怪他沒把事情瞭解清楚，而且還似甚表讚揚。說完便背靠太師椅，閉目養神，過了約一刻鐘，問何野鯉：「詹青平知不知道你是我們三十六股黨中人？」

「這個難說。」何野鯉一臉茫然，「有時說漏了嘴也難說，至於手下的兄弟那就肯定說出去的了，這是月笙哥你的牌頭呀，當然要打的。至於詹青平知不知道，真箇難說。」

「這樣他肯定知道，至少詹順知道。」杜月笙站起身來，在房子裡慢慢踱步，「阿野，這兩天你不要再去找詹青平，就算他來找你，你也不要再提押運煙土的話。你要做的，是注意南碼頭附近沿江的動靜，尤其是注意夜裡有沒有船來，有沒有人打手電筒，有沒有人去江岸接應；同時把貨棧清理好，準備好十床八床棉被，明晚就會有兄弟住到裡面去。」

「就這樣在貨棧裡等？」馬祥生低聲問，「會不會是守株待兔？」

「詹青平既然沒對阿野起戒心，那就證明他是酒後吐真言，而且他說的跟現在的情況相符合，看來不會假，那樣，我們就算等他個五日五夜也值得。」杜月笙說著，雙眼漸露凶光，「這回要嘛不出手，一出手就要大獲全勝，盡劫！」

第二天晚飯後，顧嘉棠、葉綽山、芮慶榮、江肇銘等十來個杜幫中的骨幹人馬趁著夜色到了南碼頭。不過，這一夜，沒有動靜。

又過了一天，杜月笙吃過晚飯，帶上馬世奇、馬祥生，也來到了南碼頭。

當時是一九一五年初，隆冬時節。杜月笙站在南碼頭江畔，不覺便緊了緊身上的大棉衣，退回貨棧裡，對顧嘉棠等人下令：「各位兄弟，今夜輪流巡江，大家分批睡覺。三人一組，分兩組，一組巡南面，一組巡北面，若發現有什麼動靜，立即回來報告！」

到了大約半夜一點到三點，負責巡南碼頭以北江面的江肇銘衝進貨棧來，一把搖醒杜月笙：「月笙哥，從大南門多稼路那邊來了輛帶低篷的馬車，有十條八條大漢押車，現在已到了江邊。」

「誰在看著？」杜月笙霍地坐起來。

「葉綽山和何野鯉。」

「好！」杜月笙跳下床，「我現在立即帶顧嘉棠等兄弟埋伏在裡馬路跟多稼路口。他們既從大南門出來，一般就會從大南門回去。阿銘，你立即回去，如果情況有變，馬車不走來路，你就去路口報信；如果情況沒變，你們三人就跟在馬車後面，一見我們動手，你們就衝上來。注意，別被他們看見！」

江肇銘應聲：「是，月笙哥！」兩分鐘後，十來條黑影便閃出了南碼頭貨棧，向北竄去。

同時，十條八條大漢跟隨著一輛低篷的馬車來到江邊。不一會，一艘大木船便從北而來，慢慢在離岸幾十公尺處停船拋錨了。夜色沉沉，星月無光，三道手電筒光柱向岸上射來，馬車這邊也打回兩道光柱。緊接著一隻小舢舨便向岸邊划來。剛靠岸，立即搬下來八隻木箱，塞到馬車裡，再隨著輕輕的一聲吆喝，馬車便向裡馬路方向駛去。一條漢子揚鞭駕車，兩條漢子坐在車上，六七條漢子走在馬車兩邊，個個手執木棒，注視著四周的動靜。

這時，躲在遠處一間廢棄小泥屋後的江肇銘輕輕做了個「跟隨」的手勢，三條黑影便隨之向北移動。夜色深沉，灘岸一片死寂。馬車走過了泥地，突然從黑暗處竄出七八條黑影，個個手舉木棒大刀，向馬車撲來。走在兩邊的護車大漢一看，發出聲聲高叫：「劫車啦！打！」舞棍應戰。駕車的漢子一聲吆喝，手中馬鞭一揚，隨著馬兒一聲嘶叫，馬車沿著多稼路便向西狂奔。城外江畔，稀稀疏疏只有三幾盞昏黃的路燈，路上黑得很，馬車剛剛跑起，駕車的漢子與另兩個押車的正慶幸自己殺出包圍，猛然看到前面路中間壘了一堆大石，攔住去路，嚇得大叫一聲：「勒馬！」

叫聲未落，路兩邊已殺出十條八條漢子來，也是手提木棍大刀，狂叫著：「打啊！」向馬車衝去。這一下就要命了。坐在車上的是兩個漢子，連同駕車的，也就是三個，一看又衝過來大幫劫匪，驚恐得目瞪口呆，哪還來得及勒住韁繩，不過是一眨眼的功夫，那馬兒已收腳不住，直衝向石堆。這牲畜有靈，兩前蹄猛向上舉，騰空一躍，石堆被它躍過去了，但那馬車卻過不了石堆，只聽得轟隆一響，馬車應聲翻覆，車上三人被摔飛車外，連打幾個滾，同時發出幾聲慘叫，在死寂的夜空中顯得分外淒厲。

幾個劫車者撲過來，給了這三個已被摔得七葷八素的漢子兩棍，叫他們再慘叫了兩聲，爬不起來。另外幾個人同時已揮刀劈開了車篷，扛起木箱便向七轉八拐的里弄竄去，其他人在旁護衛，一眨眼間，便已無影無蹤。原來護車的六七條漢子正跟第一批衝出來的劫匪打得不可開交，猛聽到馬車翻車聲響，接著是自己人的慘叫聲，便知出了事，哪還有心戀戰，想向這邊增援，但對方棍棒交加，脫不得身，正打得難分難解，突然傳來一聲嘯叫，已明顯佔了優勢的圍攻者齊聲大叫：「不打了！」後退兩步，然後四散而去。護車的漢子哪還敢追，急忙向馬車出事地方奔去，借著遠遠昏黃的燈光，看到馬車已翻倒路上，車篷開了，木箱全沒了蹤影，那匹馬站起來了，但那三條漢子還倒在地上，有一個大概是昏過去了，另兩個在唉喲唉喲的叫。

這時候，三個巡更的警察向這邊衝過來，手中的警棍直指這伙漢子：「發生了什麼事？你們跟誰打架！」

這伙漢子就愣著眼：「警爺，不是我們跟人打架，是我們被人搶劫了！」

「你們十條八條大漢，被人搶劫？」領頭的警察是個肥佬，顯然不相信，「三更半夜的，你們運的什麼貨？被人搶劫？」

沉默了一會，一個高高大大的漢子大概是其中的頭目，對警察拱拱手：「警爺，我們是受雇運貨，至於運什麼，我們不知道。」

肥佬警察把眼眨了兩眨，心中有數，便把警棍晃了兩晃：「那你們要不要報案？」

「不。」領頭的漢子搖頭。

「那你們把這裡收拾好。」肥佬警察對兩個手下把警棍一揮，「走吧。」

警察走了。除了從黃浦江刮過來的呼呼風聲，一片城郊地又驀地全靜寂下來。

這伙漢子在你眼望我眼。他們不是在考慮搬開石頭，清理道路，而是在想著怎樣向南順記交代，向繆阿玉交差。

沉默了好一會，一條大漢終於對著領頭的叫起來：「高照哥，貨全沒了，現在怎麼辦？」

「是啊，現在怎麼辦？」其他人圍過來，七嘴八舌地低聲叫。

那個叫高照的卻是仍然愣著，過了大約十分八分鐘，才突然把手一揮：「各位兄弟，散水！離開上海灘，至少是立即離開華界！」

「繆老大那邊……」

「你還想回去嗎？」高照瞪了說話的漢子一眼，「把你老婆兒女賣了也抵不了八箱小土的數！」又掃一眼這伙難兄難弟，「各位兄弟，有所謂在劫難逃。你們自己打算吧，我是離開上海灘，我不想被繆老大追殺。」說完，仍提著木棍，邁開大步，向左邊一條弄堂走去，其他人一時愣著……。

這時候，正是黎明前的黑暗，夜色最深沉之際，杜月笙坐在金福里的太師椅上，面對著地上的八箱小土，聽著顧嘉棠等人對自己的恭維，微微含笑。

「月笙哥真不愧是諸葛亮，軍師爺！」葉綽山大叫道，「分兩批人埋伏，然後再一先一後殺出，果然打得那伙癟三措手不及！」

「這條計最絕的還是那堆大石啊！」顧嘉棠拍八仙桌，「壘在路中間，叫他人仰馬翻，叫他沒有還手之力，而我們不用動手，就全收！哈哈！全收啊！」

其他嘍囉一個個大笑大叫，這個讚月笙哥英雄，那個叫月笙哥了得。吵了一會，杜月笙慢慢站起來，雙手舉了舉，示意大家安靜，再輕輕一抱拳：「各位兄弟，今夜多得各位勇武，才能馬到功成。」神情慢慢顯得嚴肅，掃大家一眼，「今夜的事，誰也不得江湖亂道，否則按幫規處置！以後還有無數的發財機會。我杜月笙自會論功行賞，決不會虧待出過力的兄弟。今晚整夜大家也沒睡好，現在就請先回家睡覺去吧！」

這伙流氓先是你眼望我眼，本來以為可以立即得到打賞的，現在只得一個個拱手了：「多謝月笙哥！多謝月笙哥！」然後告退。

杜月笙有他籠絡手下的計謀。他不公開打賞，因為他認為那樣會引起互相比較，功勞的大小有時很難分得清，那就會或多或少的引起彼此不服氣，造成不和，也影響自己做大哥的威信。

他客客氣氣地送走了這伙手下，然後坐在密室中細細思考一番，最後擬了個名單，把管家萬木林叫來，吩咐道：「你根據這個名單，用信封裝好銀票，一個個單獨送去給他本人。記住，無需多說話。他們若問你誰誰得了多少，你就說不知道；如果問其他，你也不要多說。」頓了頓，「就說有什麼要問的，來問我好了。」那些得到打賞的手下果然一個個來向杜月笙鞠躬道謝，而根本沒有人向他打探誰得了多少。

過了十來天，杜月笙便帶著馬世奇、江肇銘過黃浦江，來到東昌路碼頭找馬德寬。

馬德寬當時正在廟裡跟幾個手下嘻哈大叫時，聽到門口處傳來：「寬哥英雄！」抬頭一看，只見杜月笙三人跨進廟門，連忙站起來，拱著手迎上前，嘴裡連說「有失遠迎，萬望恕罪」的客套話。

杜月笙拱手還禮，滿臉堆笑。大家寒暄了幾句，各自落座。杜月笙掃一眼四周，又看看爛賭六等人，再對馬德寬笑笑。馬德寬會意，向手下擺擺手：「關了廟門吧。」

爛賭六等人便退出去。馬德寬問：「月笙哥光臨，不知有什麼事？」

杜月笙笑而不答，掏出包三砲台來，遞一支給馬德寬：「寬哥，這東昌路碼頭現在是你的天下了，不會有誰來搞亂了吧？」

「嘻！多得月笙哥幫忙，獨眼狼掉落黃浦江後，這裡風平浪靜。」馬德寬拱拱手，那道謝確是發自內心，「如果以後有什麼獨眼虎獨眼豹來，我馬德寬還得打你月笙哥的牌頭哦！哈哈！」

「區區小事，何足掛齒！」杜月笙笑道，「小弟這次過江來，是有事要請寬哥幫忙的。」

馬德寬一聽，心中打個突，不過嘴上說得好聽：「唉呀，月笙哥何必客氣！有什麼要小弟效勞的，請吩咐。」

「多謝多謝，」杜月笙看定馬德寬，「小弟最近得了八箱小土，都是上品。」說著從懷裡掏出一小包「樣本」來，放在小木桌上，「想轉賣與寬哥出手。寬哥識途老馬，料無問題？」

馬德寬眼睛一亮，拿起「樣本」來慢慢端詳一番，又仔細地嗅嗅，輕輕放回桌上，話倒答得爽快：「這個沒問題。」眼睛眨了兩眨，「只是現在市道不好啊，月笙哥。華界說要禁煙，租界也說要禁煙，有些土行的要貨也少了。」再低聲問，「不知月笙哥要的什麼價？」

「就按過去水老蟲的老規矩吧，」杜月笙笑笑，「每箱三千銀洋。」

「唉呀，這真的不行呢！」馬德寬的反應直截了當，「市道真的很不好啊，現在土行跟小弟要貨，也遠遠達不到這個數啊！」

杜月笙知道他說的是實話。但臉上仍然似笑非笑的看著馬德寬：「那寬哥是什麼價？」

「月笙哥，生意上小弟實話實說，小弟現在的出貨價也不過是二千五啊。」馬德寬無奈的說。

「嘿嘿，寬哥，」杜月笙冷笑兩聲，「你這不是有意誆我杜月笙嗎！」

「不，這，不……」馬德寬一看這白相人的神色，知道他肯定先瞭解行情，不覺有點口吃起來。

「實說吧，什麼價？」杜月笙語氣挺平靜。

「我，我出貨是一箱二千五，那我就付二千五給月笙哥，就當我為月笙哥效勞。」馬德寬看起來挺為難。

杜月笙自認有王牌在手，決不接受這個價，只見他又是「嘿嘿」兩聲冷笑：「寬哥，大家同道中人，何必拐來拐去？我就退一大步，一箱二千六百五，你有賺了！」

「唉呀！月笙哥，這真的不行……」

「什麼不行！」坐在旁邊一直沒哼聲的江肇銘突然蹦地跳起來，一拍小木桌，幾乎把那小包「樣本」震到地上，對著馬德寬怒目圓睜。

第五十八章　上海灘流氓法則

馬德寬被這宣統皇帝嚇了一大跳，雙眼愣著：「江……阿銘哥……？」

「你老馬也不想想，這東昌路碼頭是誰給你保住的？」江肇銘照著杜月笙來前的吩咐，顯得簡直是義憤填膺，「沒有我們月笙哥，你這個地盤早就被獨眼狼搶了！你還能夠在這裡做霸主？現在月笙哥把這上品小土交你轉手，你怎麼能夠這樣推三推四的壓價！」

「你，你……」馬德寬想發脾氣，但又不敢，口張了兩張，沒說出下面的話來。

馬世奇一拍他的肩頭：「我說老馬，你剛才還說，以後有誰來這裡搞亂，你還得打我們月笙哥的牌頭，怎麼這麼快就忘了？我們月笙哥幫你保住這個東昌路碼頭，賺得你成了個大亨，起大屋，娶小妾，嫖粉頭，還不是由於你霸得了這個碼頭來的？現在月笙哥有錢給你賺，你怎麼還要跟月笙哥討價還價？」嘿嘿兩聲，「我們月笙哥既然能夠幫你保住這碼頭，也當然能夠自己拿來用的。」

「唉！」馬德寬心中嘆一聲，「就當我怕了你，給你交保費吧！」雙手一抱拳：「月笙哥，江湖上有錢大家撈，二千六百五就二千六百五吧！你知道的，我馬德寬只是為月笙哥你效勞了！」

「哈哈！寬哥爽快！」杜月笙笑起來，「不過也別說為我杜月笙白做了，互惠互利罷了！」拱拱手，站起來，「先行告退，下午小弟把貨送過來。」

憑著這以強凌弱的流氓手段，杜月笙把八箱小土一下子全部高價出手，除去打賞手下花去的二千餘銀洋，他這回南市劫土，竟劫得了近二萬銀洋。而這次的慘重損失，使土行南順記隨後倒閉。

當夜南順記的老闆詹南、經理詹順已是坐立不安，直等到黎明仍不見貨到，心知不妙，立即帶同行裡的幾個打手伙記出大南門，直奔多稼路，終於看到路中的那堆大石頭、那匹馬、那輛以前多次送貨來的低篷車——現在仍然翻覆在路邊，有幾個警察在指手劃腳，有十來個早起的市民在圍觀。

詹順示意大家停下來，自己上前打聽：「警爺，這是什麼回事？」

一個肥佬警察大罵一聲：「觸那！半夜裡有伙人說自己被人搶劫了，我要他們把道路清好，竟全走了！還要累得我警爺來搬！」

詹順不用再問了，走出圍觀的人群，在詹南耳邊低語一句：「貨全失了，押運的人全走了。」

「啊！那怎麼辦？」詹南這一驚吃得真是非同小可，立時雙眼發直，「二萬……」

「南哥，急也沒用。」詹順低聲制止住他的怪叫，「走！找繆阿玉！」

這群人一個向後轉，沿著來路奔回大南門，剛一拐進老城廂，迎面就碰著繆阿玉帶著五六個手下急步而來。詹順迎上前，把所看到的情況對繆阿玉說了一遍。

繆阿玉臉色陡變，定了定神：「各位請先到猛將廟用茶，我去去就來。」

過了一個鐘頭，繆阿玉回到猛將廟。這時的詹南、詹順神色焦慮得好像老了十年。二人是堂兄弟，其實同為南順記的老闆。這回進貨八箱煙土，是準備狠賺一筆後就歇歇手，再看官府禁煙的動靜。哪料到就在這次進貨最多的時候失手。

「高照他們半夜出去接貨，也不知接了多少。」繆阿玉在二詹面前坐下來，神色平靜，這番話該怎樣說，他在路上已經考慮好了，「現在貨看來是失了，人一個也沒回來，實在遺憾。」別過頭對一個手下道，「叫帳房拿一千個銀洋的票子過來。」

一千銀洋，這是南順記付給繆阿玉押運的定金，貨到後再付五百；這趟陸路上的押運費約為貨值的百分之七，分兩次付，這是當時黑道上的行規。詹南一聽繆阿玉說送一千大洋銀票過來，就知道他是要退回定金，不覺大叫起來：「繆老大，現在我二萬多銀洋的貨沒有了！你是負責押鏢的，不能退了定金就算，總得有個賠償金啊！」

「賠償金？」繆阿玉見詹南氣急敗壞，他自己卻不動氣，竟笑了笑，「詹老闆，這幾年我為貴行押運，從來沒有訂明要賠償金的，是不是？」

「你！……」詹南當場氣結，張大嘴，說不出話。

「現在失鏢了，就當我沒為貴行押鏢，把定金退還，事情不就了結了？」繆阿玉說得篤定，「高照他們一去不返，一個也沒有回來，我根本不知道發生了什麼事，也不知道你們到底有多少貨。」一看詹南又要大叫，把手一揮，「還有，現在警察把我繆某的馬匹、馬車都拖回了警局，也是損失不輕，那我找誰賠？」

詹南氣得發昏，說不出話。詹順強壓住怒氣，開了口：「繆老大，負責押鏢而失了鏢，理當賠償金，這是江湖上的行規，至於賠多少，是可以商量的事。」

詹順盡量保持語氣平靜，他知道若要強橫，南順記鬥不過這個大流氓頭，「繆老大在南市有頭有面，江湖上誰人不知？如果就這樣推得一乾二淨……」

「那又怎樣！」繆阿玉把眼一瞪，心裡同時罵一聲：「你敢跟我講打？」不過這句話沒叫出來。

「那就大大有損你繆老大的名聲了！」詹順回望著他，四目對視，並無懼色，「試問這話傳出去，以後還有哪間土行敢請你繆老大押鏢？難免不說你繆老大恃強凌弱吧？」

「嘿嘿！」繆阿玉冷笑兩聲，「詹經理這話……」

上面的話未說完，老帳房剛好把一千銀洋的票子拿過來了：「繆老大……」

繆阿玉便把話打住，接過銀票，看也不看，便遞給詹順：「這樣吧，這定金我現在退了，至於賠不賠，賠多少，過些日子再說，等高照他們回來，我得問問清楚後再作決定。」

「多少日子為限？」詹順接過銀票，追問不放。

「半個月吧！」繆阿玉倒也爽快。

「這……」詹南又叫起來。

「好吧！」詹順目視繆阿玉，「我想繆老大一言九鼎，不至食言。」拍拍詹南，「南哥，我們先回去，我想繆老大會把他的手下找回來問清楚的。」

繆阿玉沒有能夠問清楚，因為他發散手下在上海灘查了半個月，高照他們連影兒也沒有，但詹南與詹順來了：「繆老大，情況如何？」

「找不到高照他們。」繆阿玉頗有怒氣，「這伙癟三肯定是逃出上海灘了！」頓了頓，「兩位聽到風聲沒有？這次南市劫土是法租界的杜幫三十六股黨做的！」

「這個我們也聽說過，」詹順說，「但杜幫三十六股黨在法租界，我們這裡是華界，我們南順記總不能去法租界找杜月笙論理。」

繆阿玉瞪著他那雙小眼睛，氣狠狠地打斷詹順的話：「那個萊陽梨，想當年在我猛將廟輸得成個窮光蛋，後來還要我讓他做航船，結果又偷了賭客的賭金，我還未找他算帳，現在這小子既然到南市來興風作浪！」

「這個繆老大以後去跟他說。」詹順看著他，「現在說說失鏢的事吧，繆老大不會食言吧！」

繆阿玉盯著詹順。他知道今天的杜月笙現在是黃公館的台柱，法租界有名的白相人，青幫老頭子，手下有三十六股黨，四大金剛中的三個也是他的手下幹將，都是些亡命之徒。自己賺下家大業大，怎可能到法租界跟他「講開」。何況自己無憑無據，根本無法指證他劫了自己的鏢。想到這裡，繆阿玉只能心中苦笑，只能欺欺眼前的南順記土行了：「詹經理，我並沒有說過一定會賠。」

「好吧，既然這樣，」詹順迎著繆阿玉的目光，「那我就只得把這次失土的全部經過向南市所有土行公開，向整個上海灘江湖道公開了。」

兩人對視了足有三分鐘，詹南忍不住對著繆阿玉拱手叫起來：「繆老大！失鏢賠償金，這是江湖道義啊！這回我們南順記損失慘重哪！」

「好吧，」繆阿玉的口氣緩下來，他不是可憐南順記，似他這種大流氓不會可憐誰，哪怕是同類；他是擔心以後的生意和自己的名聲。「你們說損失了二萬銀洋，找不到高照他們，這無法確定。大家都是江湖道上的人，現在我就送你們南順記二千大洋，聊表我的慰問之意。」

「就二千?」詹南叫起來，「我給你繆老大的押運費也有一千五！難道那批貨就值二千?」

「我再說一次，找不到高照他們，就無法確定你們的貨值。我送二千大洋，是聊表我的心意，說是賠償金可以，說不是賠償金也可以！如果嫌少，可以不要！」繆阿玉的臉色繃起來，「這話傳出去，我想江湖上也沒有誰會說我繆阿玉不講道義！」

詹南愣著。詹順想了想，拍拍他的肩頭，向繆阿玉一拱手：「多謝繆老大！」詹南仍愣著，沒有哼聲。詹順接過二千銀洋的票子，拉著詹南走出猛將廟。

「怎麼就這樣算數，我們是失鏢二萬多銀洋啊！」一走到路上，詹南叫起來。

「我們是損失了這麼多，但繆阿玉說沒有這麼多，我們無法證明。他不賠，我們能拿他怎樣?」詹順輕輕拍著這個堂兄的肩頭，「現在有二千，就算二千吧！」

南順記這次失土可說是大傷了元氣。眼看行裡已存貨不多，那還向不向洋行進貨?兩個老闆經過一番商議，不敢再冒險，決定把存貨售完了，留著以前賺得的銀洋安度晚年吧。於是過了約大半個月，南順行突然倒閉。就在同一天，陶樂記小土遭劫，損失了近萬銀元。

掛羊頭賣狗肉的南市土行一時間風聲鶴唳，相傳這又是法租界杜幫所為。但沒有人敢去找杜月笙查問，也沒有人向警局報案。繆阿玉賠了二千大洋給南順行，已是恨得咬牙切齒，現在又傳一間南市的大土行失土，雖然這次不是他的手下押鏢，但劫土者也等於是向他的押運煙業挑戰。不過對方以人多勢眾行劫，又在深夜，劫了就跑，一個人沒逮著，繆阿玉就只能在家裡拍八仙桌，他也不敢過法租界找杜月笙。

接下來的三幾個月，南市大小煙行接連失土。照江湖上的傳言，有的是一大伙劫匪所為，有的是零星土匪劫奪，由於被劫的土行本身就在做犯法的事，自然不敢向官府報案。搶土之風一時間在南市下三流社會裡被傳得紛紛揚揚。南順行倒閉後一個月，相繼有小土行自行關閉；再過了一個月，連陶樂記也關了門，隱蔽在橫街窄巷的南市煙行老闆風聞法租界有匪幫潛伏華界搶土，大都被嚇得不敢進貨；有存貨的便想抬高價格，結果南市的燕子窠乾脆紛紛轉向租界進貨。南市土行遭到沉重打擊。

就在此時，官府對禁煙採取了比以前更嚴厲的措施，這對那些土行老闆們來說無疑雪上加霜。一九一五年五月二十三日，上海地方當局採取了一次公開的燒煙行動，任由市民圍觀。這次銷煙在南市引起了相當的轟動。在劫匪大肆搶土與官府嚴厲禁煙這雙重打擊下，南市土行老闆們有的做了縮頭烏龜，有的乾脆關門大吉。這就等於斷了杜月笙的一大財源，而結果卻是促使這個流氓頭下決心要自己來做租界的土行老闆。

上幾個月，杜幫在南市劫土接連得手，杜月笙撈了大筆銀洋，現在南市土行進貨銳減，這兩個月下來，只作成了一次，劫得的卻只是一箱廣土；而金福里杜宅還有好幾箱煙土沒有出手，因為馬德寬在哀求中頑強抵抗，說實在不能出那麼高價跟杜月笙進貨。一推再推。杜月笙可以用口頭隱隱的進行威嚇，但他也明白不能硬來，否則將大大有損自己在白相人地界中的聲望，那是三、五百銀洋買不來的，而且，他根據自己的江湖經驗，認定若要在煙業中打出個市面來，就不能長期依靠馬德寬來做轉手買賣，要有自己的營業點，要搞批發，也就是說，要自己做土行老闆；於是他也不再跟馬德寬糾纏，面對著好幾箱上等小土，在苦苦思索如何「打開局面」。

杜幫三十六股黨可以暗裡搶土，搶了後可以不承認，但不能明火執仗的去公開強搶租界的土行，否則就等於向整個上海灘的黑道挑戰，別說杜月笙不敢這樣做，就算黃金榮、嚴老九這樣的大好佬也不敢這樣犯眾怒。那怎麼辦？杜月笙抱頭苦思，卻想不出個萬全之策。

這天晚上，顧嘉棠等人又來金福里開賭，賭到半夜，吃過夜宵，大家坐在客廳上喝茶，杜月笙便提出此事，顧嘉棠聽了，一拍八仙桌：「月笙哥，那我們乾脆自己開間土行，不就得了！」

杜月笙笑笑：「這個我也想過，但開土行得有貨源，現在租界土行大部份掌握在廣東潮州幫手裡，他們扭成一團，不會讓我們加入，而其他的小土行又不成氣候，他們的貨很多就是從大土行裡進的。潮州幫不會幫我們，一時間我們就沒有門路向洋行進貨。其次，開土行需要大筆銀洋，現在我們也沒有這樣的實力。」看眾人一眼，「第三，進了貨還得出貨，要那些燕子窠、花煙間、茶樓酒店來向我們要貨，這個局面也不易打開。如果我們現在自己開出一個門面來，豈不是個空殼？」

「不能向洋行進貨！」葉綽山瞪著那雙陰森陰森的三角眼，「我們又不是那些潮州佬，哪用得著幾萬幾萬銀洋的來買煙土！我們是吃白相飯的！那些潮州佬早已賺得腦滿腸肥了，」一拍八仙桌，「搶他娘的！就像在南市那樣！」

杜月笙又笑：「綽山哥果然是英雄，不過我們搶南市的，那些土行不敢來法租界跟我們講開，繆阿玉這老傢伙也不敢來，如果我們搶租界的，那情勢就不同了！搶法租界的，說不定我們會搶到黃探長的頭上！而且大宗的貨，多是法國佬和他們的安南僱傭兵押運的，他們手裡拿著槍！我們沒有那麼容易得手。」

「但確有那些巡捕安南兵被打落黃浦江的事……」芮慶榮插嘴。

「而搶土者也被人打死了，又或被種了荷花。」杜月笙淡淡一笑，「那真是拿命來搏的事。我杜月笙不想大家去冒這樣的險。」

「月笙哥真是講義氣！」馬祥生叫道。

馬世奇幾乎是應聲伸出大拇指──他是最不喜歡動刀動槍的：「月笙哥真是好大哥，講得對！」

杜月笙喝口茶，繼續說下去：「若搶法租界小宗的運土，風險也是不小，而貨卻不會多。」頓了頓，看大家一眼，見一個個愣著，便繼續道：「若到英租界去搶，那就是公開跟沈杏山的大八股黨作對，那裡不是我們的地盤，我們的力量也遠遠比不上人家，萬一有兄弟被人逮住，鬧起來我們肯定要吃虧。」話說到這裡，這伙大小流氓便只能面面相覷，誰也說不出個主意來了。

「唉！」最後反而是杜月笙自己擺了擺手，打圓場，「那就待機而動吧，可能是機會未到。」

這個「機」「待」了大約半個月，竟突然來臨；別說那些大小幹將，連杜月笙自己也沒有料到。

這天吃過晚飯，這白相人躺在客廳的大躺椅上香了幾口，打算去源利俱樂部巡個轉，沒事便到怡紅院找樂子。放下茶杯正準備出門，使媽黃嫂帶了兩個人進來：「杜先生，有人來拜訪。」

杜月笙還未站起來，便聽到一聲大叫：「月笙！」另一聲：「月笙哥！」

定睛一看，不覺一怔，跳起來急步拱手上前：「哈哈！張鐵嘴！長恨哥！」

來人正是算命佬張鐵嘴與落難「公子」蘇嘉善。三人三幾年沒見，打躬作揖拍肩頭，好一番熱鬧。杜月笙連叫「請坐請坐」，又叫上茶，同時寒暄話已說了一堆，舉舉杯：「長恨哥，哦，應該叫你嘉善哥，當年不辭而別，去了哪裡？」一指張鐵嘴，「你這個算命佬，當年我在南碼頭打算給你兩只銀洋做路費，你一看到中盛那伙人就嚇得逃進候船室，你又了哪裡？」擺擺手，「別急別急，兩位仁兄，一個個慢慢道來。」

「唉！」蘇嘉善長嘆一聲，「當年離開烏曹廟，在租界潛伏了幾日，找了兩個以前關係最好的小土行老闆，求他們幫忙，報那冤仇。哪料這兩個傢伙，在我做嘉福行老闆時跟我拍肩頭稱兄道弟，現在看我落難，無財無勢了，全做縮頭烏龜，一個仗義執言的也沒有！勉強給了幾個銀洋，就要我快快離開上海灘，說是免得被巡捕房逮了去！人情冷暖，竟至於此！」說到這裡，猛灌一口茶，稍稍愣了愣，又是一聲長嘆，張鐵嘴也唉了一聲，看來頗為感慨。

杜月笙擺擺手：「已了已了！」喊黃嫂，要廚房炒幾個好菜，拿瓶白蘭地來，才又看著蘇嘉善：「你當時為什麼不跟小弟說說？小弟當年在十六鋪也多少有點名氣。」

「唉！月笙哥，你忘了？」蘇嘉善幾乎叫起來，「你當時正被繆阿玉那老柴頭追殺啊！我蘇嘉善跟你說，難道要你為我冒險？那不是有心要你難做？我能不不辭而別嗎？」

杜月笙點頭：「嘉善哥走前幾日還特意到小西門亭子間給了小弟一個銀洋，我沒齒不忘。」一拱手，「多謝了！」

「月笙哥還記得，這我反要多謝了！」蘇嘉善竟笑起來，抱拳還了一禮。

黃嫂把酒與杯都拿過來了，為各人斟上一杯後便退出去。杜月笙起身給蘇嘉善添酒：「那後來怎麼樣？」

「沒有辦法。」蘇嘉善喝口酒，「我知道留在上海灘也報不了仇，說不定被蘇易揚或他的手下看見了，真會惹出禍來，那還能怎樣？就只有離開上海灘，南下到了杭州，幸好杭州城裡有個開土行的朋友還算講點情誼，留我在他那裡做帳房。一做幾年，報仇的事從不敢提，害怕人家告密啊！想想就算說了又如何？人家哪會到上海灘來為你報仇啊？唉！啥事也沒幹成，憂鬱在心裡苦啊，覺得自己簡直是苟且偷生！想想自己堂堂福嘉行老闆，竟就這樣中了個乳臭未乾的小賊仔的計，眼睜睜看著被人奪了家產，自己不但報不了冤仇雪不了恥辱，反而還要被人追殺，淪落到如此地步……」越說越悲憤難耐，大叫一聲：「蘇易揚，你這個小賊仔！」

杜月笙舉舉酒杯，神態深表同情，其實心裡是一陣陣的興奮。他知道當年的嘉福行、今天的易揚行現在英租界煙業中名氣不小，他感到自己期待多時的機會來了，似乎看到了自己就要在煙行中崛起的一絲曙光。

蘇嘉善又喝了一口酒，血往上湧，臉色漸漸泛紅，酒杯在手中微微地顫抖：「月笙哥，你想想，我是苟且偷生啊！真是越想越惱越想越恨越想越不想做人！那天大禮拜，吃過午飯，昏昏糊糊的一個人去遊六和塔，登上塔頂，四望天地茫茫，只覺了無生趣，萬念俱灰，幾乎就跳了下去！」說完，又灌一口白蘭地。

「哈哈！」杜月笙笑起來，「萬幸嘉善哥沒有跳！」

「嘻！說來可謂天意！我都已經把右腳跨出了木欄杆，突然一個三、四歲的小孩從塔後面跑過來，一看我要鑽出木欄杆，就問：『叔叔您幹什麼呀？』我整個人當即打了個寒顫，看看這小囝如此天真活潑，再想想自己活了這麼多年，難道就這樣死了？這豈不便宜了那個小賊子！腳就縮了回去，再不敢在塔頂逗留，便下了塔，巧得很，走了沒多遠，遇到了張鐵嘴在那裡擺攤！」

「妙啊，真是妙！」杜月笙叫道，向張鐵嘴一舉杯，「老張頭，你走之前我才知道你大名帆揚。哈哈！果然把帆揚到杭州去了！」

「揚什麼帆啊？」張鐵嘴苦笑一下，「離開上海灘到了杭州，糊裡胡塗的混了兩年。唉！到處楊梅一樣花！擺地攤一樣有無賴來收保費！幸好有你月笙給我的五十個大洋，才算沒有餓肚！還說揚帆。」喝了口酒，「說來也是有緣，竟會遇上嘉善……」

「那怎麼又會回上海灘來？」

「因為我算命算得準呀！」張鐵嘴笑起來，「我當天聽嘉善說了一番想死死不了發誓要報仇的話，便暗暗又把你杜月笙的八字推算了一遍，知道你就要飛黃騰達啦！我就勸嘉善回來上海找你。這不？今天下午我們到了上海，找了幾個白相人打聽，他們一聽到你的大名，都說月笙哥現在是法租界有名的大好佬！住在金福里。我們吃過晚飯便找了來。」掃一眼杜宅的擺設，「是不是？住大屋了！似個亨字輩的模樣了！我早就說過你杜月笙會四海揚名的！是不是？」

「我現在算什麼四海揚名？」杜月笙心裡嘆道，不過臉上表情卻是非常得意，仰天大笑，「哈哈！好！張鐵嘴你的命是算得準！」手中杯一舉，「兩位，乾！」

張、蘇也應聲：「乾！」一舉杯，便全下了肚。

杜月笙一抹嘴：「嘉善哥，那你現在有何打算？」

「明說了，」蘇嘉善雙眼紅絲滿佈，直視杜月笙，語氣凶狠，「我回上海灘來找你月笙哥，就是要求你為小弟我報仇雪恥！」

「好說！」杜月笙一拍八仙桌，跟蘇嘉善四目相對，神態似是豪氣干雲，不過拿起酒杯慢慢的蕩，下面卻沒話了。

蘇嘉善也是江湖中人，知道這類流氓白相人雖是一口江湖道義，實質上是沒有白做的事的，雙眼定定的看著杜月笙，話說得字清句楚：「月笙哥，如果你能夠為我奪回福嘉行，處死蘇易揚，這嘉福行的資財我兄弟倆平分！」

蘇嘉善開出的條件可謂豐厚，一般流氓白相人若聽了這個條件，可能興奮得整個人彈起，但杜月笙的野心並不止此，他神情莊重地看著蘇嘉善，沉聲道：「嘉善兄，不管蘇易揚如何設局，你老兄在三年前確是殺了人，是兩條人命，這事在巡捕房裡肯定有案底，事情沒完呢。現在就算我為你報仇處死了蘇易揚，但你能夠回到福嘉行重新當老闆麼？」

蘇嘉善一怔：是呀，自己現在仍然是個殺人通緝犯！怎能夠公開在英租界露面重新做老闆？愣了一會，舉起酒杯猛灌一口：「月笙哥，那你意下如何？」

「像你嘉善哥說的，福嘉行的資財我倆平分，不過得由我來做嘉福行的老闆。」杜月笙說得一點也沒有不好意思，「處死蘇易揚後，你就向行裡所有伙記宣佈當年那件事的經過，同時宣佈已把福嘉行轉讓了給我杜月笙。毫無疑問，你嘉善哥是不能夠再在英租界呆下去了，那你就幹脆住在我這裡享清福好了。這裡是法租界，一般情況下英捕房不會來查，況且我杜月笙是法租界探長黃金榮的門生，你絕對安全。或者，你自己去開工廠辦實業也好，開商鋪做生意也好，回老家享清福也好，我不勉強你。怎麼樣？」

蘇嘉善沒有馬上回答，舉舉杯慢慢喝酒。他在心裡不得不欽佩這個青幫流氓的「老謀深算」，如此一來就把自己祖傳三代的煙行奪到了手，但往深處想想，不答應這個條件，自己又能怎樣？現在要報仇，就只能依靠這個杜月笙，依靠杜幫的力量。如果自己拒絕了這白相人的條件，那就不但得不到數萬大洋的資財，還白白便宜了自己的仇人。簡直是親者痛、仇者快的事！想到這裡，心裡怒火上湧：「觸那！我寧願把福嘉行交給外姓人，便宜了這個杜月笙，也不能讓你蘇易揚如此奪了我的家財享福！」不覺又猛灌了一口酒。

杜月笙看他這種神情，不失時機地又沉聲說道：「嘉善兄，你別以為我要奪你的祖業，只因你自己已經無法繼承這份祖業，卻讓仇人白佔了去。」頓了頓，「況且，你要知道，我做這件事不容易。現在蘇易揚在英租界不是一般的白相人，他是赫赫有名的易揚土行的東主，出入有保鏢相隨，那裡又是英租界，不是法租界，我過界為你報仇，為你『做』人，所冒的風險你應該很清楚……」

杜月笙的話未說完，張鐵嘴已插上一句：「嘉善，這件事看來只有月笙敢做；我算過，也只有月笙能夠為你報仇！」

「好！」蘇嘉善下了決心，「那就一言為定！」

當晚，蘇、張二人就住在了杜宅，三人一直商談到深夜。

第五十九章　捉放曹三泉報恩

第二天上午大約十點鐘，杜月笙與蘇嘉善施施然出了金福里。兩人踱著步向北走，不覺來到西新橋上，蘇嘉善向兩邊一望，不禁低叫一聲：「唉呀！洋涇濱怎麼沒了！」

「是的，沒了。泥城濱也沒了。」杜月笙淡淡道，「哦，也難怪，你這幾年沒在上海。」

「什麼時候開始填濱的？」蘇嘉善收住腳步。

杜月笙也停下來：「去年。」去年是一九一四年。（註十七）

「滄海桑田啊！」蘇嘉善非常感慨，看一眼杜月笙，只見這白相人直著眼朝東遠眺，像沒聽到他的話。

「看什麼？」蘇嘉善問。

「找鄭家木橋，不過現在沒有了。」杜月笙語氣裡的感慨似乎比他還深。

易揚土行在英租界二馬路，在它東面不遠處，便是二馬路跟界路的十字路口。五年前，年僅十六歲的蘇易揚利用了男人的弱點，略施小計，引三叔蘇嘉善入局，借他的手除掉了二叔蘇福善，再利用巡捕房趕走了三叔，然後獨霸了祖父蘇老財留下的土行，其計之毒，不可謂不絕。這幾年，英租界表面上禁煙，其實是明緊暗鬆，燕子窠躲在各處弄堂裡照開不誤，蘇易揚憑著自己的小聰明，使易揚土行的「業務」不但沒有萎縮，而且還有所擴張。這小子在英租界土行中也漸有了名氣。而最令他心安的，是蘇嘉善自倉惶逃出祥安客棧後就再沒有在上海灘露面。開頭那年，這小子心中時時警覺，甚至不惜花重金，暗裡差遣自己所結識的癟三朋友追查蘇嘉善的行蹤，必欲置諸死地而後快。不過半年過去，也沒有查出絲蛛馬跡，他就覺得安穩多了，認為這個對自己威脅最大的三叔可能出了意外，至少是逃出了上海灘，不敢再回來了。隨著歲月的流逝，他慢慢淡忘了這件事，哪想得到蘇嘉善隱姓埋名五年後，竟是帶著個為名利不惜殺人的杜月笙殺到家門前來！

這天上午料理好店裡的事務，大約十點三刻，蘇易揚帶了兩個貼身保鏢，走出易揚行，往南走過望平街，到四馬路西邊的香覆院堂子去會他的相好小荷子。這小子走後不一會，杜月笙與蘇嘉善來了。（註十八）

杜、蘇二人走過易揚行對面的馬路，施施然上了斜對面的一間老正興蘇錫菜館。

這時飯市剛開，樓上沒幾個客人。杜月笙直奔臨窗的餐桌，從那裡可以斜斜的俯視著易揚行。蘇嘉善雙眼呆呆的俯視著這門面，心中恨得無法言喻，幾乎半個鐘頭沒說一句話。杜月笙由著他，只顧自己慢慢喝茶，這時，幾樣蘇錫名菜油醬毛蟹、銀魚炒蛋、紅燒肚腸等陸續送上來。

杜月笙給蘇嘉善斟了半杯紹興老酒，笑著問：「看見你的仇人了？」

「沒有。」蘇嘉善仍然雙眼盯著易揚行，「這小賊仔不知哪去了。」

「你的親信蘇小二呢？」

「奇怪，也沒見。」

「店裡的伙記是舊人嗎？」

「大部份是，有兩個不是。」

「哈哈！好！這就好辦！」杜月笙笑道，似乎並不在乎蘇易揚去了哪，一舉筷，「來，嘉善兄，喝酒，吃菜，別急，慢慢等。」

兩人一邊吃一邊聊這土行的歷史，一邊用眼瞟著易揚行，哪料直到差不多下午兩點，仍不見蘇易揚和蘇小二露面。杜月笙不禁也有點心急起來：見不到蘇易揚，自己就無從下手；找不到蘇小二，就無從瞭解這土行的情況和蘇易揚的行蹤，因為蘇嘉善不敢問別的伙記，不放心，怕這些人向蘇易揚告密，那就打草驚蛇了。

「現在怎麼辦？」蘇嘉善比杜月笙還急，「是不是繼續等下去？」

杜月笙沒有回答，靠在椅子上閉目養神；過了一會，睜開眼，輕輕一拍坐椅扶手，沉聲道：

「你在這裡等著，我去看看。」離座下樓。

走進易揚行，櫃面原來是賣中成藥的，什麼六神丸、回春丹之類。有幾個客人光顧，四個伙記在熱情招呼。杜月笙裝模作樣的左看右看，過了一會，看到一個小伙記點頭哈腰的送兩個顧客從後間走出來，每人各挽了一個皮箱。箱裡無疑裝的是煙膏。便也跟出門，待這名伙記送了客上黃包車，轉身回店，杜月笙才迎著他，輕聲問：「這位小阿哥，清問蘇小二在不在？」

小伙記愣了愣：「蘇小二？幾年前就走了。」

「什麼？幾年前就走了？」杜月笙暗吃一驚，「他自己辭工了？去了哪裡？」

「不知道。老闆要他回老家，大概是回老家了吧。」小伙記看杜月笙一眼，「你是他的什麼人？找他什麼事？」

「舊朋友。路過上海，順路來訪友，沒什麼事。」杜月笙臉色平靜，他真想問：「你們老闆現在哪裡？」但話到喉頭又吞了回去，不能打草驚蛇！萬一他真在土行後間，出來相見，豈不過早暴露了自己？

「你去他老家找他吧！」小伙記甩下一句，自己回店去。

杜月笙稍稍愣了愣，重上老正興菜館。蘇嘉善便壓著嗓門子急不及待地問：「情況怎麼樣？」

杜月笙慢慢喝茶，漫不經心地把經過說了一遍。蘇嘉善越發急了：「蘇易揚肯定在，肯定可以等到他，我指給你看。但蘇小二不在了，那就麻煩啦！我們找誰來問？」

「船到橋頭自然直。」杜月笙也不知是在安慰自己，還是安慰蘇嘉善，「別急，繼續等。」

於是又等了大約兩個鐘頭，蘇嘉善突然低聲叫起來：「來了！」

杜月笙順著蘇嘉善的目光看下去，只見對面馬路從西面走過來三個青年人，走在中間的那個大概二十二、三歲，高大體壯，穿長衫，持手杖，邁著方步，從步態也可知此人得意洋洋；由於是從上向下望，容貌看得不很清楚。左右兩邊各有一條漢子相伴，穿黑雲香衫，捲了兩折衣袖，寬板腰帶，戴闊沿邊船形帽，一看而知是打手保鏢。其中一個杜月笙猛覺得有點面善，但一眨眼間其面容便被頭上的闊邊帽遮住了，看不清楚，也來不及想，便低聲問蘇嘉善：「走在中間的是蘇易揚？」

「正是。」蘇嘉善暗暗的咬牙切齒，「這個小賊仔！」

「你等著，我下去看看！」杜月笙霍地站起來，還未等蘇嘉善回答，他已急步向梯口走去。

不過杜月笙失望了。當他走出老正興菜館時，只能眼光光看著蘇易揚與兩名保鏢進了易揚行，也沒在櫃面逗留，便逕直進了後間。杜月笙站在對面馬路，只是看到了他們的背影。

杜月笙不死心，又上老正興，與蘇嘉善一直坐到晚上易揚行打烊，但再沒見蘇易揚出來。兩人回到法租界金福里杜宅，都暗感沮喪。兩人商量了一會，一時也想不出個好計策，只得各自安寢。以後幾天，杜月笙不能去九江路監視了，他得看著源利俱樂部，因為聽馬世奇說，有股小流氓團伙似乎想來搞亂，他不能讓源利出亂子；而蘇嘉善也不能整天坐在老正興菜館樓上，因為該館老闆他是相識的，幸好自己化了裝才沒被對方認出來。但去得時間長了，也擔心一時露餡被老闆認出，告知蘇易揚，也就壞了事。

等待了五六天，源利平安無事。這天吃過午飯，睡醒午覺，杜、蘇二人再去九江路老正興，又找了臨窗位置坐下。直坐到下午五點來鐘，才看見蘇易揚帶著兩名保鏢走出易揚行，向東而去。

杜月笙突然問：「走在蘇易揚左邊的那個漢子是誰？」

蘇嘉善定著眼睛看了一會，搖搖頭：「不認識。我在的時候，肯定沒有這個人。」看一眼杜月笙，「你認識他？」

「很奇怪，我好像在何處跟他見過面。」杜月笙皺皺眉頭，「可惜沒看清他的面容。」

「會不會是以前曾經到你源利來玩過幾手的賭客？」

「也可能。」杜月笙輕輕拍拍腦袋，「又似乎不是。」

直到晚上，沒再見蘇易揚回來。杜、蘇二人又只得回金福里，蘇嘉善猛灌了口白蘭地，兩眼無奈地看著杜月笙：「月笙哥，小弟這仇看來報不了啦！」

「這事包在我杜月笙身上！」杜月笙一拍胸口，似乎很有把握。

「那你有什麼辦法？」蘇嘉善盯著他，「你總不能當街殺人吧？」

「當然不能。」杜月笙笑笑，「當街殺了他，那就是命案，你嘉善兄也不能繼承易揚行，你不能繼承易揚行，又怎麼能說把它轉讓與我？」

「那，那月笙哥你打算怎麼辦？」

「山人自有妙計。」

其實杜月笙當時並沒有妙計。但總覺得有成功的希望。這個希望所在便是蘇易揚的那個保鏢。當晚杜月笙沒睡好，他在苦思冥想這個保鏢到底在何處見過，但想到頭爆，總想不起來。心中煩躁，輾轉反側，最後，握著拳頭朝空中狠命的一揮：「不想了！明天再去看個清楚！」

不覺天明，杜月笙這回也不叫蘇嘉善，自己一個人悄悄出了門，先到源利巡視一會，沒什麼事，便再過英租界，又上了老正興。十點來鐘，看見蘇易揚與兩名保鏢出了門，這回不是向西走，而是向東走。杜月笙把幾枚銅元往桌上一放，蹬蹬蹬下了樓，遠遠在後尾隨。

蘇易揚三人篤悠悠的走到棋盤街的鄭洽記煙行，進去了。

杜月笙心中打個突：真是不是冤家不聚頭！他聽程聞說過，這鄭洽記是英租界有名的潮州幫大土行，而潮州幫土行在上海灘勢力不小，這鄭洽記在其中可謂「名列前茅」，不知多少賭檔、燕子窠、花煙間都是從這裡批進煙膏的；行裡的經理鄭四是俠誼社大哥鄭子良的堂叔。現在看來，蘇易揚跟這伙潮州幫有關係，而且可能還關係不淺……想到這裡，心中不覺暗暗緊了緊：若要下手除掉這小子，可萬萬不能惹惱了潮州幫……。

杜月笙站在鄭洽記斜對面的一家小店鋪裡，像是在等人，心中卻在急劇地盤算，眼睛則盯著鄭洽記。過了一會，覺得這樣乾站著也不是辦法，便朝四周看看能不能找個地方坐下來，突然看到蘇易揚的兩個保鏢走出店面來，跟鄭洽記的伙記打個招呼，坐下來喝茶。杜月笙遠遠的看著那個似曾相識的漢子，這回算是看得比較清楚了：高大壯實，寬臉，隆鼻，額高，長頭髮，這人到底在哪裡見過？苦苦思索，總想不起來。

過了大約半個鐘頭，只見蘇易揚與一個五十來歲的中年人從後間走出，身後跟了兩條漢子，那中年人戴著紅頂瓜皮小帽，腳穿粉底緞鞋，身著絲絨長衫，外罩團花馬褂，左手托著支長桿旱煙槍，右手反靠背後，施施然踱著方步，活像個鄉下財主老爺。杜月笙判斷，此人大概就是這家大土行的老闆鄭洽。蘇易揚側著身跟他有說有笑的，樣子十分恭敬。幾人出了門，蘇易揚的兩名保鏢也在後面跟著，一行人便向北慢慢走去，到了寶善街，上了陽春煙雨樓。

杜月笙看著蘇易揚六人進了陽煙雅室，稍稍猶豫了一下，知道自己不能進去，便找了個偏角位置坐下來，開了四位茶，把整張小桌全佔了。隨後叫了兩個菜，要了一杯洋酒，看上去是悠悠閒閒的自斟自飲，眼睛則看著陽煙雅室的門。

這一等等了大約兩個鐘頭，終於看到門開了，蘇易揚陪著那中年人走出陽煙的門，四個保鏢在左右相隨，後面護衛。當他們將近走到樓梯口時，杜月笙盯著那個似曾相識的漢子，突然只覺心中一震，幾乎跳起，同時「呀！」的一聲差點兒就叫了出來，幸好一把掩住了自己的嘴，慢慢坐下。

他猛然間想起來了：蘇三泉！

三年前那個星月無光的嚴冬之夜，自己手持左輪為林桂生奪回被劫的煙土，沒錯，在外灘便是逮住此人！隨後自己親手把他放了。「哈哈！可謂天助我也！」心中不覺湧起一陣陣狂喜加興奮，同時想起當夜說過的話：「真是山水有相逢！這回我杜月笙可要用得著你了！」目送這六人下了樓，端起桌上的酒杯猛喝了一口。心裡是自己問自己：「下一步棋該怎麼走？」

他回味著三年前蘇三泉向自己叩謝不殺之恩的情景，相信如果再給他好處，這個白相人肯定會依附自己。現在的問題是，他是蘇易揚的保鏢，跟老闆同進同出，要如何才能把他單獨引出來見面，而不暴露自己？

以後幾天，杜月笙在自己密室的太師椅上抱頭苦思，拼命回憶當年逮住蘇三泉最後又把他放掉的整個過程，看有什麼可以利用的。想了半夜，突然靈感一動：蘇三泉當夜說自己是浦東北蔡人，家裡父母有病，下面有兩個弟三個妹……。這麼說，跟我杜月笙是半個同鄉，腦中猛打了三個轉，突然一拍眼前的大書桌：「哈哈！果然天助我也！」想出條計來。

這時是秋季，天氣漸漸涼了。第二天晚上十點來鐘，易揚行打了烊。在稀疏零落的路燈光下，一輛黃包車來到易揚行門口，車上跳下個青年人，急走幾步，「啪啪啪！」用力拍易揚行的大門。

一個老傭人來開了門：「什麼事？」

「我是蘇三泉的同鄉，他家裡出了急事，我來給他報信，要他立即回去！」

老傭人看他神情甚急，便道：「好吧，你等等。」關了門。

過了一會，門一下拉開，蘇三泉急步衝出來：「我是蘇三泉，誰找……」

「我」字未說出，來人已躬了躬身：「三泉哥，你三妹今天下午不見了，不知是不是被人搶了，你快回去看看吧！」

「什麼？」蘇三泉大驚，「阿平被人搶了！」看一眼來人，高高瘦瘦的，一身浦東鄉下人打扮，一口浦東鄉音，那是錯不了的；心中發急，回過頭對跟在身後的老傭人叫道：「你告訴少爺，說我家裡出了事，妹被人搶了，我要立即回鄉下，過兩天就回來！」一轉頭，「走！去外灘！」

來人連應三聲是是是，那輛黃包車本來就停在路邊了，兩人急急坐上去，連聲叫：「去外灘！」黃包車朝東面直奔，一會便到了界路。

蘇三泉看著來人連問幾句：「阿平怎麼會不見了的？怎麼會被人搶了的？」還未等對方回答，又高聲問一句：「你是誰？我在鄉下時怎麼沒見過你？」

來人看看車已轉入界路，原來焦急的神情輕鬆下來，哈哈一笑：「三泉，別急，你的三妹沒事。」邊說邊把帽子除下來，把遮住下巴的圍巾拿下，再扯下上唇的八字鬍子，轉過頭對著已吃驚得有點發愣的蘇三泉，「我是杜月笙，還認得吧？」

蘇三泉一愣，幾乎是大叫起來：「唉呀！你，你是杜先生啊！」想躬身行禮，杜月笙伸手按著他的肩頭：「無需多禮。」

「杜先生，這是什麼回事？你怎麼會這樣來找我的？我，我三妹真的沒事？」

「沒事，」杜月笙笑道，「我根本就不認識你的三妹。」又拍拍他的肩頭，「回到金福里，我慢慢跟你說。」

這時黃包車早已沿著公館大馬路跑回金福里。

回到杜宅，進入後間的密室，杜月笙先給蘇三泉介紹那個「黃包車伕」：「這位是四大金剛之首顧嘉棠兄。」

蘇三泉聽過四大金剛的名聲，對著顧嘉棠連連打躬作揖：「幸會幸會！久聞大名，如雷灌耳！」彼此說了幾句客套話，各自落座，傭人已送上酒菜來。還未等杜月笙站起身，蘇三泉已恭恭敬敬地執壺斟酒，然後雙手一舉酒杯，對著杜月笙深深一揖：「杜先生，我蘇三泉在上海灘沒能混出個人樣來，沒面目來見先生，先生當年救命之恩，我是沒齒不忘的！請受三泉一拜！」酒杯高舉過頭頂，九十度鞠躬下去。

「客氣客氣！」杜月笙站起來拱手還了一禮，「坐坐。」重新坐下，順手把塊菠蘿炒鴨片夾到蘇三泉的碗裡，「三泉，這幾年一直在上海灘？」

「唉！」蘇三泉一聲長嘆，似乎是不堪回首。

第六十章　黃包車暗夜劫殺

「發生了什麼事？」杜月笙問蘇三泉，似乎挺關心。

「當年杜先生救小弟一命，第二天我便離開了上海灘回浦東北蔡，但鄉下實在窮啊！挨了一年，我想黃公館也大概不記得我了，就又回來，到處打散工，在工廠做過，在店鋪做過，也在碼頭做過，掙了錢回去養家。又過了一年，先母病故，回鄉下住了半年，娶了老婆，生了嬰仔。兩年半前又回到上海灘，得個同鄉介紹，到易揚行做伙記。又扛又抬的做了半年，蘇易揚見我老實，身強力壯的又會打槍，便要我做了他的保鏢，一做做到現在。唉！事倒沒什麼事，就是窮啊！要養家活口。」說到這裡，蘇三泉看一眼杜月笙，「我聽人說過杜先生曾單刀赴會跟嚴老九講開，很多人都說杜先生了不起，但看看自己，混了這麼多年沒混出個人樣來，當年還說有出頭之日要湧泉相報，真是慚愧，因而不敢過法租界來見先生。」

「哈哈，」杜月笙笑了兩聲，「三泉你也太執著了。我杜月笙以前說不定比你還倒霉呢！」一舉酒杯，「來，乾！」

又說了幾句閒話，杜月笙問：「現在鄉下可好？」

「好什麼啊，」蘇三泉苦笑，「先母已逝，家父身體又不好，兩個弟弟還未長大成人，大妹二妹倒是成家了，也是窮得夠嗆。三妹在家幫忙。唉，剛才杜先生說三妹被人搶了，真把我嚇壞了！」

「蘇易揚待你怎樣？」杜月笙一轉話題，笑著問。

「老闆跟伙記的關係，有什麼怎麼樣的？」蘇三泉笑笑，「每個月領他十個銀洋的工錢，家父長年患病花費大，老婆留在鄉下帶孩子，兩個弟一個妹，僅夠養家吧。」頓了頓，「不知杜先生找我有什麼事？如果杜先生要用我，我立即辭了工過來跟先生。」

顧嘉棠起身給大家斟酒，蘇三泉忙雙手捧著杯，躬著身說多謝，聽杜月笙道：「好！我是想要你跟我一起撈，打天下，不過在跟我之前，還想要你做件事。」雙眼看著蘇三泉，語氣很平靜。

「有什麼事要我做的，杜先生請吩咐，我一定盡力去做！」蘇三泉霍地站起來，「我蘇三泉是感恩圖報的人！」

「好好，坐坐。」杜月笙把他按回太師椅上，仍直視著蘇三泉的眼睛，「這件事作成了，我賞你五百大洋；以後更有說不盡的好處，讓你當土行經理，以後你再不會挨窮了！」

「唉呀！杜先生，那真真多謝了！」蘇三泉一聽，興奮得雙眼放光，「有這樣的好事？」

「你敢做，就有。」杜月笙笑笑，「知道易揚行原來的老闆是誰嗎？」

「易揚行原來的老闆？」蘇三泉怔了怔，顯然沒想到杜月笙會說到這個話題，「我以前聽人說過，第一代好像是蘇老財，蘇老財死後傳給他的二子蘇福善和三子蘇嘉善，寶號從財記改為福嘉。」

「那蘇易揚後來怎麼會成了老闆？」

「這個，聽說是蘇嘉善殺死了蘇福善，又殺了自己的老婆，然後逃走了。蘇易揚是他們的親姪，是唯一的財產繼承人。」

「不是這樣。」杜月笙笑道，「想不想知道事情的真相？」

「什麼？不是這樣？」蘇三泉怔住。

杜月笙站起來，去開了密室的門，蘇嘉善早在外邊等著了，後面還跟著葉綽山、芮慶榮和江肇銘，四個人大步走進來。蘇三泉別頭一看蘇嘉善，霍地站起，臉色驚愕：「你，你是蘇嘉善？」

「咦？這就奇了，你怎麼會認識嘉善兄？」杜月笙笑道。

「易揚行裡掛有蘇先生的大幅照片，跟蘇老財、蘇壽善、蘇福善的排在一起。」蘇三泉道，同時拱手，躬躬身，「蘇先生。」

「蘇易揚當然想我死！」蘇嘉善咬牙切齒。

「這就好辦了，可證我所言不虛。」杜月笙笑道，「嘉善哥，這位叫蘇三泉，現在是蘇易揚的保鏢，你在老正興樓上見過的了。跟他說說那件事的真相吧。」

蘇嘉善對蘇三泉說了兩句客套話，然後就鐵青著臉，把當年蘇易揚為謀奪福嘉行，如何設局，自己如何中計，蘇易揚又如何害死了他自己的二叔蘇福善諸事詳詳細細說了一遍，講到最後，簡直是悲憤難當：「蘇小二知道這整件事的真相，事後蘇易揚就把他趕回蘇北。蘇易揚這個賊仔！」

蘇三泉愣了一會：「我聽老傭人說過蘇小二，原來是這樣。」臉色一凜：「這蘇易揚太毒了！」看看眾人，再看著杜月笙，「杜先生，那你要我怎樣做？」

「我要你來，是想先瞭解清楚蘇易揚的行蹤，然後大家一同幹掉他！」杜月笙語氣平緩低沉，「嘉善哥跟我說好了，只要奪回易揚行，報了這血海深仇，他就把這土行轉讓給我，而我就準備讓你與顧嘉棠兄一起打理這間土行。」杜月笙雙眼陰森陰森，「實話實說，你願不願幹，敢不敢幹？」

「願意！敢！」蘇三泉叫道，「當年杜先生救我一命，現在又這樣看得起我蘇三泉，我怎會不願意！怎會不敢！我還要多謝杜先生！」說著又是深深一揖。

「那好！」杜月笙往太師椅上一靠，「那你說說這個蘇易揚，他平時多是去哪裡，有些什麼特別的生活習慣？」

蘇三泉想了想：「男人做的事他都做，逛堂子，上賭台，做生意，跟行家打牌，聊天。」搔搔頭，「但他不喜歡逛馬路，沒事時就留在行裡，有時耍兩套拳腳，出去時一定叫上我和阿昌相隨。」又搔搔頭，「至於他有什麼特別的生活習慣，真想不出來。」

「他跟潮州幫土行很熟？」

「是，他有時去鄭洽記，有時又去隆吉號、郭源茂，又或同昌行，跟那些土行老闆談生意，又或相約喝花酒。拍膊頭稱兄道弟的很熟絡。有時行裡缺了貨，他可以從這些土行那裡暫時的調過來。前幾天他就去找鄭洽記的老闆，調了三兩萬銀洋的貨。」

杜月笙暗暗點頭，向大家舉舉酒杯：「來，慢慢喝，慢慢聊。」

眾人碰了一下杯。杜月笙輕輕呷口酒，問：「蘇易揚有什麼相好的粉頭？」

蘇三泉想了想：「四馬路西邊有間堂子叫香覆院，蘇易揚常去那裡會一個名叫小荷子的粉頭。」

大家無言，默默吃菜喝酒。過了一會，蘇三泉道：「杜先生，我可不可以找個機會，一刀捅了這個蘇易揚？」

「不行。」杜月笙搖搖頭，「那你自己也走不掉，況且還有另一個保鏢阿昌，你能夠收買他？」

「那不行。」蘇三泉搖頭，「這樣的事哪能告訴他。一洩露出去，我呆不住，嘉善哥也不能留在上海灘了。」

「問題就在這裡。」杜月笙掃眾人一眼，「要幹掉蘇易揚，必須神不知鬼不覺，不能引起江湖騷動，不能引起潮州土幫的懷疑，被他們插上一手；更不能讓巡捕房追查。否則，嘉善兄就不能夠名正言順地奪回土行，再轉讓給我。也就是說，殺了這傢伙，還要死不見屍，讓他無聲無息地消失，嘉善兄才能回去易揚行接管。」頓了頓，「大家看看有什麼辦法？」

過了一會，蘇嘉善突然問：「三泉兄，蘇易揚有沒有娶老婆？」

「沒有。這幾個月鄭洽記和同昌行的老闆都曾給他做媒，但他說沒興趣，說自己年紀還小，好好玩幾年再說，現在不想娶老婆，免得受約束。」

蘇嘉善一聽，心中高興：「那好！殺死了這賊仔後省得有婆娘來糾纏。」嘴上又問：「蘇易揚有沒有試過晚上接粉頭回行裡過夜？」

「這也沒有。他大多是到堂子裡快活，有時就在堂子裡過一夜。我和阿昌就在左右房間守護。」

「那好辦了！」顧嘉棠叫起來，「我們扮作嫖客，尾隨他去堂子，然後半夜下手！」

「那也不行。」杜月笙擺擺手，「堂子裡有護院，還有那個保鏢阿昌，而且這個蘇易揚身強力壯，並非文弱書生，難免不會打起來；就算真的能夠無聲無息的把他殺了，堂子裡死了人，我們又不能把他弄走，巡捕房肯定要追查，這是連黃探長也不能阻止的，莫說在英租界。一查就肯定查到易揚行，那嘉善兄怎能露面？承繼易揚行的就不可能是嘉善兄了！」
「這不行那不行，那怎麼辦？」顧嘉棠顯然不耐煩了。
杜月笙知道這傢伙的牛脾氣，也不見怪他，蘇嘉善的提問倒是使他靈感一動：「三泉，蘇易揚沒把粉頭接回易揚行，但有沒有接去什麼酒店客棧去共度良宵？」
「這個倒是有，有幾次他接了小荷子去大華酒樓。不過不多。」
「有就好辦！不在多。」蘇嘉善叫起來，「下次就可以要他的命！」
「怎樣要他的命？」蘇三泉愕然。
「今晚月笙哥不是用黃包車把你帶到這裡來嗎？」蘇嘉善冷冷一笑，「到蘇易揚要帶粉頭去什麼酒店客棧時，他自然要用黃包車，如果車伕是我們的人……。」
「哈哈！好計！」顧嘉棠叫起來，「這個由我來做，保證他一命歸西！」
「但是，」蘇三泉有點猶豫，「還有那個阿昌，他會上前相救的，那怎麼辦？還有，死了人就有屍，怎樣能夠像杜先生說的，要他無聲無息地消失？否則巡捕房會查的。」
杜月笙一揮手，笑道，「這個好辦，讓他到蘇州河安息吧！或者落黃浦江餵魚！只是那個阿昌，」看一眼蘇三泉，「跟你交情如何？」
「好朋友。」蘇三泉道，看一眼杜月笙。
「如果他礙手礙腳，」杜月笙語氣陰冷，「你就要出奇不意，同時幹掉他！」
「那……」蘇三泉一愣。
「無毒不丈夫！」杜月笙看定蘇三泉，「要成大事，就不可手軟。當然，如果他不礙事，我也不想要他的命。」
幾個人一直商量到半夜，大致上定下了個「黃包車計謀」，但蘇易揚會找哪個粉頭外出，這無法確定，只能待機而動。然後又商量了殺死蘇易揚後，蘇嘉善如何向易揚行的伙記講明當年事件「真相」，奪回易揚行，再轉與杜月笙的細節。看牆上掛鐘，已是半夜四點。

當天黃昏，蘇三泉回到易揚行，向蘇易揚說妹妹找到了，只是去了鄰村的姐妹家裡玩，家裡沒事。蘇易揚聽了，懶洋洋的擺擺手：「沒事就好，沒事就好。」眼一瞪，「不過，三泉，以後可再不能這樣說走就走！」

蘇易揚躬躬身：「是，少爺。」心中同時狠狠地罵：「你以後叫我走我也不走！小賊仔，待我宰了你，嘿嘿！」

過了大約一個禮拜，傍晚時分，蘇三泉悄悄溜出易揚行，往東面走了十來步，一拐拐進一條小巷，走不多遠再一拐，便到了一間小客棧，上了二樓，轉頭看看後面沒人跟著，急步去敲尾房的門。開門的是顧嘉棠。蘇三泉回易揚行後，他就一直在這裡等著了。

「怎麼樣？」顧嘉棠關了門，沉聲問。

「今晚蘇易揚要帶小荷子到大舞台看京戲，會一個洋行老闆。你告訴杜先生，準備好黃包車，在雲居弄弄堂口等著。到時蘇易揚與小荷子坐在車上，我和阿昌會走在左右兩旁護衛。」

「好！」顧嘉棠叫道，心想五百銀洋就要到手，還可以打理易揚土行，不覺大為興奮，「在何處下手？」

「馬路上人潮洶湧，不能下手。我想好了，大舞台在二馬路，黃包車從雲居弄堂口出四馬路，最順路是拐入廣西路向北走，未到三馬路，左邊有一條弄堂，叫張家巷，裡面有幾間堂子賭檔燕子窠，晚上弄堂裡本來還有些人走動的；但這三幾個月，當地有伙無賴地痞，拋頂宮偷雞摸狗，甚至剁豬玀，嚇得很多客人不敢去光顧，比較僻靜。請杜先生先在弄堂口一帶埋伏人馬，黃包車到了那裡，就突然拐進張家巷去，一齊動手。」

「好！」顧嘉棠興奮得雙眼放光，又叫一聲。

「還有。」蘇三泉猶豫了一下，「請你告訴杜先生，阿昌是我的好朋友，他跟這件事無關，請杜先手生下留情，最好能把他嚇走，如他不聽，再動手不遲。」

「可以！其他的按原來商量好的幹！」

「那我先回去，免得蘇易揚生疑！」蘇三泉說完，一拉開門便出去，連拱拱手的禮也忘了。他走後三分鐘，顧嘉棠下樓結帳，離開了小客棧。

當晚大約八點鐘，一輛黃包車把蘇易揚送到雲居弄弄堂口，蘇三泉緊隨車後，眼睛四周亂掃，看到遠處跟隨自己後面的還有一輛黃包車，而且是帶篷的，正向這邊走來，拉車者不是別人，正是顧嘉棠。過了大約半個鐘頭，蘇易揚摟著一個小女子從雲居弄裡出來，蘇三泉走在前面，一出弄堂口，舉手一招，顧嘉棠早拉著黃包車急步衝過來，立即有幾輛候客的車子緊隨其後。

蘇三泉把手一揮：「一輛車夠了！」轉過身一彎腰：「請少爺與小荷子姑娘上車。」

身強力壯，得意洋洋的蘇易揚哈哈一笑，順手將個嬌小玲瓏的小荷子一把抱起，坐車上去，對車伕喝一聲：「去大舞台！」

顧嘉棠連應三聲是是是，先把篷拉上，再拉起黃包車，篤悠悠向大舞台方向走去。

顧嘉棠拉著黃包車，朝東走過一段四馬路，再拐進廣西路，走不多遠，便到了張家巷口，眼睛朝四周一掃，一個拐彎便拐了進去。猛停車再一個轉身，左右手已各執一把匕首，朝蘇易揚與小荷子當胸刺去。

蘇易揚抱著小荷子上了黃包車，就再沒把她放下來，一邊把手在這小女子身上亂摸，一邊就低著頭柔聲吩咐一會見到洋老闆，務必要逗他開心，如此這般。這個小荷子做的是皮肉生意，給誰摸還不是一樣，聽蘇易揚說完事後給她二十個大洋的打賞，早已心花怒放，便嬌嬌的嘻嘻的笑，又作狀呻吟，又咬嘴唇，弄得個血氣方剛的蘇易揚淫心大作，只顧低著頭看著這俏嬌娃的妖豔撒嬌樣是又抓又捏，哪還注意到黃包車已拐進了張家巷，突然感覺車子猛地停下來，才不覺一愣；車身猛向上一翹，他正抬頭一看，正好看見顧嘉棠直撲過來，嚇得「哇」的一聲大叫，頭一縮，雙手抓住小荷子猛發力向前一推，顧嘉棠萬沒料到這小子竟如此敏捷，早已收刀不住，兩把匕首同時進了小荷子的胸口和小腹。小荷子先是一聲驚叫，再是一聲慘叫，立時玉隕香銷。

顧嘉棠被小荷子一撞，後退了半步，再猛抽刀；蘇易揚已雙腳一蹬，跳出車外，同時大叫「救……」「命」字未出口，手執利刃的蘇三泉已從側面一刀刺來。蘇易揚原來還以為蘇三泉前來解救，哪料到保鏢成了刺客，躲閃不及，腰肋中了一刀，慘叫一聲，發狂向前衝，迎面已撲來一人，一匕首直貫其胸，蘇易揚雙眼圓睜，死前的一瞬間他看到了蘇嘉善的面容；而蘇三泉把他腰間的鑰匙掏出來時，這小賊仔已魂歸酆都鬼城了。

車到張家巷口一拐進去之時，蹲在巷口扮乞丐的葉綽山猛地躍起，失驚無神對著阿昌的後腦勺就是狠命的一棍子。這時阿昌一看黃包車拐進了橫巷，正想上前喝問車伕，根本沒注意有人襲來，待聽到腦後風聲時已躲閃不及，哼也沒哼便往地上倒去，這就要了他的命。

從阿昌中招到蘇易揚喪命，時間不過一兩分鐘，只是那連續幾聲的尖叫慘叫在僻靜的張家巷裡顯得很嚇人，但沒有人出來干涉，巷子裡本來有三五行人的，一看這般情景，早嚇得奪路而逃。

杜月笙與江肇銘都用黑布蒙了臉，阿昌往地上倒時，江肇銘又給了他一棍，隨後就是一個大麻袋把他套了。杜月笙手中短槍一揚，叫一聲：「快！」蘇易揚與小荷子的屍體也已被麻袋套起來。三個大麻袋裡三條屍，紮了袋口，壘在車上，再把塊大油布往上一蓋。杜月笙一招手，顧嘉棠又拉起黃包車，沿著泥城濱向北走去，大約一刻鐘，便到了蘇州河岸，一隻小船已泊在岸邊等候，岸上站著的是馬世奇與馬祥生。

未停黃包車停定，杜月笙已輕輕一揮手，其他人立即七手八腳的把麻袋往船上搬。

到了這時蘇三泉終於耐不住，急走兩步來到杜月笙身旁：「杜先生，阿昌死了沒有？」他本來還想說：「他還沒死就放他一條生路吧。」

站在旁邊的葉綽山已打斷他的話：「他已經死了。我一棍下去，阿銘又一棍，我聽到了他顱骨的破裂聲。」

「但，但是，我們……」蘇三泉囁囁嚅嚅，說不出下面的話來。再看那杜月笙，竟是面沒表情。這諸葛亮好像既沒聽到蘇三泉的問話，也沒聽到葉綽山的答話，只顧雙眼向左右亂掃。

這時候，夜色沉沉，燈光昏暗，臉上不覺露出得意的微笑，走下堤岸，幾步便到了水邊，低聲對馬世奇與馬祥生道：「記住，船到吳淞口，再卸貨！」再轉過身，走回堤岸，拍拍仍愣在當地，雙眼發直地盯著小船的蘇三泉：「三泉，人死如燈滅。走吧。」

小船向東面黃浦江方向划去，黃包車就留在了堤岸上。杜、江、葉、芮、顧及二蘇共七人沿著泥城濱往回走，再拐入二馬路，轉入雲南路，來到四馬路雲居弄裡的香覆院，一路上杜月笙低聲吩咐眾人如此如此。

香覆院是一間小妓院，鴇母一看來了七條漢子，立時堆出滿臉的笑來：「唉呀！幾位大爺，來惠顧小院啊？這裡可是燕瘦環肥，任君選擇的呢！」一轉頭，大叫一聲：「上茶！姑娘們……」

「且慢！」杜月笙陰森森的一聲喝，喝得這老鴇回過頭來，看清楚這伙人，一個個眼露凶光，一些在盯著自己，一些在向四周亂掃，來這裡似乎不是要找樂子而是要鬧事，不覺就雙眼愣著，嘴唇也有點哆嗦起來：「各位大，大爺，小院跟各位無，無冤無仇……」

「如果你不多嘴，就沒你的事！」蘇三泉一步上前來。老鴇認得他是蘇易揚的保鏢，兩個鐘頭前才帶了小荷子出去的，立即哈了兩哈腰：「這位大爺……」

「易少爺決定把小荷子買了，她以後就不回來了。」蘇三泉沉聲道，把一張銀票往客廳中的八仙桌上輕輕一拍，「這裡是八十個大洋，你有賺了！這件事完了，以後不得對外亂說。知道嘛？」

「是，是。」老鴇猛點頭，她看到杜月笙右手上的左輪在食指上打了三個轉，同時聽到「嘿嘿」兩聲冷笑，立即又躬躬身，「是，是。」

「那就走吧。」杜月笙看四周一眼，只見有三個粉頭躲得遠遠的，兩個護院之類的白相人也站在梯口不敢過來，便轉過身，大步走出香覆院。

眾人隨後跟出，穿出四馬路，再一個向右轉，直奔二馬路的易揚行。

第六十一章　英探目恃勢硬吃

這時已是三更天，二馬路在英租界不算繁華，路上行人不多，易揚行早已打了烊。老傭人丁伯聽到打門聲，以為是蘇易揚回來了，恭恭敬敬的開了門：「少爺您……」抬頭定睛一看，嚇得整個人愣住：「三，三少爺……」

「丁伯，您老好。」蘇嘉善邁開方步跨進門來，他做老闆時可從來沒有對傭人這樣有禮貌過。

蘇三泉緊跟其後，後面就是杜月笙等人，一個個進了大門。

「三少爺回來啦！」丁老頭回過神來，向屋裡高聲大叫。

易揚行這下熱鬧了。行裡十四、五個伙記多是舊人，一聽三少爺回來了，一個個披衣下床湧下樓來，三幾個蘇嘉善不認識的，也聽說過「三少爺」，看過相片，便也跟著下樓來。聽其他人躬身叫「三少爺」，他們也跟著叫「三少爺」。

蘇嘉善現在儼然是這裡的老闆，先拱拱手向大家問好，再揮揮手示意大家安靜，十多個伙記眼睜睜地看著他，丁老頭哈著腰端茶過來：「三少爺請用茶。這幾年三少爺您上哪？」

「幾年前我被奸人陷害，現在回來。回來是要向大家說明幾年前那件事的真相。」蘇嘉善打斷丁老頭的話，掃眾人一眼，「你們知道，蘇易揚是我的親姪，這小賊仔為了謀奪福嘉行，五年前引誘我二哥誘姦我的老婆，然後要我去祥安客棧捉姦，致我錯手砍傷了二哥，他就帶巡捕來捉人。我走後，他暗裡殺死了我老婆，然後在醫院毒死了二少爺，卻向巡捕房說是我殺了兩人。各位伙記，我蘇嘉善五年來一直沒有離開上海灘，一直在看著這間福嘉行。直到今天，蘇易揚終於良心發現，晚飯後到杜月笙先生家裡來見我。」說到這裡，別頭看看站在身旁的杜月笙，打了個頗為恭敬的手勢，「各位伙記，這位就是名震上海灘的杜月笙先生，我蘇嘉善的摯友。相信大家都知道他是法租界黃探長的得意門生，三十六股黨的首領，青幫中的大好佬，聽過他曾單槍匹馬到九記賭場跟嚴老九講開的名聲。是不是？」伙記們確實都多少聽過杜月笙的名聲，現在看他身穿長衫，背著雙手，一副傲視群雄的模樣，而站在他旁邊和身後的人，則是一個個眼含凶光，臉露殺氣，腰間似乎還別著手槍，不覺面面相覷，也不知說是還是不是。

整個廳堂一陣沉默，突然有人顫著嘴唇低聲問：「那，那麼現，現在蘇易揚呢？」

「他今晚和阿昌、三泉到杜府向我認錯，願意把福嘉行交還給我。我念在叔姪的份上，也不再追究，給了他二萬銀洋，他說已沒面目回來見舊伙記，但乘船回杭州老家，說要閉門思過。」說著從上衣袋裡掏出一串鑰匙，「這是蘇易揚臨走前交還我的，想必大家都認得這串鑰匙他是隨時掛在褲腰帶上的。」

眾伙記一聽一看，全體愕然，然後又是面面相覷，因為照蘇易揚的脾氣，這事簡直令人難以置信，但這串鑰匙是蘇易揚的，倒也不錯；只是現在面對的不是蘇嘉善一個人，他身旁身後還站著杜月笙一伙流氓，便誰也不敢提出質疑，只是又有人低聲問：「那，那個賴昌呢？」

蘇三泉向前跨出一步：「阿昌也不回來了。少爺另打賞了他五百個銀洋，他說回南通老家自己做生意，走了。」

「現在我蘇嘉善回來重主福嘉行，明天就換回原來的招牌！」蘇嘉善高聲道，等於制止了其他人的提問，一指丁老頭，「丁伯，原來的招牌在哪裡？」

眨眼間就換回舊主人，這幫伙記似乎一下子還反應不過來，一個個半張著嘴愣著。丁老頭「啊」了一聲：「在，在後間儲物室放著。」

「那好！」蘇嘉善輕輕一擺手，「明天換上。」再一指站在丁老頭旁邊的一個中年人：「蘇良，現在還是不是你做帳房？」

「是，少爺。」蘇良現在是回過神來了。

「很好，把帳簿拿出來，我今晚就要點清行裡的資產存貨，債權債務，造冊登記。」蘇嘉善向眾人一拱手，「各位一齊動手，點清楚了，各賞二十個大洋！」

眾人一聽，當即來了精神，七嘴八舌的叫：「多謝三少爺。」便聽著蘇嘉善的指揮，這幾個人去盤帳，那些人去負責點貨。

杜月笙同時向顧嘉棠等人打個眼色，這伙手下立即同去「監督」清點，點一樣登記一樣。一直搞到黎明將至，總算把行裡的資產存貨債權債務等查了個清楚，並造了冊。

杜月笙一直跟著蘇嘉善，看他「清帳點數」。現在登記冊在手，數目清楚了，便點點頭：「嘉善兄，可以了。」

蘇嘉善會意，往八仙桌旁一站，向忙了一整夜的伙記們揮揮手：「辛苦各位了，現在每人上來領二十個銀洋！」

眾人熙熙嚷嚷，嘴裡說著多謝，立即湧上來；杜月笙往蘇嘉善面前一站，同時一聲暴喝：「都排了隊！一個個來！」

這一聲喝嚇得眾人一愣，看這杜月笙如山大王一般的氣勢面容，沒人敢反駁。

銀洋發完，眾人得了這大筆款子，個個心花怒放，對著蘇嘉善不停的打躬道謝。

蘇嘉善拔高嗓子叫道：「各位伙記！你們要謝，請謝杜月笙先生，是他要我打賞大家的！」

眾人一聽，立即紛紛轉過身對杜月笙鞠躬。杜月笙抬抬手，一臉得意的微笑。

「各位兄弟！」蘇嘉善突然改了稱呼，「我蘇嘉善今天能奪回福嘉行，全靠杜月笙先生仗義相助！經歷幾年前的那場慘變，我對經營土行已經沒有興趣了！我決定回杭州老家享清福，不再過問江湖上的事。各位兄弟，從現在起，我決定把福嘉行轉讓給杜月笙先生。以後杜先生就是你們的老闆！」眾人不覺又愣了愣，一夜之間連換了兩個老闆，這在上海灘土行中大概是史無前例的，也是空前絕後的，不過誰也懂得江湖道上這種有奶便是娘的道理。

帳房蘇良先已把腰躬了下去：「杜先生。」

其他人如同聽到了命令，於是一片彎腰，一片「杜先生」。

杜月笙又拱拱手，算是還了禮，同時哈哈一笑：「各位，江湖道，以後有錢大家撈，有財大家發！我杜月笙在十六鋪仗義疏財的事相信大家也聽說過。我接手了這間福嘉行，是決不會虧待大家的！不過……」有意停頓下來，見這些人全睜著眼看著自己，不覺心中越發得意，「我杜月笙在法租界有很多事要打理，不能整天留在這裡經營。現在我任命蘇三泉與顧嘉棠做福嘉行的經理。」說著拍拍蘇三泉的肩頭：「三泉是我的門生。」又拍拍顧嘉棠的肩頭：「這位嘉棠兄是上海灘四大金剛之首，相信大家儘管未見其人，也早聽其名了！以後大家就聽兩位經理的吩咐！」

這些伙記們到現在更沒有異議了，一個個躬著身說是是是。

杜月笙看蘇、顧二人一眼：「以後有什麼事，要及時報告。」

蘇、顧二人同時拱手躬身。一個說：「是，杜先生。」一個道：「月笙哥你放心。」

杜月笙再掃眾人一眼：「各位，今夜的事，三少爺已向大家說清楚了，以後有人問起，就照著三少爺的話說。相信大家都明白，江湖道有江湖道的規矩，誰若江湖亂道，就別怪我杜月笙不客氣！」一些人愕著，一些人連說不敢不敢。

在英租界頗有點名氣的易揚行就這樣換回舊招牌，就這樣換了主人。這事在英租界土行中很快就傳開了，並引起了小小的騷動。來進貨的燕子窠管你是什麼行，只要價格貨色不變，生意照做不誤；但其他一些土行老闆跟蘇易揚有交情的，或跟易揚行有債權債務關係的，隨後就前來打探消息或交涉，尤其是鄭洽記的老闆鄭洽，不久前轉手了二、三萬銀洋的貨給易揚行，雙方雖已交割清楚，沒有債權債務的關係，但他還跟蘇易揚商量好要雙方採取行動吞掉一間叫和潤記的小土行，現在聽說易揚行換回舊招牌福嘉行，蘇易揚又失蹤了，不覺暗吃一驚，忙與經理鄭四帶上兩名保鏢前來打探詳情。

對前來交涉或打探消息的土行老闆，蘇三泉與顧嘉棠按照杜月笙事前的吩咐，一律熱情接待，把蘇嘉善當晚對伙記們說的那番話不厭其煩地再說一遍，聲明「蘇易揚少爺雖然走了，但他定下的一切規矩我們都將遵舊照辦，萬請放心」云云，把這些人一個個打發走。

鄭洽分明不相信這些鬼話，瞪著那雙向外突出的牛眼，一臉狐疑，直視蘇三泉：「三泉兄，你說蘇易揚回老家了，他走前有什麼吩咐？」

「他說跟其他老闆關係很好，要保持這種關係，有財大家發。」蘇三泉跟了蘇易揚兩年，知道他的情況，答得篤定。

「沒有再說其他？」鄭洽緊問不放。

「他可能跟蘇嘉善說過其他，但我不知道。」蘇三泉一臉坦然。

「蘇嘉善現在哪裡？」鄭洽問。

「他把福嘉行轉讓給杜月笙先生後，就回了杭州。」蘇三泉笑笑，「都走了幾天了，鄭老闆若要瞭解清楚，看來得去杭州找他。」

「杭州哪裡？」

「他沒說確實的地址。」

鄭洽愣了愣：偌大一個杭州城，我到哪裡找他？這不等於廢話！但看這蘇三泉，倒是說得認真，便抬頭看看自己的軍師經理鄭四。鄭四一直沒哼聲，只是看著蘇三泉與顧嘉棠——他知道這個顧嘉棠是個狠角色，硬來不得的，現在看見鄭洽望過來，便點點頭，很平淡地道：「我們不妨先回去等消息。」

所謂「等消息」，就是等有關蘇易揚的消息。鄭四這老江湖跟蘇易揚相熟，憑自己歷年來對人的觀察，他是絕不相信蘇易揚此人會「良心發現，交還土行」，他懷疑這整件事是杜月笙搞出來的，但他又認為蘇易揚身強力壯，為人機警，被暗算不容易，可能是被逼走的；被逼走自然就有下文，說不定會來求自己。哪怕他真被暗殺了，也會有死屍在，待巡捕房一追查，就有可能搞個水落石出。

鄭四已在心裡打定主意，到時自己暗使橫手，買通巡捕房，說不定能趁機吞了這間福嘉行，也好同時為鄭子良出口氣，打下杜月笙的氣燄。自己無需跟杜幫硬碰，便可收漁人之利。

卻沒料到對方的毀屍滅跡功夫竟做得如此乾淨徹底，結果靜候了十來天，什麼消息也沒有，鄭四暗暗著急，料定這蘇易揚已是凶多吉少；鄭洽則急出面了：「阿四，杜月笙這小白相一聲招呼沒有，就竟打到英租界來，這太過分了！我們不能就這樣算數，要給他點顏色看看才好！」

鄭四點頭：「這個當然。但我們不能跟他硬碰，這事應該由巡捕房來做。我想好了，明天有貨解到，我去繳交餘款時跟沈杏山好好說說。」心裡同時便嘿嘿兩聲冷笑，「杜月笙啊杜月笙，這裡是英租界，不是法租界。要想在這裡跟我們分肥，沒這麼容易！」

沈杏山是英租界巡捕房的華探目，此人原來是幹劫土勾當的，手下有一伙人，江湖上稱大八股黨。後來他有了錢，便買通洋人，從土匪搖身一變而成了維持治安的巡捕。靠著銀洋開路，竟步步高昇當了華探目，並跟水警營串通一氣，反過來專為英租界的土行押運煙土。半個月前的清晨，他接到市民報案，說張家巷發生了劫殺案，趕到現場一看，只是留下了兩大灘血跡，向附近市民瞭解情況，都說當夜只是聽到了喊救命聲和一男一女的慘叫聲，其餘的一概不知。沈杏山推斷這極可能是黑幫之間的仇殺，現在聽鄭四密報：便把日期暗暗一算，猛然就想起這件張家巷血案來，心中不覺一陣興奮：嘿嘿，管他是真是假，先審了這伙人再說，說不定能發筆橫財，至少可以敲筆竹槓。

「鄭老四，你這樣說，可是有什麼證據？」

「事情是明擺著的，沈探長。」鄭四篤定地道，「肯定是殺人犯蘇嘉善回上海尋仇，找到杜月笙，杜又收買了蘇三泉，然後下手殺了蘇易揚，用意是搶奪易揚行，現在果然就真的把易揚行搶了。」看沈杏山一眼，「杜月笙在法租界撈到英租界來，殺人越貨，搞亂江湖秩序，這是不把你沈探長放在眼裡呢。」話是說得平淡，其實是趁機暗煽一把火。

沈杏山聽了淡淡一笑，：「好吧，這事兒是要切查切查。」

鄭四看他似惱非惱，似笑非笑的神情，便起身告辭。沈杏山也不挽留，等這鄭四一走，便帶上六個巡捕，沈杏山自己還特意別上一支左輪，趾高氣揚，出了巡捕房，殺奔福嘉行而來。

這時將近三更天，福嘉行剛打烊，丁老頭低著頭正要把大門關上，猛聽得一聲暴喝：「不准關門！」抬頭一看，只見馬路對面衝過來六七個裝束整齊的巡捕，一個個揮舞著警棍，領頭的那個似乎還舉著槍，嚇得不覺「呀」了一聲，愣在當地。

蘇三泉急忙走過來，正要問什麼事，與帶頭衝進來的沈杏山幾乎碰個滿懷，嚇得當場倒退幾步：「沈探長，什麼事？」

沈杏山把手中的左輪手槍晃了晃：「這樣的事。」幾個巡捕右手執警棍，棍頭在左手掌上輕輕地拍著，神態傲慢，目空一切。

行裡大部分伙記全都愣著。蘇良跟著顧嘉棠從帳房裡跑出來，一看這般情景，不愧是帳房師爺，還算鎮定，走前兩步：「各位警爺請坐。」轉身向兩個傭人大喝一聲：「快快上茶！」顧嘉棠站定了，看著這伙殺氣騰騰的巡捕，面無表情。

沈杏山把手中左輪往八仙桌上一拍，施施然在太師上坐下，喝了口茶，慢慢放下杯，掃眾人一眼：「半個月前，張家巷發生了血案，現在有人報告那是你們的故主蘇易揚被人劫殺了。現在我來問案，問到誰，誰回答，其他人不得插嘴！」看到大家點頭，便雙眼直視蘇三泉：「蘇三泉，現在有人指控你勾結外人謀殺了故主，以搶奪易揚行。你看來膽略不小哦？」「嘿嘿」就是兩聲冷笑。

蘇三泉這時早已回過神來，並不驚慌，抱拳作了一揖，語氣篤定：「沈探長，這是那人亂說。」把當夜蘇嘉善所說的蘇易揚幾年前如何設局，現在又如何「良心發現」的話說了一遍，「沈探長，蘇易揚現在是走了，當夜我親自與杜月笙、蘇嘉善等人送他上船的，什麼張家巷血案肯定與他無關；而且，蘇嘉善是把福嘉行轉讓了與杜月笙，我並不是這裡的老闆，不過是為杜月笙打工的。沈探長，我給誰打工還不是一樣？怎麼說是我勾結外人殺故主要謀奪福嘉行呢？」

這話反問得沈杏山愕了愕。這個巡捕頭本來以為如此威勢衝進來，就足可以嚇得蘇三泉失魂落魄，審問出真相，哪料這傢伙一點不驚慌，說起來還振振有詞，而自己又確實拿不出蘇易揚被殺於張家巷及對方參與了這場謀殺的證據。腦中打個轉，一拍八仙桌：「血案的事，我自會繼續追查。現在我來說易揚行的事。東主本來是蘇易揚，你說蘇易揚把易揚行交還蘇嘉善，而蘇嘉善是殺人通緝犯，他若回英租界，我還要把他捉拿歸案的！你又說蘇嘉善把易揚行讓與杜月笙，這些全都無憑無據。」說著大大咧咧的一擺手，「現在蘇易揚沒有回來，易揚行就是沒有主人了，應該暫予查封，等我破了血案……」

他的話還未說完，顧嘉棠已一步上前，雙手一抱拳，聲如甕響：「沈探長，所有這些交易都是有憑有據的！」

沈杏山一愕：「你是誰？」

「顧嘉棠。杜月笙的兄弟，薄有虛名，上海灘四大金剛之一。」再一拱手，「頭頂二十二世，身背二十三世，腳踏二十四世。」這幾句話，顧嘉棠打出了杜月笙的牌頭，同時表明了自己的身份：青幫悟字輩。這就令沈杏山不得不在心中掂量掂量。

為什麼？因為沈杏山自己也是青幫中人。沈杏山腦中打了兩個轉，似他這種既是流氓頭又是巡捕頭的人物，既已出手，豈會就此善罷甘休！臉色便沉下來：「顧嘉棠，你說有憑據，拿出來！」

「好辦！」顧嘉棠一個轉身，奔回帳房，不足兩分鐘，拿著兩張紙出來，但他不交給沈杏山，而是交給蘇良：「老蘇，讀給沈探長聽聽。」

蘇良接過，雙手微微抖著，顫著嘴唇讀起來：「我蘇易揚在五年前設局陷害三叔蘇嘉善，謀殺二叔蘇福善與三嫂劉氏，罪不容誅。今良心發現，又得三叔二萬銀洋，決定把易揚行交還三叔，從此回杭州老家閉門思過，不再過問世事。立此為據。蘇易揚。民國四年七月初八日於上海。」讀完，交還顧嘉棠。

顧嘉棠笑道：「很好很好。讀第二張。」

「我蘇嘉善五年前遭親姪蘇易揚陷害，顛沛流離。今幸得杜月笙先生相助，奪回易揚行。自思人生無常，相爭何益，決定把易揚行以十二萬銀洋之價轉讓與杜月笙先生。自此回老家休養，不問世事。立此為據。蘇嘉善。民國四年七月初九日於上海法租界金福里杜月笙先生宅。」

蘇良讀完，又交與顧嘉棠。顧嘉棠把兩紙放在八仙桌上，很恭敬地拱拱手：「請沈探長過目。」第二張紙是蘇嘉善的親筆，這是不假，儘管他只得了六萬銀洋；第一張紙則是由做過寫信佬的張鐵嘴模仿蘇易揚的筆跡所書，確是寫得像模像樣，看得蘇嘉善也拍手稱妙。現在蘇易揚已葬身魚腹，死無對證。杜月笙與顧嘉棠心裡定得很。

沈杏山一直沒哼聲，現在也不看這兩張紙，而是盯著顧嘉棠，「嘿嘿」兩聲冷笑：「顧嘉棠，你這不是騙小孩嘛？隨便弄兩張紙出來，這樣的事找個街邊小癟三也做得出來！」

「沈探長請您看清楚，」顧嘉棠迎著他的目光，毫不畏縮，手指就點著桌上的紙張，「這張紙蓋著蘇易揚的指模和他的印章，還有易揚行的大印；這張紙蓋著蘇嘉善的指模的印章，這可不是街邊小癟三做得出來的！」

顧嘉棠說得理直氣壯，沈杏山蹙著他那兩道八字眉，一時竟不知怎樣反駁這個白相人。他現在也被搞胡塗了，不知整件事是不是就像蘇三泉所說的；不過有一點是確定無疑，那就是對方可謂有備而戰，做足了應變的功夫，如果這件事真的如鄭四所說，是杜月笙這伙人搞出來的話。那麼，現在怎麼辦？二蘇不出現，肯定就入不了對方的罪，就算把整件事拿上會審公廨去審理，大概也只能在找到蘇易揚與蘇嘉善以後才能斷案，而現在這兩人肯定已不在上海灘。就算判了杜月笙為非法收購易揚行，那對自己又有什麼好處？什麼好處也沒有，反而還少了個要自己運貨的土行。那不等於自找麻煩，吃力不討好？真的是白為蘇易揚鳴冤叫屈啊？笑話！

想到這裡，沈杏山乾脆把心一橫：「觸那！杜月笙，我不管這事的真相如何，總之這裡是英租界，不是黃金榮可以呼風喚雨的法租界，你撞在我沈杏山手上，我就硬吃了你，看你又能怎樣！」一手抄起八仙桌上的那兩張紙，往懷裡一揣，再霍地站起來：「顧嘉棠，你別得意，文檔我帶回去，查證你是不是偽做！」再一指蘇三泉，「你是這裡的經理，我現在正式告訴你，以後這福嘉行不得再開門！直到我找到蘇易揚、蘇嘉善，查清了整件案再作決定！」眼一瞪，「如果不服，叫你們真正的老闆來找我！」說著手中左輪一揚，看一眼幾個手下，「我們走！」

沈杏山大步走出福嘉行，六個巡捕緊隨其後，揚長而去。

蘇三泉愣著，其他伙記呆若木雞。

顧嘉棠恨得咬牙切齒：「觸那！沈杏山你這狗娘養的！」

整個福嘉行沉默了足有五分鐘，蘇三泉才算回過神來：「嘉棠哥，怎麼辦？」

「明天照樣開門！」顧嘉棠一拍八仙桌。

「那不行啊！」蘇三泉雙手亂搓，「沈杏山真的可以帶著巡捕來封鋪的！他是探目，我們硬抗不得的！」頓了頓，看顧嘉棠一臉怒氣，又低聲道：「嘉棠哥，說白了，這裡是英租界，不是法租界，杜先生也奈何不了沈杏山的。而且，本行的貨得靠大八股黨來押運，他若有意刁難，我們可是消受不起的！」

顧嘉棠沒哼聲，過了一會，向眾人一揮手：「你們都睡覺去！我和三泉哥過法租界找月笙哥！」

第六十二章　以退為進免惹禍

顧嘉棠與蘇三泉來到法租界金福里杜宅時，已是深夜。杜月笙還沒睡，背靠著後間密室的那張太師椅上，左右兩邊坐著馬祥生、馬世奇、江肇銘與何野鯉。

何野鯉最近得到消息，說有貨船暗藏鴉片偷運到法租界，為界內的燕子窠供貨，吃過晚飯便趕來向杜月笙報告。杜月笙與江肇銘等人直到三更天才從源利俱樂部回來，聽了何野鯉一番講述，杜月笙是淡淡一笑：「這種事早就有了，但知道了又能怎樣？」坐下來，喝口茶。

「不可以找個機會下手？」何野鯉顯然沒有料到杜月笙對於自己得到的情報反應如此冷淡。

「對啊！月笙哥，」江肇銘叫起來，一拍八仙桌，「既然有這路貨，我們為什麼不劫他一票！」

「過去我們劫南市的貨，押運的有好幾家，比如繆阿玉，這些人是南市的大好佬，但明知失了貨，也不敢到法租界來鬧。現在南市運貨的少了，那些燕子窠多從租界進貨，所以很多貨都進了法租界或英租界。土行生意好，洋人更是賺了大筆錢。但運進租界的貨是好劫的嗎？英租界的貨多從北面進，那是沈杏山的大八股黨押運的，他們拿著槍；法租界的呢，雖然沒有一個大八股黨，但很多貨是黃老闆保押的，又或是法國佬拿槍押運的。從巡捕的槍口搶貨，那條命就跟黃浦江的水那麼冷。」一說到這裡，杜月笙竟哈哈一笑，「各位想想，又或是我杜月笙劫了黃老闆的貨，那豈不是大水沖了龍王廟？」眾人跟著哈哈一笑。

現在暫時撇開這個話題，講了一輪嫖經賭經，馬祥生突然道：「月笙哥，其實阿野的話也不是沒有道理，貨從我們南碼頭經過，為什麼不找個機會下手弄他一票？現在黃浦江上搶土的有好幾路人馬，我們一得手就散水，大家都不說出去，黃老闆又哪知道是我們幹的？」

「這話是不錯，」杜月笙悠悠閒閒地靠在太師椅上，一副諸葛亮的模樣，「那我們就成了水老蟲了。誰有這個潛水的本事？」

「阿野！」江肇銘一指何野鯉，笑道，「這傢伙是條野鯉！」

「銘哥你真是英雄重英雄，」何野鯉不但沒惱，還大言不慚地笑起來，「這個沒問題，潛到水裡我相信可以弄它一票，而且就我所知，闊嘴巴怡生與范長寶也是此中高手，南碼頭還有一兩個兄弟可以一起幹。」

「現在跟過去不同了。」杜月笙擺擺手，「過去是夜裡在江邊用小艇接貨，現在這些貨大搖大擺的白天靠岸，在英租界，是大八股黨押運；在法租界，則是法國佬押運，都是荷槍實彈的，我們怎樣動手？」

「我們在陸上動手不方便，在水裡動手！」何野鯉一臉野氣，「不等船隻到法租界或英租界水域，就在南碼頭對出的江面動手！」

「阿野說得對！」馬世奇叫起來。

「但我們又怎樣能夠知道哪艘船藏了鴉片？」杜月笙平淡地看看眾人，遠不像馬世奇這麼興奮。

這句話把大家問住了，面面相覷。沉默了一會，馬祥生輕聲道：「不管怎麼說，月笙哥，現在我們有了英租界的福嘉行，若只是向洋行進貨，交大八股黨押運，既要本錢，又要保費，花費大了；若是可以劫土，那真是無本萬利啊！」

杜月笙正要笑罵一句：「誰不知阿媽是女人！」卻聽到「篤篤篤」，有人敲門，「杜先生，顧少爺找。」是黃嫂的聲音。

江肇銘走過去開了門，顧嘉棠一臉怒氣地走進來，後面跟著臉色有點發青的蘇三泉，一同朝大家拱拱手，「發生了什麼事？」杜月笙霍地站起。兩人的臉色和半夜來訪，他肯定有事，而且這事非同小可。

「沈杏山要封福嘉行！觸那！」顧嘉棠一屁股坐下來。盛夏天時，悶熱得很，一絲風也沒有，路上又走得急，端起茶壺便灌。

「三泉，慢慢說。」杜月笙不看顧嘉棠，他知道這小子現在火遮眼，什麼都說不清楚，便看著蘇三泉，自己同時慢慢坐下來。

「是，杜先生。」蘇三泉是又氣又急，但沒顧嘉棠那麼衝，耐著性子把沈杏山來封鋪的事說了一遍，眼神焦慮地看著杜月笙：「杜先生，怎麼辦？」

剛才討論如何南市江面劫土的事一下子全沒了興趣，眾人一齊看著杜月笙。杜月笙背靠太師椅。蘇三泉說時，他是雙眼定定的看著蘇三泉；蘇三泉說完了，他就閉目養神，好像並不知道大家在焦慮地看著自己，房間裡靜極了。

約過了兩分鐘，顧嘉棠又怒罵一聲：「觸那！」

江肇銘幾乎是應聲跳起來：「他敢來封鋪，跟他幹！」

「阿銘哥，這不行啊！」蘇三泉苦笑搖頭。

「為什麼不行！」江肇銘怒火衝天，「他有槍，我們也有槍！他有警棍，我們有木棍大刀！」

「銘哥，那裡是英租界啊！」馬世奇低聲道，他是最不喜歡動刀動槍的。

「英租界，英租界又怎樣？」江肇銘的牛脾氣冒上來，「我們……」

「英租界現在是人家的地盤，不是我們的地盤。」杜月笙睜開眼，打斷江肇銘的話，「我們就這幾個人、幾條槍，能跟巡捕房硬抗嗎！」

江肇銘一愣，這個宣統皇帝，就服自己這個師父兼大哥，嘴裡嘮嘮叨叨了兩句，便收了口。

杜月笙站起來，在房間裡慢慢踱步。他明白事態的嚴重：如果失去了福嘉行，那對自己是相當沉重的雙重打擊：一是名聲受損，以前什麼單刀赴會跟嚴老九講開，智取南碼頭、大達碼頭等等「威名」都會因而大打折扣；二是將失去一個大財源，而沒有銀洋，他的什麼杜幫勢力就不可能開拓，他的大亨夢就成白日夢。這是最要命的。

「杜先生，那您說怎麼辦？」蘇三泉滿臉無奈，看著這個踱來踱去的杜月笙，「明天福嘉行若開門，沈杏山真會帶巡捕來封鋪的！他說等找到蘇嘉善、蘇易揚再判案，那是想永遠封了福嘉行啊！」

「那是想榨一筆錢。」杜月笙微笑，「封了福嘉行對他有什麼好處？他白少了一筆生意呢！」

「那怎麼辦？給他？給多少？」蘇三泉愣著，「明天福嘉行還開不開門？」

「這事由我來應付。」杜月笙一揮手，似乎並不緊張，「明天上午福嘉行暫時不要開門，等我的消息！」

第二天一大清早，沈杏山穿了一套包打聽的便服，施施然上四馬路杏花樓喝早茶。沈杏山喜歡上杏花樓喝早茶。今天有所不同的是，他一上了二樓，土行鄭洽記的小開左韋早已在梯口等著他了：「沈探長，小行經理鄭四先生恭請探長到海棠雅室一敘。」說著便是一鞠躬。

沈杏山一聽就猜出這鄭四找自己有什麼事，心想這老傢伙莫非跟杜月笙有仇？非要把對方趕出英租界不可？還是想要從中撈什麼好處？不過鄭四開始時並不談昨晚的事，而是一邊頻頻給沈杏山斟茶，一邊就東拉西扯說英租界土行的事，聊了幾乎半個鐘頭，才把話題輕輕轉到易揚行上：「蘇易揚是我們的朋友，這幾年易揚行跟大家相處得不錯，杜月笙這次過界來謀財害命，簡直是對英租界土行的挑戰，尤其是對沈探長的挑戰，不知沈探長將如何切查此案？」

沈杏山斜斜的瞟他一眼，慢慢喝茶，沒說話。鄭四也摸不透這個沈杏山的態度，便又輕輕追問一句，「蘇三泉不承認？」

「初步查過了。」沈杏山放下茶杯，「但他們似乎有憑有據。」把昨晚查易揚行的經過簡略說了幾句。

「杜月笙的諸葛亮名聲看來並非浪得虛名，怪不得鄭子良兩次敗在他的手下。」鄭四心中暗道，不過神情卻是不以為然，語氣相當輕蔑：「這又是杜月笙玩的把戲。他暗算了蘇易揚後，要弄兩張這樣的紙出來還不容易？以沈探長的精明，肯定看穿了他們的陰謀。」

「過獎過獎。」沈杏山笑道，「不過，鄭老四，你明知他是假的，你又有什麼證據證明？」

「這……」鄭四這老江湖一時間說不出話。是啊，蘇嘉善與蘇易揚不在，就沒有辦法證明它是假的。沉默了一會，鄭四給沈杏山斟茶，笑著道：「杜月笙這樣在英租界搞亂，難道沈探長就這樣由著他了？那傢伙是會得寸進尺的！」

「你鄭老四休想借刀殺人還要從中撈好處！」沈杏山心裡嘿嘿兩聲冷笑，擺擺手：「我沈某人哪能就這樣由著他！不過，山人自有妙計。俗話說，飯要一口口吃，事情要一步步做嘛。」

鄭四是老江湖了，看他這篤定的模樣，也明白這傢伙是要獨得好處，不容他人插手。自己不過是販毒撈錢的土行經理，人家是手裡拿著槍的華探長，他不找你合作，你又如何從他那裡分一杯羹？既然得不到好處，那又何必跟杜幫結冤？想到這裡，哈哈一笑：「沈探長說得對，果然英明！」一舉杯，順勢把話題一轉：「沈探長，聽說雲居弄香覆院前兩天買了個粉頭，貌若天仙，膚白如玉，曲線玲瓏，樂胃得很，那老鴇兒在等著大好佬去給她開苞呢！」眼神有點邪褻的笑。

「是嗎？」沈杏山確實不想鄭四插手易揚行的事，一聽這「嫖經」，正中下懷，也好岔開話題，「香覆院？哦，我想起來了！哈哈！好！我記得那裡有個粉頭叫小荷子，也很叫人樂胃的。」

「色乃人間最樂春！」鄭四大笑起來，「這味兒真是只有沈探長才夠資格嘗嘗的喲！」

兩人聊了一會嫖經，沈杏山掏出懷錶來看看已是上午九點，心想得去看看杜月笙有何動作，便對鄭四拱拱手：「小弟得去當更了。」離座下樓，回到巡捕房，換上他的探目裝束，帶上昨晚的六個巡捕，施施然巡到二馬路來，只見福嘉行門前掛了個「是日盤點」的木牌，沈杏山嘿嘿冷笑兩聲：「你以為這樣就躲得過？」走上前去，舉起警棍敲門。

蘇三泉開了門，對著沈杏山就是一鞠躬：「沈探長您早。」

「嘿嘿，今天怎麼不開門啦？」沈杏山大步而入，臉上似笑非笑。

「沈探長說暫時不准開門，我們就正好盤點了。」蘇三泉照著杜月笙的吩咐，很恭敬地回答。

「不是暫時的！」沈杏山眼一瞪，「蘇易揚沒有找到，案就沒結；案沒結，門就不准開！」

「各位警爺請喝茶。」丁老頭與一個老使媽送了茶上來，客廳上就只有蘇三泉，他好像沒聽到沈杏山後面的話，也不哼聲，就呆呆地站著。

沈杏山突然覺得很沒意思，心想你不開門就行，我看你能夠撐得多久！茶也不喝了，一轉身：「走！」一行人出了易揚行，朝西逛去，沈杏山突然想起鄭老四說雲居弄香覆院新來了個粉頭，如何的美貌，心裡笑兩聲：「哈哈！我就去樂樂胃！」向手下晃了晃那根警棍：「散隊！你們到四周巡巡，午飯後回捕房！」那些巡捕立即一哄而散，沈杏山自己向前走到了香覆院。

老鴇當時正在客廳招呼客人，抬頭一看來了這個巡捕探目，老主顧了，立即嘻皮笑臉的迎上來：「唉喲！沈探長，什麼風把您老吹來了喲！」一轉頭，「上茶！」

沈杏山把她輕輕拉過一邊：「劉媽媽，聽說貴院最近來了個很叫人樂胃的粉頭，還未開苞的。」那對馬眼淫淫的眨了眨，「嘿嘿，怎麼不介紹我沈某人會會她呀？」

「唉喲，沈探長，您老來遲一步了呢！」劉媽媽手中的小紅帕兒擺了擺，「三天前嚴老九派人來把她接去了，現在還未回來呢！」

「觸那！霉氣！」沈杏山一聽，心中連罵兩句，想想豈能白來一趟，又問，「那個小荷子呢？」

「唉喲，小荷子早不在這裡了，有個大亨把她買了回去做小的啦！」

「誰？」沈杏山一聽更加氣不打一處來，那雙馬眼便瞪起來。

「易揚行的老闆啊。」

「什麼？」沈杏山一聲驚叫，「蘇易揚？」

「我不清楚他是不是姓蘇，」劉媽媽一看沈杏山如此大反應，不覺也愣了愣，「我是聽他的手下說的。」

「什麼時候的事？」沈杏山的聲音似乎高了八度。

「我想想，十多天前吧。」

「晚上來買的？」

「唉呀，沈探長您真是未卜先知喲！是晚上。」

「十多天前，究竟哪一天？」

「我想想，」這婆娘想了一分鐘，「我記起來了，是七月初八！第二天是初九，我要拜神的，便去買燒豬肉，看見包豬肉的那張報紙上登了消息，說張家巷裡有人被劫殺了。」

「哈哈！妙啊！」沈杏山突然叫起來。

「什，什麼事？」老鴇大奇。

「你可別忘了剛才你說過的話！改日我再來！」沈杏山一臉得意，出門而去，心中是「嘿嘿」兩聲，「杜月笙啊杜月笙，這回你可給我找到證據了！」

沈杏山走出香覆院的時候，在法租界聚寶茶樓雅室，杜月笙正躬身向黃金榮道謝。

大約六個小時前，杜月笙送走了蘇三泉等手下，表面上是神態輕鬆，其實心中相當焦慮。他明白絕不能讓沈杏山封了福嘉行，自己在英租界雖有些曾受過自己接濟的江湖朋友，不過算不上有什麼勢力，因而硬抗不得；用錢買通是最可行的辦法，但那肯定要花一筆巨款，而且自己如果示弱，沈杏山就很有可能得寸進尺，令自己名聲錢財俱損，那怎麼辦？躺在床上輾轉反側，苦思對策，久久難以入眠。將近到五更天，才總算拿定了主意，心中狠狠罵一句：「觸那！我就對你軟硬兼施！」

天亮後，懷中放好幾張銀票，叫上萬木林與江肇銘，三人一同去黃公館。來到同孚里口，迎面碰著生得「短小精悍」的阿衡。阿衡一見杜月笙，連忙站定，雙手抱拳作揖：「月笙哥早。」

杜月笙也抱抱拳：「阿衡早，黃老闆在不在公館？」

「不在，黃老闆去大自鳴鐘總捕房了。」

聽說黃金榮不在，杜月笙愣了愣，又問阿衡：「你現在去哪？」

「去總捕房，聽黃老闆的差遣。」

「如果捕房裡沒什麼事，黃老闆會上哪？」

「可能會上聚寶茶樓喝茶。」

「那好，」杜月笙拱拱手：「請告訴黃老闆，我在聚寶茶樓雅室等他，有事要跟黃老闆相商。」

「一定，一定。」阿衡躬躬身，「那我先走了。」急步而去。

杜月笙三人急沖沖上到二樓，看到樓廳中間的那座小戲台沒人演唱，但五間大茶室裡均是人頭簇動，熙熙攘攘，看來已經沒有空位置了。長得高高瘦瘦的老闆史少卿「藍眼少卿」，正在哈著腰跟各式茶客打招呼，一見上來了這個杜月笙，知道這傢伙現在法租界白相人中的地位，又是黃公館的台柱，立即拱著手滿臉笑容迎上前來：「月笙哥您早。請問可有訂座？」

杜月笙拱手還禮，非常客氣：「史老闆您早。一會黃探長要來，可否找個幽靜的地方？」

「黃老闆下午來時，一般就坐蘇州廳聽戲文。」史少卿有點囁囁嚅嚅，「若說安靜，當然是幽遠廳，只是貝老闆已把那房間包了。」

「哪個貝老闆？」

「天成顏料行的大東家貝天成啊。」

「帶我去看看。」杜月笙一擺手。

史少卿帶頭，進了尾間的大茶室，再推開旁邊的一道門，只見一個小房間裡，一張大圓餐桌擺在中間，上面放了個「留座」的牌子；旁邊是六張精工雕刻的紫檀木大交椅，靠牆放張長沙發。窗戶臨街，窗框玻璃絲塵不染。裝設得不算富麗堂皇，卻顯得舒適寬敞，清雅怡人。杜月笙在裡面踱了幾步，看一眼藍眼少卿：「史老闆，就要這一間。」

「但是，月笙哥，那貝天成……」

杜月笙從口袋裡掏出五六個銀洋來，往史少卿的手裡一塞：「另外為他找個房間。」

「但是，這……」

「來開茶吧。」杜月笙不再聽他的，施施然與萬木林在大交椅上坐下。

一會兒，一壺鐵觀音開上來。杜月笙慢慢喝，雙眼看著窗外街景，心中在細細盤算著如何跟黃金榮說。也不知過了多久，杜月笙突然聽到門外傳來一些嘈吵聲，一轉頭，正好看見進來一伙人，領頭的是一個中年富商，絲綢長衫，金絲眼鏡，身體肥胖，圓頭圓腦，對著走在身旁的史少卿大叫：「這是我昨天定下的房間！你怎麼能夠這樣做生意！」

史少卿則在連連道歉：「貝老闆請原諒，貝老闆請原諒。」

杜月笙霍地站起來，突然怔了一怔，他覺得走在貝天成身旁的那位青年女子很面善，一身珠光寶氣，容貌姣好：柳葉眉、杏眼兒、圓鼻頭，櫻桃嘴，何處見過？正有點發愣，貝天成已一步跨到他的面前：「喂，小兄弟，這房間是我定下的，你到別處去！」右手「啪！」在餐桌上放下六個銀洋，「這些你拿去救濟你的癟三朋友吧！」

杜月笙回過神來，雙眼陰森森地看著這個顏料行中有名的大商家，不哼聲。生得木頭木腦的萬木林與一身牛脾氣的江肇銘已蹦地跳起來，就要衝上前；杜月笙把左手抬了抬，萬、江二人同時狠狠地對著貝天成「哼」了一聲，收住腳步。貝天成身後的三條大漢已同時一步跨上前來，看著杜、萬、江三人，怒目圓睜。站在最後面的是兩個商家打扮的中年人，顯然是貝天成的同行，一看這般陣勢，不覺心裡發毛，嘴上就囁囁嚅嚅的：「別打別打，有話好說。」

杜月笙不說，只是站著，盯著貝天成，臉上露出一絲絲冷笑。現在貝天成罵了兩句，看杜月笙一言不發，十足一副流氓白相人的模樣，覺得有點心虛，便自動收了口。「天成，算了吧。」那個美貌女子輕輕拉了拉他的衣袖。

史少卿連連點頭打哈哈：「對對對，古人云：是非不必爭人我，彼此何須論短長。吃些虧處原無礙，退讓三分也不妨。貝老闆與三夫人請到隔壁，請到隔壁海棠廳。」

就在這時，阿衡興沖沖走進來，對著杜月笙叫道：「月笙哥，黃探長來了！」

貝天成是正正經經的商人，跟白相人沒交往，因而沒聽說過杜月笙，但黃金榮的名字可謂如雷灌耳，法租界裡誰人不知！一聽這青年人竟是黃金榮的朋友，心想還是別惹事為好，但又不甘心就這樣退出去，嘴裡便狠罵了聲：「流氓！」才一個轉身，挽了那美婦人的手臂，「走！」

貝天成一行人剛走出去，黃金榮大大咧咧的踱著方步隨後走進來，身後跟了程聞、阿七、徐福生，一看杜月笙愣愣的站著，黃金榮便哈哈一笑：「月笙，眼定定的，看見陸蘭芬啊？哈哈！」杜月笙當然不是看見陸蘭芬，但他覺得自己看到了個跟陸蘭芬一樣美貌的婦人。

「三夫人？」他在心裡嘮叨，猛然想起來了，十二年前自己在鴻元盛水果店做學徒，某天用爛水果擲一個坐黃包車的少婦人，惹下禍事，隨後被杜阿慶轉到寶大店。後來聽王國生說，那少婦人是大顏料商貝天成的三姨太，沒錯，正是剛才看見的美人兒！當年只十六、七歲，今天大約是二十八、九；回想起當年事，心中不覺大為感慨。貝天成挽著這美人兒的手到了隔壁，仍是一臉怒氣。他萬沒想到，今天這頓早茶，給自己埋下了禍根。

第六十三章　聚寶樓劍拔弩張

黃金榮的笑聲令杜月笙回過神來：「唉呀！黃老闆！請坐請坐！」

「看見誰了？」黃金榮在大交椅上坐下，一副大把頭的模樣。

「一個舊相識。」杜月笙笑笑，給黃金榮斟茶。各人落座，客套話說了幾句，杜月笙把身躬了躬，語氣十分誠懇：「黃老闆，這回真要勞您的大駕了。」說著看了阿七、阿衡和徐福生一眼。

黃金榮會意，便對這三人擺擺手：「你三個出門口看著，別讓人進來。」同時心裡覺得奇怪：你杜月笙上次跟嚴老九講開，如此緊張的局勢，也沒有來找我，現在你碰到哪個比嚴老九還厲害的？黃金榮眨著眼睛，杜月笙已對萬木林和江肇銘打個眼色：「你倆也出去看著。」

現在房間裡就剩下黃、杜、程三人了。

黃金榮輕輕呷口茶，再慢慢放下茶杯，瞟一眼杜月笙：「有什麼了不得的事？」

「事關英租界探目沈杏山。」杜月笙沉聲道，把蘇易揚如何設局陷害蘇嘉善，自己又如何「為朋友兩肋插刀」幫蘇嘉善奪回福嘉行的經過說了一遍。不過他不說自己暗殺了蘇易揚，而是「逼蘇易揚遠走他鄉，不得再回上海灘，並把福嘉行交還蘇嘉善」，而蘇嘉善本人也無心再打理那間土行，於是自己便用六萬銀元承頂了下來。

「觸那娘！」黃金榮一句他自己的三字經，「這跟沈杏山有什麼關係？」

「本來是沒關係，」杜月笙躬身給他斟茶，「但他竟說我杜月笙暗殺了蘇易揚，又說蘇嘉善是殺人犯，要把他逮捕歸案。就以此為由，查封福嘉行。說要等到二蘇出面作證為止。現在蘇易揚已遠走他鄉，蘇嘉善也回了老家，不知到底何處，都不會回上海灘來的了，沈杏山便想趁機勒索。」

說到這裡，杜月笙從懷中掏出張銀票，輕輕放在黃金榮的面前：「這裡是三千銀洋。」站起來，深深作了一揖，語氣相當誠懇，「俗語說，不看僧面看佛面；沈杏山現在明知我杜月笙是黃公館的人，卻公然帶著巡捕去封我的店，分明是不把黃老闆放在眼裡。月笙請求黃老闆出面，跟沈杏山了結此事。」先把銀洋拿出來，再暗中一撥，把球踢到黃金榮懷裡。

黃金榮默默喝茶，同時輕輕瞟了程聞一眼。

程聞不愧是黃金榮的親信師爺，不是他說話的時候他便一聲不哼，現在主子一眼瞟過來，他即心領神會，慢慢站起身，給杜月笙斟茶：「諸葛亮常有奇謀妙計，不知這回怎樣打算？」

杜月笙雙手捧著茶杯，微微躬身：「請黃老闆出面，把沈杏山請到這裡來，跟他講開。」

「月笙，你也知道沈杏山的用意是想榨筆銅鈿，不知你準備出個什麼底價？」程聞輕描淡寫的說，就跟在市場上買菜一般。

「三千銀洋。」 程聞想了想：「如果他仍然不肯呢？」

「那就軟硬兼施。」杜月笙也說得平淡，但語氣堅定，「這一是要看黃老闆的面子，二就靠我杜月笙自己的手段。」沉默。

黃金榮一直在慢慢喝茶，沒哼聲。房間裡安靜了大約兩分鐘，程聞看黃金榮雙眼望過來，便低聲道：「黃老闆，沈杏山跟月笙作對，是不給您老面子，同時是想撈筆銀洋。現在月笙願出這筆銀洋，老闆的面子跟黃門的名譽更不能不理。應該把他請到這裡來。」

「沈杏山會同意嗎？」黃金榮輕輕放下茶杯。

「我想他會。」程聞說得篤定，「封了福嘉行，對他並沒有好處，不但沒好處，他還少了筆財源。有所謂光棍不擋財路，他哪會不懂這個道理。」

黃金榮又喝茶。就在這時，史少卿滿臉笑容地走進來，向大家哈哈腰：「人客太多，照顧不周，請黃老闆、月笙哥和程先生見諒。不知三位要些什麼點心？」

黃金榮擺擺手：「史老闆請便，叫伙計順便送幾樣上來得了。」

「是是是。」史少卿又哈哈腰，退出去。

黃金榮看著他的背影，突然哈哈一笑：「月笙，你看這聚寶茶樓的生意是不是很好？」這個法租界第一把頭想謀奪這聚寶茶樓已有一段時間了，只是礙於巡捕房探長的名聲，不太好公開使用流氓手段；現在突然計上心來：你杜月笙十足是個白相人，正好幹這個事。我幫你擺平沈杏山，你就為我把這茶樓奪過來！

黃金榮如此突然地一轉話題，令杜月笙一下子也沒反應過來，便愣了愣：「黃老闆說得對，是很好。」

「幾個月前，西倉橋附近的梨園公會遷到小北門對出的八里橋路，建了新梨園公會，我黃某人被推為董事長，手下又有間共舞台與大舞台，也算得償所願了。」黃金榮像是漫不經心地道，「只是看今天的上海灘，茶樓業的生意似乎也不錯嘛！比如這間聚寶茶樓，我黃某人就想用來開香堂，招批門徒門生，同時也當當老闆。」說完哈哈一笑，喝口茶。

程聞早知黃金榮想謀奪聚寶茶樓，現在一聽黃金榮這話，立時心領神會，又給杜月笙斟茶：「月笙，你是有名的諸葛亮，是不是想想辦法為黃老闆謀劃謀劃啊？」

杜月笙這才明白了黃金榮話中的含意，便笑了：「程先生過獎，不過黃老闆要當這聚寶茶樓的老闆，我想並非難事。」

「你有把握？」程聞笑道，輕鬆得就像談論市場的菜價，「藍眼少卿跟你同門同輩份，你要知道，這茶樓是他的祖業，他是不會願意出讓的。」

「如果黃老闆能夠擺平沈杏山，」杜月笙也輕鬆地笑，雙眼看著程聞，而不是看著黃金榮，「我一定為黃老闆擺平藍眼少卿。」

「好！」黃金榮輕輕一拍餐桌，「那就一言為定！」順手把桌上的三千銀洋票子放進衣袋。

「多謝黃老闆！」杜月笙起身一揖，「那就請黃老闆下個手令，把沈杏山叫到這裡來。」——這時候，沈杏山正得意洋洋地走出香覆院。

黃金榮向門口叫一聲：「福生！叫伙計拿文房四寶進來！」再向程聞擺擺手：「阿聞，你來寫。」

不一會筆墨紙硯送上。墨已磨好了的，程聞提筆便寫：

杏山兄大鑑：

恭請大駕光臨法租界聚寶茶樓幽遠廳，有要事相商。

黃金榮／拜上　民國四年七月二十一日

寫完，請黃金榮過目。擔心這大把頭有些字識不得，便輕聲讀了一遍。黃金榮點點頭，蓋上自己的印章。程聞雙手遞給杜月笙。

杜月笙躬身接過，轉過頭叫一聲：「木林！」萬木林飛跑進來。

「你立即過英租界二馬路福嘉行，把這張紙交給蘇三泉，要他儘快找到沈杏山，請沈杏山立即過來。就說黃老闆在等著。」杜月笙道，一拍萬木林的肩頭，「記住，一定要把他請來，你要親自送他過來，不過閒話不要說。快去！」

萬木林應聲：「是！」急匆匆下了聚寶樓，趕去易揚行。

蘇三泉聽了，吩咐萬木林在店裡等著，自己去巡捕房找沈杏山，拉開門一步跨出去，正好看見沈杏山得意洋洋地走過來，大叫一聲：「蘇三泉！你別走！」

蘇三泉愕了愕，前腳便退了回去。沈杏山已來到他的面前：「嘿嘿！香覆院的老鴇已經招了，當晚蘇易揚買了小荷子，然後在張家巷被劫殺，你說什麼當夜親自送他上船，這不是鬼話麼！」一步跨進門來，一把抓住蘇三泉的胸口，「說！當晚你們一共幾個人作案！」

蘇三泉這時倒鎮定下來，他知道這是口說無憑，因為蘇易揚與小荷子的屍體是絕對找不到的了，況且還有杜月笙來承擔一切，就照著事前已商量好的話道：「沈探長，您說得不錯，蘇易揚把易揚行交還蘇嘉善後，就特意去香覆院接了小荷子，然後我送他和小荷子上船。他退出江湖，小荷子是他的相好，所以他就買了小荷子回老家快活啊！這跟劫殺有什麼關係？」

這話聽來也頭頭是道，令沈杏山愣了愣，不覺就鬆了手。

蘇三泉立即又道：「沈探長，我正要去找你呢。」指指已走過來站在旁邊的萬木林，「這位小兄弟是黃公館的，黃金榮有要事要找你沈探長商量，現在法租界聚寶茶樓等著，請沈探長立即過去。」說著就從懷裡掏出那張紙，雙手遞過去。

沈杏山接過，看了一眼，問萬木林：「什麼要事？」

生得木頭木腦的萬木林把頭亂搖：「不知道。不過黃探長吩咐一定要把沈探長請到，看來是有很要緊的事。」

「莫非找我做單什麼大生意？」沈杏山心裡嘀咕，一揚手：「走！」又一指蘇三泉，「福嘉行不准開門！這件案我還要慢慢查！」出門而去。

沈、萬二人過了法租界，一路上沈杏山又問了兩次有什麼要事，萬木林只知把頭亂搖，乾脆話也不說。沈杏山心裡罵一聲：「木頭！」覺得沒意思，也不再問。

來到聚寶茶樓幽遠廳，一進門，黃、杜、程三人同時站起，黃金榮一拱手：笑道：「哈哈，老沈！大駕光臨，有失遠迎，恕罪恕罪！」

杜、程二人則同時叫聲：「沈探長。」

沈杏山一見杜月笙在，不覺愣了愣，抱拳對黃金榮還了一禮：「黃探長客氣！」

「請坐！」杜月笙給他擺了擺大交椅，斟茶。

沈杏山坐下，眼睛不看杜月笙，而是望著黃金榮：「黃探長請小弟來，不知有何貴幹？」

「跟老沈說說月笙跟福嘉行的事。」黃金榮語氣輕鬆，直入主題。

「嘿嘿，杜月笙，」沈杏山一別頭，盯著杜月笙，「你說蘇易揚遠走他鄉，不過今天香覆院的老鴇已經招了，說當晚蘇易揚買了小荷子，然後在張家巷被劫殺了！蘇三泉說什麼當夜親自送他上船，這不是鬼話麼！老實說吧，當晚你們一共幾個人作案？」那雙馬眼凶凶地瞪著對方，「你在英租界謀財害命，福嘉行現在已是無主商鋪，應予查封！」

沈杏山以為自己氣勢逼人，至少可以把杜月笙嚇得一時發愣，豈料杜月笙不但沒驚慌，反而笑起來：「哈哈！沈探長，您說得不錯，蘇易揚把易揚行交還蘇嘉善後，是去香覆院接了小荷子，蘇三泉是去送他和小荷子上船了，但這跟張家巷血案有什麼關係呢？上海灘天天死人，一會說搶土，一會說謀財害命，一會又有人被剝豬玀，還被捅了幾刀，又或被攔路搶劫，死於非命；難道那死的都是蘇易揚跟小荷子？」笑瞇瞇直視沈杏山的雙眼，「沈探長您想想，香覆院的老鴇把小荷子賣了，收了銀洋，她會跟著蘇易揚去上船嗎？她說蘇易揚被人劫殺，那不是信口開河，胡說八道嗎！」

沈杏山愣著：「你……」

「我說老沈，」黃金榮插話，他對杜月笙是否殺了人不感興趣，他可不想自己的得意門生被英租界巡捕房抓住「殺人犯」的把柄，「月笙今天在白相人地界也算得上是個大好佬了，何必要去殺人？小弟與老兄都是在巡捕房辦案的，說某某殺了人，那可得有證據。那個老鴇說的，哪樣能用來做證據？」

「黃探長，」沈杏山瞟黃金榮一眼，「事情哪會這麼巧？同一個時間，同是一男一女兩個人……。」

沈杏山未說完，程聞已打斷他：「沈探長，這樣的事在上海灘多著啦！算什麼巧？上個月法租界有個人失蹤了，他的家人來報案，剛巧此人失蹤的當夜在麻紗弄就有人被剝豬玀，還被捅死了，面容血肉模糊，大家都以為此人就是那人了，後來才查清楚，原來不是。事情就這麼巧，有什麼出奇？」頓了頓，「既然事情跟月笙無關，那沈探長要查封福嘉行，就是有點不給黃探長面子了。」

「這件事我還得查查。」沈杏山的語氣平緩了些。

「況且，」程聞繼續道，「沈探長的大八股黨為英租界的土行押運煙土，這事在上海灘白相人地界有誰不知？沈探長封了福嘉行，不但絲毫沒有好處，明擺著還要斷了自己的一條財路，但還要這樣做，不是分明要跟月笙作對麼？月笙是黃探長的門生，那不是分明不給黃探長面子麼？」笑了笑，「沈探長，有所謂光棍不擋財路，這又何必呢？」

沈杏山知道這個師爺在黃公館的地位，他說的話顯然就是黃金榮說的，掃一眼黃、杜、程三人：「嘿嘿，好說歹說，難道這件事就這樣算了麼！」

杜月笙笑笑，從懷中掏出三張銀票來，雙手輕輕放在沈杏山面前，再一抱拳：「沈探長，說句江湖上的老話，有錢大家撈，有飯大家吃。您沈探長在英租界是大哥，福嘉行也賴您押運貨物，這是互惠互利的事。這裡三千銀洋，是我杜月笙初進英租界做生意給沈探長的見面禮，以後還望多多關照！」

沈杏山坐著沒動，也沒看那三張銀票，臉上似笑非笑，過了大約一分鐘，才斜一眼杜月笙：「諸葛亮，福嘉行價值多少大家心知肚明，三千銀洋就可以了結了？」

「沈探長，我杜月笙真金白銀買下福嘉行，是光明正大的事，價值多少跟這三千銀洋無關。」杜眼神和語氣都變得陰冷陰冷的，「這三千大洋，是我對沈探長的孝敬，希望大家以後一齊發財。難道沈探長一定要抓住那件跟我杜月笙毫無關係的劫殺案，查封福嘉行，最後搞到大家魚死網破嗎！」

「什麼魚死網破？」沈杏山愣了愣，杜月笙的神態語氣令他心中生出一絲寒意。

杜月笙像沒聽到，只是舉起左手梳了一下自己的頭髮。這個暗號一發出，從門外立即衝進來一個憤然作色，揎袖捋臂的年青人，從腰間一把抽出支左輪手槍，「啪！」拍在餐桌上，對著沈杏山怒目圓睜，疾言厲色：「魚死網破就是大家一齊死！」

這下子來得突然，沈杏山怔了怔，霍地站起來：「你是誰！」

「宣統皇帝江肇銘！」年青人叫道，「月笙哥是我的大哥，你老沈頭要是封了福嘉行把我大哥逼出英租界，我就跟你魚死網破！」那雙牛眼睛瞪得似燈籠，像在冒火。

「什麼？」沈杏山也大叫一聲，右手向腰間一摸，幾乎想拔槍。兩人怒目對視。

江肇銘不哼聲，就只是怒視著沈杏山。沈杏山聽過江肇銘的名聲：夠膽硬吃嚴老九的九記賭場，再看他現在這個像要吃人的模樣，看來並非浪得虛名。想想自己現在身為巡捕房探目，撈得家大業大，跟這麼個無家無業的拼命三郎硬碰，實在划不來。這傢伙在法租界撈，後面有杜月笙、黃金榮撐著，自己可奈何不了他。真把杜月笙逼出英租界了，以後這小子若拼了命硬來個魚死網破，自己可是防不勝防……。越想越覺得不妙，右手雖然仍摸著槍把，臉上不覺卻露出絲絲怯懼來。

「我說老沈，」黃金榮慢慢站起身來，「光棍不擋人財路。現在洋涇濱也填了，英法租界已連成一片。正所謂山水有相逢。今天我黃金榮的門生在英租界做生意，說不定什麼時候你沈杏山的門生也會到法租界來立足的。江湖上講道義兩個字，事情如果做絕了，嘿嘿，大家面子上都不好看的！」微微一笑，「老沈啊，你就窮得那麼在乎幾個銀洋嗎？」

黃金榮這幾句話是軟中帶硬，程聞師爺則恭恭敬敬給自己斟茶：「沈探長，請用茶。江湖上你來我往，和氣生財嘛！」腦中再一陣盤算，儘管心有不甘——只勒榨得三千銀洋實在是太少了，太便宜了杜月笙，但也明白該到收篷的時候了。既然堅持下去對自己有害無益，那又何必彼此留下冤恨？現在也正好找到個台階下，便對黃金榮拱拱手：「好吧，就看在黃探長的面子上，我沈杏山不再追究此事！」

順手把三張銀票往口袋裡一塞，轉過頭拍拍杜月笙的肩頭：「諸葛亮果然名不虛傳，幸會幸會。以後大家發財。」再向黃、程拱拱手，「告辭了！」也不管程聞連聲說「喝了茶再走」，大步而去。江肇銘正想放聲大笑，杜月笙抬起右手向下按了按，同時用眼神止住了他。

當天下午，福嘉行的「盤點」結束，開門「營業」。

當天晚上，三更天時分，十來二十個流氓手持木棍，突然衝進了雲居弄香覆院。領頭的是顧嘉棠。兩個護院打手迎上前來還未開口，就已吃了幾棍，痛得唉唉喲喲的退到牆角不敢動。葉綽山喝一聲：「關了大門！」

芮慶榮同時也是一聲暴喝：「打！」

於是就不容分說，把院內的桌椅等物亂砸。三四個正摟著粉頭快活的嫖客嚇得用毛巾圍著下體抱頭鼠竄，七八個粉頭躲在樓堂的牆角大氣兒不敢出。老鴇劉媽媽正好如廁出來，一看如此情景，剛要開口，立即一塊布團就塞進她的嘴裡，再被捆在太師椅上，成了只裹蒸粽子，只能把頭亂搖，身軀四肢再也動彈不得。大約二十分鐘，香覆院中的器物已全部被砸得一塌胡塗，遍地狼藉。

顧嘉棠一把扯去老鴇嘴裡的布團，手中棍子在她的頭上敲了兩敲：「不得去報巡捕房，以後更不可江湖亂道！下次我若再來，就不是砸你的堂子而是砸你的腦袋了！」一揚手：「走！」拉開大門，一伙人揚長而去。

過了五六分鐘，驚魂甫定的護院打手和粉頭們才敢走過去給劉媽媽鬆綁，另一些人便去沖鹽水給她壓驚，哪料這老鴇兒被硬灌了兩口鹽水，驚沒壓住，反而雙眼一翻，昏了過去。過了幾乎一個鐘頭才醒來，發現自己的左手左腳已沒了知覺，嚇得一聲怪叫：「我，我的手腳不能動啦！」

這時候，杜月笙在金福里住處聽了顧、葉、芮三人的稟報，哈哈一笑：「幹得不錯！」隨手從抽屜裡拿出一袋子銀洋來，大約有二三十個，遞給三人：「三位兄弟和手下兄弟去快活快活！」

「多謝月笙哥！」顧嘉棠躬躬身接過，「我想那老鴇兒再不敢江湖亂道的了！」

杜月笙當夜借顧、葉、芮三人及其流氓的手出了口氣，「教訓」了老鴇，福嘉行的事到此算是告一段落，照常營業，販毒斂財，而杜月笙自己可「閒」不得，他要為謀奪聚寶茶樓操心了。

這回杜月笙憑著軟硬兼施的手段，亦靠了黃金榮的牌頭和出面相助，逼退了沈杏山；江湖上做事可要落門落檻，何況杜月笙這種極要面子的流氓，那就不管是為報答黃金榮的相助還是為了自己的名聲，他都得為這個法租界的第一把頭賣力了。但這件事辦得漂亮不容易。苦思多日，沒能想出個萬全之策來。

再說蘇嘉善得到杜月笙開出的六萬銀洋銀票，暗中給了算命佬張鐵嘴一千銀元，隨後就在第二天即七月十一日的晚上不辭而別，只在房間裡留下了張信箋，上面寫的是兩句古詩：「事如芳草春長在，人似浮雲影不留。」連落款也沒有。

杜月笙看得似懂非懂，便問張鐵嘴是什麼意思。張鐵嘴道：「蘇嘉善走了，他說自己將永遠離開上海灘，以後再不會回來了。」

杜月笙笑了一下，沒再哼聲。對他來說，蘇嘉善走了是好事，免得被熟人碰見，惹出麻煩。張鐵嘴則在心裡感嘆：「避免錢財惹禍，嘉善你真是謹慎啊！」兩人對視一下，心中感受不同，也不再說，以後也沒什麼談蘇嘉善的事了。

張鐵嘴則留了下來。杜月笙看在這老傢伙當年曾救過自己的份上，勸他留下來，別像蘇嘉善那樣一走了之，也別再出去擺攤了，做食客也好，做自己的幕僚也好，總之你在這裡保證有吃的有穿的。張鐵嘴看杜月笙的挽留是發自誠心，同時又相信自己的命理，認為這個白相人以後真的會飛黃騰達；自己孤家寡人一個，不像蘇嘉善那樣有巨款在身可能惹禍，留在杜宅享清福，何樂而不為，於是老實不客氣，打躬作揖道聲多謝，就住下來了。早上上茶館，見些三教九流人物，打聽各種消息，有時也去會會朋友，閒時多是留在杜宅，研習相學八字，讀五花八門的書籍。

這天杜月笙到福嘉行巡視一番，然後回源利俱樂部跟馬祥生、江肇銘等人聊了一會，再到怡樂院堂子喝花酒，回到金福里，已是二更天。看客廳上坐著張鐵嘴，便問：「張鐵嘴，還沒睡？」

「我特意等你回來。」張鐵嘴神情平靜，手裡拿著本線裝古籍《玉掌記》，這是中國古代手相學的代表作。

「唔，什麼事？」杜月笙邊說邊坐下來。

「看你這幾天皺著眉頭，似乎滿腹愁緒。是不是發生了什麼事？」

杜月笙想了想，覺得也沒必要瞞著這個算命佬，說不定這位老江湖真有什麼辦法呢，便把要為黃金榮謀奪聚寶茶樓的事和盤托出，末了，道：「老張頭，你可有什麼奇謀妙計？給我出個主意。」

張鐵嘴想了想：「你準備怎樣下手？」

「我想是不是可以先禮而後兵。先跟藍眼少卿明說了，看他怎樣反應。」杜月笙很悠閒地靠在太師椅上，「以黃探長的牌頭，藍眼少卿大概不會那麼固執，死抱著聚寶樓不放吧。」

「這使不得。」張鐵嘴語氣堅定。

「為什麼？」杜月笙暗吃一驚，身體向前俯了俯。

「不管藍眼少卿如何反應，你這樣做首先得罪了黃金榮。」張鐵嘴說著把手中的書本合上，頷下一小撮灰白鬍鬚在輕輕的抖，「你想想，黃金榮為什麼一直不下手，為什麼拐了個彎要你來為他謀奪？因為他是華探長，不便公開下手啊！因為他要顧及自己的名聲啊！你把他的心思這樣公開捅開來，豈不是犯了他的大忌！」

杜月笙想了想，這老傢伙說得對，嘴上便讚道：「哈哈，看來薑還是老的辣！張老頭，那你說該怎麼辦？最好別惹得江湖上議論紛紛。」

「藍眼少卿跟你同為青幫悟字輩，要奪他的茶樓而不引起議論，看來不容易。」

「或者，我直接跟他說想買了他的茶樓……」

「聚寶的生意好，又是祖業，你出的錢少，藍眼少卿肯定不願意賣；你出的價高，你難道買了來送給黃金榮？還是再跟黃金榮討價還價？」杜月笙笑笑，沒哼聲。

「還有，你開了口，藍眼少卿不肯，你再下手就麻煩了，他就知道是你在跟他搞亂。他跟你是同門同輩，說出去，你名聲壞了。他若找上個什麼高輩份的前輩來擺平，你怎麼辦？黃金榮是空子，他也不好出面幫你。」

杜月笙微微點頭：「張老頭你說得對。」

「聽你所說，黃金榮想要做聚寶的老闆，程聞叫你謀劃謀劃，看來也並不是要白佔了這間大茶樓，分文不付的意思。」

「關鍵在哪裡？」

「逼藍眼少卿主動出讓，黃金榮好低價收購，堂而皇之地做老闆。我覺得這是他的真正欲求。」

杜月笙沉默了一會，笑道：「但若是照我自己的想法，不如做個大人情，乾脆送了給黃金榮！」

「什麼？白送？」張鐵嘴顯然暗吃一驚，「這筆花費大啦！」

「一文錢的花費有十文錢的回報，這才叫花錢高手。」杜月笙說得篤定，「當然，不能照常價那樣去買。」慢慢喝口茶，像是自言自語，「這看來得使點手段。」看一眼張鐵嘴，「張老頭，有什麼高見？」

「裝榫頭，移屍入門，栽贓入室，勾奸買奸。」張鐵嘴一連說出幾種青幫的軟相架，「若是做得漂亮，藍眼少卿哪能不就範。」頓了頓，「不過月笙你最好也別出面。」

「說得不錯，好計謀！」

第六十四章 裝榫頭奪聚寶樓

史少卿根本沒想到自己會遭人暗算。

這天下午，史少卿請來了兩個流浪藝人在聚寶茶樓二樓正中的小戲台上演唱評彈。這是兩爺孫，老人家已年近花甲，孫女兒是十七、八歲。琴弦拉起，銅鈸敲響，茶客們已陸續登樓，一邊慢品香茗，一邊聽歌喉圓潤，不覺如癡如醉。

史少卿看人客來得不少，已沒有多少空桌，正在心中高興，突然看見上來了十個八個年青人，一個個敞開衣襟，寬布腰帶，旁若無人的模樣，一望而知是一伙流氓地痞。大大咧咧的來到台前的蘇州廳，圍著那張上面放著「留座」牌子的大圓桌坐下，拍台拍凳，大叫：「開茶來！」

史少卿看他們像是來鬧事的模樣，心中不覺七上八下；蘇州廳的這張大圓桌他是預留給黃金榮的，這大把頭常常在下午三點鐘左右來這裡會朋友聽唱戲。如果他到下午四時還不來，史少卿才敢讓其他茶客就坐，現在看這伙小流氓的放肆樣，便想借黃金榮的牌頭把他們嚇住，哈著腰走過去，勉強擠出笑來：「各位小兄弟，這裡是黃探長的位置，外面還有空桌，請去外面就座吧。」

「觸那！」一個高個子流氓蹦地跳起來，似乎無名火起三千丈，「你這隻藍眼怪！竟敢亂打黃老闆的牌頭，管老子的閒事！」隨手拿起桌上的茶杯，往地下就是狠命的一摔，「啪啦！」全碎了，「給老子上茶來！不信我砸你的狗頭！」其他幾個流氓已同時跳起，揎袖捋臂，凶巴巴盯著史少卿。

史少卿本來以為一打出黃金榮的牌頭就可以嚇住這伙小流氓，哪料到對方不但不怕，還這麼氣燄囂張，喊打喊殺，不覺就愣了愣，心想今天碰了什麼邪煞？還是好漢不吃眼前虧，立即又堆出笑來：「是是是。」躬身退出去，大叫：「阿六，開茶來！」同時急走幾步來到梯口，正要對一個小開低聲吩咐：「立即去麥蘭捕房請黃探長來……」話未說出口，整個人愣著：只見又一伙流氓已衝上樓來，嘴裡大叫：「高佬潮，夠膽就出來開戰！」

蘇州廳的那伙流氓應聲而出，兩伙人如仇人相見，分外眼紅，那個高個子流氓喝一聲：「開打！」一些人便隨手拿起桌上的茶杯茶壺對擲，一些人則掀翻餐桌，另一些人舉起坐椅對打，霎時間，聚寶茶樓大亂。最慘的是老闆史少卿，只能眼光光看著椅毀桌翻，杯壺橫飛，急得捶胸跺足地哀嚎：「別打啦！我求求你們別打啦！」心痛得幾乎要吐血。

激戰進行了大約十五分鐘，聚寶茶樓已是一片狼藉，第二批上來的那伙流氓似乎突然招架不住了，只聽得一聲口哨響，便轉身飛奔下樓。高佬潮大叫一聲：「追！」帶著第一批上來的流氓也下樓而去。兩伙流氓都跑了，史少卿雙眼發直，欲哭無淚，一屁股就坐到了地上，背靠著一張餐桌的腳，猛喘粗氣，如虛脫了一般。

眾伙計走過來，怕他昏過去了，猛搖他的肩頭：「史老闆！史老闆！」

史少卿像沒聽見，約過了兩分鐘，突然跳起來：「你們把桌椅收拾好！我去找黃探長！」衝向梯口，蹬蹬蹬下樓。

麥蘭巡捕房離聚寶茶樓不遠，史少卿三步並作兩步走進捕房，大叫：「黃探長！」

一個巡捕凶神惡煞地走出來，大喝一聲：「你喊什麼！黃探長不在！」

「警爺，剛才有人在聚寶茶樓搞亂！」史少卿氣急敗壞。

「現在呢？」

「全跑了！」

「全跑了不就沒事了？」巡捕眼一瞪，「你亂喊什麼？」

史少卿也不知道自己喊什麼。他來這裡是想找黃金榮，求他向各路人馬打個招呼，以後別再來把他的聚寶茶樓當戰場。愣著眼，過了好一會才回過神來，對著巡捕躬了躬身，哭喪著臉，踉踉蹌蹌的回聚寶樓去。

經過一個禮拜的收拾，同時請來木匠修理桌椅，另購茶杯茶壺及其他器物，聚寶茶樓才總算大致恢復了原樣。史少卿覺得很奇怪，這幾天黃金榮沒來，也沒派人來問。重新開業這天的一大早，他又去麥蘭巡捕，想請黃金榮來做鐘馗，壓壓「邪氣」，哪料黃金榮又不在，問其他巡捕，一問三不知。重新開業後的第一天，平安無事，不過茶客比過去少了許多。第二天，下午，史少卿特意到怡紅院堂子請了三個聲色藝俱佳的粉頭來，穿了薄薄的半透明衣衫在小戲台上唱小曲。史老闆的用意是想以此來招徠顧客，挽回茶樓的聲譽。由於他事前在門口貼了張廣告，茶價六折，這天下午果然就顧客盈門，座無虛席。史少卿不覺心中高興。哪料禍事又來了。

三個粉頭正搔首弄姿的唱到要緊處，眾茶客在鼓掌喝采，突然不知誰驚叫一聲：「有毒蛇啊！快跑啊！」頓時全場大亂，看地下，果然不知從哪裡冒出了十條八條蛇來，到處亂躥。茶客們一個個像觸了電，跳起便逃。那三個粉頭頓即花容失色，同時發出淒厲的尖叫，幾件不知從哪裡借來的樂器也不要了，跑向梯口，跟隨著茶客向樓下衝。有幾個青年人舉起椅子打蛇，也不知是真打還是假打，一輪亂砸。一時間只見桌翻椅舞，杯壺落地，聽得劈哩啪啦，熱鬧非凡。

史少卿根本沒料到會來此突變，一聽「有毒蛇啊」的喊叫，再看地下「毒蛇」亂躥，頓即嚇得臉青唇白，不過三幾分鐘的時間，樓上茶客已逃了大半，卻有兩伙人在大打出手。他們不打蛇了，也不是對打，而是舉著坐椅亂砸，同時胡亂慘叫。剩下的幾個茶客一看這勢頭不對，也趕緊下樓逃跑。這兩伙人一看已沒有其他茶客，就更加砸得盡興了，同時又怪叫慘叫聲不斷。過了差不多半個鐘頭，史少卿才叫來了兩名巡捕，衝上樓來，巡捕大喝一聲：「停手！」

兩伙人果然就不打了——有三幾個人受了傷，手腳在流血——卻衝過來一齊指著史少卿，破口大罵：「你是這裡的老闆，怎麼放蛇咬人！」一指地上，果然是躺了五條已被砸爛了腦袋的死蛇，「現在我們受了傷，你要賠湯藥費！」凶神惡煞的圍過來，看樣子是恨不得要吃了這個茶樓老闆。

史少卿跟著巡捕壯著膽衝上樓來，一看樓面上狼藉一片，比上次兩伙流氓的打鬥還要損失慘重，已是心痛得幾乎昏過去，現在一看這兩伙人圍過來揎袖捋臂的像要叫自己吃生活，更加雙眼發直，腦袋像是被塗了大片漿糊，茫茫然根本沒反應過來。

卻聽得一個巡捕對著自己大叫：「史老闆！你要不要報案！要報案，就跟我們回巡捕房！」

史少卿這才算回過神來了：「哦，報案？不，不報案。」把手亂擺，頭亂搖。他知道，如果報案，還不知會惹出什麼事來。

「那這幾個客人的損失你要賠償金！」

「是，是！」

一個小個子像是流了一臉的鼻血，大叫起來：「那就快賠！我們要上醫院，每人賠十個銀洋！」

「什麼？」史少卿大吃一驚，兩眼仍愣著，「十個銀洋？」

「我們傷得這麼厲害，你還賺多！」一個高個子衝到他面前，「我被蛇咬了！」提起腳來晃一晃，「中毒啦！你還不快賠！我死了我的兄弟要你填命！」

「快賠！立即賠！」眾人大叫起來，「我也被蛇咬了，立即要上醫院！」

史少卿這回幾乎要昏了，他叫道：「十個太多了！一人賠八個！」

高個子一揮拳，幾乎碰到了史少卿的鼻子尖：「要十個！」

其中一個巡捕開了口：「你再叫，那些蛇毒要你的命了！」一擺手，「公平判決，就八個！」

史少卿已夠心痛的了，卻還不忘連連點頭哈腰：「是是是，賠八個！賠八個！」向樓下大叫：「張老六，立即拿八十個大洋上來！」——張老六是他的帳房。

十個年青人看巡捕開了口，不敢反對，於是各拿了八個大洋，一個個裝著痛苦的模樣，下樓而去；其實心裡是高興得不得了，真多謝顧嘉棠給了他們這麼好的一個差使，一下子賺了八個大洋，那可是一般店職工人整個月的工錢。至於那十條水蛇，莫說沒咬著他們，就是咬著了，也沒毒的，絕對死不了人。流氓走了。史少卿還要另給兩位巡捕每人兩個銀洋，多謝他們「制止了暴行」。看著兩個巡捕得意洋洋而去，史少卿癱在太師椅上，看看圍在自己周圍的伙計，只覺腦中一片空白。

聚寶茶樓當天沒再開業。晚飯後，驚魂甫定的史少卿腳步浮浮的走出聚寶，來到老城廂大鏡路，找自己的師父李浦求援。

李浦是青幫中的通字輩，開了間春園飯店，是史少卿的同行，年紀比史大兩三歲。

「師父！您老是通字輩啊！江湖上人面廣。我是整天貓在聚寶裡，沒多少朋友。請您老幫我問問相識的人馬，到底是誰要跟我作對，我好想辦法對付啊！」史少卿幾乎沒哭出來。

李浦仍然沒說話，過了一會，才輕聲問：「黃金榮經常上聚寶聽唱戲，你為什麼不找他？」

史少卿長嘆一聲：「唉！沒出事前，黃金榮是經常來，但自從上次兩伙流氓來搞亂後，他就再沒上來。我去找過他幾次，總見不著。不知為什麼。」

「這件事有蹺蹊啊！」李浦也感嘆一聲，他雖是青幫的通字輩，但除了收了五六個同行做徒弟外，在江湖上並沒有什麼勢力，「聚寶就在麥蘭捕房的附近，那些癟三竟敢如此明目張膽地來搞亂，我真擔心這件事是不是跟黃金榮有關。」說著慢慢拉開抽屜，拿出一封信來，「這是聚寶上次被人搞亂的當天晚上一個郵差送來的，你自己看看。」

史少卿心中大奇，接過，抽出信箋，只見上面寫著一句話：「李浦你別管聚寶茶樓的事，否則你的春園有難。」沒有題頭，沒有落款，也沒有日期。

「這，這是什麼意思？」史少卿顯然大吃一驚。

「不知道。不過這表明對方是有意跟你過不去了，接連兩次使出這樣的裝榫頭手段，看來是不把你迫到無路可走就不罷休。你想想到底得罪了誰？」

「天啊，我自問真的沒有得罪誰！」史少卿叫道。

「少卿，你別見怪，這回我真是愛莫能助。」李浦很無奈地搖搖頭，「現在看來，這不是一伙無事生非的小癟三，而是有後台有預謀的。你也不想我的春園飯店雞犬不寧吧？況且我在華界，你在法租界，實在也幫不了你。我看你最好還是找到黃探長，他若肯出面，法租界誰敢不看他的面子？」

史少卿愣著，很長時間沒說一句話。

第二天，聚寶仍然關著門。史少卿呆呆的坐著，心中默默地盤算了一個上午，想來想去，最後才拿定主意：一定要先弄清楚究竟是哪幫人跟自己作對，其他的以後再說。同時心裡打了個寒顫：如果真如李浦所說，是黃金榮背後主謀，那自己就肯定完了。

吃過午飯，史少卿吩咐伙計放假三天，然後自己慢慢踱到永泰路的逍遙遊浴室，赤條條的在浴池裡泡了足足一個時辰，以圖散心解悶。但今天心情惡劣，那些水蒸氣並沒能消除心中的憂愁，四處看看又沒有相熟的人，穿了衣服便想走，突然聽到有人高叫：「少卿！史老闆！」別頭一看，原來是東新橋街正興飯店的老闆孟順時，只得振作精神，拱手上前招呼。

寒暄幾句，孟順時把史少卿拉到牆邊的椅上，低聲問：「寶號兩次被人搞亂，是什麼回事？」

史少卿搖頭嘆息：「唉，我也不知道。」把大略情況說了一遍，又是一聲長嘆：「唉！流年不利，不知撞著了哪路瘟神！」

「怎麼這橫禍竟飛到了你老哥頭上！真是天有不測風雲！」孟順時也大為感嘆，「看今天這時勢，流氓幫會巡捕房，全是穿的一條褲子！我們這些做小生意的，真是做老闆不如做伙計。做伙計也得個自由自在，無牽無掛；做老闆的，冒著種種風險，還得看各式人的臉色，受那烏龜氣！」

「你老哥是怎麼啦？」

「我那間小飯店，今天來個巡捕，明天又來個什麼大好佬；有時來的還不是一個，而是好幾個，全都白吃！白吃了你的，你還得向他賠笑臉！他媽的，想想倒不如把這飯店盤了出去，過過安樂日子還好！」

「是啊是啊。」史少卿現在是深有同感。

兩人又聊了一會，孟順時要去水包皮了，史少卿便走出逍遙遊，剛拐過街角，突然聽到後面有人大叫：「史老闆！」

史少卿回頭一看：「陸笑奇？」

這個陸笑奇才十八、九歲，原來是在聚寶茶樓混日子的小癟三，黃金榮看這小子倒也機靈，便把他收為手下的「三光碼子」。陸笑奇自此為黃金榮當差，穿得比以前光鮮多了，不過反而比以前少了上聚寶茶樓。

現在史少卿看這三光碼子好像有點神色驚惶地向自己跑來，不覺暗吃一驚。收了腳步，問：「笑奇，有什麼事？」

「不得了！」陸笑奇衝到史少卿面前，似乎跑得上氣不接下氣，「我剛才聽到傳言，史老闆您要小心！」

「什麼傳言？」史少卿大吃一驚，他知道陸笑奇現在是三光碼子，對江湖上的事是非常消息靈通的；同時心中大叫：「我的媽啊！我這回撞了什麼邪喲！」

「是這樣，史老闆。」陸笑奇像是喘定了氣，說得神秘而誠懇，「今天中午我在春風得意樓跟幾位朋友吃飯，聽到傳言，說昨天在貴號被蛇咬了的那伙人，大罵史老闆你少給了他們每人兩個銀元；又說其中有兩個人已經蛇毒發作，現在躺在家裡起不了床……。」

「那是胡說啊！」史少卿叫道，「那些蛇全是水蛇，怎會有毒？」

「這我不知道。我聽說他們發誓要報復史老闆，如果聚寶重新開業，他們就要放炸彈；如果不開業，他們就要用汽油燒！」

「什，什麼？」史少卿幾乎沒被嚇昏，「我，我跟他們有，有什麼仇啊？」

「這我也不知道。我陸笑奇畢竟在聚寶呆了那麼長日子，心裡一直感激史老闆歷來的關照，所以一聽到這個消息後，我就急壞了，但被朋友拉著，一時又脫不了身。現在總算跑出來，就想去聚寶告訴你，那麼巧，在這裡遇上了。史老闆，您一定要小心呢！」看著史少卿那失魂落魄的模樣，拱拱手，「我還有事要辦，黃老闆等著呢，先告辭了！」轉過身跑了。

史少卿雙眼發直，回到聚寶時已是下午五點多，他的老婆黃氏也已近知天命之年，是個家庭主婦，一開門看見丈夫這個癡癡呆呆，腳步踉蹌的模樣，大吃一驚：「少卿！發生了什麼事？」

黃氏扶著他的肩頭：「少卿，到底發生了什麼事？搞清楚是哪些人跟聚寶作對了嗎？」

史少卿搖搖頭，雙眼茫然，把陸笑奇的話輕輕說了一遍，聽得黃氏驚叫起來：「唉呀！少卿，那怎麼辦？怎麼辦啊！」這婦人突然跳起來，蹬蹬蹬下樓走到神台上的觀音菩薩像前，先恭恭敬敬地上香，再撲通一聲跪倒，叩一個頭念一句禱詞：「懇求觀音菩薩保祐聚寶平安無事！」

史少卿仍愣著，嘆了口氣，自言自語：「想想孟順時的話也對啊！這聚寶茶樓看來真要敗在我的手上了！」以後幾個鐘頭，他再沒說話。

晚飯後，史少卿就坐在門口發愣，同時是看著別讓人來放火。差不多九點，突然看見杜月笙從公館馬路西邊朝自己走過來，身後跟著馬祥生、馬世奇與江肇銘。聚寶茶樓遭劫，整件事杜月笙都沒有出面，他只是通過顧嘉棠來實施他的計劃；而顧嘉棠也沒有出面，他只是指揮自己的那幫癟三手下前去搞亂。現在杜月笙認為火候已到。晚飯後，杜月笙在源利俱樂部坐了一個多鐘頭，看看是時候了，便親自來上演最後一幕：逼史少卿放手。

史少卿哪知究裡，他看到杜月笙朝自己招了招手，如同看到了救星，立即滿臉堆笑跑上前拱手相迎：「唉呀！月笙哥，小弟正要前去求救啦！」讓進聚寶，敬煙奉茶；然後誠懇而恭敬地打躬作揖：「月笙哥，你現在是黃探長的得意門生，法租界有名的大好佬，小弟這回連遭劫難，真要拜託月笙哥出面救救聚寶茶樓喲！」

除了進門後的幾句寒暄話外，杜月笙一直沒怎麼哼聲，只是不時感嘆兩句，以示深表同情，現在看這史老闆幾乎要一揖到地，急忙躬躬身拱手還禮，語氣非常誠懇：「史老闆過獎了。我杜月笙在法租界也不過是個普通的白相人，哪有多大的能耐啊？真有本事的是黃探長。況且江湖上有句話：光棍彼此不斷財路。現在法租界各路人馬，誰服誰啊？不過我得知有人來跟史老闆你過不去時，也曾派人去為史老闆打探過的。可惜未能查出個究竟，倒是在今天上午聽到一個很嚇人的消息，說是有人要澆汽油火燒聚寶樓。今晚吃過飯，我覺得還是應該過來跟史老闆說說，不知史老闆有沒有聽到這個事？」

「唉呀！」史少卿叫起來，「今天下午三光碼子陸笑奇跟我說了！但我能怎麼辦啊？難道整夜不睡覺守在門口看著？月笙哥，」說著又是深深一揖，「請你幫幫小弟，救救小弟啊！」

杜月笙又還了一揖：「史老闆過獎了。我打探了幾天都沒打探出什麼確切的消息來，可見這幫人不是一般的小癟三，也不知是不是來自英租界或者華界的。」頓了頓，臉上是似笑非笑，「史老闆啊，這才真正叫防不勝防！正如您剛才說的，難道整夜不睡覺守著門口？守得了一夜也守不了兩夜啊！半夜街上無人時，被他一桶汽油潑進來再點一把火，唉！那就慘了！」用手左指右指，「整間聚寶都是木樓啊，一燒就著了。史老闆啊，我真為你擔心呢！」

「月笙哥，你說我該怎麼辦啊！」史少卿哭喪著臉，「重新修繕開業，那要一大筆錢，難說那伙人還會不會來搞亂；再來一次，我哪還受得起！不修繕，不請工人，自己當住宅了吧，竟又有人說要來放火。」幾乎要捶胸跺足，「我史少卿到底得罪了誰喲！」

「史老闆，別想得罪了誰的事了。應付眼前的危機要緊！」杜月笙說得誠懇，「這茶樓現在不但不能為你賺錢，反而還成了禍根了！史老闆，我想你也明白，今天在租界搞飲食業、娛樂業，哪能沒個大好佬在後面撐著的啊？但那樣也同樣會惹禍的。既然如此，為什麼不想想別的出路？為什麼要死抱住不放呢？」

「這是祖業啊！」史少卿叫道，「先父辛辛苦苦賺下的產業，傳給我做兒子的，我哪能夠把祖業敗了啊！」

「祖業能給兒孫帶來好處，做兒孫的當然不應該賣了祖業做敗家仔；但是，如果這祖業為後代帶來災難，那做兒孫的為什麼還要抱住這種災難呢？史老闆，你想想是不是這樣？」

史少卿沒料到這個白相人竟說得出這番話來，不覺就連連點頭：「這說的也是，這說的也是。」

「既然這樣，那又何必死守著呢？」杜月笙看來比剛才還誠懇，「把它盤了出去，既可以拿到一大筆錢，又免了煩惱，何樂而不為？」

史少卿不哼聲了。他突然覺得這個杜月笙似乎是來做說客，勸自己賣了聚寶。

杜月笙看他這樣，也不急，笑了笑把話題扯開，講華界如何，英租界有什麼趣事。說著說著，對江肇銘道：「阿銘，你回去跟大太太說一聲，就說我在史老闆這裡打麻將了，不必記掛著。」

江肇銘高聲應：「是，月笙哥！」走出客廳，拉開大門，快步而去。

大約是半夜三更時候，外面馬路上行人稀少，突然從門外傳來江肇銘的暴喝聲：「你這賊仔做什麼？」「唉呀！」一聲叫，聽到像有人拼命飛跑，史少卿霍地站起來，隨著馬祥生衝出門外，只見江肇銘正扶起一個倒翻了的鐵罐子，地上是一大灘汽油，散發出濃烈的汽油味。

「什麼回事？」馬祥生問。

「我剛從路角拐過來，看見有個青年人把這鐵罐放在門前，然後掏洋火。我衝過來喝一聲，那人就跑了，一腳把這罐掃翻了……！」

「險啊！」隨後走出來的杜月笙叫道，「要是那傢伙等我們走了，過兩個鐘頭再來，」看一眼已是臉色灰白的史少卿，「史老闆一家可能要遭殃了！」

史少卿驚懼得說不出話，被馬祥生扶著走回廳堂，坐在太師椅上喘氣。他的老婆黃氏更是臉無血色，搖著他的肩頭：「少卿，這怎麼辦哪！怎麼辦哪？」

「史老闆，」馬祥生看史少卿喝了口茶，驚魂甫定，便很關切地道，「我看你真的不能這樣呆下去了！這聚寶重新開業又開不成，留著是等人用火燒。你想想，要是我們剛才走了，這裡還不成了火場？這是楝木樓啊！你不把這聚寶茶樓盤了，難道想等死？」說著說著不覺就露出點流氓語氣來。

史少卿覺得自己確是完了，這聚寶是保不住了。

第六十五章　血雨腥風上海灘

史少卿發愣了約有五六分鐘，似乎作出了決定，喘著氣抖著嘴唇的道：「但，但現在聚寶這個樣，還會有誰來承頂啊！」

「這個我可以幫你。」杜月笙心中發笑，神情卻很誠懇，「我聽黃公館的程聞程師爺說，黃探長最近想開一次香堂，得找個大地方，我想今天聚寶這個殘局，最好就是交給黃探長來收拾，史老闆既可以得一大筆銀洋，又可以免了終日擔驚受怕，可謂明智之舉！」

「唉呀！真的是黃探長想要這聚寶茶樓啊！」史少卿突然想起李浦的話，失聲叫起來。

「史老闆你這是什麼話？」杜月笙眼一瞪，「黃老闆是湊巧想找個地方開香堂，他肯不肯承頂還不知道呢！哪能說是想要你的聚寶茶樓？你這樣說，不是有意要壞黃老闆的名聲？」

「唉呀！」史少卿一聽杜月笙這口氣，暗吃一驚。他有自知之明：黃金榮與這個白相人，自己都是得罪不起的。「是我史某人說錯話，是我史某人說錯話。月笙哥大人有大量……。」

「沒事，」杜月笙很有風度地一擺手，「我是黃老闆的門生，當然得顧及師父的名聲。」看定史少卿，「史老闆既然願意出盤了，那就出個價，我好為你去跟黃探長說說。」

「三層樓，地點好，生意旺，」史少卿抬頭看著自己祖父輩留下的這產業，真是感慨萬千，「要不是這樣遭人暗算，我真捨不得賣了喲！」看看杜月笙，「就一個整樓：一萬大洋吧。」

杜月笙笑起來：「史老闆你出大價了，黃探長哪會出一萬大洋來買這個爛攤子啊？重新修繕購置器物又是一大筆銀洋。」很自然地擺擺手，「史老闆，你也不想我白跑腿的，開個實盤吧，若跟黃探長討價還價，那就不好了。」

史少卿愣著。要不是這樣被人來搞亂，又說要燒樓，一萬五千銀洋他也不願意賣這聚寶茶樓，但現在是大難臨頭，杜月笙說的也是實話，想了一會：「月笙哥，那就八千吧。若是黃探長來做這茶樓的老闆，誰敢來搞亂啊？這茶樓生意好呢，如果打理得好，不用一年半載就可以賺回來的。這八千銀洋真是……」

史少卿本要說「這八千銀洋真是很便宜的了」，不過杜月笙已打斷了他的話：「這樣吧，史老闆，我就幫你找黃探長問問，不過我想這個價還是高了。」一擺手，「看黃探長的意思吧。」同時站起來，「夜深了，我真擔心那些地痞還會來找你史老闆的麻煩。祥生哥、世奇，你倆今夜就睡門口，看著了，可別讓人來燒了這聚寶茶樓。」

「是，是。」馬祥生與馬世奇連連點頭。

「多謝月笙哥！」史少卿這一揖可謂充滿感激。

「我現在就幫你去問問黃探長。」杜月笙拱拱手，轉身向大門走。

「唉呀！現在夜深了……」史少卿哈著腰送出門，嘴裡嘮嘮叨叨。

「不要緊，」杜月笙笑笑，「法租界多少人要捧黃探長的場啊，他忙著啦，經常做『風雪夜歸人』。況且，我也不想史老闆你日夜擔驚受怕，不想法租界搞出場大火災來，給黃探長添麻煩。」說完，也不管史少卿連說多謝多謝，大步而去，江肇銘緊隨其後。

杜月笙現在哪是去找什麼黃金榮。走了沒多遠，他就攔了一輛迎面而來的黃包車，坐了上去。江肇銘走在車旁護衛，直接就回了金福里睡覺。第二天日上三竿的時候，施施然又坐了黃包車來到聚寶茶樓，陪著來的還是江肇銘。

史少卿昨夜根本沒睡好。坐在床上，眼巴巴的等著杜月笙來，現在一看終於來了，急急獻茶敬煙：「月笙哥，找著黃探長沒有？」

「唉！」杜月笙在太師椅坐下，「跟黃探長談了半夜，黃探長對你這聚寶茶樓本來也沒多大興趣，不過知道你現在的難處，最後還是同意了，還說願意把你收為門生。」

「唉呀！那真是多謝月笙哥了！」史少卿一連揖了兩揖。

「不過，黃探長認為你開的價太高了。」杜月笙看著史少卿，「他只願意出五千銀洋。」

「什，什麼？」史少卿大吃一驚，「五千銀洋？」

「是，五千銀洋。」杜月笙很平靜。

「那太低了！」史少卿叫起來，「我，我不賣了！」

杜月笙不哼聲，看著史少卿喘粗氣，自己慢慢喝茶。史少卿的反應早已在他的預料之中。過了差不多十分鐘，史少卿的呼吸才算逐漸平伏下來。杜月笙像是不經意的輕輕瞟了馬祥生一眼。

「史老闆，」輪到馬祥生上陣，「五千銀洋好像是少了些，但你想想，你以後就是黃探長的門生啦！多少人想攀都攀不上呢！以後肯定能夠得到黃探長的關照，那就不是三兩千銀洋買得來的！你又何必為這麼些銀洋抱著聚寶日夜擔驚受怕呢！」

「三千銀洋啊！什麼這麼些銀洋！」史少卿心裡叫道，不過說不出口，就只管把頭亂搖。

馬祥生與馬世奇開始輪番勸說，一個說做了黃探長的門生有多少多少的好處，一個說現在做老闆多擔憂啊，還不如拿了五千銀洋享清福。正面說反面說，足足說了半個鐘頭，不過史少卿仍是搖頭。杜月笙一直沒哼聲，仍然是慢慢的喝茶，現在又是不經意地瞟了江肇銘一眼。

江肇銘也一直沒哼聲，就等這個暗號，立即蹦地從太師椅上跳起來，瞪著那雙牛眼睛對史少卿就是一聲暴喝：「史老闆！你難道要人來一把火燒了這聚寶才安樂？那你不但一個錢沒有，還要死得不明不白！」

史少卿被嚇了一大跳，愣著眼看著這宣統皇帝的凶狠樣，嘴唇抖起來：「你，你……」

杜月笙擺擺手要江肇銘坐下，自己慢慢站起來，直視史少卿：「史老闆，阿銘是躁火些，但說的是實話。你想想，你若不依附黃探長，這間聚寶茶樓還能開業嗎？我在黃探長面前已幫你答應了的，現在你又反口，那不是不給黃探長面子嗎？惹惱了黃探長，他怎麼會幫你制服那些無賴地痞？你這不是等於等著那伙人來燒聚寶嗎？你自己衡量一下，一個錢得不到，可能還會大禍臨頭好呢，還是得到五千銀洋，做黃探長的門生，得黃探長的關照好？」很輕鬆地笑了笑，「史老闆，你看看今天的法租界，能夠做黃探長門生的人有哪個會倒霉的？」

杜月笙說得輕鬆，史少卿卻是氣哪！他不甘心，眼睛愣著，嘴裡囁囁嚅嚅：「月，月笙哥，你說的是，是不錯；但，但五千銀洋實在是太，太低價了啊！」

「好吧！」杜月笙蠻大方地一揮手，他覺得是自己出價的時候了，「我出六千銀洋為你盤下來吧！不過，我盤了也不是自己想當老闆；老實說，我才不想當這麼多麻煩事的老闆。我是盤了來送給黃探長。」

「整座茶樓送人？」史少卿顯然吃了一驚。

「當然。我作為黃探長的門生，做人應該知恩圖報。」

「只是，只是六千銀洋也是太，太低價了啊！」史少卿苦口苦臉，五官揪在一起。

「史老闆，」杜月笙不跟他爭辯，只是直視他的眼睛，「該說的我都說了，能幫的我都幫了，可謂仁至義盡。盤不盤出去，你自己再仔細衡量衡量。」對馬世奇把手一揮，「你出去找輛黃包車，我該回源利俱樂部看看了。」史少卿愣著，廳堂很安靜。

馬世奇跑了出去，過了大約十分鐘，走進門來：「月笙哥，黃包車在外面等著了。」

杜月笙慢慢站起來，看著史少卿：「史老闆，我已經說了，我出六千銀洋盤下這間聚寶茶樓，是要送給黃探長的。你不出讓，這話傳出去，黃探長肯定會很不高興，這個不必說了，我想你也明白。至於我杜月笙，為你跑了腿，還甘願多出了一千銀洋幫你解危救難，而你卻還要推三推四，這是很不給我面子了。史老闆，我還是要說那句江湖老話：光棍彼此不斷財路；或者說，光棍不擋人財路。嘿嘿！」向門口走去。

江肇銘跳起來說：「史老闆，你準備做燒豬吧！沒人會救你！哼！」也向門口走去。

史少卿發呆。他終於明白，自己已是劫數難逃。史少卿霍地跳起來：與其心驚膽顫，坐以等斃，不如做個有頭有面的黃金榮的門生——在法租界黃金榮的門生是沒有倒霉的！向門口撲去，氣急敗壞：「月笙哥！」

杜月笙一聽這聲叫，便知道這藍眼少卿已經就範，臉帶微笑，慢慢轉過頭來：「史老闆。」

「月笙哥，我願意我願意，請回來慢慢商量。」史少卿衝上前拉著杜月笙的手肘，回到聚寶茶樓廳堂，「月笙哥，如果我答應了你所說的，黃探長還會不會收我做門生？」

「沒問題。」杜月笙說得篤定，「這事包在我身上。我杜月笙講義氣，相信你也聽說過的。」

「當然當然。」史少卿哈哈腰，「那我願意以六千銀洋出盤給月笙哥。」

「爽快！」杜月笙笑道，就從懷中掏出一疊銀票來——可見早已是準備好的，「這裡是六千銀洋，你點點。把有關聚寶的所有契據帶上，我跟你一齊去辦過戶手續。」

民政局的人一聽杜月笙說是黃探長的產業，哪還敢磨磨蹭蹭，中午吃飯前就辦好了。杜月笙陪史少卿回到聚寶茶樓，也不進去了，笑著道：「史老闆，這件事完成了。如果我請黃探長讓你當聚寶的經理，你有沒有興趣？」

「唉呀！那真要多謝月笙哥！」

「閒話一句。」杜月笙得意洋洋，「史老闆你收拾收拾，我先告辭了！」登黃包車而去。

黃金榮吃了午飯，過了鴉片煙癮，正準備午睡會見周公，程聞帶杜月笙進來了。幾句寒暄後，杜月笙把有關聚寶茶樓的契證雙手上呈：「黃老闆，從今後您老是聚寶茶樓的老闆了。」

「哦？」黃金榮顯然也暗吃一驚，「聚寶茶樓？這就辦好了？」

「請黃老闆過目。」杜月笙微笑。

「你幫我看看。」黃金榮接過所有契證，轉遞給程聞。

程聞仔細看了一遍，交還黃金榮：「黃探長，手續齊備，絲毫不差，聚寶茶樓從今天開始是黃探長的產業了。」

「哈哈！」黃金榮咧開大口笑了兩聲，看一眼杜月笙，「花費多少呀？」

杜月笙這回花了不少錢，但他沒說，而是輕鬆地笑笑：「月笙孝敬黃老闆，不在乎花費多少。」

「哈哈！」黃金榮又是大笑，「人傳你杜月笙仗義疏財，看來不假！」

「黃老闆過獎。」杜月笙拱拱手，「還得有勞黃老闆的。一是請黃老闆讓史少卿當聚寶茶樓經理，他做老闆時，一直親力親為，是最佳人選；二是請黃老闆收他為門徒。這兩點都是月笙答應了他的。」

「好說！好說！」黃金榮一擺手。他收的門生都是老闆級的，史少卿夠這個格；而由他來打理聚寶，確是合適，因而這兩點對黃金榮來說是有益無害。喝口茶，轉過頭對程聞道，「阿聞，現在聚寶得重新修繕，你就入個股，也做老闆，出資把聚寶搞好了，要修繕得氣派些，重新開張；平時就去看看帳目，查查收支，別讓史少卿全包攬了！有財大家發嘛！」

這黃金榮真絕，白得了聚寶，卻不出錢修繕，把程聞推上去，他坐享其利。那個程聞，現在仗著黃金榮的牌頭投資聚寶，參與經營和分紅，何樂而不為，立即躬了躬身：「是，黃探長，我下午就去找史少卿重新修繕聚寶，儘快開業。」

一個禮拜後，老牌聚寶茶樓掛出了一個新招牌，前面加上了「榮記」兩字，成了「榮記聚寶茶樓」。三教九流人物早已收到程聞發散伙記傳出來的話：黃金榮是這茶樓的大老闆。開張之日，紛紛前來道賀。杜月笙則又一次名聲鵲起：江湖上的人都知道這茶樓是他送給黃金榮的；而史少卿不知道人也是他鬼也是他，還在背後對人稱讚這白相人確是仗義，請黃探長任命自己做經理。各路人馬不覺對這杜月笙又一次表示敬畏。黃金榮既然是老闆，自然就沒有哪個流氓癟三敢來搞亂，聚寶茶樓的生意本來就不錯，現在榮記聚寶樓更為生意興隆。史少卿看著白花花的銀洋流入了黃金榮的腰包，儘管心有不甘，但仔細想想也漸心安理得：自己不必再提心吊膽，看各式人物的臉色，有什麼冬瓜豆腐，自可以推程聞出面，背後更有個黃金榮撐著，自己也落得個自在安樂。

過了十天八天，黃金榮果然在聚寶茶樓開了一次名動上海灘的香堂，收徒九九名。

為什麼不收足一百呢？一個說法是，黃金榮自己有忌諱，收單不收雙；另一個說法是，收徒九十九，加上自己，正好一百。

這一天聚寶茶樓晚上歇業，夜色降臨後，便開始張燈結綵，佈置成香堂模樣。

史少卿被特意安排站在眾門徒的最前面，自覺面上有光。杜月笙、程聞、馬祥生、顧掌生作為門柱，擔任司儀師、司禮師，主持開香堂儀式。來「觀禮」的人坐在紫檀大椅上，九十九名空子排成四隊，在香案前肅立；黃金榮高坐在關雲長像東端的大交椅上。

程聞側身肅立，向著空子們大叫一聲：「入門是否自心情願？若是自心情願的，舉右手；如若不是，現在可以退出門外。」空子們驀地全都舉起右手來。程聞作狀點視一番，說聲：「放下。」

司禮師杜月笙隨後跨前一步，喝一聲：「下跪！」九十九人驀地跪在了紅氈上。杜月笙入幫時，是先「淨手」後「齋戒」，現在司儀師馬祥生照著黃金榮事前的吩咐，省了這兩個儀式，率領著徐福生、阿七、阿衡等好幾個黃公館裡的骨幹嘍囉，各人手捧一只白瓷小罈，罈裡裝了清水，還有兩隻長柄小杓子，捧到這些空子面前，叫他們各喝一口——這叫「淨口水」。這伙人一個個喝了，徐福生等人把小水罈撤了。

馬祥生肅立一旁，扯開喉嚨又是三聲高唱：「一磕首！二磕首！三磕首！」眾人隨著口令先向關帝像叩三個頭，再向「本命師」黃金榮叩三個頭。給本命師叩完頭，馬祥生又引領這伙新門徒給來觀禮的前輩叩頭，黑壓壓一片的只管齊齊把頭叩下去，最後是齊齊站回到黃金榮面前，垂手恭立，等候「訓話」。

照開香堂的規矩，黃金榮這時該傳授「三幫九代」，但這大把頭本身既非「青」又非「洪」，就不管這一套，而是大手一揮，敲破銅鑼般的聲音響起來：「你們入了門，記住要謹遵家法。不得有違師訓，不得敗壞門檻；不得仗勢欺人，不得做昧心事；不得藐視尊長，不得自相攻訐；不得獨享好處，要有福同享，有難同當。」說得嚴肅莊重，聽得站在他旁邊的杜月笙暗中發笑：要是做的跟說的一樣，你當什麼探長大把頭！

這個黃金榮自小失學，沒有什麼文化，不過講起黑道上的話來，卻能口若懸河，這一訓話訓了整整一個鐘頭，不覺已到了半夜。馬祥生看他終於收了口，便又引領這伙門徒到關帝像前跪倒盟誓：「如不遵師訓，有違家法，五雷轟頂，神人共誅！」當然是誰的心裡都清楚，要叫五雷轟頂還真不容易；黃金榮你收我的贄金入門費，我以後就打你大老闆的牌頭了！

盟誓完，馬祥生唱名，每人發一只蘭色泥金小摺子，內寫家法、幫規等，有如青幫的「海底」。分發完，儀式才算是結束了，聚寶樓內隨即便大排筵席。黃金榮這回收徒，入門的不是一般的街頭小癟三，而是有頭有面的人物，至少也是個小商鋪東家，只是收贄金，他就賺了二千來個銀元，還不說其他送禮，現在又是新門徒合資請吃喝，自己做老頭子的，正可謂何樂而不為。這一晚，榮記聚寶樓內，巡捕、商家、華人董事、政府官員跟流氓地痞混在一起，大家舉杯暢飲，猜拳行令，好不熱鬧。

黃金榮得意洋洋，舉著酒杯一席席的去勸酒，聊天；轉了一圈，來到最後一桌，與嚴九齡連乾了三杯，這英租界大賭場老闆對站在黃金榮身後的杜月笙伸出大拇指，怪著聲笑道：「黃探長，結果強將手下無弱兵啊！」

黃金榮仰天大笑，杜月笙則手舉酒杯，微微含笑：「嚴老闆過獎小弟了。」曹雨田、曹振聲等好幾個貴賓圍過來湊熱鬧。

大家正說著客套話，阿衡突然從外面直衝進來，來到黃金榮身邊，低語道：「黃老闆，鎮守使剛剛遇刺，老闆娘請老闆回去。」

「什麼？」黃金榮大吃一驚，眼愣著，看一眼四周，眾人也愣著。

「我先告辭！」英租界老閘捕房探長曹雨田首先反應，一拱手，帶著兩個手下巡捕大步而去。

黃金榮愣了一愣後，也向眾人拱拱手：「各位請繼續開懷暢飲，不醉無歸！小弟有事先走一步。失陪了。」掃一眼杜月笙、程聞等手下親信，邁開方步向門口走去。杜、程等會意，緊隨其後。

回到黃公館，林桂生拿出鎮守使署送過來的密函，上面的意思不外是一句話：「請法租界巡捕房幫助緝拿革命黨人鄭道華。」黃金榮看完，看一眼杜月笙，杜月笙躬躬身：「黃老闆，無須急躁，待機而動。」

程聞點頭：「月笙說得對。」

「說得具體點。」黃金榮輕輕瞪兩人一眼。

「黃老闆，」杜月笙躬躬身，「我和程先生的意思是，不必急於作出反應，不必立即跟鎮守使打交道；我們是在租界裡，管他是鎮守使還是革命黨，最好是兩邊都不要得罪。」

黃金榮微笑，輕輕點頭：「聰明。」

這時候，鎮守使鄭汝成正坐在自己的公館裡，驚魂甫定。

這次暗殺事件，是革命黨人對鄭汝成的一次復仇，事發於一九一五年八月十八日凌晨，隨後轟動整個上海灘。鄭汝成效忠袁世凱可謂不遺餘力。使中華革命黨在上海的反袁力量遭受慘重損失。可以說，鄭汝成的雙手沾滿了黨人的鮮血。黨人不得不重操舊業，以暗殺來作為復仇的手段。

一九一五年八月十八日凌晨，鄭汝成在參謀長趙聯璜、淞滬警察廳廳長徐國樑等人陪同下，在法租界招商局金利源碼頭送其夫人及公子搭「新銘」輪赴天津。送別後，鄭汝成正準備乘馬車離開之際，突然有一個身穿白色舊軍裝的人從他的背後擲出了一枚炸彈，但沒有擊中鄭汝成，炸彈擲到了離鄭五六公尺處的金利源碼頭貨棧牆根處爆炸，炸彈威力也不大，只是把牆壁炸了一個小洞，並把邊上的一個黃包車夫炸傷。隨著轟隆的一聲炸響，金利源碼頭隨即大亂，人們呼叫著東奔西竄。行刺者趁著混亂，竟逃到了「新銘」輪上，結果被巡捕抓獲，並隨即供出自己叫高振海，山東人，是受革命黨人鄭道華派遣來刺殺鄭汝成的。鄭汝成聽了這口供，心中既是暴怒，又兼大恐，立即致函租界巡捕房，請求幫助搜捕革命黨人。

過了幾日，黃金榮正在就如何跟這個大軍閥打交道的事猶豫不決時，傳來消息：革命黨人鄭道華在公共租界被捕，並隨後被引渡給上海鎮守使署。黃金榮不覺輕輕鬆了口氣。不過，雖然捉住了鄭道華，鄭汝成卻沒能逃過黨人的復仇。過了不足兩個月，這隻袁世凱的「有功之狗」終被陳其美指使中華革命黨人擊斃於外白渡橋，而陳其美自己也在半年後遭到袁世凱的暗殺。

上海灘一片血雨腥風。

第六十六章　再次謀奪煙土行

杜月笙倚著黃金榮這個大把頭，趁著時勢的動盪混亂而在黑道上一步步擴展自己的勢力。利用蘇嘉善奪取了英租界的福嘉土行，這為他在利潤豐厚的販毒業裡立穩了腳根，撈到了大筆銀洋。杜月笙經營福嘉土行與源利俱樂部，再加大達碼頭的進帳，及靠著何野鯉的通風報信，幾次在南市碼頭對出的江面上劫土成功，撈進的銀元不計其數，但他並不滿足，思之再三，便決定在法租界開土行，他認定法租界才真正是自己發跡的地方，是自己的地盤。在英租界的福嘉行，多少得受制於沈杏山及其大八股黨，受制於鄭洽記等潮州幫大土行；而在法租界，除了黃金榮外，他足可以跟各路人馬平起平坐，開個土行，利潤將會比福嘉行還要豐厚。

主意拿定，但如何著手？杜月笙不敢也不能公開去搶人家的土行——開土行的大都與青洪幫有關係，有各派的勢力，硬來的話只會挑起江湖大戰，肯定會犯眾怒，敗壞自己在江湖上的名聲；況且這樣搶來的也只能是一間鋪面，沒有供貨人或燕子窠會願意跟這樣的土行打交道的。也就是說，只能智取，就如同搶奪福嘉行一樣，不會引起公開打鬥的才行。但蘇嘉善這樣的機會似乎只有一次，又如何智取？思慮重重，不敢貿然動手。

這天與馬世奇篤悠悠逛街只見不遠處有間新起的茶樓，屋簷上一個大木匾，上面「陶樂居」三個泥金大字正映著朝陽熠熠生輝。

杜月笙踱著方步，上了陶樂居二樓。可能是新開張，不是老字號，陶樂居樓上人客並不多，杜月笙找了個臨窗的小雅室，裡面就只有一張桌子，與馬世奇坐定，伙記泡上茶。眼望窗外，慢慢喝茶，突然，「啊」了一聲。

「月笙哥，看到誰？」馬世奇站起來，也眼望窗外，「小腳阿娥？」

是的，樓下馬路對面走過來小腳阿娥，旁邊傍著個丫環，後面跟著兩個青年，大概是圓潤院的護院，也可能是什麼癟三朋友。

杜月笙突然一轉頭，對馬世奇道：「世奇，立即下樓，迎阿娥上來，就說我在雅室等她！」馬世奇應聲是，飛跑出去。不一會，阿娥等人隨馬世奇上了樓，走進雅室，杜月笙離座拱手相迎。寒暄話說了幾句，杜月笙塞給馬世奇幾個銀洋：「世奇，好好招呼這兩位兄弟和小妹妹，我跟阿娥姐談樁生意。」

小腳阿娥頗有巾幗英雌的風度，一聽這話便把手一揮：「你們跟世奇哥去。」

馬世奇有幾個銀洋在手，領著這幾個人走出雅室，順手關了門，再走過旁邊雅室，也是把手一揮：「各位請坐！月笙哥做東，請隨便！」

這邊廂開懷大吃，那邊廂小腳阿娥跟杜月笙敘了幾句舊，笑道：「月笙哥真是今時不同往日了！大達碼頭、南碼頭的霸主，源利的經理總鏢，年前又成了福嘉行的老闆，哈哈！看今天法租界的江湖人馬，誰有月笙哥這般了得！」

「阿娥姐，過獎過獎！」杜月笙微笑，起身給阿娥斟茶，「今天的十姐妹，除了老大老二不說，真正靠自己的本事在江湖上聞名的，又有誰比得上阿娥姐啊！」說著也哈哈一笑，「阿娥姐才是真正叫男人佩服的巾幗英雄啊！所以我杜月笙才要向阿娥姐請教呢！」

「月笙哥客氣了！」小腳阿娥知道杜月笙今天在法租界的勢力，聽他這麼稱讚自己，其實心中挺得意的，況且她也想與這個白相人建立交情，「不知有什麼要小妹效勞的？」

杜月笙收起笑容，臉色莊重：「阿娥姐，我現在是福嘉行的老闆，這沒錯，不過福嘉行是在英租界；所以，我還想在法租界也開間土行。阿娥姐在法租界消息靈通，不知可否給我出個主意？」

阿娥愣了愣：「月笙要在法租界開土行？」想了想，笑起來：「唉呀！月笙哥你是有名的諸葛亮，怎麼要我這個女流之輩來出主意？」

「這正所謂巾幗不讓鬚眉啊！」杜月笙笑道，他覺得這個小腳阿娥的笑有點怪，「我想阿娥姐一定是有什麼好主意了！」一拱手，「江湖道，有財大家發！如果阿娥姐真有好主意，土行開成了，阿娥姐也算一股！」

「此話當真？」阿娥仍然笑。

「我杜月笙閒話一句，江湖上誰個不知！」杜月笙說得爽快，其實心裡想的是，我算你一股又如何？你曾有恩於我，那就算我報答你；而你這女流之輩，還不被我捏在手心？

「哈哈，這話不假。」小腳阿娥喝口茶，輕輕放下杯，「不過我對做土行生意沒興趣。」那雙杏眼兒瞇瞇的笑。

「這婆娘果然聰明！」杜月笙心中暗道，嘴上卻說：「那好，閒話一句，我杜月笙就以五百個銀元作謝禮！」

「爽快！」小腳阿娥突然話題一轉，「月笙哥，闊嘴巴怡生與范長寶是不是你的兄弟？」

「是。他倆怎麼啦？」

「他倆現在沒有跟你了？」

「自從我管理源利俱樂部後，實在安插不下那麼多人，做荷官做打雜，他倆又不幹，看在多年共患難的份上，我出了五百個銀元給做本，讓他倆自己在十六鋪裡馬路開了間賭檔。名義上就算是已經自立門戶，雖然見面不多，不過我們還是兄弟。」

「你不知道他倆除了搞賭檔外，還做什麼生意？」

「江湖道，各走各路。他倆既已自立門戶，在十六鋪撈，我管人家做其他什麼生意？」

「果然光棍不擋人財路，怪不得月笙哥你在江湖上這麼受人捧場。」小腳阿娥笑道，那雙美麗的杏眼兒眨了眨，一轉話題，「那月笙哥可知道范回春要給金剛鑽阿金做倒插門女婿？」

「范回春是誰？」杜月笙愣了愣，「阿娥姐，我要你出主意是要在法租界開土行，跟金剛鑽找女婿有什麼關係？」

「月笙哥，當然有關係，沒關係我說來幹什麼？」阿娥微笑，「范回春是烏木開泰的姪兒，烏木開泰是史金繡的丈夫。金剛鑽只有一個獨生女叫陳小蓓，於是要招倒插門女婿。史金繡介紹，就招了范回春。范回春是財會學校畢業的，畢業後就在烏木店管帳。幾個月前，由范開泰和史金繡打點，范回春就與怡生和范長寶合伙，在老北門北面裕興弄裡買了個鋪面，開了間回春藥店，其實就是土行。聽金繡姐說，基本上是范回春出資，大概是出大股吧，范長寶與怡生出力，利潤四六分拆。」

杜月笙聽到這裡，心中大罵一聲：「觸那！你闊嘴巴與范長寶竟背著我開土行！」不過沒罵出口，臉色平靜，笑著問：「那阿娥姐的意思是……。」

「你來當回春行的老闆。金剛鑽本來就認為做土行風險大，要范回春放手，但范開泰不聽，真正的資金是他和史金繡的，范回春其實是代他夫婦打理和管帳，也沒有辦法。」說到這裡，小腳阿娥看著杜月笙笑了笑，「月笙哥，你別以為我小腳阿娥在背後暗算自己的姐妹，其實我是為他們好。那個范回春是白面書生，只懂得管帳，哪知道江湖道上的險惡？他根本就不是范長寶與闊嘴巴的對手，弄不好以後被人整間回春行吞了也不知道。與其讓他們以後吞了，不如月笙哥去做，最合適。」

杜月笙沉默，微笑，朝阿娥輕輕舉舉茶杯：「阿娥姐，你說怎樣才能要范回春放手？」

「五百銀元拿來！」阿娥不回答杜月笙的問話，而是輕輕一拍餐桌，臉帶笑容。

杜月笙二話沒說，就從懷中掏出五張百元銀票來，也是輕輕往桌上一拍：「閒話一句！」

「好！爽快！」小腳阿娥哈哈一笑，背往大交椅上一靠，手輕輕一揮，「很簡單，雙管齊下。」

「如何下？」

「范回春是個書生，去年才畢業，嫩得很。帳管得不錯，數計得也精，但根本不是可以在江湖上獨當一面的人物。他之所以不放手，是范開泰夫婦不讓他放；而范開泰都已五十多了，老了；史金繡也四十多了，加上身體又不好，沒有多少雄心壯志了。月笙哥，我說的雙管齊下就是，你讓顧嘉棠等人公開跟范回春談，說要收購回春行，把厲害說清楚了，嚇他一嚇，這書生是不經嚇的，一定會回去找范開泰夫婦商議，而史金繡必會找我，我就把厲害說清楚，再推你出來。這是一管。另一管是，你要怡生和范長寶知道你的計劃，並幫助威逼范回春。」頓了頓，「否則他倆來跟你做大哥的作對，那就不好辦了。」說著一伸手便把桌上的五張銀票揣入懷中。

「阿娥姐說得不錯，」杜月笙輕鬆地笑笑，「但現在看來，要怡生和范長寶順從我，比逼范回春放手還難！」

「你不是說他倆是你的兄弟？」

「是兄弟，不是手下。他倆決不會心甘情願的讓我來當回春藥行的老闆！」

「你若告知他倆這個計劃，那會怎樣？」

「嘿嘿，他倆寧願賣了賭檔，也會把回春盤下來！」

「那……，」小腳阿娥愣著，她原來計劃中的最重要關節出了問題，現在反而拿不出主意了。

「你的主意本來是不錯，現在也不錯。」杜月笙說得輕鬆，「只是動手的關鍵是不能讓怡生和范長寶知道。等范回春把他的一切轉讓給我後，他倆也就無話可說了。」

杜月笙再話題一轉，「阿娥姐，你明天下午三點請范開泰、范回春和史金繡到五層茶樓喝茶，三樓最東邊的那個海棠雅室最為安靜，我就在那裡等你們，由我來親口跟他們說。必要時你得加上幾句，逼他們下放手的決心。你覺得怎樣？」

「好！」小腳阿娥一拍餐桌，「我一定說服史金繡！」頓了頓，「五層茶樓在英租界，為什麼不找個法租界的茶樓?或者就在這間陶樂居？」

「免得碰到法租界的熟人。」杜月笙笑笑。

小腳阿娥愣了愣，又問：「月笙哥，你準備怎樣跟他們說？」

杜月笙壓著聲音說了幾句，阿娥再拍餐桌，叫起來：「好！」

第六十七章　爾虞我詐巧離間

當年上海英租界茶樓有六七十間，五層茶樓位於四馬路。它的西面不遠便是青蓮閣。五層樓與青蓮閣都是既是茶樓，也是煙間，內裡自有女子為客人裝煙，同時操皮肉生意。杜月笙選擇這間茶樓進行他謀奪回春藥行的勾當，一是避免碰上法租界熟人，二是由於這間茶樓的大股東闞金言是他以前救濟過的癟三朋友，此人後來跟了嚴九齡，開賭檔發了財，當了這茶樓老闆。

第二天下午兩點半左右，杜月笙帶上手下幹將顧嘉棠、葉綽山、芮慶榮、楊啟棠、黃家豐、姚志生、侯泉根、江肇銘、馬祥生等狠角色，來到五層茶樓，一路上，杜月笙低聲吩咐如此如此。來到海棠雅室，杜月笙與江肇銘坐下，其他人在門外東張西望，算是把風。過了一會，小腳阿娥領頭，後面跟著范開泰、史金繡、范回春，四個人施施然走進來了。

杜月笙連忙離座，拱手相迎：「開泰哥、金繡姐，久違久違！」

范開泰與史金繡都知道杜月笙今天在法租界的名聲。今早小腳阿娥來找他們說杜月笙要請他們喝下午茶，有要事相商時，范開泰心中打了個突，因為他從來沒有跟杜月笙打過交道。他知道杜月笙以前曾在阿娥的圓潤院裡當護院，便問有什麼要事。阿娥說，她也不知道，只是聽口氣，事情很重要。史金繡是跟杜月笙見過面聊過幾句的，覺得這白相人的勢力現在是一步步擴大，值得交個朋友；現在既然有要事相商，又是在英租界的五層茶樓，哪會有什麼事，正好大家見個面，攀攀交情，便一揮手：「去吧！」跟了小腳阿娥來，現在看這杜月笙那親切笑容，連忙拱拱手還禮：「月笙哥現在是法租界有名的大好佬，卻請我們這些無名之輩來，真是有面子了！」

「金繡姐是十姐妹的發起人，位列老三，在法租界才真叫大名鼎鼎呢！請座！請座！」

幾個人圍著餐桌坐下，互作介紹，一番寒暄後，小腳阿娥看時候到了，便問：「月笙哥，請金繡姐、開泰哥來，有什麼好關照啊？」

杜月笙不看阿娥，而是看著范開泰夫婦，很認真地道：「金繡姐、開泰哥，兩位是不是在老北門附近開了間回春藥行？」

「是啊。」史金繡道。范回春坐在范開泰的旁邊，二十歲左右的學生哥模樣，雙眼愣著。

「現在回春老弟大難臨頭了！」杜月笙看一眼范回春，「今天下午請各位來，是想告訴各位，闊嘴巴怡生與范長寶想吞了回春行！回春老弟一介書生，以後真是被人剁成八塊也不知道。」

「唉呀！」范回春一下子就嚇得怪叫起來，「什，什麼？怡生哥和長寶哥……」

「月笙哥的消息是真的！」小腳阿娥打斷范回春的話，「月笙哥以前跟怡生和長寶是兄弟呢！」

「月笙哥你是怎麼知道的？」范開泰不愧是老江湖，盯著杜月笙問。

「明說了吧！」杜月笙定定地回視著范開泰，「怡生和范長寶以前跟我是兄弟，一起共過患難的。三年前我出錢讓他倆獨立門戶了，開了賭檔。這個回春老弟可能也不知道。他倆做事乾脆果斷，昨晚派人到金福里，想出高價錢要我杜月笙找人綁架回春老弟，又或開泰哥你，然後逼你們放棄回春藥行。我覺得同門中人，怎好用這樣的手段，所以就說考慮考慮，今早特意叫阿娥姐請各位到這裡來，事情講明白了，別遭了別人的暗算還不知道是怎麼回事！」

范回春的雙眼本是愣著，現在更是直了，這小子確是不經嚇。

范開泰在喘粗氣：「怎，怎麼會，會是這樣的？」

史金繡蹦地跳起來：「觸那！我要去找怡生和范長寶論理！」

「金繡姐，你這是去論什麼理啊？」杜月笙背靠大交椅，輕輕一揮手，笑起來，「你這樣去找怡生和范長寶，他倆會承認嗎！他倆昨晚也沒有親自來找我，可見是想必要時推得乾淨。金繡姐你現在這樣去問他倆，那就是把這件事挑明瞭，回春老弟以後是無法跟他倆合作下去，而他倆就肯定要採取行動。他倆說不動我杜月笙，也可以找洪門的人。大家都是在江湖上撈的，定知洪門裡『包做人』的團伙在上海灘多著啦！」看看范開泰，「開泰哥，是不是這樣？」

范開泰現在根本搞不清這杜月笙到底是在做神還是做鬼，只是這番話說得卻是在理。這個理論不得。怡生和長寶不會承認，反而會加速他倆行動；是啊，他們不找杜幫，也可以找其他團伙。想到這裡，連忙拉住已跳起來的史金繡：「金繡，先坐下慢慢商量。」

杜月笙由著他們商量，只管慢慢喝茶。阿娥沒哼聲。

范開泰三人商量了大約半個鐘，史金繡對杜月笙道：「月笙哥，我們首先感謝你告訴我們這件事。怡生和范長寶都是你以前的兄弟，那就請月笙哥跟他倆說說。現在月笙哥是有名的大好佬，只要月笙哥開了口，我想他們一定不敢不服從的！」

「你這婆娘別給我戴高帽！」杜月笙心中冷笑，嘴上卻說得誠懇：「金繡姐，大家都是江湖中人，各走各路，有所謂光棍不擋人財路，我杜月笙哪能出面干涉人家的事呢？金繡姐你也不是不知道，以前的兄弟，一到了利益關頭，哪還管什麼以前的情誼啊？金繡姐要我出面，不是有意要我難做麼？」幾句話便推得乾淨，史金繡只能愣著。

「這真是行不通的。」小腳阿娥道，「就算月笙哥跟怡生和范長寶說了又如何？就像剛才月笙哥說的，洪門包做人的多了！他這回幸好找著月笙哥，若是找了別人，還不要了回春老弟的命！」

「其實，其實，」范回春有點嘴唇打顫，「怡生和范長寶不過是想要了回春行，這樣大的風險，我也不想做了！不如跟了岳母娘做珠寶生意還好！」眼睛無助地看著范開泰和史金繡，「二叔二嬸，我們不如乾脆放棄了吧！」

范開泰仍愣著，史金繡卻站起來：「月笙哥……」

杜月笙一揮手打斷她的話：「金繡姐，我覺得大家在江湖上行走，不外是求財，冒那麼大的風險經營間土行，實在划不來。」說著站起來，「我有事得去找找黃探長，你們再慢慢商量。一會我就回來。」話未說完已急步向門口走去，臨到門口時還轉過頭對江肇銘道：「好好幫我招待客人！」

小腳阿娥拉拉史金繡的手：「金繡姐，先坐下，好好商量再說。」

剛才商量了半個鐘頭，現在還有什麼好商量的？史金繡看一眼杜月笙走出去的背影，再看一眼江肇銘，只見這小子愣著那雙牛眼，沒什麼表情。別過頭對著小腳阿娥：「老六，你說怎麼辦？」

「杜月笙說得不無道理。」阿娥道，「你既然不能去找怡生和范長寶理論，那以後還怎樣能夠合作下去？還不知什麼時候搞出事來呢！他們既可以找杜月笙，當然也可以找其他人，真是防不勝防啊！生意既然做不下去，還硬做來幹什麼？金繡姐的烏木店是在老城廂華界，阿金的珠寶店也是在華界。我的意思就是，撈一筆銀元，回到華界做生意還好，何必在法租界裡跟人家打打殺殺的？」

「你的意思是放棄？」史金繡圓眼一瞪，不過跟當年的氣勢比是差遠了。

「把投資收回來，也沒有吃虧，樂得個自在，多好！」

「你認為怎樣？」史金繡看一眼范開泰。

「阿娥說得不錯。跟那個闊嘴巴和范長寶合作，哪怕現在不出事，以後還是要出事的，我們鬥不過他們，那何必與虎謀皮？況且，我總覺得這幾個月已吃了虧，土行啊，利潤怎會只有這麼丁點？」

「二叔說得對！」范回春叫起來，「我只是管著帳，貨是他們進的！多少價目我也不知道。這樣下去，別說他們想吞了回春行，就算他們現在沒這個打算，繼續做下去也不知會怎樣的！」

「你說誰可來承頂？」史金繡看看阿娥。

「我以前曾聽說過杜月笙想在法租界開土行，這樣的事最好就是由這樣的白相人來應付。」

史金繡看定小腳阿娥，心中突然覺得不對：「你原來是為杜月笙做說客的啊！」不過這話沒有說出口，慢慢站起來，看范開泰和范回春一眼：「我們回去再慢慢商量吧！」

一直坐著沒哼聲的江肇銘一聽這話，霍地跳起，目視史金繡，一拍餐桌，大喝道：「觸那！月笙哥能夠幫你承頂，那是你的福氣，還說要什麼商量！」

罵聲未落，門外已衝進來顧嘉棠等人，一個個對著范開泰、史金繡凶神惡煞：「月笙哥不綁你們的票，已經是天大的面子！……。」

其中芮慶榮一把揪住比自己矮一個頭的范回春，幾乎把這小子整個人提起：「你這小子被人綁了才知死！」

那凶惡神情嚇得范回春幾乎小便失禁：「大，大哥！我……」范開泰愣住，史金繡也愣住。

就在這時，杜月笙從外面走進來，沉聲喝道：「各位兄弟，不要強人所難！」拍拍范開泰的肩頭：「你們再商量商量，不過出事了可別怪我。」一揮手：「我們走吧！」其他人應一聲：「走！」

這伙人揚長而去，江肇銘臨出門時還不忘回過頭來，高聲暴喝：「你們等著瞧！」這一聲喝喝得范回春整個人「倒」在大交椅上，猛喘粗氣；喝得范開泰雙眼發直，幾乎心臟病發作。只有史金繡沒動，她瞪著那雙圓眼，看著杜月笙等人都出去了，才一屁股坐在大交椅上，雖是驚懼交加，但似乎還頭腦清醒，突然猛轉過身來，右手一指小腳阿娥：「你，你是不是……？」

小腳阿娥一拱手打斷她的話：「金繡姐，你別以為我是為杜月笙做說客！我也不知道會搞成現在這個樣子！但我相信杜月笙說的是實話，闊嘴巴與范長寶要謀奪回春行，你們是防不勝防！回春老弟一介書生，哪是他們的對手？你們有家有業，他們是爛命一條！開泰哥已五十多了，金繡姐你也四十多了，身體又不好，何必為幾個販煙錢擔驚受怕？我說放棄回春行，是為大家好，更是為回春老弟好呢！」

范回春連拱兩下手：「多謝阿娥姐！」

史金繡舉起的右手仍未放下來，嘴一張，小腳阿娥卻立即往下說：「況且你們看到了，現在又得罪了杜月笙，這白相人今天在法租界的勢力明擺著，又是黃探長的得意門生，而回春行就在法租界，他若跟回春老弟過不去，後果如何不說自明了！」說著霍地站起來，「金繡姐、開泰哥、回春老弟，我的意思都說明白了。你們慢慢商量，我先走了！別好心不得好報！」也不管范開泰大叫「等等」，出門而去。

范家三人面面相覷，然後又是一番緊急商議。范回春已嚇得堅決不當回春行的老闆，范開泰覺得阿娥說得有理，自己也無能為力了，把頭搖了又搖：「真是江湖險惡啊！算了算了，還是拿回銀洋在華界做烏木生意算了！」史金繡剛才不過是一時之氣，聽聽這兩叔姪所陳述的理由，儘管心有不甘，最後也只能默認。

三人主意打定，這時已近下午五點，范開泰招招手要伙記結帳，卻見一個身材高大的中年人走進來，躬躬身道：「在下關金言，本茶樓老闆；月笙哥吩咐，三位請便。」

范開泰愣了愣，心想這杜月笙果然厲害，連英租界茶樓老闆都得買他的帳，拱拱手：「那多謝了。」起身離座，三人走出五層茶樓，直接到十六鋪圓潤院找到小腳阿娥，史金繡先道歉了幾句，請阿娥找杜月笙商量。

阿娥還未說話，卻聽樓上有人大笑道：「哈哈！金繡姐爽快！」抬頭一看，杜月笙身穿白長衫，左手托煙斗，施施然從樓上下來，十足一個幫會大哥的模樣，身後跟著顧嘉棠等人，其中一個青年人是剛才沒有在五層茶樓露面的。

范開泰拱手為禮：「月笙哥，我們的回春行想請月笙哥你來做老闆了。」

「客氣客氣！」杜月笙可謂意氣風發，眼望范回春，「那就事不宜遲，有請回春老弟立即回去把帳簿拿來，一道去回春行點清貨，結清帳。」指指身旁的青年人，「這位是英租界福嘉土行的經理蘇三泉，可謂煙業的行家裡手，只索價錢合理，那就可以成交了！哈哈！」范回春連應三聲是是是，轉身而去。

當這大幫人來到老北門附近的回春行時，怡生和范長寶都不在，行裡只有三名伙記，都是認得杜月笙的，連連躬身叫「月笙哥」。蘇三泉現在確是煙業的行家裡手，跟在范回春的後面點貨清帳。

范回春照著進貨價，一箱小土報價二千五百銀洋，蘇三泉立即打斷他：「沒有這麼高，進貨價最多二千二百銀洋！」

「唉呀！」范回春大叫起來，「帳上是這樣寫著的啊！」

「那是你受騙了！」蘇三泉說得肯定，「你自己外行，被進貨的人騙了！我在福嘉土行做了這麼多年，昨天才進過貨，這種小土一箱便是二千二百銀洋！」

「那，那……」范回春張口結舌，說不出話來，因為他確是外行，是怡生和范長寶進的貨，他只是記帳。而如果照蘇三泉的計價，那他就是白虧三百銀洋。

「那什麼！」芮慶榮瞪著他那雙狼眼撲上來，「你自己上了人家的當，難道要月笙哥來幫你頂數嗎！」話音剛落，顧嘉棠、葉綽山等人也圍上來，一個個凶神惡煞，江肇銘猛地從腰間拔出支左輪來，朝八仙桌上一拍：「觸那！月笙哥幫你頂了這藥行是多大的面子！還要討價還價！觸那！」

兩聲觸那罵得范回春雙眼發直，哪還敢反駁。范開泰雖是青幫人物，史金繡雖是曾名噪一時的十姐妹的老三，但還從未見過這樣的陣仗，坐在椅子上，愣著眼，一時間像反應不過來，倒是杜月笙臉色輕鬆，給范開泰斟茶：「開泰哥，請喝茶，生意上的事，由這些晚輩慢慢商量得了。」

小腳阿娥也給史金繡斟茶：「金繡姐，這藥行看來真的做不下去呢！你看，回春老弟就這樣被人騙了！」范回春也確信自己受騙了，眼前的氣氛告訴他，他只能承認自己受騙了，然後是自認倒霉。結果，當全部帳、貨結清，蘇三泉算出的買價只是他投資額的八折左右。

杜月笙根本不容范回春說話，隨口就叫聲：「好！」銀票從懷中掏出，很客氣地塞進范回春手裡，然後又很客氣地向范開泰和史金繡拱拱手：「生意作成，皆大歡喜。三位請到春風得意樓晚宴，小弟做東！」

范開泰明知吃虧，但不敢哼聲：看著回春藥行就這樣被吞了，只能愣著眼，現在一聽杜月笙要請自己晚宴，那可不願意去，連忙拱手：「月笙哥客氣了，我們還得趕著回去！」看看鼓著眼的史金繡、直著眼的范回春，「我們走吧！」

三人出了門，史金繡仍鼓著眼。她氣哪！很明顯，現在杜月笙是「硬吃」了回春行，她開始懷疑闊嘴巴怡生與范長寶是否要綁他們的票，還是杜月笙自己搗的鬼，但剛才面對那幫煞星，想法跟范開泰差不多，也就不敢哼聲。現在出了門，一揮手正要開聲大罵：「你這個杜瘟神！你這個小腳婆娘！」卻被范開泰拉著手肘：「算了算了，就當破財擋災吧！就當破財擋災吧！」

范回春的臉色還未恢復正常，嘴唇還有點抖：「是，是，二，二嬸，就當破……」話未說完，突然聽到遠處傳來一聲大叫：「開泰哥！回春！」抬頭一看，范回春的眼又直了：闊嘴巴怡生、范長寶與幾個手下剛好拐出前面街角，正風風火火朝自己走來。

「回春，我們正要找你！」范長寶衝到范回春面前，一看這小子臉色不對，「發生了什麼事？」

范回春恨不得轉頭就跑，他確實害怕被人綁票，覺得還是立即避開這伙人為上，嘴唇便抖起來：「長，長寶哥，我，我把回春藥行讓，讓給杜月笙了，以後不要來找我了！」說完拉著范開泰和史金繡就走。

史金繡突然湧起一種查證事實的衝動，但她還未開口，就被范回春和范開泰拉開向前走，范開泰還不忘高聲道：「長寶哥，回春藥行現在是杜月笙的了！跟我們沒關係了！」

范長寶與怡生看著這三人惶惶如喪家之犬，落荒而逃，不覺都一下傻了眼，怡生大叫：「回春！怎麼賣了藥行給杜月笙！」拔腿就要追，猛聽後面有人大叫：「怡生哥！長寶哥！」回頭一看，是以前的難兄難弟馬祥生，後面跟著江肇銘、顧嘉棠等人。

「各位兄弟怎麼在這……？」怡生與范長寶拱拱手。

「月笙哥剛買了回春行，現在行裡，要我們來叫兩位去共商大計。」馬祥生滿臉笑容。怡生與范長寶顯然有點不知所措，還未作出反應，就已被眾人又拍肩頭又拉手肘的一齊進了回春行。

杜月笙滿臉笑容，拱手相迎：「怡生哥、長寶哥！久違久違！想不到我們又在一起走江湖了！」

怡生、長寶拱手還禮：「月，月笙哥。」臉上可絲毫沒有高興的樣，冷著臉，愣著眼，看著眼前這個兩年前的「大哥」，心中猛叫苦也。

其實，杜月笙並沒有冤枉這兩個流氓，他倆確是想把范回春擠出回春行，把這土行吞了，只是時機未成熟，錢還未賺夠。銀洋一夠，便可動手。現在杜月笙買了回春行，他倆知道這諸葛亮的精明，原來計劃好的一切，就全都付諸東流了。杜月笙看著他倆這模樣，心中嘿嘿冷笑。

回春行就這樣易了主人，隨後「回春行」的招牌也換成了「永亨記」。怡生與范長寶則從小半個股東成了給杜月笙打工的了。不過杜月笙並不親自經營這藥行，而是讓蘇三泉來當經理。怡、范兩人可不能像騙范回春那樣來騙蘇三泉，因為蘇三泉是煙業的行家裡手，進貨出貨親力親為，他倆也知道杜月笙是三泉的救命恩人，蘇對杜是忠心耿耿，對他是耍不得花槍，於是就只能跟在芮慶榮、葉綽山等人的後面，其職責主要是押貨的。杜月笙給這幫手下的「俸祿」不算少，但回想前幾個月跟范回春「合資經營」時的收入，就不覺心中來氣。

范長寶曾提出乾脆退出永亨記算了，怡生沉默了一會，一張那副闊嘴巴：「不！我們不幹了那不是等於白益了萊陽梨！每個月要他一份俸祿也好！」

暫不說怡、范二人心懷不滿，且說現在杜月笙手中掌握了兩間土行，若照常規「經營」，不出被人劫土的意外，本也足夠利潤豐厚的了，但這流氓頭要在「常規」外還想攫取更大的利潤，那就是做無本生利的生意：反過來去劫土——劫了別人的煙土來在自己的土行批發零售。他不去英租界劫土，因為那裡有沈杏山為首的大八股黨；也不在法租界劫土，免得跟黃金榮及其手下巡捕發生衝突。他要充分利用自己掌握的南碼頭——在南碼頭對出的黃浦江面採取行動。不過劫土終歸是明火執杖的冒險勾當，難免有兄弟受傷甚至傷重致死，況且要消息準確，因此並非時時可為的。這天吃過晚飯，杜月笙在金福里家中後間密室裡又開了賭台——這傢伙從做癟三到做流氓頭，再到做商界大亨、海上聞人、黨國要人，都改不了癡賭的習性——與顧嘉棠、江肇銘、馬祥生等手下幹將正賭得不亦樂乎，突然何野鯉走進來。

很多人癡賭，一上了賭台就會連父親的姓氏都忘了，杜月笙卻有個「克制」的本事。他一看何野鯉進來，就知有要事，斜這手下一眼，隨即把手中紙牌往桌上一放。這是「暫停」的信號，其他人也隨即把手中紙牌放下。

何野鯉走過來，躬躬身：「月笙哥，聽說明天有一大批貨經過南碼頭。」

「是嗎？」杜月笙笑笑，離開賭台，坐回牆邊的太師椅上，「坐，阿野，喝茶。消息可靠嗎？」

「這是我用十個銀洋買回來的情報，準確性至少在七成半以上。」何野鯉說得十分認真，「那是一艘從杭州方向來的大貨船，船頭桅桿上掛一盞風燈，風燈旁邊綁著一小面紅色的小三角旗。」

「好！有特徵！花十個銀洋，值！」杜月笙微笑著，對恭恭敬敬地站在自己身旁的萬木林一揮手，「木林，拿張十元銀洋的票子給阿野。」

萬木林應聲是，轉身出去，聽馬祥生很誠懇地道：「阿野，這回可別像上次那樣，白傷了一個兄弟啊。」

何野鯉跟馬祥生關係不錯，知道他不是要說自己，便道：「上次的意外，實在是范長寶的責任，他一上船就被人發現了！還帶頭逃跑！」

「往事不必追究了！」杜月笙右手輕輕拍拍太師椅的扶手，「明天變個法子。」

這時萬木林從帳房裡拿了張票子來，何野鯉躬躬身接過，低聲問：「有什麼新招？」

「你明天雇一艘機動船，要裝得上我們十來個兄弟的，在碼頭等著。我們大家一起來做回偵探！哈哈！那就不管他船上有貨沒貨，也不會傷著自己的兄弟了！」杜月笙得意洋洋的一揮手，「可惜，這種法子只能來一兩次，以後就不靈了！不過，以後的事以後再說吧，明天先撈它一票再說！」

眾人一聽，高聲叫好。一個說月笙哥果然是諸葛亮，一個說月笙哥的軍師爺名不虛傳。當時是誰也沒想到，這回搞出件大事來了。

第六十八章　尋嫌隙突起內訌

第二天黃昏，火紅的夏日慢慢沉下地平線，西方天空一片絢爛的晚霞，映照在黃浦江上，泛出萬點鱗光；浦西的十里洋場開始從晚飯時間的平靜轉到入夜後的騷動。杜月笙和他十來個手下幹將在南碼頭貨棧已等了一兩個鐘頭。何野鯉看著江面上船隻漸少，心中不覺越來越煩躁，暗裡大罵那個來向他出賣情報的癟三朋友：「高佬金！你這小子若胡說八道，休想白拿我十個銀洋！看我明天不到你的燕子窠找你小子算帳！」

「阿野，你這情報到底是真是假？」江肇銘顯得頗不耐煩。這宣統皇帝今天穿了長衫皮鞋，覺得渾身不痛快，現在是第二次發問了。何野鯉愣著。

倒是杜月笙頗有「大哥」風度，對江肇銘一擺手：「阿銘，看著南面，不要急躁。」再沒人哼聲。又過了一會，站在江邊舉著望遠鏡的顧嘉棠突然回過頭來，一招手：「月笙哥，來了！」一艘大貨船從南面急速駛來，望遠鏡裡看得清楚，船頭桅桿上果然掛了一盞風燈，風燈旁邊綁著一面紅色的小三角旗。

杜月笙輕輕按按貼在上唇的八字鬚，冷笑兩聲，回頭對著眾人一揮手：「上船！按計劃行事！」眾人應聲：「是！」走向碼頭。

袁珊寶留在源利俱樂部沒來。馬世奇是害怕動刀動槍的，就留守貨棧，隨時準備指揮南碼頭的幾個手下接應。杜月笙領頭上了船，後面跟著小八股黨中的七個、江肇銘、馬祥生、何野鯉、闊嘴巴怡生和范長寶，一共十三人，一些穿工裝，一些穿長衫，一些穿布鞋，一些穿皮鞋。相同的是個個頭上一頂氈帽，有新有舊；腰間都別了一支短槍，外衣遮著。

杜月笙又把如何「行事」說了一遍，他算準了時間，一聲令下：「開船！」這艘機動船便向江中駛去。這時那艘大貨船正全速前進，差不多到了南碼頭對出的水面，哪料到突然從碼頭殺出這艘船來，直衝到江心，驀地停下，打了兩個轉，似乎是有意攔住去路。貨船老大一看，不覺大怒，走出來站在船頭，高聲大叫：「讓開！讓開！」船速則不得不同時減慢下來。

杜月笙也是站在船頭，但他面向著船老大，不哼聲；其他人安閒地坐著，也不哼聲。當大貨船慢慢靠近過來，杜月笙才雙手一拱，大聲應答船老大一連串的暴喝：「老大，我們的船機器壞了，還穿了個大洞，請行個方便！」

船老大看這青年人一襲長衫，戴著金絲眼鏡，八字髫鬚，像個商家模樣，不覺怔了怔，還未答話，兩船已慢慢靠到一起。范長寶看準時機，雙腳一蹬，左手一撐，便上了貨船。船老大一看，大叫：「你……」下面的話未說出來，范長寶手中的左輪已直指他的面：「我們是偵探！停船檢查！」

這時杜月笙等人已接二連三跳上貨船來——除了何野鯉留在船上，那部柴油發動機在碰碰碰的響——個個手中持一支短槍，直指貨船上的其他水手，連聲暴喝：「不准動！」三幾個已衝進艙裡。當時艙裡正在開賭台。除了三幾個水手外，還有三個別了短槍的便衣巡捕，其中一個中等身材，體魄健碩，名叫金廷蓀，是在黃金榮的手下當包打聽，這次是奉黃的命令帶著兩名手下押運煙土；他本來身手不錯，但卻賭迷了，葉綽山、芮慶榮和闊嘴巴怡生提著槍衝進來大喝一聲：「不准動！」這金廷蓀才算清醒過來，拔槍已來不及，只好愣著眼，乖乖就範。由始至終，無人反抗。

這時杜月笙已施施然走到船老大的面前，左輪手槍在右手食指上打了三個轉，左手拍拍船老大的肩頭：「老大，本局收到密報，說你這條船上藏有違禁品——煙土，局座下令嚴加搜查。我做科頭的，不得不聽上鋒的命令，現在是帶了兄弟來執行公務。」

船老大目瞪口呆，腦中一片混亂。他萬沒料到自己這艘要進法租界的船卻會遭到華界偵探的搜查，而負責「押貨」的那三個法租界巡捕，平時在馬路巡邏時是多麼耀武揚威，現在卻是槍還未拔出，就已被人用槍指著，連動也不敢動。心中猛叫苦也，這回看來是完了！

杜月笙陰陰地笑，讓這船老大發愣了有三幾分鐘，又道：「不過，大家都是吃江湖飯的，我也不會做絕了，但我必須向上頭交差。老大，你叫手下把煙土拿出來，那就一了百了。最好別讓我們動手，否則搜出來，那就整艘船扣押，你的罪不輕。」

這時，顧嘉棠等人已把船上所有人都押到船頭來。金廷蓀及兩個手下巡捕的槍已被繳了，就只能耷拉著腦袋，不敢反抗。不過，顧嘉棠等人確實沒有搜船，這是杜月笙事前一再吩咐的。船老大確信大勢已去了，任何抵抗都將無濟於事；而船艙裡的煙土又實在不難被搜出來，對著杜月笙便躬了兩躬身：「大，大哥，是不是把煙土拿出來就……」

「沒錯！」杜月笙一揮手，「我說到做到！你把煙土拿出來，我就可以交差。各行各路！」

「那多，多謝大，大哥！」船老大又躬了兩躬身。這條船是他的命根，如果煙土被這伙「偵探」搜出來——肯定會被搜出來的——就要扣押這條船，那等於要他的命；但若只是失土，他可不必負主責：只是代運，嫌筆運費，押運的是三個巡捕，現在是巡捕失手，他最多不收運費。想到這裡，一別頭，也不看那三個巡捕已嚇得灰白的臉色，對一個高高大大的水手道：「黃九，你和阿豪去把那些煙土搬出來！」

杜月笙看一眼顧嘉棠與江肇銘：「你倆跟著。」

用不多久，一共十箱小土就疊在了船頭。杜月笙把手中左輪一擺：「各位請進船艙去。」幾條槍指著，哪個敢不從。這邊船老大、眾水手和三個巡捕被「押進」船艙，那邊十箱小土已搬下了機動船。杜月笙看艙門已關，揮手要顧嘉棠等人下船，自己最後一個跳下，同時喝一聲：「開船！」

回到南碼頭時，天剛黑盡，江心的那艘大貨船也動起來了，向北駛去，船頭的那盞風燈映著江水顯得是那樣的冷清孤單。

約半小時後，大貨船在十六鋪碼頭泊岸，杭州阿發率領手下數十流氓地痞早已在等候接貨，卻見金廷蓀與兩個巡捕押著那個船老大走下船來，船老大大叫冤枉，徒勞掙扎。阿發走上前問了情況，一聽煙土全部被華界偵探收繳，大吃一驚，一把抓住船老大的胸口：「觸那！去見黃探長！」

原來準備來裝十箱煙土的馬車現在載著阿發、船老大和三個巡捕直奔八仙橋同孚里。這時黃金榮在公館後間猛抽雪茄，程聞站在他旁邊，默默無言。他知道黃金榮現在是心急如焚，因為如無意外，十箱煙土應該已從後門進了黃公館，現在卻一點消息沒有；不過這師爺知道勸也沒用，便乾脆垂手恭立，一聲不哼。整支大雪茄抽完，黃金榮把煙頭往煙缸裡用力一撳，拿起茶杯正要喝口參茶，阿七急步走進來：「黃探長，金廷蓀他們回來了！」

「要他們進來！」黃金榮一揮手。

金廷蓀扯住船老大的胸口幾乎是應聲而入：「黃探長，是這禹老頭把煙土交給了劫匪！」其他兩個巡捕和阿發隨後跟進，同時叫一聲：「黃探長！」

「黃探長，冤枉啊！」船老大叫得幾乎是聲嘶力竭，雙腿發軟，撲通一聲便跪了下去。

黃金榮一步上前，右手一揚，就要給這船老大一記耳光。程聞一把拉住：「黃老闆，暫且息怒，聽他說。」語氣重在那個「他」字上。

黃金榮看程聞一眼，一甩手，氣呼呼一屁股坐回大交椅上，對著船老大一聲喝：「說！」再掃一眼金廷蓀等人，「你們不得插嘴！」

禹老頭先叩了一個頭：「多，多謝黃探長！」抖著嘴唇，把整個被劫經過說了一遍，末了又連叩了三個頭：「黃探長，金大哥和另外兩位兄弟拿著槍都打不過那幫華界的偵探，您要我這個老頭怎麼保得住那十箱小土啊！」

黃金榮對著金廷蓀等人又是一聲怒喝：「觸那娘！飯桶！」

這伙手下於是又耷拉著腦袋，嘴唇動了兩下：「是，是。飯桶，飯桶。」不敢反駁。

禹老頭心中鬆了口氣，又叩一個頭：「黃探長，這次被劫實屬意外。我禹老頭就把運費的定金退還給黃探長。」

黃金榮像沒聽見，慢慢喝茶，過了大約五分鐘，突然把茶杯往幾上重重一放，怒喝道：「禹老頭！你以為這樣就算了？十箱小土你知不知道是多少價？把你全副身家賣了都不夠數！」右手一拍茶几，「好了！就把你的船和貨都賣了抵償！」

「黃探長！你不能夠這樣……！」禹老頭悲慘的哀叫，不過他還未叫完，黃金榮已對金廷蓀等人一揮手：「帶他出去！」

禹老頭一邊哀求一邊被拖了出去，程聞一步跨出門外：「阿發，你們在大廳等著！」返身回到房裡，對著滿臉怒容的黃金榮哈哈腰：「黃老闆，不能這樣做。」

「為什麼！」黃金榮瞪他一眼，「賣了他的船他的貨，這禹老頭能對我黃某人怎樣？」

「黃老闆，他不能動您一根汗毛，但這樣做，黃老闆您卻得不償失。」

「什麼得不償失？」

「黃老闆您想想，禹老頭他一下子幾乎成了窮光蛋，哪會就這樣忍氣吞聲？肯定要把這件事在江湖上亂說，在行家裡亂說，哪怕黃老闆你警告他，說要殺了他，他也會冒死亂說，那黃老闆的名聲就毀損得厲害啊！還有，以後船家都不敢為黃公館運貨了，誰還敢冒這個傾家蕩產的險啊？這是一筆很大的損失呢！黃老闆，禹老頭的船和貨不夠抵償每月所收到的保運費的。」

黃金榮歷來對錢財的態度是只進不出，剛才又是在怒髮衝冠之際，一氣之下就要禹老頭抵帳，現在怒氣慢慢降下來，不得不承認程聞這番話說得在理。但難道就這樣要自己填出來？那可是二萬銀洋的貨啊！一這樣想就覺得是挖心掏肝般的痛。

黃金榮這回不好賴帳，因為他這次保運的貨是隆吉記土行的。隆吉記的老闆是整個上海灘煙業中赫赫有名的李隆吉。這個大毒販除了開設隆吉記土行外，還經營七間煙館。

黃金榮不想跟潮州煙幫發生衝突，因為這肯定會危及到他的探長地位，那他就要賠償金。想了一會，看一眼程聞：「阿聞，那你說怎麼辦？難道要我黃某人賠李隆吉二萬銀洋？」

「我不相信行劫的是華界警局的偵探，」程聞不直接回答黃金榮的問題，「因為如果有偵探查船，南市警局偵緝科梁科長一定會跟我打招呼的，他不會白拿黃公館的銀洋。我懷疑這是江湖上某路人馬做的。」

「是又怎麼樣？」黃金榮又瞪眼，「不管哪路人馬搶了土，誰也不會願意交出來的！」

「這也不一定。」程聞笑笑，「叫金廷蓀他們三人進來，要他們好好回憶一下，有沒有劫匪是曾經見過面的。一步步來。」

「我現在一肚火，你去問他們。」黃金榮一擺手。

程聞躬身應聲：「是。」轉身出去。過了大約半個鐘頭，興沖沖回來：「黃老闆，有眉目了。」

「誰幹的？」黃金榮蹦地從那張鴉片煙床上坐起來。

「金廷蓀他們說，那時天漸黑下來，而那些偵探全都戴氈帽，大多都長鬍子，戴眼鏡，極可能是化了裝，看得不大清楚。幸好金廷蓀現在回憶起，這些人中有一個很可能是四大金剛之一。幾年前黃老闆您還未讓廷蓀當三光碼子時，他在租界過了三兩年馬路浪蕩的生活，舐碗盞拋銅錢臥街路，十足一個小癟三。那時候他相識了一個人，綽號叫『小花園』，後來才知道，此人就是四大金剛之一，不過後來就沒來往了……。」

「廢話少說，小花園是誰？」黃金榮一擺手。

「小花園就是顧嘉棠。因為他以前做過哈同花園的花匠。」

「金廷蓀覺得劫匪中有一個可能是顧嘉棠？」

「正是。」

「顧嘉棠現在哪裡？」

「就我所知，他現在是杜月笙的得力手下！」程聞笑笑，「杜月笙讓他當福嘉土行的經理。」

黃金榮一愣，嘴裡就低聲罵了一句：「這小赤佬？」

兩人沉默了一會，程聞道：「黃老闆，顧嘉棠是杜月笙的兄弟，南碼頭是杜月笙的地盤，敢在南碼頭開船出黃浦江攔劫的，只有杜月笙；有十多條槍又夠膽假扮偵探並且做得如此嚴密的，大概也只有杜月笙。這小赤佬是您提攜的，我去找他，讓他把十箱煙土送回來。」

「二萬銀洋啊，他會承認？」黃金榮皺眉頭，語氣中透著無奈，「他肯？」

「只要是他幹的，憑我程某人三寸不爛之舌，我相信有辦法勸他把煙土送回來！」程聞說得肯定。他覺得自己比黃金榮更瞭解杜月笙，他確信杜月笙野心勃勃，並不會因為劫了兩萬銀洋就心滿決足，死抱住不放；為了將來的更大發展，這小赤佬寧願忍痛割愛，也不會得罪黃金榮。

「你現在就去找他？」

「對，我現在就去找他。免得他萬一把煙土出手，就難辦了。」

「那好，」黃金榮想了想，對著這個親信師爺一揮手，「你若有本事叫杜月笙把十箱小土送回來，你就去帳房領一千銀洋去花！」

「多謝黃老闆！」程聞一拱手，轉身出去。

這時杜月笙正坐在永亨記藥行後間的大交椅上，眼前是一張特大圓桌，桌面上擺了豐盛的美酒佳餚，與眾手下舉杯慶祝。這酒宴早在還未行劫時就準備好了的，到現在則已吃了一個多鐘頭。開始時看著地上那十箱小土，這伙白相人可謂興高采烈。顧嘉棠一腳踩到交椅上，大讚杜月笙足智多謀，不費一槍一彈就大獲全勝，果真是諸葛亮再世。其他人立即一齊向杜月笙豎大拇指，吵吵嚷嚷的叫：「月笙哥，諸葛亮！當代英雄！」

杜月笙心中得意，微微含笑，任由這伙手下大大稱讚了一番，才慢慢站起來，手中杯往上一舉：「各位兄弟過獎了！這回大獲全勝，實在是有賴各位兄弟同心協力，才得以馬到功成！來來來！乾！不醉無歸！」立即響起一片杯碗相碰之聲，和著「乾！乾！不醉無歸！」的大叫。盛夏天時，幾杯下酒，不覺臉紅耳熱，原來穿著的長衫早已脫得乾淨，現在更只剩下一條底褲，隨後又彼此猜起拳來：「十啦九，五啦八啦！」吵嘈得震耳；看那杜月笙，卻顯得斯文，慢慢的喝酒，臉上掛著微微的笑，上身那件短褂，儘管已浸了大片汗水，始終沒有脫下來。

這傢伙在心中盤算著這回該有多少的進帳，該如何打賞這伙手下，突然看見怡生與范長寶舉著酒杯朝自己走來，幾步就來到面前，兩人的臉都紅得如關公再世。

怡生大嘴巴一張，高叫道：「月笙哥，你，你足智多謀，我和長寶哥敬你一杯！」

杜月笙微笑著站起來，手中杯往前一碰：「乾！」

范長寶與怡生仰頭一飲而盡，臉更紅了。范長寶用手肘一抹嘴，再一把抓住杜月笙的手臂，高叫道：「月笙哥，這回發了大財，各位兄弟該分個多少？」

杜月笙當場一愣。以前怡生與范長寶不是杜月笙的手下時，他倆參與劫土，若劫成的話，杜月笙一般會給予他倆所劫得的煙土價值的十分之一的打賞。但現在他倆是杜月笙的手下，而杜月笙打賞手下的歷來做法是絕不公開進行，而是暗中分派，以免引起彼此不愉快。現在兩人乘著酒興，猛地提出要「分成」，真叫杜月笙一時有點手足無措。

杜月笙腦中猛打轉，臉上的微笑卻沒有消失，手中杯向上舉了舉，慢慢喝一口，以緩和一下氣氛，拖延一下時間。顧嘉棠就在旁邊，突然衝過來。他的臉不是紅，而是青。他覺得怡生與范長寶現在提出這個問題是有意給月笙哥為難，他要來解圍，衝過來一手搭上范長寶肩頭上，正要罵一聲：「觸那！」如果他這一聲罵出來，這伙流氓肯定要演出一場全武行，杜月笙真不知如何收場，哪料顧嘉棠的手剛搭在范長寶的肩上，「觸那！」還未叫出，門口處突然有人大叫一聲：「月笙哥！」

全場驀地靜下來。杜月笙當時心中正在發急，一聽這聲叫，別頭一看，原來是萬木林，氣喘吁吁，看來是跑了來的，不覺暗吃一驚，兩步走過去：「木林，發生了什麼事？」

萬木林緩了兩口氣，道：「月笙哥，程聞來金福里找你，說有急事，要馬上見你！」

「程聞？」杜月笙暗吃一驚，「什麼急事？」

「他，他沒說，」萬木林木頭木腦，「只說有急事要找月笙哥你商量。」

「那好。」杜月笙轉過頭，對眾手下大叫一聲：「我有急事先回金福里，各位盡興，不醉無歸！」轉身出門，攔了一輛黃包車：「去金福里！」

程聞在金福里杜宅等得有點心急，現在一看杜月笙急步而入，連忙起身，拱手上前相迎：「唉呀！月笙，你叫人好找啊！」

「程先生光臨寒舍，有失遠迎，恕罪恕罪！」杜月笙又把從說書人那裡聽來的江湖話抖出來。

兩人落座，程聞微笑著舉舉茶杯：「月笙，你今晚發了大財，可黃老闆就慘了。」

「什麼?」杜月笙一愣，暗吃一驚。

「你今晚在南碼頭江面劫了的十箱煙土，」程聞不愧是師爺，直視杜月笙的眼睛，話說得並不急，「是隆吉記跟黃老闆投了保的。」笑了笑，「你貼了鬍子戴了眼鏡，不過月笙你是名人啊，被黃老闆手下押運的巡捕認出來了。」

整個客廳立時陷入一片沉默。萬木林就木木地站著，程聞仍看著杜月笙，而杜月笙在慢慢喝茶。過了一會，杜月笙臉帶微笑：「不知程先生有什麼指教?」

「月笙你是諸葛亮啊，一定明白不可因小失大的道理。」程聞說得很輕鬆，「其餘的也就不必說了。」又是一陣沉默。

過了約三分鐘，杜月笙拱拱手：「請程先生回報黃老闆，就說我一會就把十箱小土送回去。」

「好！」程聞起身還了一禮，「月笙，越快越好！」

不過杜月笙實際上並不能「一會」就送回去，因為永亨記出了事。

他送走了程聞，回到永亨記，這時已近深夜。來開門的是蘇三泉，一見杜月笙回來了，叫道：「杜先生!你去看看，打起來了!」

「什麼?誰跟誰打?」杜月笙一邊急步向後間走，一邊問。

「你走後，大家繼續喝酒，不一會，顧嘉棠就跟范長寶打起來，然後，怡生又跟芮慶榮打，幸好現在大家勸開了。」

蘇三泉說完，杜月笙已走到後間密室的門口，聽到馬祥生一聲暴喝：「大家兄弟，吵什麼，打什麼！一切等月笙哥回來再說！」跨步進去，雙眼一掃，只見顧嘉棠、芮慶榮與范長寶、怡生各站一邊，彼此怒目而視，范長寶還猛灌了一口酒。江肇銘、馬祥生、何野鯉等人在拉住雙方勸架。一看杜月笙進來，幾個人同時叫了聲：「月笙哥。」

杜月笙明白雙方打鬥的原因。心中暗暗稱讚顧嘉棠：「果然好兄弟！」但臉上沒表示出來。杜月笙目視正一齊望向自己的眾手下，高聲道：「各位兄弟，大家以和為貴。一切暫時的撇開別說了！黃公館程聞程師爺剛才找我，」右手一指那十箱煙土，「這些貨原來是由黃探長保運的，我們是大水沖了龍王廟了！」

「什麼？黃探長保運的？」顧嘉棠等人一同發出驚叫，江肇銘蹦地跳起來：「月笙哥，是不是程聞亂說？」

「不，那是實話。我們在船上繳了三支短槍，那三個人就是黃探長手下的巡捕，是當押運的。儘管我們化了裝，但還是被他們認出來了。回報黃探長，黃探長就叫程聞來找我。」

「認出了我們又怎樣！他們有什麼證據？」范長寶啪的一聲把酒杯往桌上重重一放，大叫道，「黃金榮又不是我們的大哥，難道要我們把貨還給他！」

「長寶哥說得對！」怡生神情甚是激憤，「觸那！難道要我們把貨還給他！」

「各位兄弟，」杜月笙瞟這兩人一眼，再看看眾人，「我們要在法租界立足，發達，就不能得罪黃探長。十箱小土固然價值不小，但若得罪了黃探長，那就會因小失大。」右手一拍身旁的茶几，「我們以後要在上海灘做大亨，十箱小土算得什麼！所以，我決定把這十箱小土全部交還黃探長，跟他說了，下不為例！」說到這裡，目光炯炯，「各位認為如何？」出現了短暫的沉默。

杜月笙這樣做，分明侵害了這伙流氓的利益，但這伙流氓以後若要繼續跟隨杜月笙在法租界橫行，那就不得不聽這大哥的話；除非你自己要獨立門戶。

「月笙哥，我們聽你的！」顧嘉棠右手一舉，首先叫起來。

「對！月笙哥你決定！」馬祥生也跟著大叫，看大家一眼，「十箱土，分開給各位兄弟，能有多少？若得罪黃探長，以後的損失又豈止一千幾百銀洋？以後日子長啦！這次把貨還給黃探長，下不為例！」

「什麼叫下不為例？」江肇銘低聲問。

「下不為例就是下次我們如果再劫了投保黃探長的煙土，就不再歸還。」蘇三泉道。

「那好！下不為例！」江肇銘雙腳一蹬跳到了大交椅上，「月笙哥！那就……」

「不能還給黃金榮！」江肇銘的話未說完，范長寶突然大叫起來，「一千幾百銀洋啊！哪裡去找？以後劫土哪還有這麼順利！江湖規矩，誰搶到的歸誰！管他黃探長綠探長！」

「對！要按江湖規矩辦！誰搶到的歸誰！」怡生猛灌一口酒，「啪！」酒杯拍在桌上，「我們用命搶回來的東西怎可以白白送人！我不做這個人情！」

顧嘉棠幾乎要衝過來：「觸那！你們怎能夠跟月笙哥作對！」

杜月笙一把攔住顧嘉棠：「嘉棠哥，不必發火。」掃一眼眾人，「還有誰反對把十箱小土歸還黃探長的？」眾人面面相覷，不過沒人哼聲。

杜月笙右手指向范長寶和怡生：「現在就你兩位反對。那好，我就來跟你倆算算帳。今次行動，一共十三人，得土十箱，平均每人大半箱，現在你倆把一箱半拿去，拿了，以後就各走各路！」

怡生與范長寶你眼望我眼，沉默了約半分鐘，范長寶向杜月笙一抱拳：「好！那就各走各路！」

「嘿嘿！」杜月笙冷笑兩聲，看一眼蘇三泉，「你去開箱，拿一半出來，讓他把一箱半拿走！」

這是很容易的事。不過十分鐘時間，怡生扛了一箱，范長寶抱了半箱出門。杜月笙臉上掛著冷笑，顧嘉棠等人則是怒目圓睜，送他倆出去。怡生一步跨出大門，還不忘回頭瞪顧嘉棠一眼：「各走各路！以後不受你們的烏龜氣！」

氣得顧嘉棠就要衝過去，卻聽杜月笙沉聲一喝：「關門！」

門關上。大家回到後間，杜月笙向蘇三泉打個眼色，蘇三泉便從懷中掏出十張百元銀票，分發給馬祥生、何野鯉、江肇銘、顧嘉棠等共十人。眾人接過，一齊看著杜月笙。

杜月笙很輕鬆地拱拱手：「各位兄弟，這回劫土，得而復失，但我不會讓各位兄弟白做。這裡百元銀票，各位拿去快活！」

「多謝月笙哥！」眾人異口同聲。

「三泉你留在行裡，現在各位就跟我一起把八箱半小土送還黃公館！」

杜月笙把手一揮，「走吧！」

第六十九章　兄弟情誼一朝喪

這時已是夜深。十一條漢子押著輛馬車來到黃公館的後門。程聞站在那裡已等候多時，幾乎望眼欲穿。現在一見杜月笙大步走來，那懸著的心才算歸復原位，迎上前一拱手，再向後一招手，立即出來阿七、阿衡等十條八條漢子，把馬車上的煙土全搬了進去。不足十分鐘的時間，做得可謂無聲無息。

杜月笙拍拍馬祥生和顧嘉棠的肩頭：「你倆跟我進去見黃探長。」回頭向其他手下一揮手，「各位兄弟請回吧！」程聞領頭向裡走，杜月笙在馬祥生耳邊低聲吩咐了幾句。

這時黃金榮坐在大交椅上，得報杜月笙已把煙土送來，立時一副心滿意足的模樣。當程聞回報杜月笙一會就把十箱煙土送回來時，他高興得哈哈大笑：「這小赤佬果然是我黃公館的門杜！」不過等到半夜還不見來，又有點心急了，以為杜月笙變卦。現在看見程聞領著杜月笙躬身走進來，不覺起身相迎：「哈哈！月笙，果然來了！」

「月笙從來不會對黃老闆失信啊！」杜月笙拱拱手，馬祥生不必介紹了，右手一伸，把顧嘉棠介紹給黃金榮。

顧嘉棠對著這大把頭就是深深一揖：「晚輩顧嘉棠拜見黃老闆！」

「哈哈！四大金剛之首，名不虛傳。」黃金榮看這顧嘉棠，身材雖不高，卻是壯實，顯然是習武之人；豹頭環眼似的，樣子夠凶猛，咧開大嘴便讚了一句，順口又說句，「坐坐！」別頭看一眼馬祥生，「祥生啊，好久沒來看看我黃老闆啦？」

馬祥生跟著杜月笙進來時已打躬作揖，現在又一次打躬作揖：「黃老闆好！」

各自落座，客套話說了幾句，黃金榮把嘴裡的雪茄拿出來，哈哈一笑：「月笙，扮偵探行事，果然高招啊！」

杜月笙神色莊重，起身拱拱手：「黃老闆見笑。這次不知是黃老闆保的貨，多有得罪，請黃老闆見諒。」

「哪裡話！」黃金榮一擺手，臉上的笑倒也真誠，「這樣的事下不為例！」

「這正是眾兄弟的心意！」馬祥生一拱手。

黃金榮愣了愣。他「下不為例」的意思是你們以後別再劫向我投了保的貨，而馬祥生應的這句話顯然不是這樣，正要開口，卻聽杜月笙道：「黃老闆，現在送回來的是八箱半小土，不是十箱。」

「為什麼？」黃金榮又一愣，瞪著杜月笙，「難道……？」

「手下有兄弟不同意歸還，寧願跟我反面也不同意歸還。」杜月笙回視著黃金榮，「我只有得罪了手下的兄弟。」

「是這樣的，黃老闆。」馬祥生記得杜月笙剛才的吩咐，未等黃金榮開口，自己立即接口道，「是闊嘴巴怡生和范長寶把一箱半小土強行要去。」把經過略說了幾句，「他倆明知是黃老闆的貨，也寧願跟月笙哥反面，硬是要去，現在是毫無兄弟情誼了！」

「所以，」杜月笙不失時機，立即接口，「黃老闆若想要回那一箱半小土，就只能問怡生和范長寶了。我現在跟他倆已是毫無瓜葛。」

「觸那娘！」黃金榮金魚眼圓睜，一聲怒罵。他本來還想罵：「這兩人不聽大哥的話，是破壞江湖規矩，應該教訓教訓！」一想還是沒有罵出來，因為他要人歸還已劫得的煙土，本身就是破壞江湖規矩。於是轉了口：「這個闊嘴巴和范長寶在哪裡？」

「他倆在法租界十六鋪協興街橫濱里開了間賭檔，招牌『順發』，生意不錯。」

杜月笙說得似乎輕描淡寫，但他知道這已經夠了；站起來，向黃金榮拱拱手：「黃老闆，我還有事要做，改日再來侍候爺叔。」躬躬身，「多謝黃老闆體諒我的難處，剛才說了下不為例，這樣我就好向手下的兄弟交代了。」

馬祥生與顧嘉棠已同時站起來，向黃金榮拱手作別。黃金榮也不挽留，說了兩聲好好，一揮手：「阿聞送客。」

程聞做個請的手勢，送杜、馬、顧三人出了後門，再回到後間密室，只見黃金榮坐在大交椅上閉目養神，眼睛沒睜開，那個大嘴卻突然開了：「阿聞，月笙說以後下不為例，是什麼意思？」

程聞哈哈腰：「他的意思是，他這回送還小土，得罪了手下的兄弟，下次就再不能這樣做了，請黃老闆體諒。也就是說，以後他若再劫了投保黃老闆的煙土，就不再歸還。」

「觸那娘，這小赤佬！」黃金榮低聲罵道。

程聞不哼聲。他覺得杜月笙是做得「恰到好處」，黃金榮其實也不會不明白。

過了一會，黃金榮又問：「阿聞，那個闊嘴巴怡生與范長寶……。」

「應該教訓教訓這兩個小癟三！」程聞似乎頗為激憤，「杜月笙要把煙土全部歸還黃老闆，他倆卻硬要了一箱半，這是公開跟黃老闆作對。況且，杜月笙作為大哥，他倆又是破壞規矩。還有那一箱半土，不向他倆要回來，難道要黃老闆為他賠償嗎？」

「你去辦！」黃金榮一擺手。

第二天日上三竿的時候，順發賭檔開張，到了大約十點半，是賭檔裡人氣最旺的時候，范長寶與怡生當時忙上忙下，看看生意不錯，心中正在高興，突然門口處傳來一聲暴喝：「你們違禁賭博，全部站到牆邊去！」范長寶別頭一看，只見來了七八個巡捕，領頭的那個身穿三埭頭巡捕服，右手揮動一支左輪手槍；身後兩個巡捕，也是腰別短槍；其他手下，則肩頭掛著長槍，不覺嚇得輕輕「啊」了一聲，愣在當地——負責此地段的巡捕不是這幫人！原來那幫巡捕一總才五個，現在怎麼來了這麼七八個，如臨大敵的模樣？二三十名賭徒一個個也嚇得目瞪口呆。

三埭頭又是一聲暴喝：「奉黃探長的命令，違禁賭博罰款！每人一個銀洋！」

這時怡生滿臉堆笑迎上前，對三埭頭猛哈腰：「大爺，大爺，請到後間飲茶，請到後間飲茶！」三埭頭像沒看見他，一別頭命令手下巡捕：「守住門口！讓他們一個個交了銀洋後出去！」然後才看一眼怡生，「帶路！」

范長寶與怡生哈著腰把這三埭頭和兩個腰別短槍的巡捕領進後間，一邊叫請坐請坐，一邊就敬煙上茶。三埭頭面無表情地在太師椅上坐下，像是無意識地把玩著手上的左輪。

「這裡二十個銀洋，孝敬各位大爺。」范長寶把一個小布袋的銀洋放在桌上，他已認定這個三埭頭是新上任的巡捕頭，負責這個地段治安的。

怡生同時躬躬身：「未敢問大爺高姓大名？」

三埭頭看看這兩個正點頭哈腰的流氓，臉上似笑非笑，隨手把小布袋往口袋裡一放，同時掏出張巡捕房的公文箋來，輕輕放在桌上，拍了拍：「兩位，我來這裡是秉公辦事。有人密報你倆私藏了一箱半違禁品，是什麼大家心知肚明，我也不必說了。這是總巡沙利先生親筆簽發的搜查令。大家江湖中人，我也不想在這裡挖地三尺，或者到兩位的寶宅裡翻箱倒櫃。兩位自己拿出來，我好向上頭交差，事情一了百了，不再追究；若不然，大家的面子就不好看了。」

這三埭頭的話還未說完，范長寶與怡生已是呆若木雞，發愣了大約兩分鐘，站在三埭頭身後的兩個巡捕不耐煩了，驀地把短槍拔出來，同時一聲暴喝：「快說！自己交，還是要我們動手！」其中一個再加一句：「我們先搜順發，再搜你們家。搜不出，押你們回巡捕房！開賭檔藏藥物，真要追究起來，告訴你們，這罪不輕！」

范長寶腦中打了兩個轉，抖著嘴唇，只能作出「你要我死我就要你陪我一起死」的最後掙扎：「大，大爺，大北門永亨記是煙行！老闆叫杜月笙，我們的煙土就是從他那裡來的！」

怡生接口高叫：「各位大爺！你們應該去搜他的！」

「這個下回分解，我們自會秉公辦理！」三埭頭霍地站起來，一拍八仙桌，怒目圓睜，「現在說你倆的！是不是要我們動手！」

怡生看一眼范長寶，范長寶愣著。三埭頭右手拿起左輪又往桌上一拍：「別敬酒不吃吃罰酒，見了棺材才流淚！我們若搜出來，你倆至少還得到巡捕房蹲一個半個月！」

事情到了這個關頭，范長寶知道逃不掉了，一咬牙：「大爺息怒，我們交！」

一箱半煙土就放在牆角的一個大木櫃底層，用一大堆報紙遮著，因為準備晚上就拿走的，所以就藏得不嚴實，三幾下就搬出來了。三埭頭慢慢蹲下來，開了箱，細細看過，再蓋上，站起身，哈哈一笑：「好，爽快！」令兩個手下用報紙把箱子裹得嚴實，各扛一箱，再喝聲：「走！」看怡生和范長寶一眼：「這件事就算了，不過順發就別開了！」

「什，什麼別，別開……？」怡生的嘴巴闔不起來了，打著顫。三埭頭像沒聽見他說什麼，已大步出了後間的門，掃一眼場中，還走剩三個賭徒，穿得衣衫襤褸，渾身財產肯定不足一個銀洋；於是被連摑了兩記耳光，「唉喲」了兩聲，狼狽而逃，門外有一大群市民在圍觀，一齊發出怪叫哄笑。

三埭頭目無餘子般走向大門口，對著這些圍觀市民高叫道：「你們以後不要來順發！誰若來，罰款一個銀洋！」對其他巡捕一招手：「走！」

看著這伙巡捕揚長而去，范長寶與怡生真箇恨得咬牙切齒，回到後間，大罵杜月笙萊陽梨、杜瘟神。不過他們還有慘的，以後十來天，每隔兩三天就有三五個巡捕前來捉賭，而且來的都是從未見過面的，也不知從哪裡調來的。所有賭徒均被罰一個銀洋，范長寶和怡生則被勒榨二、三十個銀洋不等。於是順發賭檔立即如江河日下，陷入困境。原來還有十個八個爛賭鬼來光顧，隨後便越來越少，不過十來天的時間，竟至無人敢來。范長寶與怡生請了的荷官、打雜、巡場共七八個人，現在等於是白拿工錢，而巡捕一次又一次的勒榨，更叫范、怡二人心痛得幾乎吐血。

這天看著空盪蕩的賭場，范長寶終於大叫一聲：「關門！」回到後間，一屁股坐在大交椅上。

「唉！」怡生仰天長嘆，那張臉苦得像苦瓜乾，那張大嘴似乎也小了，「現在順發還做不做下去啊？肯定是杜月笙買通了黃金榮，買通了巡捕房，要把我們逼到絕路！」

范長寶不哼聲，猛灌了剩下的半瓶花雕，紅著眼，「啪！」右手猛一拍，那酒瓶子就在桌上四分五裂，同時一聲大叫：「杜月笙！杜瘟神！」

怡生被他嚇了一跳，剛回過神，「篤篤篤！」有人在外面敲門。

怡生怒氣沖沖，衝過去一把拉開門，就要破口大罵：「觸……」未罵出，立即改了口：「唉呀！原來是張大爺！我們找了你幾次都沒找到啊！請坐請坐！」

一個穿了三球頭巡捕服的中年漢子走進來，他就是原來負責維持這地段治安的巡捕頭，名叫張漢松。「張大爺啊！」范長寶似乎也一下子醒了酒，從大交椅上跳起來，雙手抱拳，一揖幾乎到地，「我們等您來救命哪！」

張漢松拱拱手，算是還了禮，慢慢坐下，臉色沉重，一言不發。

「張，張大爺……」怡生看他這副模樣，也愣了。

沉默了大約兩分鐘，張漢松看一眼怡生，再看一眼范長寶，終於開了口：「兩位，順發不要開了。兩位最好離開法租界。」

「什麼？」范長寶雙眼圓睜，「為什麼？」

「我已經調離了十六鋪這地段，調到了寶昌路西區巡捕房，我救不了你們了。」張漢松喝口茶，又掃兩人一眼，「知道帶了巡捕來搜查煙土的那個三球頭是誰嗎？」

「不知道。」范、怡兩人異口同聲。

「他叫程義，是黃金榮的親信師爺程聞的義弟。你們得罪了杜月笙，杜月笙是黃金榮的得意門生；你們同時又得罪了黃金榮，他是整個法租界真正的大哥。據說杜月笙花了五百個銀洋買通了程聞，又得到了黃金榮的暗中同意，非要把你們搞到無法在法租界立足不可。兩位，這既然是黃探長的意思，那就別說我已外調，就算我現在仍是這一地段的巡捕頭，也救不了你們。」頓了頓，「這是我從巡捕房聽到的消息，大家兄弟一場，所以特意來告訴兩位，兩位也別說出去，免得給我惹麻煩，對你們也沒好處。」說著站起來，一拱手，「先告辭了！所謂好漢不吃眼前虧，你們固然鬥不過黃探長，鬥不過程聞，也鬥不過杜月笙，還是避之則吉吧！」說完，也不管范長寶拉著衣袖挽留，大步而去。

兩人愣著。「怎麼辦？你說怎麼辦？」也不知過了多久，怡生大叫起來。

范長寶不哼聲，又喝酒。

「別喝了！好好商量商量吧！」怡生有點發急，看范長寶似乎沒反應，又叫，「還是走吧！張漢松說得不錯的，這間順發別開了，我們鬥不過杜月笙，還是去英租界吧！」

「你要去，你去！」范長寶突然跳起來，拿著酒瓶子，腳步浮浮的踱了幾步，又灌一口酒，右手一甩，酒瓶子飛向牆壁，「啪啦！」玻璃片四濺。再一轉頭，幾步衝到怡生面前，一把抓住對方的胸口，那神情像要把人吃了，聲音低沉，但聽得出是咬牙切齒：「懦夫！」怡生幾乎沒被他嚇昏。

第二天，順發的牌子除了下來。翌日，馬世奇聽到消息，立即到協興街橫濱里打了個轉，然後回報杜月笙。杜月笙當時正坐在金福里杜宅後間的大交椅上看福嘉行的帳簿，聽了後得意地大笑：「闊嘴巴啊闊嘴巴，范長寶啊范長寶，你倆要跟我杜月笙鬥？簡直是螳臂擋車！」啪一聲把帳簿合上，「我放你兩個小癟三一條生路，算夠寬宏大量了！」

又過了幾天，杜月笙與江肇銘、馬祥生從源利俱樂部坐了黃包車到永亨記，叫上蘇三泉一同到望江樓吃飯。酒足飯飽後，四個人下了樓，慢慢走去圓潤院，打算快活快活。一路上，蘇三泉大談永亨記生意如何不錯，有大筆銀洋進帳，聽得杜月笙臉露微笑，心中高興。這時將近來到一個轉角，杜月笙突然看見前面街角狂奔出一匹馬，直朝自己衝來，馬上一個蒙面人，身穿短褂，頭戴氈帽，右手一揚，一支短槍直指自己，嚇得大叫一聲：「不好！」猛地一縮，躲到身材高大的蘇三泉身後。

這不過是一瞬間的事。當時的杜月笙眼睛平視，看得見來騎，蘇三泉卻是側著頭跟他說行裡的事，沒有看見；杜月笙一下用了他來作掩體，事發太過突然，蘇三泉剛一別頭，未能反應過來，槍聲已經響了，「啪啪」！蘇三泉一聲慘叫，頭部和胸部中槍。在杜月笙後面大約三步遠的江肇銘比蘇三泉反應快，一側身以縮小目標，同時已拔槍射擊，「啪啪啪！」一連三槍，可惜慢了半拍，刺客已從前面掠過，並沒有擊中。江肇銘怒吼一聲：「觸那！」躍起就追。

刺客也不還擊，而是夾馬狂奔。他的坐騎是一匹良駒，他本來是可以逃脫的，哪料馬路旁正好走著一輛黃包車，車伕是個十六、七歲的小青年，一聽槍響，嚇得怪叫一聲：「我的媽啊！」棄車便逃，向旁邊的一條弄堂狂奔。那輛黃包車被這少年一帶，在路上打轉，轉兩轉正好就轉到了馬路中間。良駒狂奔，哪料一車突然攔在路上，收蹄不住，雙前腳便猛地上揚，一下子就把刺客摔下馬來，頭部先著地，「呀」的一聲慘叫，身體痙攣了兩下，不動了，沒有人知道他當時死了沒有。

這時江肇銘直衝過來，也不管這人是生是死，對著他又是連開三槍。杜月笙提著槍隨後趕到，二話沒說，彎腰一把扯開刺客面上的黑布罩，立時倒抽一口冷氣：刺客不是別人，正是被自己嘲笑為「螳臂擋車」的范長寶！雙眼圓睜，正盯著自己，可說是死不瞑目！

杜月笙猛地挺直腰，掃一眼四周，只見一連串的槍響已把路人嚇得雞飛狗跳，人們逃到了遠處再回過頭來想看熱鬧，附近沒人；急忙大叫一聲：「阿銘，快去攔一輛馬車！」江肇銘狂奔到路口，正好迎面走過來一輛黃包車，這時馬祥生已抱著蘇三泉衝過來，立即上了車。杜月笙對著車伕一聲低喝：「快！進弄堂！」

車伕已被嚇得六神無主，拉起車就衝進旁邊的小巷，江肇銘與杜月笙緊隨其後，在七彎八拐的弄堂裡轉了幾個彎，杜月笙輕輕拍拍車伕的肩頭：「向西走，回金福里！」

江肇銘兩步趕上前：「月笙哥，為什麼不去醫院？」

「三泉頭部中彈，當場死了，神仙都沒救了！」杜月笙沉聲道，再一聲長嘆。

沿路並沒有巡捕追來，黃包車平安到了金福里杜宅。杜月笙叫萬木林拿張大被單出來，把蘇三泉的屍首裏了，再扛屋裡去；同時掏出兩個銀洋給車伕：「你當什麼也沒做，什麼也沒有看見，聽到沒有？」

車伕一邊點頭哈腰說多謝，一邊連說：「不敢不敢。先生放心。」拉起黃包車狂奔而去。

當天黃昏時候，一副珍貴的楠木棺材用大紅布裹了，像個特大的高櫃，運到了杜宅，隨後盛斂了蘇三泉。杜宅廳堂這時已佈置成靈堂，棺材擺在正中，前面擺了香案。杜月笙把家中供奉祖先的香爐放在香案上，恭恭敬敬上了三炷香，鐵青著臉，掃眾手下一眼，突然跪倒，對著棺材連叩了三個響頭，奠酒，再叩三個響頭。不管是照幫中的輩份還是彼此之間的友情，顧嘉棠、馬祥生等人都不必向蘇三泉的棺材叩頭，但現在看大哥如此悲傷隆重，也只得一個個跪倒，頭叩得響不響是另一回事。到祭奠儀式完畢，已是二更天了。

由蘇三泉的屍體放在廳堂開始，杜月笙就沒有說過一句話，現在他又站到棺材前面，微低著頭，靜靜的站著；眾手下看他一動不動，自己也不敢動，整個廳堂像死一般的寂靜。

就這樣過了約大半個小時，杜月笙才慢慢抬起頭，看看站立兩旁的手下，終於開了口，語氣是相當的沉痛：「三泉為我而死，我要讓他風光大葬，要給他家人豐厚的撫恤金。」看一眼馬祥生和馬世奇，「祥生哥、世奇，你倆明天帶幾個兄弟，把靈柩送回浦東北蔡，一千個銀洋給他父親，五百銀洋為他風光大葬，用剩的，也給他家人。」

「是，月笙哥。」

杜月笙再掃眾人一眼，語氣立時變得陰冷，「范長寶行刺我，死有餘辜！還有那個闊嘴巴怡生，必是同謀！今天幸好巡捕沒有跟來，我現在就去叫他以血還血！各位兄弟，願意跟去的，走！」

這時候還會有誰說不願意的？果然一個個大叫：「走！殺了那個闊嘴巴！」

杜宅中就留下了張鐵嘴與萬木林，杜幫骨幹幾乎是全部出動，一伙人十來個，跟著杜月笙出了金福里，再各自分開坐黃包車到十六鋪協興街口；江肇銘、芮慶榮等三四個還嫌黃包車慢，自己走路去。人到齊時，已是三更天了。協興街店鋪不多，況且三更天了，初冬寒風呼呼，行人更少。杜月笙看看人已到齊，輕輕舉舉手，也不說話，領頭向協興街裡走去。

來到將近街尾的那間二上二下的石庫門前，杜月笙上前敲門。一個五十來歲的中年婦人來開了門：「找誰？」

「怡生，闊嘴巴怡生。」杜月笙的語氣一點沒有異樣。

「走了，幾天前就全家搬走了。」

「去了哪裡？我是他的兄弟，有急事找她。」

「聽說是回老家去了。」

「好像是嘉定吧。到底哪裡不知道。」

杜月笙有點無奈地向眾人揮揮手：「怡生不在。走吧！」

一伙人又回到金福里，杜月笙在正中的大交椅坐下，拱拱手：「各位兄弟，闊嘴巴怡生已逃出上海灘，既然如此，也就暫且算了。以後他若回法租界來，我再作計較。」

眾人為蘇三泉守靈一夜。天色不覺大亮，馬祥生與馬世奇領了一千五百個銀洋，帶上三十六股黨中的其他幾個兄弟，專門雇了艘船，送靈柩回北蔡風光大葬。杜月笙自己則大睡一覺，吃過午飯，只覺心情煩躁，便叫上江肇銘與袁珊寶，慢慢逛去十六鋪，一路上袁、江二人有一句沒一句的聊著，杜月笙卻是一言不發，只顧向前走。

袁珊寶看這大哥臉色不對，便輕聲問：「月笙哥，想去何處？」

「三泉死了，唉！」杜月笙輕嘆一聲。

第七十章　四十年姑蘇奇案

杜月笙想到昨天遇刺，要不是蘇三泉做了擋箭牌，自己可能已成冤鬼。猛然間想起說書人常說「人生如夢，人生無常」之類的話來，心中輕嘆一聲：「觸那！」慢慢轉過身，默默往回走。

江、袁二人怔了怔，隨後跟著。一路上大家沒怎麼說話，不知不覺已來到了八仙橋，這時杜月笙已感嘆過後，恢復了他的流氓本色，看兩人一眼，道：「你倆還未進過黃公館，現在我帶你倆進去，看看這大公館的派頭。如果黃老闆在，你們就給他叩個頭，禮拜禮拜這個真正的大好佬，以後對你們有好處。」

江肇銘立即叫起來：「那好啊！」

話音剛落，袁珊寶正想道聲多謝，突然同孚里方向傳來「啪啪」兩聲槍響，隨即有人大叫：「抓住他！抓住他！」喊聲從遠而近，前面路上行人失聲驚叫，四散奔逃躲避，顯然是有人向這邊狂奔而來。

杜月笙稍稍一愣，隨即回過神來，叫一聲：「抓刺客！」拔腿就向前奔。江肇銘也大叫一聲：「衝！」幾步就跑到了杜月笙前面；就在這時，一個身材矮小的中年人從同孚里口飛跑而出，手裡拿著短槍，一拐彎，朝這邊狂奔過來，顯然是想跑進旁邊的一條弄堂，這時江肇銘正好跑到這條弄堂口，這小子果然精靈，只見他一側身，像是避開來人，就在刺客一跨步進堂口之際，才驀地右腳一伸。刺客當時是驚慌逃走，哪料會遭這小傢伙暗算，「啪！」當場一個狗吃屎，手槍甩了出去。

江肇銘撲過去一把撿起，回過身直指刺客的腦袋：「一動就打死你！」

杜月笙與袁珊寶衝上來，把刺客按下；別頭一看，阿七、阿衡等幾個黃公館的保鏢狂叫著「抓住他」，也已舉著槍衝過來。

眾人三下五落二把刺客綁個結實，阿七、阿衡對著杜月笙打躬作揖：「多謝月笙哥相助！」

「什麼回事？」袁珊寶問。

「此人在同孚里口行刺黃探長！」

半個小時後，黃公館後間，刺客被阿七一個掃把腳，撲通一下便跪在地上，他面對的是坐在大交椅上怒火衝天的黃金榮，兩旁站著杜月笙、程聞，四周是一大幫打手、保鏢。

黃金榮現在真是恨恐交加。剛才走出同孚里，一彎腰正準備上車，卻聽啪啪兩聲槍響，第一槍打飛了頭上的氈帽，第二槍擊中了身後保鏢的手臂，現在還在醫院裡等著取子彈。這下子嚇得黃金榮幾乎是滾進車裡。夠膽在法租界黃公館的地頭行刺自己，怎不叫這大把頭頓覺肝膽俱裂！刺客看上去四十歲左右，個子矮小，臉色青白，十足一個營養不良的窮癟三，不過雖被五花大綁，雙手反捆背後，卻似臉無懼色，跟黃金榮怒目對視。過了大約兩分鐘，黃金榮霍地站起來，一步上前，「啪啪」就是兩記耳光，再一把抓住刺客的頭髮，破銅鑼般的聲音吼起來：「說！為什麼要行刺我！」

五個紅指印在刺客青白的臉上浮現出來，嘴似乎也有點歪了，但他拼命昂起頭，直視黃金榮的那雙金魚眼，大叫道：「因為你黃金榮跟我有殺父殺母之仇！」

黃金榮愕然：「你是誰？我什麼時候殺了你的父母？」

「我叫萬復仇！你父親捉了先父萬山，致他慘死獄中，當時我還未足一歲；後來先母為養我活命，身入堂子，不幸染病，最後跳河自盡！黃金榮，我跟你不共戴天！」

黃金榮鬆了手，坐回大交椅上：「這些事誰告訴你的？」

「先母！」萬復仇聲嘶力竭的叫，「她死時我七八歲，記得清清楚楚！我原名叫萬復，先母死前叫我復仇，就叫萬復仇！」

黃金榮沒哼聲，就坐著，他可以肯定這條漢子說的是實話，因為沒有誰會這樣冒名頂替拿性命來開玩笑的。現在他足可以「既然你來行刺我，那我現在就殺了你」，不過他坐著沒動，過了好一會，才把手一揮：「把他關起來！」幾條漢子撲上前，把大喊大叫的萬復仇拖了出去。

黃金榮擺擺手，留下的其他打手也全部退出，只剩下杜、程二人。沉默了約五分鐘，杜月笙微微彎腰，低聲問：「黃老闆，這是什麼回事？準備怎樣處置這癟三刺客？」

黃金榮微閉雙目，似乎沉浸在對往事的回憶中，過了好一會才微微睜開那對金魚眼，輕輕擺了擺手：「我想歇一會。阿聞，你出去跟月笙聊聊，商量個主意出來。」

杜、程二人連忙作了一揖：「是，黃老闆。」

時在下午三點來鐘。二人從後門出了黃公館，走不多遠上了一間小茶樓，二樓上只有幾張桌子，並無雅室，只見臨窗一桌有位白鬚飄飄、兩鬢飛霜的老人家在自斟自飲。杜月笙走過去，把一個銀洋放在桌上，道：「老人家，請下樓繼續飲茶。」

老人家猛抬頭，怔了怔，還未答話，卻見杜月笙已轉過身，對跟在身後，滿臉堆著笑，不停地說著請坐請坐的老闆道：「整個二樓的桌子我全包了，計全價，不要讓其他人上來。」

看這青年人黑綢衫寬腰板的打扮，語氣陰冷，雙目炯炯，老闆已是年近五十的人了，見過世面，知道這類人惹不得，況且生意不好，這人願意包了整個二樓，正是求之不得，便躬了兩躬身：「是，是。先生。」又對著那個自斟自飲的老人家打躬作揖：「老爺子讓到樓下，您老的茶費就免了。」那老頭也知這類人最好別惹，自己又白得了一個銀洋，這可夠他來飲一個月的茶了，心中便說了句《增廣賢文》中的名句：「退讓三分又何妨。」站起身，嘴上道：「無妨無妨。」下樓而去。

二樓就剩了杜、程二人，臨窗而坐。杜月笙看老闆已下了樓，便給程聞斟茶：「程先生，不知那刺客跟黃老闆……。」

程聞往坐椅背一靠，慢慢喝茶：「這得說到近四十年前的事了……」

話說清光緒初年，蘇州古城發生了一件奇案，一個跟蘇州府尹稱兄道弟的大富翁丟失了三件價值連城的古玩。

這個大富豪名叫段葆青，據說是明朝後期一個宰相的後人，受了祖上的餘蔭，在城外有田產，在城內有店肆，不過此人的最大愛好，不是做生意，而是觀賞古玩。

段葆青的住宅裡有一間大書房，是段葆青專用的，書房內另有一密室，密室內又有壁室，門樞均是十分堅固，而且結構非常複雜，密室和壁室的門打開鎖後還必須撥密碼才能打得開，而這些鑰匙一年三百六十五日無時不掛在段葆青的腰間，至於密碼就更是只有他一個人知道。他不許任何人入內，就是自己的同枕髮妻也不許進去；而他自己每入室把玩，都要反手把門鎖上。

在這些稀世奇珍中，有三件至寶：一是碧玉如意，二是彩綠翡翠如來佛，這兩件玉器均是明代名玉工尚九郎手碾；三是荊軻刺秦王立軸，乃元代大書畫家趙子昂手筆。三件都是價值連城之物，段葆青接過這祖傳遺物三十年，除家裡人略知一二外，對外人是從未露過口風——當然，他難保家裡人會不會對外人露口風。防範如此嚴密，可謂萬無一失。要偷竊這些珍寶，幾乎是不可能的，但就是這樣被人偷了，所以才被稱作奇案，才會轟動整個姑蘇城。

且說這一天，段葆青又進密室觀賞古玩，突然發現這三件至寶已不翼而飛，嚇得登時目瞪口呆，一屁股坐到了地上。眼前發黑了約一刻鐘，段葆青才慢慢爬起身來，細細觀察，只見壁室內封閉如故，絲毫無損。也不知發愣了多久，反復權衡得失，再想到自己跟蘇州府尹相熟，終於痛下決心：「哪怕鬧得滿城風雨，也要報案！否則我怎對得起列祖列宗！我豈能讓竊賊法外逍遙！」

吳縣當時為蘇州府轄縣，縣太爺陶民金收了段葆青的狀子又收段葆青的銀票，也知道這段葆青跟自己的頂頭上司蘇州府尹的關係，立命手下緝捕班頭洪錦方辦理此案。洪錦方得令，隨即帶著手下捕快，來到段家，先來個就地踏勘。問過幾句之後，便入密室。壁室門一開，這些捕快們，哪裡看到過如此多的各式珍寶古玩？不覺一個個立即雙眼發直，咋舌聲此起彼落；若不是段葆青早有防備，帶著兩個親信傭人打雀那般眼看著，肯定要再度遭受損失。不過，雖經幾次踏勘觀察，看遍門窗壁落，戶牖庭院，卻找不到任何蛛絲馬跡；而段葆青家中秘藏珍寶之事，則因捕快們在茶坊酒肆中隨口亂吹，在蘇州城中已幾乎是家喻戶曉，再加以訛傳訛，直把段家說得富蓋王侯，財逾石崇。

段葆青現在簡直是心急如焚，眼看這些捕快們來了去去了來，又說在城內城外明察暗訪，但已是二十天過去，卻一無所獲；而自己家中藏寶之秘密，卻已鬧得滿城風雨，不覺心中大怒：我銀兩花了大筆，豈能容你白拿！叫下人把洪錦方叫來，正色道：「洪捕頭，你若在半個月內仍破不了案，我就只好向府台衙門告發，可別見怪。」

洪錦方一聽這話，嚇得急忙從椅子上站起來，連連打躬作揖：「段老爺請息怒，段老爺請息怒。小人一定竭盡全力緝捕竊賊，一定竭盡全力！務必人贓並獲，歸還段老爺！」

段葆青一肚火，沒好氣，揮揮手叫他出去。洪錦方諾諾連聲離開段家，回到縣衙班房，把手下捕快和眼線叫來，開口就是一頓臭罵，以發洩心中積怨。正罵得起勁，一個衙門差役進來，說大老爺有請洪捕頭。洪錦方只得收了口，去後花廳。一進門，只見陶民金鐵青著臉坐在太師椅上，原來這縣太爺也急起來了，他知道如果此案不破，段葆青肯定上告，那自己頭上的烏紗帽也會戴不牢的！現在冷冷地看著洪捕頭，也不管他要磕頭還是要作揖，冷冷地道：「洪捕頭，現在再給你半個月期限，務要人贓並獲，否則撤職究辦，決不寬容！」

洪錦方現在算是倒霉透了。他吃了這麼多年衙門飯，還從未碰到過這樣毫無線索的案子，更深知有財有勢的豪門的事是最難經辦的，眼看期限一日日臨近，卻眉目全無。只得又與捕快、眼線化了裝，四出察訪，城裡城外、集市街巷，查了又查，細看當鋪押肆和古玩商店的進出帳冊，遍訪段宅周圍的住戶，查詢段宅男僕女傭的來龍去脈，忙了十來天，仍是一無所獲，眼看就要被「撤職究辦，決不寬容」之時，突然天上掉下個救星來，這個救星就是黃金榮的父親黃炳泉。

黃炳泉也是緝捕班頭，不過是浙江餘姚縣的。他的頂頭上司是縣太爺呂道政。

正當陶民金與洪錦方急得寢食難安又無計可施之際，碰巧呂道政帶了黃炳泉及幾個手下差役去南京公幹，在返回餘姚途中，想起自己的同寅兄弟陶民金，心想如今路過姑蘇城，正好去敘敘久別之情，順便也好觀賞觀賞姑蘇的園林風光，於是便進城拜訪。陶民金熱情接待，兩人就在縣衙裡飲酒。寒暄客套話說了一大堆，呂道政看陶民金似乎有滿腹心事，便一舉杯：「金兄，何事不痛快？」

「唉！」陶民金長嘆一聲，「對你老兄實說了吧，姑蘇城的首富段葆青失竊了三件至寶。」把經過詳詳細細的說了一番，「可惜偵察了一個多月，毫無線索。」十分無奈地搖搖頭，拿起酒杯，喝了一口。

「那就慢慢查唄。」呂道政把手中酒杯輕鬆地舉了舉，「何必如此憂心？」

「唉，老兄你有所不知，這個段葆青跟本府台大人繆桂雲有世誼之交啊！兩人稱兄道弟的。你想想，如果不能破案，他定必上告，那小弟的前程就難保了！」陶民金唉聲嘆氣，頓了頓，「還有，段葆青立有字據，說如果能夠人贓並獲，他願出三千兩銀子作為賞格。老兄，三千兩啊！若破得了案，不但前程可保，還有三千兩啊！可惜一點線索都沒有，你叫我怎能不憂心忡忡啊！」

呂道政默默喝酒，一時無言。兩杯下肚，只得寬言安慰，自知有如隔靴騷癢，解決不了問題；不覺天色已晚，便起身道別，怏怏返回寓所，下了轎子，抬頭一看，只見黃炳泉正急步出來迎接，三十五六歲的高大漢子，生得器宇軒昂；呂道政猛然想起，這位緝捕班頭曾破過不少疑案，何不跟他參酌參酌。三千銀兩的賞格，三一三剩一，也是一筆大財！主意打定。回到房中，呂道政摒退左右，獨留下黃炳泉，然後把段宅失寶一事簡略說了一遍，問：「炳泉，你覺得此案如何？」

「未詳察案情，在下不敢妄言。」黃炳泉拱拱手，「明天請隨大人找陶大人細詢。按常理，作案必有留痕，只要找得到任何蛛絲馬跡，定可偵破。」

「那就好！」呂道政輕輕一拍桌子。

第二天一早，呂道政便帶了黃炳泉去吳縣縣衙，正好碰上陶民金在後花廳大罵洪錦方無能，末了還發出嚴重威脅：「若三天內仍未能破案，我就……」

嚇得洪錦方在地上猛磕頭，小役正好入報：「呂大人到。」

陶民金連忙到客廳迎接，分賓主落座，兩句客套話說完，呂道政便把黃炳泉介紹給陶民金，稱自己這位手下捕頭「為人機警，獨有巧思，辦案利落，當機立斷，決獄問罪，間無譎誑。在餘姚縣刑事班房已十多年，由捕快、眼線升為班頭，破過不少疑案奇案」云云，聽得陶民金離座向黃炳泉拱手施禮，黃炳泉連忙還禮：「在下不才，願參與貴縣刑事班房偵破此案，敢問案情如何？」

陶民金立即命人把洪錦方叫來。洪錦方一聽有人願參與破案，三步併作兩步走進客廳，高興得幾乎想給黃炳泉叩頭。寒暄話說了幾句，洪錦方便把查案過程細細說了一遍，末了是對著黃炳泉一揖幾乎到地：「小弟不才，一無所獲，實有望黃兄神機妙算，偵破這起懸案了！」

「洪班頭過獎！」黃炳泉還了一禮，默默想了一會，別過頭對陶民金揖了揖，「陶大人，那就事不宜遲了！」

半小時後，黃炳泉與洪錦方一道，輕裝簡從，來到段葆青家。先呈上衙門複查公文，再請段葆青打開密室，一同入內。黃炳泉先細細觀察一遍，再讓段葆青把失竊經過與密室部件一一指點清楚，自己詳盡紀錄下來，又對門樞壁室細細觀察，忙了整整一天，才回到衙門。按照公門規章，先消了號，再換過便服，黃炳泉便回到客邸，對呂道政實話實說：「稟啟大人，這案子看來得稍費時日，並不能一蹴而就。」

呂道政點頭：「無妨無妨。你留下來偵破此案，我明天返回餘姚；你家的生活費用，我會給你安排，不必掛心。竊案偵破，記得告訴我。」

黃炳泉連連點頭稱：「諾！」他哪裡知道，這個呂大人已跟陶民金說好了，案件若偵破，他該得一千賞銀；卻沒有商量好給他黃炳泉多少。

第二天，黃炳泉又來到段宅，查詢一番後，把兩個在段家做傭多年的男僕女傭帶回縣衙。這兩個傭僕都已年過花甲，從未跟官府打過交道，現在一進衙門，當即雙腿發軟；待走到三班六房處，更嚇得魂飛魄散，竟跌坐地上，喊冤叫苦，再不肯起來。黃炳泉令人把兩人扶入內室，親手端椅讓坐，再敬茶；好言撫慰道：「我知道你倆不是壞人，請不必害怕。現在請兩位到這裡來，只是想詢問一下你們主人家雇有幾個傭人。」做個請的手勢，「兩位請先喝口茶，定定神，仔細想想，不必害怕。」隨後向洪錦方打個眼色。洪會意，即叫手下全部退出，親手關了門。

兩位老人家看黃炳泉模樣親切，並無惡意，才總算驚魂甫定。黃炳泉也不急，慢慢喝茶，細細詢問，終於搞清了段家各個僕傭的姓名、年齡、籍貫、僱傭日期和介紹人的來龍去脈，同時一一詳細紀錄下來。沉思片刻，又問：「兩位老人家，你家主人最近幾年有沒有僱傭過臨時短傭？」

男僕想了想，輕輕搖頭：「記不清楚了。」

女傭想了一會，道：「有，我想起來了。大約兩年前，小奶奶續生了一個小官人，因沒有奶水，就托宅後的孫婆婆介紹了一個婦人來當奶媽。這婦人人稱馮姑姑，年紀三十歲左右，相貌生得挺標緻，身材也長得苗條。性情溫和，幹事利落，又善做針線，很討人喜歡的。一年半後，小奶奶的孩子就斷奶了，馮姑姑便想辭工回去，但大奶奶和小奶奶都不讓她走，叫她留在府上領管小官人和做做針線活，馮姑姑也就留下來了。」

「現在馮姑姑還在段府嗎？」

「上兩個月死了。」

「死了？怎麼死的？」正在紀錄的洪錦方暗吃一驚，因為除了最近這件失竊案外，段家這整年來再沒有報過案，既然家中突然死了人，為什麼不來報案？其中定有蹺蹊。

「不知道。」女傭搖搖頭，「這事說來是有些怪。她一直都好好的，哪料不久前的一個晚上，她竟突然得急病死了。死後的喪殮費用，都是由老爺出的，而屍棺就由馮姑姑的親屬領了去厝埋了。」

黃炳泉心中一陣興奮，他覺得抓到線索了。不過這老差骨的臉上並沒有興奮表現出來，只是很認真地問：「老人家可否記得清楚，馮姑姑是什麼時候死的？是在段府失竊之前還是失竊之後？」

「肯定是在老爺發現不見了寶貝之前，不過究竟哪一天，這記不清楚了。」

「她得了什麼急病?死時情況如何?」

女傭想了想：「死的時間大約是三更時分。突然聽到她大叫『痛死我啦！』我就跑去看，見到她雙手捂著肚子，滿地亂滾，滿頭大汗，大家嚇得不知怎麼辦好，有人就去叫老爺和大奶奶，老爺和大奶奶立即下樓來，還未進房，馮姑姑就痛死了。哦，對了！她的屍體捲曲在地上，眼角和口鼻有紫色的血淌出來呢！」

「真的有紫血淌出?」洪錦方又停了筆，輕聲問。

「這個錯不了，是我親眼看見的。」女傭道，又想了想，「還有一點也是怪怪的。她死了後，那夜誰也沒睡好。到天濛濛亮時，老爺就叫我去通知孫婆婆，因為馮姑姑是她介紹來的，老爺對馮姑姑有什麼親朋戚友根本不知道。」

「要孫婆婆來領屍?」

「不，要孫婆婆通知馮姑姑的親屬來領屍。」

「這有什麼怪怪的?」

「我去對孫婆婆說了，孫婆婆就說好的好的，我去通知她的家屬。那我就回段府了。嘻！過不了一會兒，孫婆婆就帶著個女人來了，說是馮姑姑的親屬。我當時就覺得怪，怎麼會來得這麼快呢?好像早就等著似的。」

「很好，很好。」黃炳泉微笑，「你說馮姑姑死後她的屍棺是由她的親屬領去厝埋的。是哪家棺材鋪的棺材?」

「聽說是城東那間泰壽棺材鋪。」

「來領回屍棺的女人是個什麼樣的人呢?」

「是個中年婦人。大約三十來歲，穿得看上去是個大戶婦人的模樣，很能幹，很精明的。」

「很好很好！」黃炳泉臉帶笑容，舉舉茶杯，「兩位老人家請喝茶。」

大家喝茶。沉默了一會，黃炳泉又問：「馮姑姑跟那個介紹她來當奶媽的孫婆婆來往得親密不親密？」「不親密。」女傭道，「那個孫婆婆很懂得人情世故，說話又圓滑，府上老奶奶很喜歡她。她每月來府一兩次，跟老奶奶聊家常，有時碰到馮姑姑，也彼此點頭問好，不過似乎沒見過她與馮姑姑私自談話或走動。」

黃炳泉點點頭，不覺已是吃中午的時候了。大家吃過飯，休息一會，黃炳泉又詳細詢問段家親朋的情況，兩個老人家一一作答，洪錦方詳細紀錄下來。不知不覺，又已將近傍晚時分。黃炳泉親送二人回段府，路上一再叮囑，今天的問話不得跟任何人說，否則與盜竊犯同罪，嚇得兩個老人家連連點頭：「黃班頭，小人不敢，小人不敢。」

當夜在縣衙班頭公事房中，黃炳泉與洪錦方對詢問紀錄反覆推敲，斷定馮姑姑死於中毒，而且極可能跟失竊案有關，原因就是殺人滅口，「這般說來，」黃炳泉在室內慢慢踱步，「這是一個內部有嚴密組織的盜竊團伙，搞的是『帶線行劫』、『獻地圖』的軟相架，在外面極可能還有個通風報信的情報網。」頓了頓，「必須進一步偵察，查出真相。不能操之過急，否則打草驚蛇，竊賊一逃，就無法人贓並獲了。」

「打算怎麼辦？」洪班頭敲敲辦公桌。

「兵分兩路，雙管齊下。」黃炳泉如此這般說了一遍，洪錦方拍案叫好。

次日清晨，洪錦方穿了便裝，走出縣衙，向城東走去。黃炳泉香了兩口鴉片，把一名得力女捕快叫來：「王阿姑，你化裝成鄉婦模樣，悄悄到孫婆婆隔鄰的陳大娘家，把陳大娘叫出來，再亮出自己的身分，把她帶到這裡來。」

王阿姑領命出去，過了約一個鐘頭，果然帶了個五十來歲的婦人回來。黃炳泉先對這位已嚇得渾身打戰的婦人安慰一番，聲明只想向她問些情況，事情與她無關。看陳大娘喝了茶平靜下來，黃炳泉和顏悅色，問道：「陳大娘，孫婆婆是你的鄰居，請問她家庭情況如何，平時做些什麼為生？」

「孫婆婆沒有子女，平時串朱門走富戶，得些賞銀過活，不過看她的生活卻是挺舒適的。」陳大娘道，「她為人熱情，又能說會道的，鄰居們對她很尊敬。」

「她串朱門走富戶，不知跟哪些人家有來往呢？」

「段府，我們就住在段府背後，段葆青的那間古老大宅，我知道她有時去的。不過自從聽說段府丟了寶貝，她就不去了，據說是為了避嫌。還有，三槐坊的章府和喬閣莊的沈府，她也有去的。可能還有別的大戶，不過我就不清楚了。」

黃炳泉想了想，又問：「那麼，除了她本人外，孫婆婆的家有些什麼親戚來走動呢？她多是跟些什麼人來往呢？」

「她跟鄰居的關係挺好的，有時也會來串串門。」陳大娘喝口茶，「哦，對了，有一個年紀大約三十來歲的婦人，每個月都會來一兩次，衣服穿得很時新的，像是個有錢人家的婦人。她有時還會在孫婆婆家住上一兩天。據孫婆婆自己說，這婦人是她的過房女兒。」

「這婦人你可認得？」

「如果見到，可以認得。那天我去孫婆婆家串門，孫婆婆正好送她出門，看得很清楚。」

「那好。謝謝你陳大娘。」黃炳泉覺得也沒什麼問了，指指王阿姑，道，「這位是我們班房的女公差，到你家和你暫住一段時間。如果有人問到，你就說是鄉下的親戚便是了，不要多說，更不可露了口風！她的所有生活費用，決不花你分文。你為班房辦事，過後定有獎賞。記住了，今天的事對誰都不能說，否則跟罪犯同罪！」一句話嚇得陳大娘連連點頭說是是是，不敢不敢。

送走陳大娘與王阿姑，黃炳泉坐在辦公桌前，看一會紀錄出一會神。不覺已近中午，只見洪錦方興沖沖走進門來。

「洪兄，情況如何？」黃炳泉走過去，反手關了門，語氣有點急不及待。

「黃兄，你說得對！那馮姑姑的死是條線索！」洪錦方坐下，喝個茶，「我今早去城東泰壽號棺材鋪，找到老闆陳老三，把他叫出來，告訴他我是縣衙緝捕班頭，讓他看了腰牌，把他嚇壞了。我說不關你的事，我只想問問上兩個月段府死了個三十歲左右的女傭，你有沒有看到屍首。他說看到過。我問他屍體有什麼異樣，他說離得遠，看不清楚。我又轉而問他是不是用了你泰壽鋪的棺材。他說是。我又問當時棺材埋在何處了，他說沒埋，就厝放在城外木瀆鎮寶慶寺邊。我就要他帶我去。到了寶慶寺，你估怎麼樣？」

「嘿嘿！」黃炳泉冷笑兩聲，慢慢坐下來，「如果判斷不錯的話，我想那副棺材早就沒有了！」

第七十一章　明察秋毫智擒賊

洪錦方一下瞪大眼睛：「黃兄果然神捕啊！那副棺材真的沒有了！向附近的人家打聽，竟沒有人說得出這棺材什麼時候沒有了，誰來抬走了。」

「這就對了！這叫做賊心虛，怕衙門開棺驗屍。」黃炳泉笑起來，邊吃飯邊把今早詢問陳大娘的經過說了一遍，說完了飯也吃完了，把筷子往桌上一拍，「洪兄，事不宜遲，立即去段府！」

段葆青當時剛吃了午飯，心情煩躁，在客廳上踱來踱去，一看這兩個捕頭身穿長袍馬褂，氣昂昂的走進來，連忙拱手讓坐。客套話兩句說完，便問：「看兩位捕頭神采飛揚，是不是找到了破案的線索？」

「線索是找到了，不過還有賴段老爺大力幫助。」黃炳泉拱拱手，一轉話題，「寶宅以前有個女傭叫馮姑姑，在不久前死了。我想問問馮姑姑在寶宅當奶媽時的情形，請段老爺、大奶奶與少奶奶詳細相告。」

幾個人你一言我一語說了一些，黃炳泉聽了一會，跟那男僕女傭說的差不多，便問：「不知馮姑姑有否進過內房？」

段葆青的老妻道：「她在給小孫兒餵奶時，極少來內房走動；斷奶以後，來得多些，不過也不算很多，都是我叫她才進來的。她曾想辭傭回家的，我看她靈巧勤快，性情好，討人喜歡，就堅持要留她再幫傭一個時期，我待她真的如親閨女一般，唉！哪料到她會突然得急病死了的呢！」

洪錦方放下筆，正要開口發問，黃炳泉似乎知道他要問什麼，擺了擺手：「稍等勿躁。」別過頭，又對段葆青拱拱手：「請問段老爺，你進出密室開鎖時，馮姑姑有沒有見過呢？」

段葆青怔了怔：「這不可能吧？密室在內房裡，內房也是我的書房，一般只有我一人進出，我老伴有時也進來，但馮姑姑那麼巧會看得到？」

「這樣的事，一次就夠了。」黃炳泉笑笑，又問，「段老爺，你進密室，要先開鎖，後撥密碼；我看你撥密碼時，順撥倒撥的相當複雜；而照你所說，你一兩個月才進一次密室。你不擔心一下子忘了密碼嗎？萬一忘了，你怎麼辦呢？」

「我也擔心萬一忘了，所以寫好一張撥號順序表，放在書房台子抽屜的隔層裡。有時真的忘記了，就拿出來對照著開。」

「那馮姑姑生前有沒有看見過你拿著密碼表來開門？」

「你們現在懷疑馮姑姑啊？」段葆青的老妻叫起來，「她都已經死了！她真是很討人喜歡的呢！怎麼……」

「閉嘴！」老妻還未叫完，段葆青大喝一聲，打斷她的話，「讓我好好想想！」愣了一會，似如夢初醒，叫道，「我想起來了！大約半年前吧，馮姑姑抱著小孫子來跟拙荊閒話，我剛好在拿了密碼表在開鎖，那次她肯定看見了！」

「不知她有沒有曾獨自在書房裡逗留過？」

段葆青想了一會，道：「有這麼一次。就是在她看見我拿著密碼表開鎖後不久，下午兩點來鐘，我正在書房讀，讀什麼來著？記起來了，讀《六祖壇經》，她突然抱了小孫子來敲門，說有客人來了，在客廳等著，當時我就隨手帶上書房的門，出客廳了。」

「那馮姑姑跟你一起出去了？」

「沒有。我也沒理她，不知她是獨自進了書房裡還是回了自己的房裡。」

「那你多長時間後才回到書房？」

「不長，大約半小時。那是個不速之客，我把他打發走了便回書房。」段葆青想了想，「照說那麼短時間馮姑姑是沒有可能找得到密碼表的。」說著站起來，「兩位捕頭請來看看。」

三人來到書房，黃、洪二人仔細察看台子抽屜和存放密室撥號表的夾層，又把書房的門鎖、窗戶等處察看一番。洪錦方突然低聲問段葆青：「段老爺，馮姑姑暴斃，血水從眼角口鼻淌出來，你為什麼不來報案？」

段葆青愣了愣，然後很無奈地搖搖頭：「唉！洪捕頭，實話實說，正是由於她死得蹺蹊，我才不敢報案啊！死個女傭，對我並沒有損失，我出錢安葬了她，也算仁至義盡了。多一事不如少一事。如果我報了案，還不鬧得滿城風雨！我最怕的就是鬧得滿城風雨啊！」

「馮姑姑死後，你才發現三件寶貝不見了？」黃炳泉問。

「是。她死了後，我的心情也不好，過了十來天，才又進密室，就發現失竊了。」段葆青說到這裡，愣了愣，看一眼兩位捕頭，「是啊，我發現失竊時，馮姑姑已死了十來天了，你們為什麼還懷疑這事會跟她有關？」

黃炳泉笑了笑：「因為你段老爺一兩個月才進一次密室，馮姑姑死時，你的三件寶貝可能已經不在了。」

「是嗎？」段葆青目瞪口呆，這是他此前想都沒有想過的。

三人走回客廳，黃炳泉向段葆青拱拱手，低聲道：「段老爺，請別把我們來察訪之事向外說，剛才說過的話更不可說出去。先告辭了。」

「是，是！」段葆青連點幾下頭，送兩人出門，「不過，黃捕頭，什麼時候可以破案？」

「指日可待。」黃炳泉微微一笑。

黃、洪二人離開段府，雇了轎子，直奔三槐坊章府。章府的主人叫章百誠，是有名的大財主，在城裡觀前街開設有一家銀號和一爿三開間門面的綢緞莊，當時正坐在帳房裡看帳簿，聽門房稟報：「有兩位先生求見。」趕忙出來，看黃、洪那威風凜凜的模樣，穿的雖是長袍馬褂，但哪像個商家？便拱拱手，不冷不熱地問：「未知兩位高姓大名，找在下有何貴幹？」

黃炳泉抱拳還禮：「章先生，多有打擾。」把公文掏出來，遞過去。

章百誠一看，冷冷的臉容立時變得親熱：「唉呀！原來是黃捕頭、洪捕頭，失敬失敬，請裡面坐請裡面坐。」

黃炳泉低聲道：「請找個安靜地方說話。」

「那二位請到書房。」

三人便到書房落坐，下人送上茶，退出時順手關了門。黃炳泉也不廢話：「章先生，我與洪捕頭來貴府不為別的，只想詳細瞭解一下貴府所僱傭僕是誰介紹來的，共有幾人，幫傭時間多久了？」

「舍下傭僕共有八人，至於其他得問拙荊。」章百誠說著站起來，「兩位捕頭請稍等，我去叫拙荊來。」不一會，與大老婆進來。

寒暄幾句，黃炳章又問一次，章妻答道：「有男僕三人，女傭五人，幫傭久的已在十年以上，短的也有四五年，一般都是親戚介紹來的。」

「據說有個孫婆婆常來府上走動，不知她有沒有給府上介紹過傭僕？」

章妻想了想：「那孫婆婆大概每月來一次，大約兩年前，曾介紹過一名男僕，名叫寶慶，在這裡幫傭了一年左右，後來說有病，就自動辭傭了。」

「府上近年可有失竊？」

「這個有。」章百誠答道，「約在十個月前，家裡曾失竊了一些衣服什物，不過數量不多，也就沒有向衙門報案。」

「那個寶慶走了才發現失竊的？」

「是。」

「那好。」黃炳章點頭，「請章先生開具失單，向衙門備案，自有下落。」

大家又聊了幾句，黃炳章把失單放好，叮囑章氏夫婦不可把剛才的事說出去，然後拱手告辭。

出了章府，又乘轎到喬閣莊沈府，向沈老財照樣詢問一番，沈老財想了片刻，說：孫婆婆每隔一兩個月就會來沈府走動，一年多前曾介紹過一個女傭來宅幫傭，這女子叫小雲，二十五六歲，不是本地口音，做了幾個月，就說身體吃不消，自動辭傭了，不過後來還來過兩次，跟家裡的女傭三媛關係很好，聽說三媛也曾到過她家走動。云云。

聊著聊著，已是下午五點。黃炳泉問最後一個問題：「不知府上近年來有沒有失竊？」

「丟失過一些首飾，」沈太太道，「不過查不出是誰偷的。」

「是小雲走了後才發現丟失的？」

沈太太想了想：「是。不過小雲人挺好的，她不會做三隻手。」

黃炳泉笑笑，把失竊的首飾數量和特徵紀錄下來。囑沈氏夫婦不要對外人說有捕快來過，然後拱手告辭，與洪錦方回到縣衙，已是傍晚時分了。

兩人吃過晚飯，便聚在辦事房裡磋商。洪錦方看著那些紀錄，心情相當沮喪：「黃兄，孫婆婆介紹傭工，是很正常的事；她介紹的傭工盜竊，這未必跟她有關；馮姑姑是她介紹給段府的，但馮姑姑中毒身死，也無法證明是她下的毒，那副棺材不見了，也不能說是她叫人抬走的，更無法說明這些事跟段府的失竊案相關。根據段葆青和他老婆所說的，馮姑姑似乎有嫌疑，但也可能是巧合，這完全有可能。」身體往大交椅上一靠，右手輕輕拍拍桌上紀錄，語氣是萬般無奈，「下一步還能做什麼？把孫婆婆捉來審問？她不承認，我們根本是口說無憑。」

黃炳泉站起來，在房中慢慢踱步，踱了一會才道：「洪兄，你說的也對。不過依我看，這肯定是一個搞『獻地圖』和『帶線行劫』的團伙。以段府這件失竊案來說，段葆青如此謹慎，防範如此嚴密，門樞如此牢固複雜，卻仍失竊，而失竊後，密室又絲毫無損，這無疑是被人順順當當地開門入室盜竊的；能開門入室，必須偷得密碼表，才能作成；而要偷密碼表，必有內應；這個人，幾乎可以肯定是馮姑姑。她可能只是內應，也可能就是盜竊人，不過這回由於收穫太大，幫首怕事情敗露，便下毒把她殺了；而小雲、寶慶辭傭，有可能是由於章、沈兩家防範森嚴，他們無從下手，也可能是為了配合這次盜竊段府古玩的行動。」說到這裡，黃炳泉停住腳步，喝口茶，看一眼洪錦方，只見他在微笑，顯然是有點不以為然。

黃炳泉又開始踱步，繼續往下說：「從現在所瞭解到的情況來看，我認為孫婆婆是此案中的引線人，她家也是這個盜幫的聯絡點。到她家走動的那個所謂過房女兒，陳大娘說她大約三十來歲，這樣的年紀，大概是幫中的骨幹，也是個經驗豐富的帶線人。至於馮姑姑、小雲、寶慶等人，都是出面幹事的嘍囉；而在孫婆婆之上，應該還有一個幫首，他不出面，只在背後指揮。」停住腳步，看一眼洪錦方，「這種團伙人不會太多，我在餘姚縣就偵破過類似的案件！」

洪錦方笑了笑：「黃兄的推斷聽來很有道理，但沒有實證的。我們現在不管把誰捉來，他不承認，根本就無法入他的罪。黃兄，不是我跟你抬槓，沒有證據就如紙上談兵。」

「洪兄你說得對，我們一定要拿到實證才行。」黃炳泉點頭，「以我的經驗，作為聯絡地點的孫婆婆家裡不會有贓物，贓物很可能在她的那個過房女兒家裡。搜到贓物，就可以找到突破口了！」

「但到何處去找這婦人？逮捕孫婆婆，逼她講出來？」

「不行，那肯定會打草驚蛇，一下子就把其他人全嚇跑了，那將一無所獲！」話音剛落，外面傳來敲門聲，打開門一看，是王阿姑。「有什麼情況？」洪錦方看這女捕快神色興奮，霍地站起來。

「孫婆婆這人肯定有不可告人之事！」王阿姑道，「我呆在陳大娘的樓上，從窗上望下去，正好看著這老婦人的家門。我發現她出入家門時，瞻前顧後，鬼鬼祟祟的。有時還在門外走幾步，好像是怕有人盯梢，其中必有隱情！可惜沒看到有什麼人跟她聯繫。」頓了頓，「還有，我已打聽到這老婦人的過房女兒叫翠花，不過整天都沒有見到這婦人。」

「好，很好！」黃炳泉右手拳頭往左手掌一擊，踱了幾步，再轉過身，對王阿姑道：「你快回去，繼續監視，不可大意！記住，若見翠花來到孫婆婆家，切勿讓她脫逃，可就地緝捕！若有什麼緊急事，可叫陳大娘來通報。辛苦了，快去！」

王阿姑應聲：「是！」出門而去。

洪錦方坐下來：「黃兄，既然不能逮捕孫婆婆，那我們是否守株待兔，就等那個翠花來上鉤？」

「不！」黃炳泉一揮手，「等到她出現，可能這伙人的贓物已經全部出手了！我們要主動出擊，儘快破案！」坐下來，把心中擬定的計劃詳詳細細地說了一遍，最後一拍桌子：「如果搜出贓物，我相信一定可以搜出贓物，就可以定她的罪，一步步追查下去；萬一搜不出贓物，她又抵死不承認，再放了她不遲。」

洪錦方眨眨眼睛。他雖然仍心有疑慮，但還是叫了聲：「好！我相信黃兄的判斷！」

第二天清晨，黃炳泉派差役到沈府，把女傭三媛「請」到班房來，詳細詢問了小雲的面貌特徵、年齡、住址等各方面情況。三媛才十七、八歲，哪見過衙門的陣仗，一見班房已是臉色發青，抖著嘴唇問一句答一句，黃炳泉最後一拍辦公桌：「小雲平時多跟誰來往？你有沒有聽她提起過一個叫翠花的女人？」

怒目一瞪，嚇得個三媛幾乎想跪地叩頭：「黃老爺，這我真的不知道啊！她也沒說過名叫翠花的女人。她回來過兩次，都是說些閒話，在府上四處走走；我到她家去，也只是三幾次，沒有看見有什麼人來找她。黃老爺，我不能亂說啊！」

黃炳泉看這小女子不像撒謊，默默想了一會，站起來：「好吧，你現在帶我們去指認一下小雲的住處。」

黃炳泉與兩個捕快穿了便服，跟在三媛後面，向城東走去。將近來到，三媛收住腳步，向後望了望，再用右手向左邊的一間平房指了指。黃炳泉會意，眼睛朝四周一掃，正好斜對面有間小茶館，便向手下打個眼色，自己向茶館走去。四人先後上了樓，找了個臨窗位置，斜斜的向下望，剛好可以看見那間小平房的門口。

「那就是小雲的家？」黃炳泉看送茶的伙記走開了，低聲問。

「是，是。」三媛的嘴唇仍在抖。

「看著小雲出來。」黃炳泉低聲命令。

大家只管喝茶，眼睛盯著那小平房，不再說話。等了大約一個鐘頭，一個二十五、六歲的女子開門出來。肩頭上掛個小花布袋，像是要去走親戚的樣子。「她就是小雲！」三媛幾乎叫起來。

黃炳泉看一眼兩個便衣捕快：「阿六留在這裡監視，看有誰來找小雲。黃九把三媛帶回班房，請洪班頭等我的消息。」話未說完，人已離座，下樓而去。

小雲向閶門急急而行，哪料背後有人在盯梢，出了閶門一逕走到青龍橋下，右手舉起塊小手帕一揚，一隻小船便從對岸劃來。小雲跳了上去，船伕把槳一點岸，船便順流而下。黃炳泉跟在後面，這可急壞了，你總不能在岸上追。一別頭看上游處，正好划過來一艘雜貨船。黃炳泉急中生智，掏出腰牌來，高舉在手，大叫：「停船檢查！」船伕看是公門人，不得不把船搖攏來，黃炳泉還未等船靠岸，已一躍而上，腰牌仍舉在手：「快向下游划去！」

過了一刻鐘，來到義渡橋沿河處，黃炳泉終於看到小雲剛才乘的小船靠繫在一家民宅前，認清了那民宅的門戶式樣，貨船已到了義渡橋畔，黃炳泉作狀看了兩眼船艙，便一跳上岸，攔了一輛馬車，趕回縣衙。

洪錦方聽了黃九的彙報，心裡正著急，正在辦事房裡踱來踱去，一看黃炳泉興沖沖推門而入，上前一把拉住：「有什麼情況？小雲去了哪裡？」

黃炳泉把經過說了一遍，洪錦方又是搖頭苦笑：「黃兄，這還是沒證據啊！」

黃炳泉一擺手：「我想應該很快就有了！」即命黃九去陳大娘家把陳大娘帶來，又命另一捕快去段府把昨天來班房問話的那個男傭帶來，再向洪錦方一拱手：「洪兄，請速去向縣太爺要張搜查公文！」眾人應聲是，分頭而去。

忙了差不多一個鐘頭，總算一切辦妥，黃炳泉吩咐幾句，然後下令：「出發！沿途不得喧譁！」

三頂轎子各抬著黃炳泉、陳大娘和那個男傭向義渡橋方向走去，後面不遠跟了三個捕快，走在最後面的洪錦方，穿了捕頭的裝束，倒也顯得威風凜凜。大約三刻鐘，轎子來到那間民宅附近，黃炳泉叫停轎。三個人下了轎，黃炳泉吩咐轎伕留下；看河邊，那艘小船已經不見了；別頭叮囑陳大娘和男傭幾句，然後上前拍那民居的門。

一個三十來歲的婦人開了門，一看門人口站了個神高馬大的男人，愕了愕：「請問先生找誰？」

「找翠花。」黃炳泉微笑。

「她不在。」這婦人很平靜，「請問找她有什麼……」未說完，一眼看見陳大娘與男傭走過來，後面還跟了四個捕快，臉色驟然一變，突然雙手一發力，推開黃炳泉，奪門而逃。

黃炳泉這捕頭不是白當的。他一直盯著這婦人的眼睛，看她神情一愕，已有所戒備，看她一出手，自己順勢就把身一側，同時飛起一腳，婦人後腳剛出門口，已後背中招，一聲慘叫，來了個狗吃屎。洪錦方與眾捕快飛撲上前，三下五落二把這婦人提起，推回屋裡，五花大綁，捆在椅上，同時關了門。

黃炳泉看看陳大娘和男傭，陳大娘嘴唇打抖：「她，她就是孫婆婆的過房女兒。」

男傭點點頭：「黃捕頭，她就是那個馮姑姑的親屬，跟孫婆婆一起來把馮姑姑的棺材領走的。」

黃炳泉一把抓住這婦人的頭髮，嘿嘿兩聲冷笑：「這屋裡藏了什麼，你說出來，縣太爺自會對你從輕發落。」

婦人大叫：「我這裡什麼也沒藏，你們亂捉人！」

洪錦方把手一揮：「搜！」翻箱倒櫃拆床，搜了大半個鐘，搜出一疊錢莊票子有數百銀兩之多，還有幾件首飾。黃炳泉覺得應不止此數，瞟那婦人一眼，感覺她臉上似隱隱有焦急的神情，雙眼茫然，卻是瞟著牆角——放床的地方。黃炳泉拿了根木條，走過牆角，細細觀察，同時輕輕敲擊地上的磚塊，終於發現靠牆邊的一塊有異，同時別頭一看那婦人，竟已閉了眼睛。撬開磚塊，拿出一個鐵盒子來，把鎖砸開，裡面是大半盒子的金銀首飾和珠寶。

黃炳泉吩咐三名捕快：「留在這屋裡，不管誰來找翠花，一律逮捕！」拍拍洪錦方的肩頭，「洪兄，我們速回縣衙！」

一回到班房，黃炳泉即令兩名捕快與阿六一起逮捕小雲；又令兩名差役去喬閣莊沈府，即接沈氏夫婦前來辨認贓物；又令三名捕快隨陳大娘回家，逮捕孫婆婆，一揮手：「你們兩個押那老婦人回來，留下一個與王阿姑監視，若有人來找那老婦人，陳大娘又說他不是鄰居的話，立即逮捕！」

眾人躬身：「諾！」一個個出動，黃炳泉這才往大交椅上一靠，舒出一口長氣。

「黃兄，下一步怎麼辦？」洪錦方問，「為什麼不提審那婦人？」

「翠花是幫中骨幹，不好對付；」黃炳泉擺擺手，「先從小雲處打開缺口，到時再雙管齊下！」

不一會，去喬閣莊的差役把沈氏夫婦接回來了，黃炳泉立即請二人辨認贓物，果然有五件首飾和兩件珠翠是失物，「好！好！」黃炳泉站起來，正想叫人去看看小雲捉到沒有，阿六推門而入，拖了雙手捆綁在前的小雲進來：「黃班頭，這婆娘解到！」

沈氏夫婦幾乎跳起來，兩步衝到小雲面前，破口大罵：「你這個臭婆娘，平時裝正經，原來是三隻手！」罵了個狗血淋頭。小雲縮著頭任罵，不敢哼聲。

黃炳泉看是時候了，讓沈氏夫婦把失物領回，然後審問小雲：「你今早去找翠花，有什麼事？」

小雲搖頭：「我不知你說什麼，我不認識翠花。」

黃炳泉嘿嘿兩聲冷笑，就把早上跟蹤的經過詳細說了一遍，看小雲又吃驚又害怕的模樣，「啪！」右手一拍辦公桌：「還有那個划船的是什麼人！」小雲害怕得渾身打顫，但不說話。

洪錦方大喝一聲：「上刑！」幾個捕快如狼似虎的撲上來，兩個把小雲按下，兩個就拿了梭子夾手指，繩子一拉緊，痛得小雲連聲慘叫，大顆汗珠冒出來，幾乎沒昏過去。

黃炳泉擺擺手：「暫停。」上前一把抓住她的頭髮，語氣陰冷陰冷：「你聽著，翠花與孫婆婆已經被捕，你想活命，就立即招供。說！今早找翠花什麼事？划船的是誰？段府的三件古玩現在誰的手上？若然招了，自會從輕發落；若然不招，就莫怪我動用大刑，直到把你弄死！」

這幾句話把小雲嚇壞了，剛才這刑已叫她魂飛魄散，哪還敢硬抗，牙齒打架：「我招！我招！」她招了三件事：一，今早給她划船的人叫寶慶，是幫裡的人，當跑腿的；二，她去找翠花，是接受其命令，過幾天就會去城北一家大戶幫傭；三，她只是知道段府的失竊案跟翠花和孫婆婆有關，但沒有實際參與其事。說到這裡連連叩頭：「大爺，我只是個嘍囉，他們不會跟我說偷了古玩後放在哪裡，所以我真的不知道！」

「幫首是誰？」黃炳泉冷冷地問。

「叫萬大爺，聽馮姑姑說，他是翠花的姘夫。」

「多大年紀？相貌有怎麼特徵？」

「五十來歲，身材很高很壯。長一臉絡腮鬍子，」想了想，「右額頭好像有一條傷疤。」

「他住何處？」洪錦方簡直急不及待，撲上來一把抓住小雲的頭髮，「不說我就打死你！」

「大爺！我真的不知道啊！」小雲跪在地上，痛苦地昂著臉，「我只是見過他兩次，都是在翠花家見的。他們不會告訴我萬大爺住何處的！」

黃炳泉輕輕拉開洪錦方的手：「她不會知道，這得問翠花。」

不過翠花比小雲頑固多了。黃炳泉也不在辦事房審她，而是直接把她拖進刑房，再陰冷陰冷地盯了她五分鐘，才開口：「小雲、孫婆婆、寶慶已經被捕，他們都已招供，現在我問你，你的姘夫住在何處？段府的三件至寶放在何處？招了，從輕發落。」翠花站著，不哼聲。洪錦方與兩名捕快撲上來，一頓拳打腳踢，翠花連聲慘叫，倒在地上，仍然不招。

黃炳泉大怒：「吊起來！」於是這婦人就被吊在了刑房中間的一根柱子上，隨即被剝得精光。

小雲同時被帶進來，一看這般情景，嚇得「哇」的一聲驚叫，然後哀號懇求：「翠花姐，你招了吧！我什麼都說了！」哪料這婦人卻給了她一口唾液，換來的當然是一頓鞭抽火烤的酷刑，翠花在一連串的慘叫聲後昏死過去。

這時已是下午二點鐘左右，一個差役入報：「孫婆婆捉回來了！」

「帶進來！」黃炳泉霍地站起來。他發覺翠花這婆娘真可能寧死不招，而這孫婆婆就是一個缺口。這個五十來歲的婦人上午還是朱門大戶的座上客，中午則受用了一頓豐盛的午餐，哪料一回到家，即遭逮捕，押到這裡來；再一進這刑室，看到昏死在刑柱上的翠花，赤身裸體，鞭痕累累，鮮血淋漓，頓時嚇得一聲慘叫，渾身如篩糠般的顫抖。

黃炳泉看她這樣，「嘿嘿」就是兩聲冷笑：「孫婆婆，你看她受了這般皮肉之苦，才肯招供，這多無謂。不知你是不是也想試試？」

這老婦人幾乎是連想都沒想，便撲通一聲跪倒嗑頭：「我招！我招！」

「那好，段府的三件寶貝現在哪裡？」

「在，可能在萬山萬大爺那裡。」

「萬山在哪裡？」

「在城外楓橋鎮。」

「帶我們去！」黃炳泉的語氣可說刻不容緩，他的心更是急如火燎，因為他怕萬山得了風聲，逃之夭夭。

第七十二章　冤冤相報兩世人

楓橋鎮在蘇州城外，那裡的一個最著名的古蹟便是寒山寺。寒山寺西面不遠，建有一列民居，其中有一間建築得頗為講究的大民宅，門口朝東，正對著寒山寺的方向，兩旁各蹲著一隻小石獅子。孫婆婆抖著嘴唇，右手朝它一指，黃炳泉也不答話，一揮手便直撲過去，洪錦方與七八個捕快緊隨其後。

這時候萬山剛睡醒午覺，準備出門。這傢伙不愧是老江湖，一聽門外驟然響起密集的腳步聲，立時警覺，當身穿捕頭服的黃炳泉手舉大刀衝入，他已猛一下拉開後門衝出，向運河便跳。如果被他跳進運河，遊過對岸，那可能又是一番周折，殊不料碰巧河邊停了一艘小船，他一跳正好就跳到了船上。要在平時，這幫首如此跳法根本不當回事，但現在是心慌情急，一跳下去就扭了腳，痛得他唉呀一聲，正要爬起來，黃炳泉也已縱身跳下，手中大刀「呼」一聲架到了他的脖子上；一看此人右額，果然有一道疤痕。五花大綁把萬山捆了，拖回屋裡，洪錦方喝令他供出古玩藏匿處，萬山閉目裝聾。一頓拳打腳踢後，這幫首竟乾脆裝死。黃炳泉下令搜查：「哪怕挖地三尺！」。

忙了大約兩個鐘頭，終於在內室牆角處挖出一個小窖，內藏兩個鐵箱，把鎖砸開，一箱放著金銀珠寶，另一個矩形框的，正是放了段府的三件至寶。

這下人贓並獲，全部帶回縣衙，時已傍晚，寶慶亦已落網——他是跑去找翠花，立即被逮捕，押回縣衙——一進刑房看翠花那個慘狀，雙腿顫抖，把知道的全供出來。

黃炳泉把犯人全部帶進刑房，立即開審。人證物證俱在，這回也無須動刑，翠花、萬山終於跪倒叩頭請求饒命。這件奇案也就水落石出。

原來這個幫首萬山，在幾年前就已得知蘇州城中的巨富段葆青家裡有個密室，裡面藏有奇珍異寶，便動了盜取之心。開始時他曾想過明搶，即邀上其他幾個吃硬相架的流氓頭，明火執杖闖進段宅，威逼段葆青把珍寶交出來。但終是不敢，因為段宅所處的十全街，在蘇州城裡是個熱鬧的地段，縣衙就在西面不遠，萬一打將起來，捕快隨時趕到，那豈不成了甕中之鱉？又據說密室甚為牢固，萬一段葆青寧死不從，不交出密室的鑰匙，那豈不是一切成空？自己是想盜寶，並非想殺人，就算殺了段宅全家，也毫無益處。再想深一層，如果硬吃不能成功，那肯定使段葆青提高警覺，並且必定驚動官府，以後就更難下手。想來想去，萬山決定不用硬相架而用軟相架中的一招「獻地圖」，亦謂「帶線行劫」。

所謂「獻地圖」，就是事先探得有富戶藏有珍貴財物，便為其推薦男僕女傭，又或派幫裡人坐在「薦頭店」（介紹傭工之處）裡，專等有錢人家來僱用車伕娘娘（上海方言：女傭）。藉此進入該戶中幫傭，以一年半載的時間，打探清楚主人家的情況，摸清儲藏財物的門路，然後畫出地形走道，這就是「地圖」，暗裡送給幫首，在這整個過程中，「帶線」、「引線」、「通線」等協同行動。幫首收到圖後，又經一番周密策劃，隨後便會親自或派親信前去盜竊。由於有供圖者為內應，多能成功，甚少失手。

這種軟相架比硬搶穩當得多，不過要花費很長時間，長則三五年，甚至有十年八年的，短者也得一年半載，更要做不少功夫，由此至終不能露出破綻。萬山衡量再三，仍是覺得值，便採取行動。

這天晚上，馮姑姑、翠花、孫婆婆齊集萬山家裡，在「祖師爺」牌位前齊齊跪倒，焚香叩頭，發誓禱咒：謹遵幫規，嚴守秘密，雖至愛親朋，亦絕不洩漏半點，若然走漏風聲，必秘處三刀六洞，決不容情！

儀式完，萬山便向三人佈置任務。馮姑姑在幫中經幾年培訓，萬山認為她處事慎敏，膽大心細，便委以「內應」的重任，並交與她一串萬能鑰匙和一只袖珍燈。馮姑姑接過，立誓「克盡厥職，效忠祖爺」，隨後把還未足一歲的親生兒子托給他人撫養。不久，孫婆婆便把她介紹給段府當奶媽。這次「帶線行劫」的行動便算正式開始了。

馮姑姑在段府手腳麻利，沉默寡言，待人溫和，熱情有禮，以出色的處世手段贏得了段府上下的喜歡，暗裡則留心觀察宅裡通道，時時處處注視著段葆青的行動，等一切混熟後，終於得知密室在內室之內，內室是段葆青的書房，一般人不許進入。她自己既當了段葆青孫兒的奶媽，活動範圍便只限於小奶奶的內室，於是就只能在夜裡行動。這時候，她來到段府已經一年多了。

一天，半夜裡，她溜到內室門前，想用萬能鑰匙開門，哪知弄了近半個小時，怎樣扭也無法打開，只得退回自己房間。以後又弄過兩晚，終是不成。這一天，孫婆婆又來段府串門，這一年多她差不多是每個月來一次，主要是看馮姑姑發出的暗號，以前多次都是見她以手撣胸，這表示「事情正在設法進行」，這回見她則是以手輕輕拍了拍屁股，這表示「尚未摸到門路」；再雙手交叉小腹前，這表示「請求援助」。看得孫婆婆心中不覺著急，走時向段宅上下打過招呼，臨出門時像是不經意般舉右手掠了兩下頭髮。

馮姑姑得了這暗號，便於後天趁段葆青的孫兒睡了午覺時偷偷溜出段宅，向宅後一拐，走不多遠便到了孫婆婆家，回頭看清了沒人盯梢，便走了進去。翠花早在等著了，聽了馮姑姑的一番講述，右手一拍桌子：「好！今夜姑奶奶親自出馬！」

這婆娘也確是厲害。當晚烏雲翻滾，星月無光，三四更時分，整個段宅靜得像全死了一般，馮姑姑悄悄溜出自己的房子，去開了段宅的小側門，翠花立即閃了進來，二人溜到內室門前，翠花拿著萬能鑰匙弄了一會，竟把內室的門打開了。靠著小燈的燈光，二人躡足來到密室前，翠花又如法炮製，弄了一會，聽得「得」的一聲響，那鎖似乎開了，不覺興奮得心頭亂跳，便想推門而入，發了狂力，哪料室門牢閉如故，再細細觀察，才知門鎖旁還有個密碼部件，氣得大罵一聲：「你這個段老財！」快快而退。

馮姑姑隨後便接到了萬山「必須找到口令」的命令。又三幾個月過去，毫無進展，馮姑姑不敢也不能無緣無故的到段葆青的書房裡來，因而就根本不能探知密碼；而段葆青的孫兒也斷奶了，馮姑姑想了整夜，決定以退為進，第二天便提出辭傭——她知道段府上下人都喜歡自己，尤其那大奶奶，是不會讓自己辭去的，果然不出所料，段府堅決要她留下來，負責帶那小孫兒和做點針線。這樣，馮姑姑在段府裡就比以前「自由」多了。以前她一般只能呆在小奶奶的內室帶小孩，現在這小孩已會走會跑，她就帶著這孩子在段府裡到處轉，並常常有意到大奶奶這邊來。很湊巧，這天大奶奶把她叫進內室做針線，順便跟孫兒逗樂，而段葆青又碰巧忘了密碼，只好戴著老花眼鏡，對著密碼表來開鎖，這就讓馮姑姑看了個真切——原來有個密碼表！她斷定段葆青不會整天把密碼表放在口袋裡，肯定是放在書房的某處隱蔽地方，於是以後更常去找大奶奶，企圖僥倖看到段葆青放密碼表的地方，不過她失望了，因為大奶奶呆在書房的時間也不多，又三幾個月過去，一無所獲，馮姑姑只能在心裡乾著急。

這天，她以為機會來了。有個段葆青的遠房親戚來向段老爺打秋風，於是她抱著段葆青的小孫急急來敲書房的門，等段葆青一出去，她扭開門便閃了進去，放下小孩，這裡看那裡看，約過了十來二十分鐘，還未等她真正動手，那小孩已覺得在房裡無聊，吵著要出去。馮姑姑怕他哭起來，那就麻煩了，儘管一百個不情願，也只好抱了小孩離開了書房。事情就這麼巧，若是那小孩不哭鬧，等半小時後段葆青突然回來，那馮姑姑的陰謀就全然暴露，段葆青必定把她逐出段府，那也就沒有這件在蘇州城轟動一時的奇案了。

且說馮姑姑這次失敗後，想來想去，只得再度冒險半夜潛入書房。第一次潛入，什麼也沒有找到；過了大半個月，第二次潛入，仍是一無所獲；又過了幾乎一個月，第三次潛入，偷偷摸摸的一點聲響不敢弄出來，只是借著那盞袖珍燈微弱的燈光慢慢翻，弄了幾乎兩個鐘頭，這回終於被她找到了書桌抽屜的夾縫，把那張密碼表掏了出來。興奮得她雙手發抖，拿著萬能鑰匙和這張密碼表，結果弄了差不多一個鐘頭，那密室的門仍是巍然不動，她知道是自己沒弄懂這張密碼表，再看看黎明將至，只得萬分沮喪地把密碼表放回原處，悄悄退出書房；回到自己房中，立即把剛看到的密碼表「左三右五」的趕緊記下來。

過了兩天，孫婆婆又來段府串門，馮姑姑向她點點頭算是打過招呼，左手拖著段葆青的孫兒，右手舉起輕輕拍了兩下前額——這表示有緊急事情要見幫首，悠悠閒閒向前走去。

孫婆婆像沒反應，與段葆青的老妻聊了一會閒話，又與兩個老女傭拉了一會家常，看馮姑姑從大屋拐出，正向自己這邊走過來，便躬身向兩個老女傭告辭，出門時把左手向上舉，然後右手向上舉，來往兩次，像是做「甩手功」，頭也不回扭著腰身而去。

第二天午飯後，馮姑姑按照孫婆婆的暗號命令，等段葆青的小孫兒睡安穩了，便又悄悄溜出段府，閃進孫婆婆的家，幫首萬山已在等候。馮姑姑把自己默記下來的密碼表交與他，又把開鎖經過說了一遍。

萬山邊聽邊看這口令表，馮姑姑說完，他便把手一揮：「你立即回去，以免段家人起疑。今夜零時，我從小側門進去！」

「這密碼表萬大爺看得懂嗎？」馮姑姑一臉疑惑，「我弄了一個鐘頭呢！一點反應也沒有！」

「哈哈！」萬山開懷一笑，「段老財這點小小伎倆哪攔得住我萬大爺！不敢說有十足把握，至少也有八成！」

當夜馮姑姑偷偷開了小側門，萬山閃身進來，然後如上次翠花一般，打開了內室的門；為求保險，從抽屜夾縫中取出段葆青親手寫的密碼表，再摸到密室門前，就著袖珍燈的光，對著表上的提示慢慢扭動號碼，過了大約半個鐘頭，萬能鑰匙一擰，再輕輕一推，密室門開了。

二人潛入密室，再按照密碼表，打開壁室門，在袖珍燈光下，眼前半壁的奇珍異寶，光彩奪目，馮姑姑忍不住幾乎叫起來，急得自己一把捂住了嘴。萬山也一下子愣在當地——他做賊幾十年，還從未見過這麼多珍寶，過了好一會才算回過神來。他把這些珍寶草草掃了一眼，就取了碧玉如意、翡翠如來佛與荊軻刺秦王立軸。他想多拿，但恐攜帶不便；況且他確信，這三件珍寶是一筆巨大的財富，別說吃用一世，就算吃用十世也綽綽有餘。把三件珍寶拿在手中，心中竟說了句「盜亦有道」。把壁門小心關上，退出密室，再輕輕關了門，吩咐馮姑姑把密碼表放回原處，然後自己悄悄溜到小側門，逕自出去了。

馮姑姑回到自己的臥室，心裡興奮得難以入睡，以為這回盜得珍寶，定必能發一筆大財，拿了後帶上兒子遠走高飛，今生無虞了；哪料到就因為這三件珍寶太過值錢，反而就要了自己的命。正當她在床上輾轉反側，心中嘻嘻笑時，萬山在孫婆婆家向孫、翠二人下了「殺人滅口」的命令。

過了兩天，孫婆婆又來到段府串門，這回她向馮姑姑發出的暗號是頭上梳了個高髻，腦後是一只黑色的髮夾。當天晚上二更天時候，馮姑姑便依照暗號溜出段宅，來到孫婆婆家，以為可以領取賞銀。翠花早等在這兒了，一看她閃身進來，熱情得無以復加，讓座端茶，同時把她大大稱讚一番：「馮姑姑，萬大爺說這回盜寶成功，全是你的功勞呢！他要孫婆婆告訴你，他要予以重賞呢！要你過兩天就向段家辭傭，出來後便可得到大筆賞銀呢！馮姑姑喲，你這回要發大財啦！連我和孫婆婆都羨慕死了！」

聽得馮姑姑心花怒放，喝了那杯茶，站起來躬躬身：「多謝萬大爺！多謝翠花姐！多謝孫婆婆！」又閒話了幾句，孫婆婆便要她快回段宅，以免段家起疑。

馮姑姑於是歡天喜地，溜了回去，躺在自己的床上，不覺已是三更天，還未盤算好拿了大筆銀子後如何快樂，突覺腹如刀割，捂腹慘叫連聲，毒發身亡。段宅隨即陷入一片慌亂之中，下人們一時不知所措。段葆青夫婦得報來到房裡探望時，馮姑姑剛死。在當年，為人作傭是低人一等的，一旦有病在身，主人家必遣你回家將養，以免給他帶來晦氣，現在一條死屍蜷曲在宅中房間，段葆青心中不覺大嘆「晦氣」，立命下人把屍移到宅後，猶豫了一下，決定不報案，便連夜令人去泰壽店買了口棺材，把馮姑姑裝殮了。忙了半夜，段葆青坐在太師椅上打了個盹，不覺黎明降臨，便遣老女傭去通知孫婆婆。這時孫婆婆早等著了，隨即就與翠花前來領了屍棺，先厝放在城外寶慶寺旁。

過了兩天，萬山覺得不妥，怕案發後衙門會開棺驗屍，便暗裡雇了幾個地痞癟三，把棺材抬走，扔進運河。幸好天網恢恢，疏而不漏。

此案偵破，轟動一時，黃炳泉也因而在姑蘇城中揚名。縣太爺陶民金聽了他的詳細稟報，大大稱讚一番。就從段葆青的三千銀兩賞格中，拿出五百作為打賞，另五百則打賞了洪錦方及其手下捕快，他自己得了一千，另一千依約給了呂道政。根據萬山的招供，隨後又起出一批贓物，凡有在縣衙報案掛失的，便由失主前來結具認領；剩下沒有著落的，則變賣錢財，照例飽入縣太爺及捕快的私囊，黃炳泉從中也得了不少好處。全案審結，萬山、翠花和孫婆婆被關入大牢，等秋後處斬。

結果只斬了孫婆婆。翠花不知是因刑傷過重，還是受了獄卒的肆意凌辱，兩個月後便死於獄中；又過了兩個月，萬山突然被人刺死，也不知是仇家復仇，還是有富戶花錢買了他的命。總之是不管生前積下了多少造孽財，到頭來全如水中月鏡中花，留下白茫茫大地一片真乾淨。

程聞把這「黃炳泉智破盜寶案」說完，輕輕嘆了一句：「可謂天下事無奇不有，冤冤相報兩世人。黃老闆的先父擒了大盜，又哪能料到這大盜竟會有個兒子在四十年後找自己的兒子報仇？」頓了頓，「這個萬復的母親倒是沒有在這件奇案裡出現，大概是萬山在外面養的小老馬。」

杜月笙於是微笑，起身給程聞斟酒：「黃老闆剛才吩咐我們商量個主意出來，不知程先生認為該怎樣回覆黃老闆？」

程聞不答，慢慢喝酒。近半個小時，兩人默默無言。菜吃得差不多了，一瓶花雕也已喝得所剩無幾，程聞這才慢慢放下酒杯，臉色泛紅，不過神志十分清晰，瞟一眼杜月笙，微笑著問：「月笙，你認為呢？」

「我看此人，不會假，是萬山的兒子，否則誰會說這個要吃衛生丸的話？」

杜月笙神色莊重，「不過我覺得他背後還有人——有人指使他行刺黃老闆！」

「何以見得？」程聞的微笑仍掛在面上。「我看他那身打扮，雖說不上衣衫襤褸，也差不多了；再加那副尊容，臉有菜色，營養不良的樣子，十足一個窮癟三；但現在我們從他身上卻搜出張五十銀元的票子，還有手上的那支左輪手槍，這樣的窮癟三，哪來這麼多錢，哪來錢買槍？所以我認為肯定有人在背後資助他！當務之急，是必須找出背後指使人，否則黃老闆還不知什麼時候會再被行刺！」心裡還有句話沒有說出來：「黃金榮若死了，對我和你都是無法彌補的重大損失。」

程聞哈哈一笑：「說得不錯，英雄所見略同！」身體往椅子上一靠，右手食中無名三指輕輕敲著桌面，「只是，月笙，萬復仇未必肯招；也可能屈打成招，不過他會亂說，比如亂指個英租界的大好佬出來，那可麻煩。你有什麼辦法？」

杜月笙笑笑：「如果黃老闆交給我辦，我一定能夠要他講出真話，未必要動用刑具什麼的。」

「哈哈！」程聞大笑，「好！那就看你的本事！」

第七十三章　了斷舊恨與新仇

杜、程二人走下小茶樓時，黃金榮正在公館後間橫床直竹，從外表看，他好像把萬復仇忘了。過足了癮，正好看到兩人走進來，話說得漫不經心：「商量出個主意沒有？」

程聞躬躬身，就把杜月笙的話說了。黃金榮瞟杜月笙一眼，輕輕點點頭：「既然有把握，好，你來辦。」

「待他講出真話後，」杜月笙狀甚恭敬，「不知黃老闆要怎樣處置這個萬復仇？」

「你拿主意。」黃金榮一揮手。他不想在自己的公館裡「做（殺）」人；身為探長，他也不便直白說「做了」，但他相信杜月笙已明白了自己的意思。

「是，黃老闆。」杜月笙果然好像已心領神會，轉身出去，來到客廳，只見江肇銘、袁珊寶跟阿七、阿衡等幾個黃公館裡的保鏢正在抽煙聊天，便朝他們擺擺手：「各位兄弟，你們都來。」

一伙人七八個，來到黃公館東北角一個偏僻隱蔽的小房間。阿七開了房門鎖，推開門，只見屋樑上吊著萬復仇。自下午被捉後，這傢伙顯然已五六個小時沒有滴水落肚，更遭了公館裡的打手一頓狠揍，又雙手被高高吊起，血液滯流，早已痛苦不堪，幾乎昏過去，現在一見有人進來，便拼命的昂起頭，扯開乾燥的喉嚨嘶叫：「放下我！放下我啊！」

杜月笙像沒聽見，端過一張坐椅，施施然對著萬復仇坐下來，又順手拉過一條板凳，放在萬復仇面前。江肇銘等人有的站在他的背後，有的站在萬復仇兩邊，對著這個可憐的囚徒凶神惡煞，怒目圓睜。杜月笙看著這萬復仇，眼神陰冷陰冷，過了大約一刻鐘，才慢慢地從身上掏出一疊銀票來，又叫阿衡拿過來一把匕首，都放在萬復仇面前；動作眼神都足以令這刺客只覺一股寒氣直從背上昇起。又過了約一刻鐘，杜月笙才緩緩的開了口：「萬先生，黃探長大人有大量，說上代人的恩怨上代人了結，他不計較，放你一條生路。但是，你必須說出是誰指使你前來行刺。」頓了頓，「現在黃探長把這件事交給我來辦，我就給你兩條路走，一，說出背後主使人，我就立即派人護送你離開上海灘，保證令其他人不敢對你下手；此外，」輕輕拍拍那疊銀票，「還有五百銀元的打賞。二，你不說出來，我就叫你慢慢死，死得很痛苦。」把條凳上的匕首拿起來，把玩了兩下，「把你打得半死後，我就將你凌遲。知道什麼叫凌遲吧？那就是把你身上的肉一塊塊割下來，慢慢割，直到你只剩下一副骨架。」

這幾句話寒氣迫人，恐怖異常，幾乎沒嚇昏了萬復仇，現在這小子哪還記得復仇，杜月笙話音剛落，他已大叫起來：「我說！我說！」

「誰？」杜月笙霍地站起來，手中的匕首幾乎觸到了萬復仇的鼻尖。

「黃惠根！惠根和尚！」

杜月笙愣了愣，他想起了七八年前死於惠根和尚突襲的難兄難弟李阿三，心中頓時湧起一種興奮：報仇機會到了！一匕首割了綁著萬復仇兩隻手腕的繩子：「你是怎麼認識惠根和尚的？」

萬復仇一屁股坐在地上，拼命抖動已吊麻了的雙手。杜月笙慢慢在椅子上坐下來，雙眼陰森森陰森的盯著他，等他的回答。「是這樣，」萬復仇現在已絕對沒有了復仇的氣慨，「我在蘇州做癟三，有時到鄉下浪蕩，幾乎沒餓死。大前天在蘇州臨江茶樓碰到個老人，已經六、七十歲的了，自稱年青時曾跟先父一起在江湖行走，他請我喝茶，罵我沒出息，不能為父母報仇。我說連自己的都養不活，還哪能報仇啊，他就寫了張字條，要我帶到上海灘來，去陸家嘴碼頭找惠根和尚。」

「紙上寫了什麼？」

「就幾個字：欲刺黃，助此人。鐘。」

「鐘？六、七十歲？」杜月笙愣了愣，想了一下，沒想出誰來，「你就來了？」

「是。我拿了他送的三個銀元，乘船來，昨晚到的。上了岸，在碼頭睡了一夜，今早在陸家嘴碼頭找到惠根和尚，把紙條交給他。」

「怎麼樣？」

「他很高興。交給我一支手槍、五十個銀元，說若行刺成功，他會再給一千銀元，如果失手被俘，就要我自殺，否則他要殺死我。我下午來到同孚里口時，他就派了人跟著。」萬復仇說著說著就趴在了地上磕頭，「大哥你一定要救我，我不能夠一個人出去，你要派人保護我離開上海灘啊！」

「好！我說到做到！」杜月笙說著站起來，對江肇銘、袁珊寶道：「你兩位送他去南碼頭，雇船送他回去！」

「是！」江、袁二人同時應一聲，「押」著萬復仇出去，走了兩步，萬復仇像如夢方醒，回過頭大叫一聲：「大哥，我那五百銀元票子……」未叫完，就被江肇銘一手抓住腦袋扭回正面，同時是一聲暴喝：「觸那，你是要錢還是要命？」嚇得萬復仇再不敢哼聲。

三人出了黃公館東北角的小門，攔了一輛馬車，在車伕正要揚鞭驅馬時，江肇銘很清楚地看到杜月笙向自己做了一個「種荷花」的手勢。

這時已是二更天，馬車篤悠悠向南走，來到南碼頭時，已是夜深人靜，將近三更天了。江肇銘叫車伕停車，自己先跳下來，向後面望望，沒有人跟來，心中大定，轉過頭叫袁、萬二人下車。萬復仇本來心中就如井裡的十五個吊桶，七上八下，現在下車一看四周，附近只有幾間低矮平房，左邊不遠處有間貨棧，裡面透出昏黃的燈火，其餘的均烏燈黑火，沒見幾個人影；前面就是寬闊的黃浦江，江邊繫著幾艘漁船，桅桿上的桅燈燒著如黃豆大的光，在搖搖晃晃；天上濃雲密佈星月無蹤，更令這市郊的荒涼感添了詭秘，不覺心慌起來，舌頭也像不聽使喚了：「兩位大，大哥，這裡哪有船，船啊？」

「江邊不是有船？」袁珊寶笑道。

江肇銘則拍拍萬復仇的肩頭：「兄弟，月笙哥說連夜送你離開上海灘，就一定會送你離開，別擔心，你等著，我去找條船來。」說完，向貨棧急步走去。

這時何野鯉正在貨棧裡跟幾個豬朋狗友賭紙牌，聽到有人叫：「阿野！」抬頭一看，江肇銘站在門口向自己招手，不覺愣了愣：「宣統皇帝？」放下紙牌走出來。

江肇銘低聲道：「月笙哥吩咐，給我一隻舢舨，你駕船，我來『做』一個人。」

「做人？」何野鯉又一愣，「誰？」

「你問月笙哥。」何野鯉知道下面的話就不必說了，點點頭，走向碼頭。

江肇銘向袁珊寶招招手：「請萬先生過來！」

袁、萬二人走過來，跟在江肇銘後面走向碼頭，何野鯉已解了繫著舢舨的纜繩，江肇銘轉過身請萬復仇上船：「萬先生請上船，我送你過對岸，對面碼頭有艘船是回蘇州的，一個小時後開航。」萬復仇一聽送他回蘇州，立即上船。

何野鯉讓他坐船頭，自己在船尾划槳，江肇銘坐船中。舢舨快速向江中划去。江肇銘十分親熱地跟萬復仇聊些有關蘇州的閒話，萬復仇看他現在神情可親的樣子，心中定了些，又是說到自己家鄉的事，便有點口若懸河起來。正說得高興，江肇銘突然左手向他身後一指：「有船撞過來！」萬復仇猛一回頭，還未看清江面上到底有什麼，江肇銘已撲了過來，右手的匕首直刺進他的腰脅，再左手一撥，隨著「呀！」的一聲慘叫，接著就是「撲通」——萬復仇掉水裡了。慘叫聲劃破了寧靜的江面，不過四周沒有船，更沒有引起岸上任何人的注意，也就如同什麼事也沒有發生過。

當時，黃金榮坐在公館後間那張大交椅上，已聽完了杜月笙的稟報，猛抽雪茄，沉默了足有一刻鐘，才怒拍八仙桌：「惠根和尚，我要叫你死無葬身之地！」

杜月笙與程聞看著這個大把頭，不哼聲。

房間裡又恢復安靜。又過了大約一刻鐘，黃金榮才好像怒氣稍息，抬頭看看杜月笙：「那個萬復仇……？」

「見龍王了。」回答得明白扼要。

黃金榮看看程聞：「阿聞，你說對那個惠根和尚……」

「必須清除！」程聞說得斬釘截鐵，「留這個人在法租界，不知他什麼時候又會買凶行刺！不過，這事不能操之過急；最好能夠不引起江湖人馬的騷亂才好；而且，」稍稍猶豫了一下，「黃老闆不便出面。」

「果然是師爺。」黃金榮心中說一句。又沉默了一會，黃金榮似乎說得很輕鬆：「阿聞，那你說怎麼辦？」

「這件事由月笙來做，肯定會功德圓滿。」程聞道，同時看一眼杜月笙。

黃金榮又抽雪茄，過了一會，才抬頭看一眼杜月笙：「要做得乾淨利落，不可引起江湖上的爭鬥，不要給巡捕房惹麻煩。」頓了頓，「有沒有把握？」

杜月笙哈哈腰：「如果黃老闆全權交給我辦，我一定不會給黃老闆你惹麻煩！做不做得圓滿這不敢說，但決不會有損黃老闆的名聲！」

「好。事成後，陸家嘴碼頭就屬你三十六股黨。」

「多謝黃老闆。不過，如程先生說的，這事不能操之過急。因為現在惠根和尚肯定已經知道萬復仇被捉進了黃公館，而且肯定供出了他是行刺的背後主使人，他除非退出陸家嘴碼頭，逃到英租界甚至逃出上海灘，否則必定時時提防，槍不離身。在這個時候殺他，只會引起江湖騷亂，所以黃老闆得給我時間。」

「那好！」黃金榮一揮手，「三個月內拿下他的人頭！打算怎樣幹，你自己抓主意！」

「是，黃老闆。」杜月笙回答得很平靜，其實心中正湧起一陣陣復仇的快感，更何況有陸家嘴碼頭等著自己接收：惠根和尚啊惠根和尚，有道是「君子報仇，十年不晚」，現在事過七年，我杜月笙就要叫你償命！

過了兩天，杜月笙派馬世奇到陸家嘴碼頭「打探虛實」，到了下午，馬世奇回來報告：「我找到以前的一個朋友，叫大頭成，他是惠根和尚的手下。他說惠根和尚在前天走了，現在由麥五做頭。那個麥五，七年前我在十六鋪碼頭幾乎跟他打了一架，大頭成說他是惠根和尚的大徒弟。」

「大頭成有沒有說惠根和尚去了哪裡？」

「沒有。他說前兩天晚飯前，惠根和尚把手下集合在一起，說自己要離開上海一兩個月，他走後，由麥五帶領大家。然後就走了。」

杜月笙坐在太師椅上，默默無言。他知道惠根和尚肯定是得知萬復仇被捕，怕黃金榮對他不利，便離開上海避風。但現在明知如此，那又如何？天大地大，如何去找這個光頭佬？哪怕用槍指著麥五的腦袋，他也未必知道這光頭佬的去向。想來想去，一籌莫展，對馬世奇擺擺手：「世奇，過段時間你再請大頭成吃飯，打探消息，一得知惠根回來了，立即報告！」

就這樣一等等了三個月，黃惠根仍然沒有在上海灘露面，而江湖上則在傳頌黃探長如何寬宏大量，那大概是黃公館的保鏢傳出去。說惠根和尚資助人來行刺黃探長，而這個刺客的父親正是黃探長的父親以前所擒殺的大盜，黃探長就看在這個份上，上代人的恩怨上代人了結，便不予追究，放他一條生路。對惠根和尚，黃探長也不願再提，真是大人有大量，云云。

馬世奇在茶樓上聽到這些傳言，便回來報告杜月笙，杜月笙輕鬆地哈哈一笑：「好好，這回黃探長不但名聲無損，還大大傳揚了！」

其實這流氓把頭心中是非常著急。這兩年生意不錯，又收了不少門徒，而手下的馬祥生、袁珊寶、江肇銘也已各自收徒，杜幫勢力越來越大，對付黃惠根應該是綽綽有餘，但這光頭佬至今不歸，空有一幫人馬，卻莫奈其何。雖然期限已到，黃金榮得知惠根仍未露面，也沒有催他割這光頭佬的腦袋，但他總覺得此仇不報，實在對不起李阿三，也有負黃金榮。

這天吃過晚飯，杜月笙叫上江肇銘、馬祥生，芮慶榮、葉綽山等人，準備去英租界福嘉行，順便繞道陸家嘴碼頭，看看麥五這幫人有什麼動靜。幾個人坐了黃包車，吩咐車伕不急，慢慢拉，篤悠悠便來到了陸家嘴碼頭一帶，下了車，朝前慢慢逛，看看四周，雖不似十六鋪一帶熱鬧，但也行人不少，處處燈火；碼頭一帶，更是人頭洶湧，馬祥生低聲問：「月笙哥，來這裡看什麼？」

杜月笙笑笑：「不看什麼，看熱鬧。」

確實沒有什麼好看，也看不到惠根和尚的手下，杜月笙不得不承認，在這個熱鬧地方實在不好動手，就算見到麥五又如何？邊想邊朝北逛去，不知不覺便進了英租界，來到四馬路跟界路的十字路口，無意中看到一輛黃包車從東面的四馬路走來，然後拐向北，沿著界路向前走，車中那客人似乎很面善，不覺一愣，收住腳步，雙眼盯住。

江肇銘走在杜月笙的身旁，看他茫然地看著那輛黃包車，不覺怔了怔：「月笙哥，看見什麼？」

杜月笙像在自言自語：「貝天成？」輕輕用手一指，「看著那輛黃包車，走！」

杜月笙驀地想起兩年前在聚寶茶樓幾乎與這富商發生衝突，還被他臭罵了一句：「流氓！」同時又想起十多年前在十六鋪鴻元盛水果店被他的三姨太追過來大罵，不覺一股怨氣便湧上來：「觸那！貝天成！我正缺錢跟黃老闆合伙開間大賭台，你這回撞在我的手上，非得狠狠敲你一筆不可！」眼看著貝天成與那瘦子進了弄堂，杜月笙回頭對江肇銘等人低聲道：「看著那兩個人，分開走，跟著我！」說完已急走幾步到了弄堂口，一轉身拐了進去，遠遠跟在貝天成二人後面。

走了一會，看著貝天成二人進了左邊一間房子，這房子的門口斜出一盞方燈，映出「香如」兩個字，十分醒目。門杜下有三幾流鶯，正向路人亂拋媚眼。

杜月笙慢慢收住腳步，馬祥生兩步趕上來：「月笙哥，那兩個人是誰？」

「胖的那個是貝天成。」

「貝天成？」馬祥生愣了愣，「他是誰？」

「兩年前在聚寶樓，我請了黃探長跟沈杏山講開，那傢伙罵了我們！你忘了？」

馬祥生「哦」了一聲，像是記起來了。這時江、芮、葉三人已圍了上來。

「跟著這個貝天成幹什麼？」江肇銘問。

杜月笙看一下這幾個手下幹將，微微一笑：「各位想不想發財？」

「當然想！」江肇銘首先叫起來。

杜月笙看他一眼，示意再不得大叫大嚷，沉聲道：「貝天成是上海灘有名的顏料業富商，我們現在來綁他一票，大家發筆財！」

「好啊！」江肇銘又叫起來，被馬祥生一拍肩頭，才收了聲。

芮慶榮與葉綽山則是沉著聲叫道：「好！綁他一票！聽月笙哥的！」

杜月笙拍拍江肇銘：「你立即回去，叫上世奇，帶上繩索布團麻袋，拉一輛黃包車來！」再掃一眼其他人，「我們就在附近分散等著貝天成出來！」

這一等等了將近三個鐘頭，馬世奇早已與江肇銘停著黃包車等在弄堂口了。直到將近三更天，才見貝天成與那瘦子施施然從「香如」門口出來，後面跟著兩個穿著高衩旗袍、搽脂蕩粉的女子，在嗲聲嗲氣地相送：「兩位大爺慢走喲，以後多多來喲，小妹在等著你們呢。」貝天成與瘦子則是笑容滿臉，說著好好好一定一定的廢話，朝兩個煙花女擺了兩下手，洋洋自得的向弄堂口慢慢走去。杜、芮、葉、馬四人早站在弄堂口這邊，一看貝天成走過來，杜月笙打個眼色，四人便先行出了弄堂口。這時候巷口等了有四、五部黃包車，杜月笙向停在路邊的江肇銘打個手勢，再向馬、芮、葉三人低聲道：「不要讓其他黃包車接客！」說完轉過身，看到貝天成已就要走到弄堂口了。

江肇銘拉著黃包車飛跑過來，其他幾個黃包車伕一看有客，也拉起車就要趕，沒走兩步就被杜月笙等人攔住，大罵車伕亂撞，於是雙方立即吵鬧起來，這時江肇銘已把車停在貝天成面前，馬世奇雙手低垂，很慇勤地躬躬身：「兩位大爺快請上車，他們要打起來了！」

貝天成當然不想逗留，立即坐了上去，還未坐穩就已大叫：「快拉！快拉！去靜安寺路！」

江肇銘拉起車子就向西跑，馬世奇跟在後面，跑了一會，江肇銘放慢腳步，杜月笙等人也已趕上來了，分散開，遠遠在後面跟著。

不一會便到了泥城濱，江肇銘轉向北，走了一段，來到南京路口，再轉向西，進入靜安寺路；走不多遠，突然一個右拐，把黃包車拐進了一條弄堂裡。那個貝天成，一時大意，沒想到這月黑風高夜，什麼事都會發生，正在跟自己的帳房先生聊著剛才粉頭的「滋味」，突然發覺黃包車已拐進了小巷，嚇得一愣，還未叫出聲，江肇銘已將車把向下一壓，幾乎沒把貝天成與他的帳房甩出來，貝天成本來想怒罵一句：「為什麼拐進弄堂！」現在從喉嚨發出來的卻是「呀！」的一聲驚叫。

這一聲剛叫完，雙眼就直了：江肇銘手執匕首，直撲上來；馬世奇隨後跟進，兩把匕首直指貝天成二人，尤其江肇銘那凶狠神情，幾乎沒把這個商家當場嚇昏。

這時杜月笙等人也已衝到車前，只聽杜月笙沉聲喝道：「兩位別哼聲！我們只求財，不要命。如果反抗，就休怪刀下無情！」

貝天成二人現被懸在空中，看這伙人，顯然是剪徑的強盜——只不過是在大城市內剪，不是在荒郊野嶺剪；掃一眼弄堂，鬼影不見一只——原在路上的幾個行人也跑光了，自知已成了俎上之肉，再加杜月笙最後那句叫人不寒而慄的話，哪還敢反抗，就愣著眼，嘴裡說著「好漢饒命，好漢饒命」，便任由江肇銘等人衝上來捆了手腳，塞了嘴，蒙了眼，只是沒用到那兩個大麻袋。

杜月笙看一切妥當，伸手一把拉下車簾，附在江肇銘耳邊低聲道：「回永亨。」

一車數人悄無聲息的向南走，回到永亨時已是午夜零時，貝天成二人被拖進後間密室，一把捆在椅子上；過了大約半個鐘頭，口中的布團才被扯去，蒙眼布也被解開，二人睜眼一看，眼前是六條漢子，一個個戴了大口罩，頭上一頂大沿帽，低低的壓在眉眼上。正嚇得目瞪口呆，杜月笙已走到貝天成面前，右手拿了一把匕首，指指那個瘦漢，語氣陰冷陰冷：「貝天成，這個人是不是你的朋友，叫什麼名字？」

「你，你怎麼知道我，我是貝天成？」貝天成嘴唇打顫。

「少廢話！」杜月笙冷冷地說：「我不但知道你叫貝天成，我還知道你是有名的顏料業富商。說！這個人是誰？」燈光下寒光閃閃的匕首就在貝天成的鼻尖前晃了兩晃。

貝天成舌頭打顫，話幾乎說不完全：「他，他是我的帳，帳房。叫，叫李，李行。」

「那好。我說過，我們只求財，不要命。現在你寫一張紙條，交你這個帳房，讓你三姨太在十天後到南市南碼頭交八萬銀元的票子來贖人。記住！」杜月笙看這貝天成神情驚愕像要說話，大聲喝斷他，「不要討價還價！我沒有要你交十萬銀元，已是寬宏大量！」一拍桌子，「寫！」

桌子上已放好文房四寶，就在貝天成的側面。江肇銘立即解了捆著他右手的繩索，也是一聲暴喝：「寫！」貝天成的頭就成了啄木鳥的嘴，一連點了幾點：「是，是，寫，寫。」提起筆便寫：「芳儀，速籌八萬銀元，十月二十五日下午三點到南市南碼頭贖我，否則我必死矣！貝天成。十月十五日。」

「很好。」杜月笙拿起來看了一遍，再交與李行：「帳房先生，你拿回去交與三姨太，十日後你可以跟三姨太一起去南碼頭交銀票，但不得有第三個人跟來！到時自會有個戴著金絲眼鏡，左手拿著份《申報》的青年人來跟你們說話，他怎麼說，你們就怎麼做，不得有違！若到時你們不來，嘿嘿，那貝天成就見閻王了！」一拍李行的肩頭，「我再說一次，不得報案！否則你也要死！」

李行年近五十，那驚恐程度似乎比貝天成還厲害，雙眼直著，上下牙齒劇烈的打架，那「格格格」的聲音，連站在門口的馬世奇都聽得見：「是是，是是，先，先，先生，生……」

杜月笙把手抬了抬，江肇銘便用布條又蒙了李行雙眼，芮慶榮、葉綽山隨後走上前來，拖起李行，走出大門，馬祥生早駕著一輛馬車在外面等著了。三人上了車，馬車便篤悠悠向北走去，不用半個鐘頭，便又來到靜安寺路，葉綽山看看附近沒人，一把拉開李行的蒙眼布，同時喝一聲：「下車！」李行的心正在怦怦怦的亂跳，一聽這話如獲大赦，「是」的一聲未完，抖著雙腿已往車下跳，「唉呀！」，摔倒地上，驚魂未定，還不知身在何處，愣著眼，只看著馬車急馳而去。

第七十四章　在太歲頭上動土

以後幾天，毫無動靜，顯然貝天成的家人沒有報案；因為他們知道報了案也沒用：貝天成在英租界被綁票，現在人卻在法租界，而李行根本不知劫匪從何而來？窩在哪裡？

杜月笙對自己的周密佈置十分得意，他斷定貝家必會送錢來，而且必是三姨太送來。嘿嘿，三姨太！那張嬌俏臉和那迷人身材便在腦海浮現出來，越想越滋潤，以至春風滿臉，喜形於色。不知不覺便到了第九天，這天在金福里吃晚飯，竟興奮得喝了杯花雕酒。

傭人把餐桌收拾乾淨，出去了，張鐵嘴看飯廳裡沒有別人，便輕聲問杜月笙：「這幾天看你得意洋洋的模樣，做了件什麼大事？」

杜月笙靠在太師椅上，微微一笑。張鐵嘴看著他，不說話。沉默了一會，杜月笙還是把綁票的經過說了一遍，說出來聽聽他的意見也好，哪料張鐵嘴聽完，那張老臉一下顯得凝重：「月笙，你是準備財色兼收？」

「張老頭你果然老江湖，」杜月笙笑道，「一下子就被你看出來了。」

「這不妥。」張鐵嘴不聽稱讚，神情十分嚴肅。

「有什麼不妥？」杜月笙，「那婆娘樂胃得像陸蘭芬！我就跟她樂樂，貝天成又能怎麼樣！」

「男人沉迷於美色，不知奇禍之將至。」張鐵嘴擺擺手，那口氣十足一個過來人，「這婆娘肯定是漂亮，但你怎樣受用？跟她樂胃時是矇住她的眼睛還是你再戴上大口罩？」一擺手止住杜月笙就要作出的反駁，「你當然認為把她當粉頭般的弄也沒事，根本不必擔心她把你認出來；但你想想，貝天成的家人現在不敢報案是什麼原因？不是他們不想報案，而是他們不知道你是誰，告無可告，而且還有個貝天成在你手上。你把那婆娘弄了，又把貝天成放出來，那三姨太在貝家能如此得寵，豈是等閒的女人？你要如何弄她，她肯定會順從你，說不定還會曲意逢迎，叫你樂得忘了自己姓什麼，但脫身出來後就難說了！你月笙現在是有點名氣的人了，她認得你，就算一時認不得，記住你的模樣，以後也會認得。你以為她會就這樣算了？」瞪杜月笙一眼，「她不會！貝天成更不會善罷甘休！他可以用八萬銀洋把自己贖出來，更可以再花一萬銀洋來買你的命！洪門『做』人，大有亡命之徒在。這樣的事多得很！你在路上走，人家要暗算你，你簡直防不勝防！好，就算他不買凶，他去報案，也叫你一身麻煩，黃探長也不能一手遮天。關進捕房可不是好玩的呢！何必圖一時之快，長置自己於危險之地？」

張鐵嘴一口氣說下去，如此一番高論，使杜月笙剛才的傲氣慢慢沉下來。他明白這算命佬的苦心，靜下心來想想，確實說得在理：江湖道是風險道，不管你多風光多了得，但也不過血肉之軀，一顆衛生丸就可以要了命，確是防不勝防。洪門「做」人，別說一萬銀洋，一千銀洋就有人願意幹；何況自己仇家不少，貝天成真要買凶，何患無人！……何必為個女人冒風險？堂子裡的粉頭哪個樣兒沒有？……杜月笙把手輕輕一揮：「老張頭，那你的意思是……？」

「別暴露出你是誰來！」張鐵嘴一下挺直腰，「女人嘛，上海灘多的是，堂子裡比她漂亮的不會沒有！收了銀洋放了人，一了百了，何必跟自己過不去？」頓了頓，「沉迷於女色，無法成大事。」

杜月笙點頭。貝天成的三姨太芳儀因而避過了一番凌辱。

第二天下午未到三時，李行與三姨太已來到南碼頭，迎著寒冷的江風，縮著脖子，東張四望；正在心裡焦急，馬祥生篤悠悠從側面走上前來：「李先生，三姨太，果然言而有信。好！票子可帶來了？」語調輕柔，外人聽來像是熟朋友相會。

李行一愣，立即躬躬身：「帶來了，帶來了。」

三姨太站著沒動，雖然心中又驚又怕，表面看來卻像個冷美人。馬祥生也躬躬身，十分有禮地做個「請」的手勢：「兩位請下船。」江邊停了一艘機動船，船上站著兩個青年船伕，也是戴著大口罩，脖子上圍著大圍巾，只是沒掛金絲眼鏡。三姨太稍稍猶豫了一下，李行已輕輕托托她的手肘，走下船。機動船逆流而上，向西開去。馬祥生把李行與三姨太「讓」進船艙，坐在兩張矮條凳上。

三姨太首先發問：「是不是帶我們去見貝先生？」

「要見貝天成，可以。」馬祥生右手輕輕敲著眼前的一張小條几，說得篤定，「先把八萬銀洋的票子拿出來。」

「是，是，是。」李行連連點頭，從懷裡掏出一個報紙包來，三姨太也從自己胸口掏出一包來，打開，裡面全是銀票。馬祥生把這八萬銀元的票子數了兩次，認定分毫不差，便放進一個鐵箱裡，上了鎖。這時船已到了開平路對出的江面一帶荒灘。

馬祥生下令靠岸，然後客氣地對李行與三姨太道：「兩位請上岸，今晚貝天成自然會回家來。」

三姨太目瞪口呆，李行舌頭打顫：「你，你不是收錢後就放，放貝，貝……」

馬祥生一拍茶几，立時變得凶神惡煞：「我們大哥從來說到做到，說放了貝天成，就一定放他！不是現在放就是今晚放！否則我們怎樣在江湖上立足！」一甩長衫下擺，眨眼間已把腰間的左輪拔出來，往几上一拍：「你們別敬酒不吃吃罰酒！走！上岸！回家等你們的貝老闆回來！」

三姨太愣著眼，強作鎮靜，亦難掩花容失色；李行又是上下牙齒打架，愣了約半分鐘，看馬祥生似乎要舉槍，舌頭又動起來：「是是是，我們走，走。」拉起三姨太，走出船頭，一看甲板上，已搭了塊又窄又長的跳板，跳板的另一頭就在水裡，而那裡離岸還有好一段路——由於灘淺，船靠不了岸。

三姨太一看這般，雙腿發抖：「這怎麼下？這怎麼下？」

兩個青年船伕已各手執大棒，直逼上前：「不要你侍候我們大哥，算便宜了你！還說東說西！下去！要不一棒打你下水！」

李行又是是是，拉了三姨太走下跳板，兩人的腿都在劇烈的抖，走到跳板中間，三姨太「呀」的一聲驚叫，腳一閃，滑下跳板；李行也叫一聲，一把沒拉住，便一起撲通！掉下水去，同時三姨太又發出一聲尖叫——寒冷的江水幾乎淹到了她的腰，這個平時養尊處優的美人兒還從未遭過這樣的罪。兩船伕哈哈大笑，抽起跳板，馬祥生一揮手：「開船！」

當晚將近三更天，寒風習習，法租界西區已沒有多少行人，江肇銘駕著一輛馬車從金福里跑出，向西直奔，跑了約一刻鐘，馬祥生看清四周只有幾盞昏暗的路燈，別無行人，便拍拍被蒙了眼的貝天成：「跳吧！這裡離靜安寺不遠了。」貝天成逃命要緊，雖被蒙了眼，也一躍而下，在地上打了兩個滾，怪叫兩聲，聽馬車聲漸遠，才敢扯開蒙眼布，那時馬車已進入了夜幕之中。

這時候，杜月笙已跟黃金榮談妥了雙方合資在法租界開設間「榮生公司」賭場的事。

黃金榮聽了他的一番講述，默默想了一會，臉上的橫肉抖了抖：「好，好，就照著以前我跟你說好的做。」輕輕拍拍程聞的肩頭，「阿聞，你也加一股，大家都來做老闆。」

程聞連連點頭哈腰：「多謝黃老闆關照。」

黃金榮的意思是讓程聞來代他打理，他身為探長不便出面；而程聞跟杜月笙的關係非同一般，這個軍師看準杜月笙以後會稱霸上海灘，事事給他面子；杜月笙對這個軍師爺也極有好感，一聽黃金榮要程聞加股，不但沒反對——當然也不便反對，還連說幾聲好好好。

又商量了一下其他細節，黃金榮突然話題一轉：「月笙，快四個月了，可知惠根和尚的行蹤？」

「這傢伙外出不歸，一時拿他沒有辦法。」

「不過我聽說惠根和尚今天下午回上海灘了，有人看見他。」

「是嗎？」杜月笙暗吃一驚：這黃金榮不愧是法租界第一把頭，說的是全權交自己辦，原來暗裡也派了人去查，想到這裡不敢怠慢，站起來向黃金榮一抱拳：「這事我交由馬世奇去打探消息，這兩天他回了鄉下，所以不知。我現在立即回去，若惠根和尚真的已回上海灘，那就不管他在公共租界還是法租界還是華界，我一定為黃老闆除去這個禍害！」

「很好。」黃金榮擺擺手，「慢慢來，別鬧得滿城風雨。」頓了頓，「榮生公司的開設，跟阿闆好好商量。」

杜月笙應聲是，離開黃公館，回來金福里，時已夜深，江肇銘、馬祥生等人已經回來，馬世奇則早已上床，正在會見周公——其實這兩天他是何處也沒去。杜月笙把他搖醒：「世奇，這兩天有沒有找大頭成？」

「沒有。」馬世奇睡眼惺忪。

「聽說惠根和尚回來了！」杜月笙一聲低喝。

「什麼？」馬世奇整個人霍地從床上坐起來，「什麼時候回來的？」

「你現在去找大頭成，」杜月笙不答他，「瞭解清楚後回來報我。」

「是！」馬世奇跳下床，洗把臉，穿好衣服，出了金福里，迎著黃浦江刮過來的呼呼寒風，向東急步走去。這一去去了三個多鐘頭，杜月笙也就在客廳裡等了三個多鐘頭，一看馬世奇進來時那沮喪的神情，就知沒有好消息。

「我到和祥弄大頭成的家去找大頭成，」馬世奇不等杜月笙發問，就自己彙報，「他不在，我就在弄堂口等他，一直等了三個鐘頭，他還沒回來；我又去陸家嘴碼頭，那裡沒人，我只好回來了。」

「睡覺！」杜月笙一擺手，「明天再去找！」

明天得到的消息更令杜月笙喪氣。馬世奇天亮就出去，幾乎中午才回來，一進門就叫：「月笙哥，惠根和尚走了！」

杜月笙當時正靠在太師椅上聽張鐵嘴拿著份《申報》講新聞，一聽這聲叫，整個人跳起：「什麼？走了！」

「是這樣。」馬世奇站著，「我今早找大頭成，一直等到九點多鐘他才回來，我就拉他上怡珍居茶館，他先問我有什麼事找他，我說想跟他合伙開間土行，不知他有沒有門路和資金，他一聽就亂搖頭。說了一會閒話，我才問他昨晚哪去了，他說惠根和尚昨天黃昏時回來了，晚上就帶了麥五等人一齊到英租界大華酒店吃飯，臨行時才把他也叫上了。惠根和尚這次回來是拿銀洋到外面做生意，今早就走了。我吃了一驚，問怎麼就走了？他說走了，是他們一齊到外灘送的船，送了船才回來的。我想這回沒什麼好說了，便說有急事，趕緊跑回來跟月笙哥你說。」

杜月笙慢慢坐下來，一臉沮喪之色，心中暗嘆口氣，罵一聲：「觸那！」不過仔細想想，就算昨天知道惠根和尚回來了又如何？這傢伙防範森嚴，黃昏時潛回，一直帶上一幫手下，就算知道他回來了也是下不了手的，除非暗中跟了他上船，再伺機行刺，但現在人已逃去，杳如黃鶴，怎奈其何。馬世奇見杜月笙沉思不語，輕聲問：「要不要把大頭成帶回來，問他惠根和尚去了哪裡？」

「不！」杜月笙一擺手，心想這不是等於告訴對方自己要暗算黃惠根？鬧得滿城風雨，豈不給黃金榮添麻煩？使不得。看看馬世奇：「世奇，你以後多跟大頭成來往，但記住，不要讓他覺察我們在找惠根和尚！」

「是！」馬世奇點頭。

「君子報仇，十年不晚。」張鐵嘴漫不經心地笑道，「陸家嘴碼頭是惠根和尚的老巢，他哪會不回來？不過一年半載的事。」看一眼杜月笙，「月笙，這事不急，但賭場事要緊！」

「張老頭你說得不錯！」杜月笙一拍張鐵嘴的肩頭，「哈哈！銀洋在手，什麼仇不能報！」暫時的撇開惠根和尚的事，趕緊籌辦榮生公司。在選址上，程聞偏向在八仙橋附近，杜月笙主張在滬西呂班路一帶，那裡更便於賭徒們來「快樂」。

程聞笑道：「月笙，你說得不錯，但你可知道那一帶是誰的地頭？」

「三合會范老三的。」杜月笙也笑，「程先生是擔心三合會的人來搞亂？」

「你不擔心？」程聞反問。

「這個我想過了。榮生公司，黃老闆擺在前面，我杜月笙排在後面，呂班路屬法租界，范老三再霸道，我想也不敢在黃老闆頭上動土！」頓了頓，「還有，鄭子良又是黃老闆的門生，跟范老三有仇，這兩個洪門團伙不和，又何須擔心他們來搗亂？」程聞笑笑，於是選址的事就定下來。

三個月後，滬西呂班路的「榮生公司」正式開張。這是一間四層洋樓，佔地數百坪，門戶甚是堅固。這間榮生公司，便是杜月笙真正從事賭業，並逐步成為賭業大哥的開始。

開張當日，轟動上海灘白相人地界，青洪兩幫各路江湖人馬紛紛前來祝賀。黃金榮的名聲固然甚大，哪路人馬都得給他面子；而杜月笙現在的名聲雖不及黃金榮，但在下三流社會中卻有「廣泛群眾基礎」，很多人也是衝著他的面子而來。黃金榮身穿長衫馬褂，胸口掛個金懷錶，笑容滿面，十足一個大富翁的模樣；杜月笙則是一襲長衫，打扮得斯斯文文，看著賀客對自己打躬作揖，連連拱手還禮，狀甚親熱，其實一直在留心范老三與鄭子良來了沒有。結果，范老三到半夜席散，也沒有露面；而鄭子良只在中途來打了個轉，向黃金榮打過招呼，隨後便沒了影蹤，大概是走了。杜月笙在心中嘿嘿冷笑。

榮生公司很快就成為法租界著名的大賭場，裡面番攤、牌九、骰寶、麻將、轉盤、二十一點等等常規賭具，應有盡有。這正合賭徒們的口味，足可以讓他們賭得昏天黑地，賭得傾家蕩產；另外，裡面還有煙格，可讓贏了錢的賭徒享受「美餐煙霞」的樂趣，願意出錢的，還可以飽嘗秀色，盡情淫樂，因為裝煙女燕瘦環肥，任由挑選；這樣，贏了錢的賭客往往還是要把錢「貢」給榮生，離開時就沒剩多少銅鈿了；而更令榮生興旺的原因最是重要，那就是由於杜幫勢力大，沒有人敢來搞亂，也沒有巡捕敢來捉賭禁煙，令賭客頗有「人身安全」之感，來光顧者甚多，自然銀洋滾滾。

冬去春來，又是夏季，不過數月時間，杜月笙經營這榮利公司所賺得的銀洋，比他做了幾年源利俱樂部總鏢所賺得的銀洋還要多，這天坐在四樓的辦公室裡，背靠大交椅，想想地下大廳裡隨著賭徒們的大呼小叫，銀洋便源源不斷的流進來，不覺心裡高興，拍拍坐在身旁的袁珊寶，哈哈一笑：「珊寶哥，十多年來我們一直想著做大亨，這回……」未說完，突然聽到門外聲響，別頭一看，只見江肇銘帶了一個十六、七歲的小癟三進來：「月笙哥，這小子說有事要找你。」

杜月笙看看這小癟三，神態很輕鬆：「誰叫你來的？」

小癟三立即露出非常驚訝的神色：「唉呀！我聽人說杜先生是諸葛亮，果然厲害呢！你怎麼知道是有人叫我來的？」

杜月笙哈哈大笑：「我在上海灘打滾時，你還在穿開檔褲！」隨手一甩，一個銀洋飛出去，小癟三一把接住，高興得幾乎要跪倒叩頭：「多謝杜先生！多謝杜先生！」

未叫完，只聽「啪」一聲，杜月笙一拍辦公桌，同時一聲怒喝：「說！誰叫你來的！」

小癟三哪料這杜月笙一喜一怒竟會變得如此快，即時嚇得雙腿打抖，再被旁邊的江肇銘一把揪住胸口，舌頭就不靈光了：「是，是，沒，沒有人，有，有人，我不知道他，他是，是誰……？」

「是誰？」杜月笙的口氣和緩了些，「不認識他？」

「我真，真的不認識。」江肇銘鬆了手，小癟三的心才定了些，「我剛才在興安里賭棚看人賭天九，突然有個高高大大的青年人把我拉過一邊，先給我一個銀洋，再交給我一封信，要我來榮生公司，一定要當面交給杜先生。我，我就來了。」說著，從那件爛短褂裡掏出封信來，交與杜月笙。

杜月笙接過，撕開信封，抽出信紙看了一眼，臉色悄悄一變，眼睛盯著小癟三：「要你送信的人還有什麼話說？」

「沒，沒有，」小癟三把手亂搖，「他只是要我把信交給杜先生。」

「他什麼時候，在哪裡等你的消息？」

「他要我不能說出來，否則殺我全家。」小癟三雙眼愣著。

江肇銘霍地從椅上跳起來，又一把揪住小癟三的胸口：「觸那！你就不怕我們大哥殺你全家？」

小癟三「呀」了兩聲，雙眼定著，幾乎沒被這宣統皇帝的狠毒模樣嚇昏。

「不必難為他。」杜月笙很輕鬆地擺擺手，再指指小癟三，「你今天大賺了兩個銀洋，走吧。」

小癟三連連鞠躬：「多謝杜先生！多謝杜先生！」轉身走了兩步，又苦著臉轉身走回來，兩手在胸前亂拱，「杜先生，只，只是，那個人說要我取得杜先生的回信；或，或者，要，要杜先生的口信，他明天見我的時候我要告訴他，如果不這樣，他，他就要我還那個銀洋。杜，杜先生……」

「好辦！」杜月笙靠在大交椅上，神情輕鬆極了，又一揮手，「你告訴那個大個子，杜月笙看了他的信，覺得很好玩。就這樣回話得了！」

小癟三點頭哈腰：「是，是。多謝杜先生！多謝杜先生！」三步併作兩步轉身而去。

他的身體剛轉過去，杜月笙已對袁珊寶做個眼色：「跟著他！」袁珊寶霍地跳起，飛跑出去。

「到底什麼事？」江肇銘看了一眼袁珊寶的背影，走過來問杜月笙。

「你自己看。」杜月笙拍拍桌上那封信。江肇銘拿起來，只是上面寫著：

杜先生：貴幫在此地開設榮生公司，照本地規矩，必須繳交保費，而貴幫數月分文未付，實有違江湖道義。特告：每月納五千銀洋，本會將保證貴公司及其客人之安全。不納，客危，榮生亦危。此所謂猛虎不及地頭蛇。莫謂言之不預也！

三合會啟　民國七年春

江肇銘並不認識所有的字，但也能看出個大概，頓時一股怒氣湧上來，把信紙往桌上猛力一拍：「月笙哥，三合會竟要向我們收保費？」

「說得不錯。」杜月笙似乎一點也不緊張。

「那你說什麼覺得很好玩？」江肇銘語氣極衝，「這是三合會要跟我們開戰啊！」

「那你說怎麼辦？」杜月笙滿臉笑容，他知道這個大徒弟的牛脾氣，並不責怪他。

「跟他們打！」江肇銘簡直是吼叫。

「對，跟他們打，給他們一個下馬威！」杜月笙一擺手，「我說很好玩，就是要跟他們玩！但這事不能鹵莽，我們不能首先挑起事端，讓他們來搞亂，我就打他個落花流水！跟我們分肥！」

馬祥生推門進來：「誰要跟我們分肥？」

「三合會！」江肇銘一屁股坐下來，一拍桌上的信，「小癟三送來的！」

馬祥生把信看了一遍，滿臉嚴肅地看著杜月笙：「月笙哥，照我所知，范老三的三合會有一、二百門徒，鄭子良的俠誼社也有一、二百門徒，如果他們聯合起來，我們跟他們開戰就未必佔得了便宜。」頓了頓，「而且，真要打起來，那將是一場大戰，難免死傷，對我們也沒有好處。而且，肯定會給黃探長惹麻煩。我知道，黃探長絕對不希望在法租界鬧出事來。」

杜月笙點點頭：「祥生哥說得對。但對這三合會的挑戰我們絕對不能忍讓，絕對不能允許這三合會跟我們分肥！肯定要跟他們打一場！」喝口茶，語氣一轉，「不過，應該先跟黃探長說說。榮生公司，黃探長在前，我杜月笙在後，三合會向我挑戰，首先是向黃探長挑戰。對這件事，黃探長不會不理。」在房間裡慢慢踱步，擺擺手，「這事也不急，等珊寶哥回來再決定下一步怎樣做。」

袁珊寶直到晚飯後才回到金福里，一進門便聽到江肇銘大叫：「珊寶哥，那小癟三……」

「那小癟三是個賭鬼，」袁珊寶坐下，看一眼杜月笙，「我跟著他，他拿了銀洋就到興安里的賭棚賭，一直賭到天黑，才回家吃飯。他的家是在興安里北面的臨濱弄裡，是幢一上一下的石庫門。」

「很好。」杜月笙沉思了一會，給袁珊寶斟茶，「珊寶哥，明天一早你就去臨濱弄，等那小癟三出來，看看要他送信的大個子是誰；跟著這個大個子，看他是哪路人馬，看清楚了，回來告我。」

「是。」

第二天天剛亮，袁珊寶衣衫襤褸，頭上一頂破氈帽，骯髒無比，壓在眉眼上，右手拖了根打狗棍，左手拿了個爛缽頭，靜悄悄溜出了金福里，來到臨濱弄。弄堂口睡了兩個乞丐，袁珊寶就在他們身邊蹲下來，面前放個爛缽，雙眼卻瞟著不遠處那小癟三的家門。這一等幾乎等到日上三竿，袁珊寶才看見那小癟三從家門溜出來，一直向北走，來到英租界棋盤街東面的風生一嘯樓，上了二樓，只見北面一張臨窗桌旁已坐著兩個人，其中一個是大個子，小癟三便滿臉笑容拱著手直走過去。袁珊寶跟在後面，一邊走一邊向人行乞，眼睛一瞟桌旁那兩個人，嘻！原來都認識的。

第七十五章　捋虎鬚格殺勿論

中午飯後，袁珊寶回到榮生公司四樓，向杜月笙會報：「月笙哥你說得不錯，范老三與鄭子良是聯合起來跟我們作對了。」

「看見誰了？」杜月笙把手中帳簿往桌上一放，臉帶微笑。

「我跟著那個小癟三到了風生一嘯樓，看到跟他接頭的是兩個人：李東豪與潘阿毛。」

「李東豪與潘阿毛？」杜月笙怔了怔，「以前好像聽你說過？」

「月笙哥你貴人事忙，忘了。」袁珊寶開句玩笑，「李東豪是范老三的手下幹將，潘阿毛是鄭子良的得力手下、俠誼社的首領之一。」杜月笙微笑點頭，沒哼聲。

「我怕被李東豪或潘阿毛認出來，就在樓下等。」袁珊寶繼續道，「等了大約半個鐘頭，李東豪和潘阿毛才下樓來了，我就跟在後面。他倆一直走回法租界范家弄，進了范老三的家，肯定是商量對策。我在弄堂口的一間小飯店吃了飯，還沒見他倆出來，我就回來了。」

「好，很好！」杜月笙站起來，慢慢踱步，像是自言自語，「這麼看來，領頭的是范老三，那鄭子良……」沒說下去，踱了兩個圈，一轉身，「珊寶哥，除了李東豪外，你還認不認識范老三其他手下的人？」

「月笙哥是想刺探軍情？」袁珊寶笑道。

「古人說，知彼知己，百戰不殆。」杜月笙微笑，又把從說書人那兒學到的東西抖出來。

「樓下就有個現成的。」

「誰？」

「煙鬼有，余有。那個給大客端茶掛帽的打雜。」

杜月笙想了想：「他以前是范老三的手下？」

「是。榮生開張後不久，他跑來找我，說想謀個職，混口飯吃。這小子是個孤兒，他自已說是從蘇北流浪來上海灘的，多年前我就跟他相識的，雖然說不上好朋友，當時看他那個窮樣，榮生又正好要人，我就叫他留下做打雜。這半年多來我看他倒也做得挺賣力，跟以前的兄弟肯定還有來往，月笙哥你想打探范老三的動靜，找他來問最好。」

「那好，」杜月笙一擺手，「叫他上來。」

余有二十來歲，生得矮小，鼻尖額窄嘴大眼小，現在榮生混飯吃，一聽杜月笙要找他，立時湧起一種受寵若驚的感覺，興奮得三步並作兩步衝上四樓來，一進辦公室的門，就對著坐在大辦公桌後面的杜月笙點頭哈腰：「杜先生好！杜先生好！」又對站在旁邊的袁珊寶躬躬身，「珊寶哥。」

杜月笙倒也客氣，招招手要他走近來：「余有，聽珊寶哥說，你以前跟過范老三，是嗎？」

余有站在辦公桌左前方，又哈了哈腰：「是，是。」

「范老三這人怎麼樣？」

「不怎麼樣。」余有直著眼。他不知杜月笙這樣問是什麼意思，但他確信在杜的面前說范的壞話，絕不會錯；於是又把自己的前老闆貶損一番，最後道：「范老三今年已五十多了，做事很火爆，經常罵人。經常逛堂子，他雖然說是有一二百個門徒，其實很多人加入三會合，只是想打他的牌頭，自己在外面獨立門戶的；至於那些入會的小商鋪東主，更不會跟他去打架的……。」

杜月笙由著他說了近半個鐘頭，最後確信此人不會是范老三有意派來的奸細，便擺擺手：「余有，聽你這樣說，范老三若要跟人打架爭地盤，其實是並不能調出一二百人來？」

「是，是。真正在幫裡吃飯的人連一半也沒有。」余有猛點頭，「我還有個老友叫歐陽欣，現在還跟著范老三的，他也是這樣說的。」

杜月笙沉思了一會，突然一轉話題：「你以後就準備跟我杜月笙了？」

「是，是！」余有連連躬身，「杜先生是上海灘英雄，我以後就跟著杜先生！永遠跟杜先生！」

「很好。」杜月笙哈哈一笑，又一轉話題，「你娶老婆沒有？」

「唉呀！」余有又躬身，「多謝杜先生關心！家父家母都催我娶老婆，但我哪有錢娶老婆啊？」

「你給我辦件事，就有錢娶老婆了。」杜月笙微笑。

「杜先生請吩咐，我一定盡力做。」余有哈著腰，感到受寵若驚。

「哈哈！好！」杜月笙笑了兩聲，把桌上一張銀票遞過去，「這裡五十個銀洋，你先拿去用。」

「唉呀！」余有愣了愣，立即抖著雙手接過，感激得幾乎要跪地叩頭，那條腰未曲成九十度也有個七十來度，嘴唇微顫，「只是，只是，無功不受祿啊！杜先生不知要我，我辦……？」

「很簡單的一件事。」杜月笙往大交椅上一靠，神情很輕鬆，像在跟朋友聊家常，「現在范老三想要我榮生給他交保費，嘿嘿！簡直是想在太歲頭上動土！」一揮手，「余有，你就找找歐陽欣或其他朋友，暗裡打聽清楚范老三什麼時候會來我榮生搞亂，搞清楚了，來告訴我就是。事成後，我再打賞你一百個銀洋！你就有錢娶老婆了！」

余有怔了怔，他沒料到是這件事，不過這大筆銀洋實在太有誘惑力，況且自己以後就跟定了這個杜月笙，搏一搏也要幹，不覺連連哈腰：「多謝杜先生！多謝杜先生！我一定盡力！一定盡力！」

杜月笙一直盯著他，看出他那稍一猶豫的神情，哈哈一笑：「那就好，那就好。不過，你記住了，要暗中打聽，不得洩露半點風聲，若把我這事傳出去了，嘿嘿，」語氣陰冷陰冷，「除非你自己跳了黃浦江，否則我就要送你進黃浦江……。」

「餵魚」兩字未說出，余有的腰好像已成了彈簧：「小人不敢！小人不敢！」

「還有，你暗中打探，可別被人騙了，弄些假情報回來。有什麼三長兩短，我就唯你是問！」

「是，是！」余有又躬了兩躬身，原來的興奮跑了大半，臉色有點泛青。

「那就去吧！」杜月笙一擺手，「這些天你可以不回榮生了。」余有哈著腰退了出去。

袁珊寶在房中踱了兩個圈，看一眼滿臉輕鬆、正吞雲吐霧的杜月笙：「月笙哥，你就信他？」

「我相信他不敢騙我。」杜月笙似乎胸有成竹，「不過，我也不會全依賴他，坐在這裡等消息。」說著慢慢站起來，「珊寶哥，我現在去找黃探長。你再叮囑一下芮慶榮和葉綽山，吩咐手下兄弟，隨時做好準備，誰敢來搞亂，」一拍辦公桌，「就開打！」說完，大步走出辦公室，下樓而去，神態看上去是雄赳赳氣昂昂，不過他沒走大門，而是從後間儲物室的小側門閃了出去。

朝西北方向走了約一刻鐘，來到八仙橋同孚里。時在下午四點半鐘，黃金榮不在黃公館，大概又是去了皮包水；程聞也不在，大概是陪著黃老闆。林桂生在二樓跟曹振聲的老婆、虞洽卿的小妾和曹雨田的妹妹在打麻將，聽丫環報杜月笙來了，便放下牌，下樓來，一走出客廳，正在跟阿七、阿衡幾個人在聊天的杜月笙急忙站起來，迎上前對著林桂生就是打躬作揖：「師娘好。」

林桂生微笑：「坐，月笙。」

兩人落坐，傭人急忙上茶。幾句客套話說過，林桂生對站在旁邊的阿七等人擺擺手，眾人躬身退下，林桂生才看一眼杜月笙：「來找黃老闆，什麼事？」

杜月笙十分恭敬地微微俯著身，把三合會要挑戰榮生公司的事說了一遍，雙手把信呈給林桂生：「范老三與鄭子良恃著手下有數百門徒，不把黃老闆放在眼裡，我來是向黃老闆請示該如何跟他們了斷。」頓了頓，「尤其那個鄭子良，既在洪門，又是黃老闆的門生，竟然來跟黃老闆作對，要收師父的保費，簡直是江湖敗類！正如說書人說的，是可忍孰不可忍。」

林桂生瞟一眼杜月笙，心想你這小子早已想好如何「了斷」，卻有意來把黃金榮推上台前，又想趁機借刀殺人剷除鄭子良，而黃金榮豈是能夠走上台前的？鄭子良是徐朗西的門生，豈是可以說殺人就殺人的？不覺便暗暗罵了句：「杜月笙你這小赤佬，虧你這樣的詭計也想得出來！」臉上似笑非笑，沉默了一會，道：「月笙，你現在回去，免得榮生公司出事。」再拍了拍手中的那封信，「今晚程聞會來，你就在榮生等著。」

杜月笙離開黃公館，回到榮生，已近黃昏。吃過晚飯，吩咐葉綽山、芮慶榮、馬祥生等骨幹率領三五個手下流氓「巡邏」呂班路一帶及附近幾條弄堂，以「保衛」來榮生的賭客免被剝豬玀，自己就留在辦公室等程聞。

這一等直等到半夜三更，程聞才珊珊來遲。後面跟著兩個挑伕，挑著一個用油布蓋著的木箱，阿七、阿衡等幾個黃公館的保鏢緊隨左右。這時賭場已打烊一會，杜月笙一聽「程先生到」，忙不迭下樓迎接，把這伙人迎上四樓來。

木箱放在牆角，程聞揮揮手讓所有人「下樓用茶」。杜月笙關了門，請程聞就座，寒暄話說了幾句，再輕輕一抱拳，轉入正題：「不知黃老闆準備怎樣對付三合會？」

「月笙果然是諸葛亮。」程聞哈哈一笑，拍拍太師椅的扶手，「黃老闆看了那封信，勃然大怒，不過還是聽了正宮娘娘的話，決定這件事由你辦。」把「你」字有意說重。

「黃老闆不出面也是應該。」杜月笙並不失望，又問一句：「不知黃老闆的意思是怎麼辦？」

「你說的，了斷，用霹靂手段來跟這幫人了斷！」程聞做了個劈的手勢，「黃老闆吩咐，要做得乾淨利落！要讓各路人馬知道，不管是不是地頭蛇，都休想打榮生公司的主意；誰敢打主意，格殺勿論！」很輕鬆地用手指指牆角的木箱，「裡面是短槍和子彈。給你用來保衛榮生。這也是正宮娘娘的主意。」

「多謝師娘和黃老闆。」杜月笙拱拱手，心中陣陣興奮，臉上卻還平靜，「此處北面不遠處就是西區巡捕房，若是真的打起來……。」

「巡捕幫你捉人！」程聞揮揮手，「我來之前已經把張漢松捕頭叫到黃公館，黃老闆親口對他說了，有人要搞亂榮生公司，想打劫公司的客人，要張漢松率領手下加緊巡邏，若發現有人剝豬玀，有人攔路搶劫，立即逮進來；若有人去榮生公司搞亂，開槍捉人！」

「那好極了！」杜月笙哈哈一笑，笑意仍掛在臉上，話題一轉，「不知黃老闆對鄭子良……？」

「鄭子良是黃老闆的門生，又是徐朗西峪雲山的心儀大爺，徐朗西在洪門中的地位聲望你也知道，黃老闆不想把事情鬧大，跟徐朗西發生正面衝突，也不想黃門內鬨。」程聞說到這裡，看一眼杜月笙，只見這諸葛亮臉上難掩那稍稍失望的神色，便喝口茶，加上一句，「這也是正宮娘娘的意思。」頓了頓，「晚飯後黃老闆要我到光裕里找鄭子良，想警告他收手，但他不在。」

「不在？」杜月笙暗吃一驚，「去了哪裡？」

「他的姨太說他回了老家潮州。」

「什麼時候去的？」

「前天。」

「前天？」杜月笙想了想，「前天是三合會向我們下戰書，這鄭子良是有意避開？讓手下聯合范老三來跟我們作對？」

「不知道。可能是，也可能不是。這得問他本人。」程聞看定杜月笙，「不過，月笙，不管鄭子良現在去了哪裡，你都得看著榮生。黃老闆不會直接出面找范老三，也不會直接出面找鄭子良，也不能派巡捕房的人來榮生把守——黃老闆自己也不願這樣做；而榮生不能受損失，否則就是坍了黃老闆的台，而這個台是坍不得的！」最後那句話說得斬釘截鐵。

「我明白。」杜月笙點頭，猶豫了一下，「徐朗西峪雲山會不會插手此事？」

「這個你放心，徐朗西不會管這些江湖上打打殺殺的事，何況他又是黃老闆的朋友。」

「那就好辦！」

以後幾天，榮生公司平安無事，只是在夜裡曾有賭客在弄堂裡被人企圖剝豬玀，不過要嘛被巡捕撞見，要嘛被馬祥生等人見到，歹徒嚇得飛奔而逃，因此都沒剝成。

不過杜月笙不敢鬆懈，幾天沒回金福里，守在榮生，並一再吩咐手下「傢伙帶好，隨時準備開打」。江肇銘、芮慶榮等狠角色也得陪在榮生，不過就越來越不耐煩了。

到了第六天，江肇銘覺得實在是忍無可忍，叫上葉綽山等人，氣沖沖上了四樓，對著杜月笙就叫起來：「月笙哥，我們不能這樣乾等！如果那范老三不敢來，我們豈不是白等？弄得整日神經緊張，想去玩兩手又不能，想去逛逛堂子又不能，連上茶館都不能，簡直要命！」

「那你說怎麼辦？」杜月笙靠著大交椅，臉帶微笑，兩隻腳放到了面前的辦公桌上。

「既然鄭子良走了，我們就幹掉那個范老三！」江肇銘瞪著那對馬眼，右手在空中一劈，「看他那些手下還敢不敢來！」

「阿銘說得不錯！」葉綽山也叫起來，「堂堂榮生公司，黃探長和月笙哥你的公司，哪有日日夜夜等著人家來搞亂的道理！傳出去簡直是笑話！這裡雖說是三合會的地頭，但我們青幫的勢力比他洪門大得多！先幹掉范老三，叫他蛇無頭不行！就算他的手下敢來搞亂，我們也好打得多！」

袁珊寶、顧嘉棠等人也異口同聲：「對，先幹掉范老三！」

杜月笙沉思了一會，擺擺手：「好吧，我想想。你們都下去。」

想了整天，想不出個萬全之策。第二天，睡醒午覺，已經三點來鐘，杜月笙又是坐在四樓的大交椅上，抽著雪茄慢慢想計謀，不知不覺已是黃昏，正想得有點心煩，袁珊寶帶著余有走進來，後面跟著馬世奇。一看袁珊寶那興奮神情，一臉陰霾的杜月笙立時露出笑臉來。

「月笙哥，有消息！」袁珊寶兩步趨前，余有緊隨其後，哈著腰：「杜先生。」

「坐坐。」杜月笙站起來，相當客氣。

余有不敢坐，就站在辦公桌前，微微彎著腰，話音很低：「杜先生，范老三跟鄭子良兩伙人今晚要打過來了！」

「是嗎？」杜月笙滿臉輕鬆，一點沒緊張，慢慢坐下來，「詳細說說。」

「一個多禮拜前我得了杜先生的打賞，當天晚飯前就去找歐陽欣，那小子剛賭輸了錢，一臉晦氣，我就帶他上酒樓；喝了兩杯，竟哭起來了。我就問他有什麼事，他說他母親病了，本來想賭兩手贏些錢為母親治病，哪料連原來的三個銀洋都輸光了。我就給了他十個銀洋，把他高興壞了，打躬作揖說多謝多謝，又說以後有錢了一定還我。我說大家老友，還錢的事不急，又說了幾句閒話，我就問他，聽說三合會要收榮生賭台的保費，不知是不是有這回事。那時他已喝得半醉了，猛點頭，說聽范老三說過。我說自己無路可走，現在榮生打雜混口飯吃，如果三合會的人到榮生鬧事，我肯定倒霉，所以請他一知道有什麼消息，記得告訴我。他說好好好，一定會事先告訴我。」說到這裡，余有喝口茶。「以後幾天，我就常去他家問候他母親的病，他全家對我感激得不得了。今天睡過午覺，我又去找歐陽欣，他不在，我就問他母親，他母親說他整天出去了，好像有什麼要緊的事。我想可能要出事了，就跟他母親說閒話，等他回來，等了幾乎兩個鐘頭，歐陽欣突然衝進來，說去我家找我不見，再把我拉過一邊，低聲問我今晚在不在榮生當值。我說在，他就急了，說今晚范老三要帶人來打榮生，要我開溜。我問有多少人來，他說可能會有六七十個……。」

「你覺得他說的是真話？」杜月笙輕輕敲敲桌子。

「絕對不假！」余有當即發急，愣著眼看著杜月笙，「歐陽欣跟我一直是好朋友，這次又得了我十個銀洋，他母親的病才有救了，他不會騙我！」

「那就好。」杜月笙擺擺手，「他們就拿著刀棒來打？」

「不是！歐陽欣說除了刀棒外，他們還有槍，還有炸彈！」

「炸彈！」馬世奇與袁珊寶異口同聲的驚叫，嚇得幾乎沒從坐椅上跳起來。

「歐陽欣說的，他說范老三造了幾個炸彈，用罐頭造的。聽他說，大概是準備先炸榮生，再衝進去大打一場。」

袁珊寶與馬世奇愣著，你眼望我眼。大家靜下來，房中一陣沉默。杜月笙臉色平靜，慢慢抽雪茄，過了一會，又問：「他有沒有說什麼時候來？」

「我問了，他說是今晚，確實時間不知道，可能吃過晚飯就打過來，也可能半夜三更才來，因為范老三沒說，得聽范老三的。不過范老三已經派人去通知手下骨幹來的了，今晚肯定要來的。」

「那好，你留下來，別出去了。」杜月笙看一眼余有，隨手拿起筆，在一張便箋上寫：「黃老闆大鑒：今晚范老三將率數十人來榮生投擲炸彈砸賭台，務請知會西區巡捕房。杜月笙上。」寫完，折起來，遞給馬世奇：「立即去黃公館，親手交黃老闆；黃老闆如果不在，交程聞；程聞也不在，就交正宮娘娘。記住，不得交給別人！無須多說話，交了後立即回來。」馬世奇接過，急步而去。

杜月笙輕輕一拍桌子，站起來，慢慢踱步，踱了兩分鐘，對袁珊寶道：「你去通知顧嘉棠他們，帶齊傢伙，叫上手下走得開的兄弟，都來吃晚飯。」就在四樓辦了一席，不過只有一大鍋白米飯，七八個菜，連酒也沒有，圍著一張大圓桌，坐了杜幫中的所有骨幹。杜月笙看人已到齊，站起來，一捧茶杯，神情莊重：「各位兄弟，今晚以茶代酒，以免亂性。請！」

這伙人一看杜大哥這副模樣，便收了聲，喝了口茶，放下杯，只聽杜月笙不緊不慢地道：「這裡是三合會的地頭，范老三和鄭子良兩伙洪門的人要來收榮生公司保費，這事大家都知道了。今晚，就要爆發一場大戰。」

看一眼坐在身旁的余有，余有立即道聲：「是。」把打探來的消息說了一遍。

話音剛落，顧嘉棠已一拍餐桌，霍地站起來：「觸那！……」下面的話未罵出，門口處響起一聲：「月笙哥！」大家別頭一看，是馬世奇，正急步而入。

「怎麼樣？」杜月笙有點迫不及待。

「黃老闆不在，交了給程師爺。」

「他怎麼說？」

「他問了我一會，我把知道的一切都說了。他說好，一切他來辦，叫你放心。」

杜月笙一眼眾人：「黃老闆今晚將動用西區巡捕房來捉人……。」

「那好啊！」何野鯉叫道，「讓他們挨炸彈好了！」

「不！范老三的炸彈是用來炸榮生的，不是炸巡捕的！」杜月笙語調深沉，「而且，我們不能全依賴巡捕房。照我所知，范老三的三合會跟巡捕房的人熟得很，沒有巡捕的關照，他哪能開得了賭檔燕子窠！程聞出面要巡捕房的人捉剝豬玀的，他們還會做；要開槍打三合會門徒，還要捉人，他們未必賣力。」頓了頓，「所以，我們必須依靠自己的力量，把這伙人打個落花流水，叫他們以後再不敢來！叫上海灘哪路人馬都不敢來！」一揮手，「現在吃飯，吃飽了就行動！」說完，坐下，拿起面前的飯就吃起來。

不過十分鐘，眾人便一個個放下筷子，這時天已黑盡，杜月笙把茶杯往桌上一放，霍地站起來，發佈命令：「世奇，你立即坐輛黃包車到范家弄，給車伕兩個銀洋，讓他別走。你就在弄堂口等著，一見范老三那伙人出動，就坐黃包車回來報告。記住，別讓人認出你來！」

馬世奇應聲：「是。」急步出去。

「嘉棠哥、慶榮哥、綽山哥、祥生哥、阿銘，你五人各帶八個兄弟，到對面馬路，分散開來等著，看見一大伙人來，就做好準備；一聽槍響，就開打！有槍的帶槍，沒槍的，帶短傢伙！」向顧嘉棠一抱拳，「嘉棠哥，你做指揮。」

顧嘉棠吼一聲：「是！」一揮手，「走！」

江肇銘叫起來：「月笙哥，我幹什麼？」

「你帶五個兄弟，守後門。珊寶哥帶五個兄弟守側門。如果看到有大幫人來，就開槍，我自會過來。如果聽到前門槍響，就繞過來夾攻！」杜月笙說著一揮手，「其他人留下，跟我一起守在榮生！」

眾人吼一聲：「是！」

余有愣著：「那我……？」

杜月笙拍拍他的肩頭：「你就呆著。今晚范老三來，賞銀一文不少；如果不來，嘿嘿！」看一眼楊啟棠，「你看著他！」

到此部署完畢，三十六股黨連同幾十個杜幫嘍囉全部嚴陣以待，準備一場廝殺。

杜月笙腰間別了左輪，身上一襲長衫遮著，來到地下賭場。時在晚上七點多鐘，晚飯時間已過，賭客開始慢慢多起來，到九點左右，賭客幾乎是魚貫而入，賭台人氣大旺。杜月笙臉色輕鬆，心中卻是著急：馬世奇怎麼還不回來？踱出榮生門口，只見馬路上人來人往，雖比不上十六鋪一帶，也算熱鬧；四周看看，看到有幾個手下在路口聊天，其他的似乎融入了人群之中，也可能藏身在附近的弄堂裡。

馬祥生悄悄走過來：「月笙哥，怎麼還不來？」

「告訴各位兄弟，等下去！不得走開！」杜月笙眼望前方，話說得漫不經心，心裡卻在罵：「余有你這小子若敢報假情報，看我不宰了你！」——這時余有已被楊啟棠關在二樓的一個小房間裡，正在心驚膽顫。

又等了約一個鐘頭，馬路上的行人漸少，榮生裡的賭客也開始有人走了，杜月笙看看錶，十點，照規矩，巡捕房收隊了，只剩三兩個到處亂巡的。心想范老三若現在還不來，可能就要到半夜才來了。

正準備吩咐所有手下先躲進附近的弄堂裡「藏」起來，以免暴露，突然一輛黃包車從街角拐出，直向這邊跑來，剛一停定，馬世奇已從車中跳出，對車伕喝一聲：「走！」再兩步衝到杜月笙面前：「月笙哥，范老三一大伙人來了！」

「有多少人？」

「一大群，大概有六、七十個。」

杜月笙掃一眼跟在身後的何野鯉、黃家豐、姚志生、侯泉根：「快！通知祥生哥他們做好準備！槍一響就打！」說完，拉了馬世奇走回榮生公司裡，一招手，一、二十個巡場之類的青年跑過來，杜月笙也不說話，右手向下一劈。

第七十六章　以逸待勞破三合

范老三根本不知道會中了埋伏。

黃金榮、杜月笙沒跟他打招呼，就把榮生公司這大賭場開在了他的地頭呂班路，把這三合會頭目氣得火冒三丈，但他知道自己雖是這一帶的「霸主」，而黃、杜二人卻是猛龍，都不好惹的，就只能暫且忍了這口氣，哪料隨著榮生公司的越來越興旺，他自己的賭檔生意就變得越來越少，燕子窠的生意也大受影響，實在難以忍受，不過他還算有自知之明，知道憑自己的力量敵不過黃、杜二人，故不敢貿然行動，在心中盤算了好些天，最後一拍大腿：我的賭檔和燕子窠生意大受影響，鄭子良的也一定大受影響，何不雙方聯合起來！這裡是我們的地盤，被杜幫如此侵佔，鄭子良沒理由不窩火。有所謂猛虎不及地頭蛇，難道你黃金榮身為探長，敢公開派巡捕來保護賭場不成！這裡容不得你杜月笙的三十六股黨放肆！

主意打定，范老三便「屈尊」去拜訪鄭子良。鄭子良的賭檔生意確是受了很大影響，心裡也確是窩了一肚火，現在聽了范老三一番「同仇敵慨，聯合作戰」的鼓動，可謂一拍即合，以前雙方結下的仇怨也就暫且放過一邊。不過鄭子良以前跟杜月笙打過交道，知道這諸葛亮詭計多端，這回自己若是跟榮生作對，就不只是跟杜月笙交手，明擺著還衝著黃金榮，這可不是鬧著玩的。想了一會，很謙恭地對范老三拱拱手：「三爺英雄氣慨，令人佩服，這事且容小弟考慮考慮，過幾天就給三爺一個答覆。」

范老三揮拳跺腳，又吼了一會，重申了一番黃金榮不敢出面，杜月笙的三十六股黨不是我三合會與你俠誼社對手的道理，才拱手作別：「好，子良兄，我就等你消息！」大步走到門口，又別過頭來，「子良兄，我再說一次！杜月笙在這裡開賭台，明擺著是不把我們放在眼裡，這回我們就一起跟這小赤佬幹一仗！免得他以後得寸進尺！打贏了，以後上海灘哪個還敢小看我們！會有更多人來投靠我們的！若是做了縮頭烏龜，那就真是窩囊丟臉了！」轉頭大步而去。

這最後一句話確是激起了鄭子良的鬥志，不過他還是坐在太師椅上細細思量：幹，還是不幹？想了差不多一個鐘頭，一拍扶手站起來，出了光裕里，後面跟著保鏢陳小猛、董志，直奔英租界棋盤街，到鄭洽記找鄭四。鄭四正在帳房裡算帳。靜下心來聽了鄭子良的一番講述，默默無言。

「四叔，」鄭子良等了一會，有點忍耐不住，「我聽說杜月笙用計殺了蘇易揚，搶了福嘉行，現在福嘉行的生意做得風生水起。當年我們潮州幫怎麼不把他趕出英租界？」

想起這件往事，鄭四心中湧起一股怨氣，但他沒表現出來，只是繼續慢慢喝茶，過了一會才緩緩地道：「杜月笙綽號軍師爺、諸葛亮，並非徒有虛名。他投靠黃金榮，倚著這棵大樹，再買了沈杏山……，」輕輕嘆口氣，「當年不是不想動手，而是下不了手。這幾年，福嘉行跟其他土行的關係甚好，杜月笙做事也算落門落檻，抓不住他的把柄，就無法發動其他土行把他擠出英租界。大家行走江湖，不過求財，他既然沒有損害其他土行的利益，其他土行自然不會跟他作對。」

「但這回他損害了我和范三的利益！」鄭子良叫起來，「榮生公司搶走了大部份賭客，我們的賭檔生意少了很多，燕子窠也受影響！四叔，你說，就由著他？」

「沒錯，榮生奪了你和范三的財。」鄭四看這侄子一眼，「但這榮生不只是杜月笙的，還有黃金榮啊！榮生榮生，榮在前，生在後。呂班路雖說是洪門三合會的地盤，但你可以公開跟這個法租界的第一大哥作對？」

「難道就由著榮生搶我們的生意？」鄭子良說得有點衝，「而且范三說黃金榮不敢出面……。」

「他說得不是沒道理，」鄭四擺擺手，打斷他的話，過了一會，又輕輕嘆口氣，「阿良，四叔可能老了，沒有年青時的那股衝勁了，只是以我的經驗推斷，你若公開跟黃金榮作對，得不償失，甚至凶多吉少。」兩人一陣沉默。

「但我覺得不有所表示就實在太窩囊太丟臉了！」鄭子良一拍鄭老四的辦公桌，霍地站起來，踱了兩步，對鄭四一抱拳，「四叔，你老經驗老到，就給我出個主意，該怎麼辦？」

鄭四閉目養神一會，再慢慢站起來，踱兩步，拍拍鄭子良的肩頭：「阿良，如果我是你，就躲在背後。」陰陰的笑笑，「聽說過這句古語麼：鷸蚌相爭，漁人得利。」

「我當然想做漁人，但究竟怎樣做？」

「過幾天，回訪范老三，就說自己有急事要回老家，把俠誼社的人馬交由他指揮，由他們去跟杜月笙開打。這樣只有兩個結果，贏或輸。打得贏，又或榮生甘願就範，俠誼社與三合會一起得益；打輸了，是范老三的事，你並沒有跟黃金榮公開反面，仍是他的門生。」

「那俠誼社的兄弟可能會有死傷，」鄭子良愣了愣，「我有什麼好處？」

「我還未說完哪！」鄭四笑笑，「俠誼社有一二百號兄弟，死傷幾個，有什麼要緊？要緊的是可以借杜月笙的手除掉范老三！」

「啊？」鄭子良大吃一驚，聯軍還未組織起來，就已謀算對方？愣了愣，「除掉范老三？怎麼就除掉了范老三？」

鄭四背著雙手，十足一個師爺模樣，慢慢踱步：「據我所知，范老三此人十分暴躁，是個老粗，有勇無謀。你捧他幾句，再把手下人馬交給他，他肯定很高興，而且肯定會親自上陣。子彈沒長眼，刀棒盡無情，說不定他就被杜月笙的三十六股黨打死了！就算他當場沒死，杜月笙肯定也不會放過他，殺掉他只是遲早的事。范三若死，你至少沒了個大對頭，而他的三合會就群龍無首，說不定會投靠你，那你就可以趁機佔了他的地盤，這還不是漁人得利？」轉過身，哈哈一笑，「子良啊，你何必去跟他冒槍林彈雨之險？」

鄭子良想了想，一擊掌：「四叔果然足智多謀！」

過了幾天，傍晚時分，鄭子良帶上潘阿毛、高丁旺、阿榮、阿祥等俠誼社的骨幹，來到范家弄「回訪」范老三。一番寒暄之後，鄭子良對范老三一抱拳：「三爺，榮生公司在我們地頭搶我們的生意，簡直豈有此理！三爺英雄，要跟榮生講開，我俠誼社決定加盟，不知三爺有何妙計？」

「哈哈！子良兄不愧是峪雲山心儀大爺，敢作敢為，後生可畏！」范老三抱拳還禮，大大咧咧的先讚了兩句，「我范老三行走江湖幾十年，做事直來直去，對付杜月笙的三十六股黨，我覺得很簡單，三合會與俠誼社各出三十個夠膽衝鋒陷陣的兄弟，就直接打進去！打爛他的賭台！打到沒有人再敢去榮生，打到榮生倒閉，我們的生意就好起來了！」一拍八仙桌，仰天大笑，「哈哈！」

「三爺果然英雄！小弟佩服！」鄭子良神色十分恭敬，誰也看不出他在心裡嘿嘿冷笑，「不過，按照江湖規矩，小弟覺得還是先禮而後兵。別人來我們地頭開賭檔開燕子窠，可以嘛！交保費不就得了？杜月笙要來開榮生賭台，也行，要他交保費就是了。他肯交，萬事大吉，三爺你說是不是？」

「那收他多少？」范老三眼一瞪，顯然沒想到血氣方剛的鄭子良竟會如此「先禮後兵」。

「每個月收他五千銀洋！」鄭子良輕輕一拍八仙桌，就從懷中掏出封信來，遞與范老三，「榮生若肯交，省得跟他動刀動槍。」

范老三接過，抽出來看了，慢慢放在桌上，同時心裡罵道：「他若肯交，當然萬事大吉！我也省得開賭檔，坐著做富翁得了！你這小子想得美！」他不相信杜月笙會就範，看一眼鄭子良，道：「子良兄，他不肯，那怎麼辦？」

「先禮而後兵嘛！給他十天八天的期限，同時我們也準備好武器，調動好人手。他若不肯，就打進去！」指指潘阿毛等人，「他們都是俠誼社的首領，我鄭子良的好兄弟，就歸三爺指揮！」

范老三怔了怔：「那你呢？」

「今天下午接到老家電報，家母病重，得回老家一趟。」鄭子良拱拱手，「三爺是前輩，威望高，又足智多謀，做這樣的大事，一定得三爺指揮並親自上陣才行，我鄭子良望塵莫及！就賴三爺重振滬西洪門的雄風！」同時掃潘阿毛等人一眼，潘阿毛照著鄭子良事前的吩咐，立即帶頭向范三一拱手：「我們聽三爺指揮！」

鄭子良幾句恭維話，果然捧得個范老三有點飄飄然，心中不覺得意，一揮手：「好好！後生可畏！以後大家就是兄弟，一起幹，利益均分！」

第二天上午，范老三命李東豪想辦法把鄭子良帶來的信交給杜月笙，李東豪就找了個相識的小癟三轉交，翌日在風生一嘯樓得到杜月笙的答覆竟是「很好玩」，分明含有輕蔑的不把對方放在眼裡的意思，便急忙回報范老三，果然氣得這老流氓幾乎成了隻生蝦，跟著李東豪一起回來稟報的潘阿毛看著他大罵杜月笙，同時想起鄭子良的再三叮囑：「吩咐手下兄弟，若打榮生，儘量走在後面，一聽槍響，立即散水！逃離戰場！」不覺心中發笑：「范老三你還自認老江湖，簡直是隻蠢豬！」

隨後七、八天過去，榮生公司照開不誤，沒有打探出有什麼動靜。范老三認為時機到了：打它一個措手不及！便下令手下晚上前來集合，同時派人通知了潘阿毛。

看看武器早已準備好，除了二十來支短槍外，還造了幾個「罐頭炸彈」——得點著了火線才能扔出去的，心想幾聲轟隆，炸得榮生窗毀門破，還不把你杜月笙嚇得屁滾尿流？衝進去再一輪亂打亂砸，看以後還有誰敢來你榮生！

九點來鐘，各處賭檔燕子窠的人馬依時陸續到齊，潘阿毛率俠誼社三十人也來了，一共六、七十人，有的拿斧頭，有的拿木棒，有的別了短槍。范家弄一時人聲鼎沸，有市民遠遠觀望，不過誰也不敢出來干涉，因為范老三是這一帶的「大王」。

范宅大廳擠滿了黑壓壓一片人頭，喧譁噪吵，從未有過的熱鬧。范老三得報人已到齊，一跳跳上了八仙桌上，右手一舉：「各位兄弟！」

大廳慢慢靜下來，范老三的吼叫就顯得十分響亮：「各位兄弟！十六鋪的三十六股黨明目張膽侵入我們的地盤，在呂班路開設了榮生賭台，裡面又辦了煙格，搶了我們三合會和俠誼社的生意！害得各位兄弟的收入大為減少，我范老三要榮生照規矩交保費，他們竟說要跟我們玩！你們說，應該怎麼辦！」

「開打！」李東豪帶頭怒吼，其他人立即跟隨一齊吼叫：「打，跟他們打！」幾乎聲震屋瓦。

「對！開打！跟他們打！」范老三右手一劈，頗有江湖大佬的威風，「各位兄弟！我親自去榮生看過，整個賭場就只不過三、四十人，我們現在三合會與俠誼社聯合一起，有七十人！我們還有炸彈！炸彈一響，大家就衝進去！聽清楚沒有？」

眾人大叫：「清楚了！」還有人叫：「衝進去！砸爛它！」

「現在出發！打它一個措手不及！砸爛榮生！事後一人賞十個大洋！」范老三右手向前一揮，霍的跳下地，右手已拔出手槍，高舉過頭，嘴裡叫著：「跟我來！」氣昂昂向大門走去，眾人立即讓出一條路，李東豪與三合會的骨幹緊隨其後，也是右手舉槍，而左手拿著罐頭炸彈，一大伙人衝出范家弄，向榮生殺來。他們剛出弄堂口，前面遠處一輛黃包車已飛跑而去，裡面坐著的便是馬世奇。

從范家弄到榮生公司並不很遠，急步走去不過是十分鐘左右的路程，杜月笙吩咐手下準備，自己回到榮生招了那些巡場過來，並執槍在手時，便已遠遠的看到范老三走在前頭，右手舉槍，後面跟了大隊人馬，從北面衝殺過來。

杜月笙不動聲色，他打算等對方衝到距榮生公司十來公尺時，也就是已完全進入自己設下的包圍圈時，才冷不防開槍，打他們一個死傷無算，哪料這伙人離榮生還有四、五十公尺時，「啪！」槍聲突然響了。

後來才知，這一槍是張漢松打的，主要用意是開槍示警，叫他們快走。這一槍於是就救了三合會不少人。設伏的馬祥生、芮慶榮等人並不知是張漢松搗鬼，一聽槍響，還以為是杜月笙下令進擊，立即各率手下從對面弄堂裡衝出來，一共四十五人，短槍二十多支，其餘的手舉木棒，揮舞短刀斧頭；一時間槍聲大作，喊聲震天。但由於對方還未全部進入包圍圈，他們就只能是正面和側面攻擊。

范老三這伙人突然聽到後面槍響，不覺一愣，再看突然衝出這麼幾十條黑影來，立即亂了陣腳。范老三不愧老江湖，一下就回過神來，開槍還擊，雙方一交火，那些罐頭炸彈就來不及發揮作用了；卻聽到背後一片大叫聲：「快跑啊！」范老三猛回頭看，只見走在隊伍後面的俠誼社的人已四散奔逃，頓即引起軍心大亂，走在後面的三合會的人也跟著逃跑，范老三正想制止，杜月笙也已領著十多二十人衝過來，側面的小巷同時殺出江肇銘、袁珊寶十多人，槍聲喊殺聲從三面合圍過來。范老三猛然醒悟已中了埋伏，不知對方有多少人多少條槍，再看身旁已有人中彈倒地，呻吟慘叫，自知不敵，大叫一聲：「撤！」轉頭就跑，沒跑兩步，肩頭中彈，忍不住「呀！」了一聲，李東豪一把拖著他，向北狂奔，還未到路口，猛閃進左面一條小弄堂。

范老三一跑，本來還想抵抗的三合會的人當即兵敗如山倒，掉頭奪路奔逃，同時慘叫聲一片響起，也不知多少人已中了彈，能跑的繼續跑，跑不動的倒在地上痛苦呻吟，有的則已魂歸酆都鬼城。路上行人早已雞飛狗走，張漢松與他的兩個心腹巡捕打完槍便開溜得無影無蹤了。

從第一聲槍響到李東豪把范老三拖進小巷，不過是幾分鐘的時間，杜幫已大獲全勝，不過杜月笙並沒有「乘勝追擊」，而是對著那些正狂追亂打的手下一聲令下：「大家別追了，回來！回來！」轉過身拍拍袁珊寶的肩頭，「立即叫二十個兄弟來，洗掉地上所有血跡！」再對著躺在地上的那些呻吟慘叫和沒了動靜的人一揮手，「把他們全部抬回去！」

抬回榮生公司，不過不是從正門進，而是從後門。這時榮生裡的賭客有的走出來看發生了什麼事，有的就躲在賭場的牆角發抖，也有些賭得已完全進入忘我狀態，聽從了那些荷官、打雜的安慰：「沒事沒事，榮生絕不會有事，繼續繼續。」

從榮生公司的後門進去，是一個很大的儲物室，放著各式後備賭具及一些雜物。六條死屍和四個負傷的人被「扔」到了地上，杜月笙手執短槍，直指其中一個：「你是不是范老三的手下？」

這人大腿中槍，痛得冷汗直冒：「是是，先生饒命啊！我叫歐陽欣，先生救救我……」

杜月笙稍稍一愕，打斷他的話：「其他的人是不是？」

「是！是！」歐陽欣雙手捂著中槍處，血仍直湧而出，「先生饒命！痛死我啦！救救我！」

其他三個負了傷和也在一邊呻吟一邊哀告救命，杜月笙像沒聽見，掃一下江肇銘等人，同時左手在空中一劈，再向下一壓。第一個姿勢表示「殺」，第二個動作表示「種荷花」，也就是把人扔進黃浦江，毀屍滅跡。榮生公司剛剛打了烊，杜月笙坐在四樓的辦公室裡，給所有「參戰」的手下嘍囉各人派發了二十個大洋的銀票，至於幫中的骨幹，他將另行私下打賞。

這場發生在呂班路的黑幫大戰死了十個人，傷了多少無人得知，在江湖黑道中引起了極大的震動，不過這事還未完。杜月笙知道必須乘勝追擊，斬草除根，殺掉范老三，否則自己不知什麼時候會吃衛生丸。

早上醒來，已是八點來鐘，把袁珊寶叫來：「珊寶哥，昨夜我看著范老三掉頭跑了，可能受了傷。你是上海通，各路朋友多，去附近的醫院打聽打聽。如果他中了槍，可能就在附近的醫院。」

袁珊寶應聲是，轉身出去。杜月笙喝口茶，叫馬世奇把余有帶上來。余有知道范老三昨夜帶著人來了，並且被杜幫打得落花流水，心想這回該是一百銀洋到手了，一進門，對著杜月笙就打躬作揖：「杜先生您早。」

杜月笙臉色冷峻：「余有，你的情報不錯，昨夜范老三帶人來了，不過給他跑了，你那一百銀洋的賞銀暫且放我這兒，你現在出去找舊朋友打聽打聽，范老三傷了沒有，現在在家裡還是在醫院裡。若打探得準確的消息回來，我另外再打賞你二十個銀洋。」

余有怔了怔，點頭哈腰：「是，是。」離開榮生，愣了一會，便直接去找歐陽欣，一進門，還未開口，就已被人一把揪住了胸口：「叛徒！你這小子還敢來？」

「旺，旺哥……」余有不覺大吃一驚，「欣，欣哥……？」

「欣哥肯定是被杜月笙那幫人殺死了！」丁財旺雙眼怒視著余有，似乎恨不得把他吃了，「我昨夜看見他大腿中了一槍，倒在地上，現在還沒回來，肯定是被杜月笙殺人滅口，扔進黃浦江了！」

「不，不，」余有兩手亂搖，「我已經沒在榮生做了！真的沒在榮生做了！」高聲為自己開脫。

丁財旺不聽他的，猛力一推：「你就坐著！等三爺回來再慢慢審你！」余有生得矮小，被丁財旺這一推，便是一個仰面朝天，唉喲唉喲的怪叫。丁財旺兩步上前，指著余有破口大罵：「叛徒！為杜月笙打雜！害死自己的兄弟，三爺和東豪哥還未知下落……。」

余有愣著，沒還嘴，霍地跳起，惶惶如喪家之犬，一直跑到南碼頭，坐船過了浦東，回望浦西，一江相隔，才算舒出一口長氣，從此再沒敢回浦西來。

到了下午，杜月笙久等余有不回，正有點焦急，看見袁珊寶推門進來，身上穿了一件又舊又髒的黑長衫，頭上戴著一頂洗得發白的舊氈帽，手上拿了副眼鏡，不覺大笑：「珊寶哥，怎麼扮成這麼個落泊私塾先生的模樣？」

袁珊寶一笑：「月笙哥，這有利於行動啊！我探得消息回來了，范老三現在盧家灣教會醫院。」

「盧家灣教會醫院？」杜月笙怔了怔，「他怎麼會跑這老遠的，消息確切嗎？」

「錯不了。」袁珊寶坐下，脫下氈帽，放在桌上，喝口茶，「這教會醫院裡有個護士叫阿蘭，是我的相好。記得吧？幾年前我們把香覆院砸了，第二年就在這教會醫院做了護士！」說著哈哈大笑。

杜月笙也笑了兩聲：「那你找她來問？」

「當然！」袁珊寶輕輕一拍桌子，「我想那范老三肯定是怕我們找他，去了遠些的醫院，一下便想起阿蘭，我就去了盧家灣教會醫院，想叫她幫忙向其他醫院打聽打聽，哪料我剛說完，阿蘭就說半夜有一個五十來歲的人來，右肩頭中了槍的，一個大個子青年人陪著他來。今早手術拿了顆子彈出來，現在一樓尾房。有幾個人在病房門前守著，凶神惡煞的，誰都不准過去。我問那個人什麼時候可以出院，她說無大礙，可能明天就出院了。病房裡有兩張床，不過就住了那個中年人，另一張床給陪他的人睡。我覺得也沒有什麼好問了，就給了阿蘭兩個銀洋，吩咐她對誰都不要說我來找過她。然後回家，就扮成這個模樣，」邊說邊從口袋裡拿出個大口罩來，往桌上一放，「包了口罩、戴上眼鏡，躬著腰，我就像個肺癆病人那樣慢慢走向地下的那個尾房，走近了也看清楚了，站在病房門口的是李東豪、丁財旺，還有兩個青年人，都是范老三的手下。」

「你肯定沒被他們認出來？」杜月笙舉舉茶杯。

「肯定沒有！」袁珊寶一擺手，「我扮成這個模樣，怎會被認出來？我一看清楚了是誰後，就立即拐進了旁邊的一個病房，在裡面呆了好一會，才又躬著腰出來，然後就離開了醫院。」

「有沒有看清四周的地形？」

「看了！那間是尾房，有一個大窗戶，對著一片草坪，草坪不算很大，還種了幾棵樹，草坪的邊就是圍牆，圍牆外面是條小道，小道不遠就是馬路，金神父路。」袁珊寶說著順手點了點茶杯的水，就在辦公桌上畫起圖來。

「好！很好！」杜月笙微微一笑，「珊寶哥，把阿銘和嘉棠叫來。今天夜裡就要他的命！」

當天入夜後起了風，天上浮雲翻滾，星月隱跡；教會醫院一帶只有幾盞昏黃的路燈，夜色顯得格外深沉。半夜，一輛黑色小轎車從北面緩緩駛來，車上走下來袁珊寶、顧棠嘉和江肇銘，三人無聲無息的走進了小道，翻過左面的一堵圍牆，跳下草坪，趴在地上。袁珊寶一舉手，三人躍起，先撲向大樹，再向一樓尾房衝去。衝到那個大窗戶下，默默聽了一會，聽到房裡傳出鼻鼾聲和輕微的呻吟聲，三人互相打個眼色，同時站起，「喀啦！」手中槍柄一下便砸爛了窗戶的玻璃，三條槍同時分別向躺在兩張床上的人射擊。一時間槍聲大作。

玻璃破碎的聲音驚醒了李東豪，可惜他實在缺少經驗，竟整個人從床上跳起，剛一轉頭，就已身中數彈，立時斃命。呻吟的是范老三，傷口痛得他無法入睡，但他確是老江湖，一聽有異響，立即就來個懶驢翻身，滾到地上，再想向床底下滾，不過顧嘉棠未等他滾進去，就已幾槍打過來。范老三橫行滬西多年，就這樣兩聲慘叫，一命嗚呼。

從玻璃破碎到范老三斃命，不過是一兩分鐘的事。

第七十七章　稱霸上海灘煙業

滬西三合會遭到了前所未有的沉重打擊。十個兄弟失蹤，大頭目范三與二頭目李東豪命喪教會醫院，一時間蛇無頭不行，整個三合會立時處於分崩離析的狀態。這時候，鄭子良出來了。

鄭子良並沒有回潮州，他一直躲在光裕里暗地指揮，當潘阿毛回來向他稟報「范老三肯定中了埋伏，俠誼社的兄弟只有兩個輕傷」時，鄭子良不覺得意地哈哈大笑：「范老三啊，范老三，這回你可怪不得我了！」對潘阿毛一揮手：「阿毛，吩咐兄弟，只管做自己的生意，不得在外面胡鬧！」

如此一場轟動上海灘的黑幫大戰，鄭子良是擔心巡捕房會嚴加追查，所以他打算「靜觀待變」。哪料兩天過去，竟毫無動靜，卻傳來范老三被刺教會醫院的消息；心想這回巡捕房總要有所表示了，又等了幾天，巡捕房仍然沒有動靜，鄭子良不得不暗裡欽佩黃金榮這大把頭的能耐，竟連法國佬都被蒙在鼓裡，同時覺得自己應該出來了：去接收范老三原來的燕子窠、賭檔，如果對方不從，就使用武力。

正當這個俠誼社大哥準備大幹一場，要稱霸整個滬西時，程聞來了。

兩人寒暄幾句，程聞臉帶微笑，切入主題：「子良，幾天前三合會的人襲擊榮生公司，俠誼社有三十人跟了去，這事你知道嗎？」

「唉呀！有這事嗎？」鄭子良一臉驚愕，「程先生，小弟這十來天回了老家潮州，今天上午才回到上海，沒聽手下的兄弟說過。」

「那你可得管束好手下的兄弟。」程聞臉色變得嚴肅，「黃老闆現在正暗裡調查，他要我來對你說，你是黃門的人，這事你如果不知道，那就算了。現在范三和李東豪死了，三合會已經沒了頭目，黃老闆一再叮囑，俠誼社不要去跟三合會的人發生衝突，以後如果再發生打鬥的事，巡捕房一定嚴懲不貸。」頓了頓，眼神冷峻，「子良，我想你一定明白黃老闆的意思吧？」

鄭子良怔了怔。他當然明白，黃金榮是不想俠誼社擴大規模，給他惹麻煩；也不希望三合會重新糾合一起，成為一股強大勢力。各路江湖人馬的勢力越小，對他這個大把頭就越有好處。想到這裡，鄭子良心中嘿嘿兩聲冷笑，明知如此也只能順從，回視著程聞，點點頭：「子良明白。」

黃金榮的預先警告使鄭子良不得不放棄武力硬吃三合會地盤的打算。隨後，他帶了潘阿毛等手下骨幹去找原來范老三的手下，像當年「邀請」大達碼頭的劉芒加入俠誼社一樣，現在也「誠意邀請」對方加入俠誼社，「有財大家發」；有的人為了找個靠山，免被別人侵吞，便表示服從。兩個月下來，俠誼社於是多了兩間燕子窠和賭檔，成效不算很大；因為三合會更多的人是寧願拔槍相向也決不「歸順」俠誼社，恨得鄭子良咬牙切齒，但他不敢動粗。

這樣，滬西的流氓爭鬥算是平息下來了，榮生公司以後果然風平浪靜，滬西三合會分崩離析，固然不能跟這大賭場作對，作為滬西最大的幫會俠誼社也不敢來搗亂。不久，鄭子良聽從了鄭四的勸告，利用自己的流氓勢力開始著意向工商業發展，成了個十足的商界大亨。

現在且說杜月笙設伏擊潰了范老三的三合會，使榮生公司安渡了難關，以後再沒人敢來搞亂。經過這場黑幫血戰，杜月笙奠定了自己在上海灘賭業中的大哥地位，名聲大震，已經蓋過了法租界的其他黑道人物，現在大家都認為他不只是黃金榮的得意門生，而且是跟黃金榮肩並肩一道打天下的人，是同道兄弟。杜月笙確信各路江湖人馬已沒有誰敢向自己挑戰，便越發雄心勃勃，謀算如何採取行動，把整個上海灘的煙業捏在自己手中。

杜月笙認為機會來了，他也的確是看準了機會。

這天睡醒午覺，喝了參茶，把張鐵嘴叫進後間密室，幾句閒話說完，問道：「老張頭你說你的命理了得，你看這回上海灘要大禁煙，我杜月笙的土行還能不能做下去？」

「月笙，我給你算過了，」張鐵嘴神情嚴肅，一點不像開玩笑，「你的土行不但能夠做下去，而且，你就要飛黃騰達了！」

「真的?」杜月笙哈哈一笑,「不過我現在看大總統要銷煙,你看浦東陸家嘴的銷煙窖要建起來了;英國佬要禁煙,什麼萬國禁煙會明年初就要開了,你不覺得那些土行都要關門大吉了?」

「哈哈!」張鐵嘴輕鬆地大笑,「哪會關門大吉!禁煙了這麼多年,土行還不是照做?你看現在的上海軍警風風火火的,說不定他們從中發財啦。」右手食中兩指輕輕敲擊桌面,「還記不記得今年初上海檢察廳失竊煙土的事?」

杜月笙想了想:「好像聽你說過?」

「貴人事忙,你當時在籌備開榮生公司,忘了,也怪不得你。」張鐵嘴擺擺手,「去年底,華界警方查獲了一起販運煙土案,說不定是為繆阿玉販運的,不過那案犯沒供出來,就關在獄中。收繳了煙土五十六斤,計八九六兩,就存放在上海檢察廳贓物庫內。今年一月十一日清晨,發現失竊。檢察廳外面的竹籬巴被人拆了,圍牆被掘出兩個大洞,贓物庫的門鎖被砸開。庫內金銀錢財衣服等贓物絲毫無損,唯獨就沒了這價值昂貴的五十六斤煙土。後據檢察廳外站崗人員所說,他們在半夜巡邏時還沒有發現異常情況;而檢察廳贓物庫以前就曾數次失竊,均未報案,此案亦不了了之,至今沒有下文。明擺著,這是裡應外合;不報案,不結案,自然內裡有奧妙——大家發財。」說到這裡,看一眼杜月笙,「再說到現在,據說現在上海灘會集了數千箱煙土,你以為是全燒得了的?」

杜月笙微笑:「你這張老頭整天在外面打探消息,真有調包的事?」

張鐵嘴不答反問:「知道郭竹樵嗎?還有,施載春和吳引之嗎?」

「知道。」杜月笙點頭,「郭是大華銀行老闆。施和吳是土行老闆。」

「郭還是土行老闆,而且是大老闆。」張鐵嘴笑道,「不過他不出面就是了。前段時間,江海關馮國勳的親信及施載春、吳引之等人去中華銀行『暫時的存款』,數目從數萬銀兩至數十萬銀兩不等,據說就是用來買那些調包煙土的。」

「真的?」杜月笙低聲叫道,「那郭竹樵把煙土藏在什麼地方?」

「據說是哈同花園。哈同在做地生成意時跟中華銀行常有來往，曾借巨款吃進某塊地皮，兩人交情不錯，郭竹樵就看中了他的花園。」

「曲徑通幽，人跡罕到，確是好地方。」杜月笙笑道，「看這些人倒也會算計。這個上海灘確是禁不了煙的。」頓了頓，看看張鐵嘴，「老張頭，你怎麼說我會飛黃騰達？」

「看現在，華界禁煙，英租界也要禁煙，」張鐵嘴敲著八仙桌，「如果法租界不禁，那英租界和華界的大小土行不都得搬到法租界來？法租界是誰的地盤啊？是你和黃探長的地盤！如果你壟斷了所有土行的煙土押運權，收那些土行老闆百分之十的押運費，那將是一筆多大的生意？連飛黃騰達也不足以形容呢！」

「哈哈！」杜月笙大笑，「真是英雄所見略同！」一拍八仙桌，「只是英租界有大八股黨，那可不是好惹的。就算英租界的土行搬到法租界來，他們仍會把持著押運權。張老頭，你說怎麼辦？」

「軟硬兼施，陰謀詭計，」張鐵嘴似乎一點不覺得為難，說得輕鬆，「最後逼大八股黨放手！」

「怎樣做？」杜月笙覺得真沒白養了這個算命佬，這老江湖有其「老到」之處。

「我說軟硬兼施；硬，就是跟他們真刀真槍的幹！」張鐵嘴拍拍八仙桌，「有道是，富貴險中求。沈杏山是人，你杜月笙也是人；他的大八股黨是人，你的小八股黨也是人，你還有三十六股黨呢！黃金榮手下又有一百零八將，何必怕他！他們不是包運土嗎，那我們就搶了他的！叫他賠，叫他在土行中失去信用！搶他幾次，土行老闆自會把押運權轉交過來……。」

「你可知道大八股黨是怎樣運土的？」杜月笙打斷他的話，「現在那些資金雄厚的土商，以每艘十萬銀元的代價，包租遠洋輪船，直接運送煙土到上海。所運數量，動不動以千百噸計。當輪船抵達吳淞口外公海時，在岸上的沈杏山早已收到電報，他便動用軍警巡捕，嚴密保護。那些小輪舢板，成群結隊，駛出公海接貨。貨上了岸，運到土行。從水路到陸路，換了便衣的巡捕帶著槍，排列成行，一路護送，戒備森嚴，如臨大敵。」頓了頓，喝口茶，「如果誰敢攔路搶土，可以格殺勿論，大八股黨因此能稱霸英租界土業，大發橫財。張老頭，你說搶得了麼？」

「如果容易幹，還用得著你月笙嗎！」張鐵嘴定定的看著杜月笙，「你現在要跟大八股黨幹，就是要充分利用這個禁煙的大好時機，把上海灘的煙土押運權搶過來。打起來，死傷難免，否則怎麼說是富貴險中求？」頓了頓，「不過有一點月笙你一定看得出來，那就是沈杏山雖敢如此運土，但他畢竟不敢讓手下巡捕穿了制服來公開押運，也就是說，他還有所顧忌；而以我打探到的消息，他們並沒有一間什麼公司，也沒有倉庫存土，貨一般是在夜裡上岸，一上岸，直接就運到各土行。你想想，一艘大輪船動不動是十幾噸的煙土，上岸後立即運走，定然兵力分散，又在夜晚，要動它，肯定有機可乘。」很悠閒地朝杜月笙舉舉手中杯，「別的團伙不敢動它，你月笙手中有人有槍，並非一般癟三團伙，夠膽幹，為什麼不能劫它一兩票？」一拍桌子，「若覺得英租界人太多，在岸上行劫危險，還有水路！從吳淞口到英租界外灘，幾十里的路程，大八股黨真能一路上護送？鬼話！夜色茫茫，江天一色，我不信沒有機會下手！」頓了頓，「聽說沈杏山歷來在江湖上吹噓大八股黨押運煙土是萬無一失，那警惕性就不會高，突然劫他一船，叫他損失慘重，信譽掃地，此其時也！」

杜月笙微笑點頭，心中罵一句：「這老傢伙果然老江湖！」

張鐵嘴喝口茶，不覺越說越興奮：「況且，遠洋輪船運貨只是一種情況，據我所知，至少還有一種情況是，某些土行是自己進貨的，煙土從四川、江浙等地運來，直接到了外灘，事前就請大八股黨押運。對這些貨，水陸兩路都可以劫它！」杜月笙又微笑點頭。

「當英租界的土行遷來法租界後，你就更可以擊敗沈杏山了！」張鐵嘴又拍桌子，「法租界是黃金榮的地頭，他還能像英租界那樣為所欲為嗎？你搶了他幾次，土行就不會再信他，自然會轉過來。」乾咳兩聲清清喉嚨，「所以，要幹成這件大事，第一，必須儘快創建一個機構，可以讓上海灘的土行來投保；第二，必須跟黃探長一起幹，一定要得到法捕房的支持，否則被人搶了，就像你要搶大八股黨的那樣，那就完了。」

杜月笙微笑：「說得不錯。創建個機構，就開間大公司得了！」擺擺手，「老張頭，你硬的一手說了，那軟的一手呢？」

「搶了大八股黨押運的煙土，打擊了他們的信譽，然後就把沈杏山請來，要他放手，說明每個月給他俸祿。」張鐵嘴說得輕鬆，喝口茶。

「你認為他們會肯？」

張鐵嘴微微一笑，「今天上海灘，誰個不知，大八股黨個個都已撈得肚滿腸肥，富得漏油？人性就是這樣的：貧窮時，爛命一條，沒有什麼不敢幹；到了富了，就開始惜命，我看大八股黨也不外如此。過去他們當癟三幹劫土生意時，敢冒險敢玩命，現在呢，一個個成了大富翁，哪還願幹玩命的事？況且，土行遷入法租界，沈杏山身為英租界巡捕房探目，難道要在法租界跟黃探長搞亂？工局部還不把他踢出巡捕房？他不敢。所以，只要搶得他幾次，叫他慘遭損失，再讓黃探長出面，跟他談判，給他俸祿。我認為，大八股黨十之八九會順從。」

杜月笙沉思了一會，站起來慢慢踱步：「這樣說來，現在趕緊要做三件事，一，讓英租界的土行遷到法租界來；二，創建一個機構，為土行保運煙土；三，搶大八股黨保運的煙土。」

「對！」張鐵嘴站起來，「這些都必須跟黃探長合作！」

當晚，杜月笙來到黃公館。坐在黃金榮的後間密室裡，把自己「搶奪上海灘煙土押運權」的想法細述了一遍。

這時黃金榮正為法租界土行接連失土的事心煩，他不是可憐那些土行老闆，而是因為那個收了人家財香的公董局總監費沃利幾次催促自己加緊破案。現在聽杜月笙說想合伙開間大公司來壟斷煙土押運，那劫土的可能就成為保土的，這件煩心事不就可以功德圓滿地解決了？黃金榮想到這裡，猛地抽了兩口雪茄，滿是橫肉的臉上便湧出了笑意，別眼看一看程聞，程聞正要說話，外面有人敲門。門拉開，進來的是林桂生，還未等杜月笙施禮，便笑起來：「月笙啊，榮生賭台生意好，黃老闆在背後誇你呢。這回上海灘看來真要大禁煙了，你是不是又想出什麼好計謀來發財啦？」
「師娘過獎。」杜月笙站著躬躬身，便把自己的謀算又細述一遍，「不知師娘覺得……？」
「好！好計謀！好主意！」林桂生一臉興奮，不等杜月笙說完就已叫了起來，「壟斷上海灘煙業押運，那就真要飛黃騰達了！」站起來踱了兩步，看一眼黃金榮，「黃老闆，在法租界開間大公司，分些財香給那伙劫土的小赤佬，倒過來叫他們保土，那劫土的事肯定就少了，甚至沒有了，你這個探長不就可以伙向公董局的法國佬交差了？那個督察長的位就可能坐上去了！」
「說得不錯！」黃金榮一揮手，笑得大嘴咧開，「有可能！」
「只是要動用巡捕房的力量，公開押運煙土，公董局裡的法國佬會不會反對？」
黃金榮又一揮手：「這個沒問題！嘿嘿，公董局裡的法國佬，是萬里東來只為財，」輕鬆地微笑，「這麼多年說禁煙，法租界的燕子窠不過搬進弄堂裡經營便了，公董局也從來沒有真的要我黃金榮去查封土行。」頓了頓，「不過，過去這些事都是暗中進行，這回若要動用巡捕房公開押運煙土，那就得向公董局挑明，讓我黃門來做，只要進的財香令這些法國佬感到滿足，他們不會反對。」抽口雪茄，神情沒有那麼輕鬆了，「我擔心的是沈杏山的大八股黨，他們肯把押運權讓出來？」
程聞躬躬身：「黃老闆，剛才月笙說得不錯的，只要搶他幾次，並使那些潮州幫大土行搬進法租界來，黃老闆再親自出面跟他談判，他就一定會讓出來的！」看看杜月笙，「月笙，搶大八股黨的煙土，黃老闆不能幫你，你有把握？」
「沒有十足，也有七八成。」杜月笙說得輕鬆，「大八股黨是人，我三十六股黨也是人；他們有槍，我們也有槍。趁英租界大肆禁煙時期，搶他三兩次就夠了，打擊了他的信譽就可以了。」頓了頓，「大八股黨多年來獨霸英租界煙業押運，我杜月笙就是要告訴他，所謂光棍不斷財路，他們不能憑著手裡有槍，就要斷了江湖兄弟的生機。我只要他明白這點，並不是想搞出命案血案。屆時英租界的大土行搬進了法租界，那是黃老闆的轄區，就更輪不到他沈杏山稱王稱霸！」

「月笙啊，你看來不只是諸葛亮軍師爺，還是個武將呢！哈哈，好！有膽識！」

林桂生圓圓的臉上像泛出紅光，右手一揮，叫道：「那就定下來了！我們先把個大公司開了！讓法租界的土行和湧進來做生意的土行都有個投靠。各位，這大公司開在哪裡，叫什麼名字？」

「牌子暫時就掛在永亨記吧。」杜月笙道，「永亨記在法租界只是間小土行，不過跟租界、華界的土行都相熟，換上個牌子就可以了，我再派手下徒弟去吹吹風，各個土行老闆自然就會知道了。」頓了頓，看沒人提出異議，繼續道，「那裡就作為聯絡處。真正的大本營設在維祥里。我去看過了，那個弄堂很小，是個死胡同，一頭進去，另一頭是不通的，才只有六間房屋，我們就把整個弄堂包租下來，倉庫、會客室、辦公室、警衛宿舍都在那裡。這樣可好？」

「好！」林桂生叫。黃金榮微笑點頭。程聞豎了豎大拇指。

「至於這公司的名字，我也想好了。」杜月笙心中得意，「就叫三鑫公司。」

「三鑫？」黃金榮愣了愣，一下沒反應過來。

「一二三的三，三個金的鑫。」杜月笙也忘了斯文，用右手沾沾茶水，就在桌上寫起來，「這名字有兩個含義，一，黃老闆的大名有個金字，三鑫公司，就表示黃老闆是真正的後台老板；二，一個三字，三個金字，三三得九，九九無盡；表示這大公司發大財，金銀財寶源源不斷而來……。」

「唉呀，真是好名字！」林桂生拍拍八仙桌，「要開這麼間大公司，這花費看來不少呢。這樣吧，我們來合三個股分，每股三萬。黃老闆算一股，月笙你出一股，還有一股，叫金剛鑽阿金出。他的女婿范回春管帳精得很，就由他管。」看看杜月笙和黃金榮，「怎麼樣？」

「好，好。」黃金榮點頭。杜月笙也跟著點頭，樣子十分恭敬：「師娘辦事真妥當啊！」

「那就幹吧！」林桂生雙手按在八仙桌上，目視黃杜二人，頗有點女幫首的味道。

中國近現代史上最大的販毒大本營三鑫公司就這樣醞釀出來了。

接下來，便是雙管齊下：搶土，開公司。

第七十八章　明目張膽搞押運

杜月笙要向大八股黨開戰，深知事關重大，萬萬不能魯莽，首先要做的功夫是：查清敵情。

當晚離開黃公館，已是半夜，杜月笙沒有回金福里，而是進了英租界，到福嘉土行，把帳房蘇良從被窩裡叫出來。蘇良做事倒也認認真真，現在出來窩裡，穿了衣服走出前廳，著了寒，一連打了兩個噴嚏，對著杜月笙連連鞠躬：「杜先生好。杜先生不知……？」

「沒什麼事，坐。」杜月笙很輕鬆地擺擺手，「老蘇，大八股黨什麼時候運貨進來？」

「三天後。」蘇良數數手指，「今天明天後天，大後天半夜運貨進來。」

「潮州幫大土行也是同時進貨？」

「是，我們的貨是托鄭洽記一齊進的，由沈杏山分兵押運。」

「他們走哪條路？」

「貨在二馬路外灘上，大概是朝西走，再轉入界路到棋盤街吧。還有些土行是在弄堂裡的，那就要走橫街窄巷了。」看看杜月笙，「杜先生，我歷來只管收貨點數，從沒過問他們怎麼走。」

杜月笙陷入沉思。約過了十分鐘，輕輕一拍八仙桌，心裡作出決定：劫橫街窄巷的讓嘉棠阿銘來做，我先在黃浦江上大劫他一票再說！

一九一八年的冬季，上海很冷。農曆十月二十八晚，約二更天時分，一艘輪船從東南方急速駛來，到了吳淞口外江面才減速，抛錨。還未停定，船上已打過來三下手電筒光，黃浦江口立即划出十多艘小船，悄無聲響靠向輪船左舷，左舷邊早已放下了幾條繩梯，小船一靠舷下，便立即送下來一個個木箱，約半個鐘頭的功夫，十多隻小船便裝好貨，往回划，進入黃浦江。岸上有二十來人監視著這一切。這船隊沿黃浦江西岸畔朝南走，他們沿岸護送。走了約半個鐘頭，被黃浦江的一條支流擋住了去路，只得朝東走一大段路過橋。當這伙人慢慢淹沒於沉沉夜色中時，一隻小船突然從支流划出，划到跟黃浦江的交匯處，正好「攔」向這支船隊的最後一隻小船。

小船上有三個青年船伕，急忙反槳把船停住，站在船頭的是個大個子，對著這隻突然殺出的小船高聲暴喝：「觸那！停住！你們……」

何野鯉還未等這大個子作出反應，手中一支短槍已直指他的面門：「一動就打死你！」話音未落，已接二連三跳上四五個人來，也是一個個手舉短槍，指向兩個划槳的船伕：「不准動！」這兩人不過是受雇的船伕，長時間為大八股黨僱用運貨，多年來從沒出過事，船上除了刀棒外並無槍械，想反抗已來不及，不覺雙眼愣著，乖乖就範。這時，顧嘉棠等人已把船上所有的木箱搬到了自己的船上，江肇銘低聲問：「月笙哥，對這三個人怎麼辦？」

杜月笙很輕鬆地使手中左輪在食指上打了三個圈：「叫他們下水。把這船也拖走。」

被幾支槍指著，三個船伕只好跳下寒冷的黃浦江，凍得直打寒顫，看著自己的船被拖著向東岸划去，自己卻只好遊過西岸，上了水，三人便互相拍拍肩頭，各散東西，自謀生路去了。

這時候，十五箱煙土剛好被杜月笙等人運到早已準備妥當的潮州會館。

這潮州會館位於英租界三馬路西端的一條小弄堂裡，馬祥生帶了五個三十六股黨的兄弟，「駐紮」在這潮州館裡接應。現在劫土運到，大家三下五落二揭開了兩口空棺材，把十五箱土全放了進去，再加上蓋，一點痕跡不留。這十五箱土後來被一小包一小包的拿出來，在永亨記和福嘉行出售，為杜幫帶來巨額利潤，而沈杏山的大八股黨可就慘了，運貨的船伕已杳如黃鶴，他們只得向鄭洽記與李偉記兩間大土行賠償金，而原來誇下的「萬無一失」的海口也就成了牛皮，頓時信譽大跌，此事在租界土行中立即被傳得紛紛揚揚。

杜月笙一出手便大獲全勝，但他並不以此為止。他知道大八股黨這次失手，以後就肯定會派人隨船武裝押運，水上行劫也就再使不得了，而弄堂裡的行劫還「大有可為」，想了幾天，把顧嘉棠、江肇銘等人叫來，道：「上次浦江劫土得手，大八股黨肯定加強了防範，水路是再劫不得了。不過，大八股還有在陸上運土的，給英租界弄堂裡的土行押運。」一拍八仙桌，「各位兄弟，現在你們自己帶了人馬去劫他娘的！記住，分散幾路來劫，別同劫一路。劫到了，歸你們自己所有。拿回來，我照市價收購。」

「好啊！」江肇銘立即歡呼起來。

「多謝月笙哥！」顧嘉棠、葉綽山等人幾乎是同聲高叫。

杜月笙這一招真夠毒的。顧嘉棠等人跟著他劫土，事後不過打賞三幾百銀洋，現在可以自己帶了三十六股黨中的人馬行劫，劫得的歸自己，那一箱土也值個三幾千銀洋。這些江湖人物，還能不心跳發狂！而大八股黨這回就更慘了，簡直是風聲鶴唳。顧嘉棠等人本來就跟那些弄堂裡的土行老闆相熟，再加上還有個福嘉行的帳房蘇良做「內應」，時時提供情報，他們便可以把大八股黨押運煙土進英租界土行的時間打探清楚，然後兵分幾路，每一股十個八個人，持短槍拿木棒，進行伏擊。以至大八股黨押運的煙土，有些在英租界的弄堂被劫，有些還未進入上海灘，就已在路上遭劫，大八股黨一次次遭受或大或小的損失，就只好一次又一次的向土行賠償，信譽就越跌越低，最後跌到有些土行不敢再叫他們押運。這時候，黃金榮跟費沃利的討價還價的談判正好獲得成功。

商討決定了創建三鑫公司後，黃金榮聽從林桂生的計謀，暫時的不去跟總監費沃利說開公司運煙土的事，反而暗裡指使鬧天宮徐福生聯絡其他流氓去行劫隆吉記、郭源茂、同昌行等大小土行的煙土。於是，就在英租界沈杏山的大八股黨被杜月笙的三十六股黨搞得焦頭爛額的時候，法租界的土行也因煙土的接連被劫而叫苦連天，不得不向總監費沃利「投訴」，請求著力「維持治安」。當時上海灘禁煙聲勢正是浩大，而這些報案全是賊人搶「違禁品」，令費沃利不得不有所顧忌，但他收了人家的財香，總不能不理，便有意敷衍拖延，有時把黃金榮叫來說兩句，黃金榮知道這法國佬的「難處」，表面上唯唯諾諾，心中卻在嘿嘿冷笑；後來報案簡直是接二連三，劫匪似乎從未有過如此猖獗，費沃利越聽越惱火，啪一聲合上紀錄案件的卷宗，叫人把黃金榮叫來，瞪著那雙藍藍綠綠的眼睛，拍著大辦公桌就是一番怒斥：「黃金榮，今年歐戰結束，公董局認為你維持法租界治安有功，還準備開會討論提升你當督察長，但你看，這大半個月來，隆吉記、郭源茂等商行連連失貨，租界現在治安甚差，市民抱怨，商家驚慌，你這個探長是怎樣當的？你……」一輪機關槍般的訓話，「你一定要緝拿劫匪，徹底整頓好法租界治安！」

黃金榮知道時候到了，便很認真地道：「總監先生，要想整頓好治安，杜絕在法租界的搶土案，我有辦法，那就是『釜底抽薪』。」這番話是程聞、林桂生跟他商量好的。

「什麼『釜底抽薪』？」費沃利的中國話說得還算流利，但不懂這個成語。

「釜底抽薪就是徹底解決問題。」黃金榮很輕鬆地笑了笑，「總監先生，那些搶土的傢伙，都是等錢吃飯的人，你要他們不搶土，那等於要他們餓死，這怎麼行得通呢？他們有刀有槍，神出鬼沒，莫說法租界捕房只有這幾百人，就算幾千人，也無法杜絕這類搶土案。英租界巡捕房的人比我們多多了，這個月來搶土案比法租界還要多，而且還死了不少人。這麼多年了，在整個上海灘這類案子斷斷續續的，從沒真正絕跡過，可見硬來是不行的。」說到這裡，看費沃利的反應。

費沃利點點頭：「聽來有道理。」

「因此，必須把他們收到門下，分些財香給他們，讓他們有飯吃，這類案子就會沒有了。」黃金榮那雙浮腫的金魚眼眨了眨，傳遞出些微妙的信息，「這樣的話，總監先生和領事先生、總巡先生以至整個公董局都會有好處的。」

「這些團伙，怎麼讓他們有飯吃？」費沃利顯然不明白黃金榮話中的含義，那雙綠眼睛仍瞪著，「怎麼整個公董局都有好處？」

「是這樣，」黃金榮語氣輕鬆，充滿自信，「我們在法租界開一間公司，把那些搶土的團伙收到門下，負責給租界裡的土行押運煙土，那搶土的不就成了押土的？自然就再沒人去搶土了。該公司每月向總監先生、領事先生和總巡先生各供奉二萬銀洋，貴國在法租界的駐軍費用也由本公司負責，這不是整個公董局都有好處了?」

黃金榮的話未說完,費沃利已現出驚愕的神色,並低聲叫起來:「每月二萬銀洋?法國的駐軍費用也由你來負責?」

「當然,這個我敢擔保。」黃金榮神態輕鬆,「不過總監先生和總巡先生得同意由巡捕房公開押運煙土,有時還得動用到駐軍,否則煙土被人劫了,那銀洋也就沒地方出了。」

費沃利在大班椅上慢慢坐下來,黃金榮開出的條件實在優厚,太有誘惑力了,只是現在……。站在他旁邊的公董局總翻譯曹振聲看他想了半天還不哼聲,便微笑道:「總監先生,公董局裡流傳一句名言:萬里東來只為財啊!每個月二萬銀洋的俸祿,用句中國話來說,簡直就是財神爺在家裡住下啦!金銀珠寶送進來都不要,那真是大傻瓜呢!」

費沃利抬頭看看這個時常為自己搭橋引線收銀洋的翻譯官:「曹先生,現在上海灘正在大張旗鼓禁煙啊!法租界這樣幹,是公開販運煙土……。」

「總監先生,錢財要緊,虛名何用?英吉利死要面子講紳士,法蘭西辦實事講實惠,何必管它?」曹振聲笑呵呵,「華界要銷煙,英租界要禁煙,那是他們的事。法租界正好趁此機會好好發筆大財啊。英國人不能管法租界。總監先生怎可以把財神爺趕出門呢?」

費沃利眨眨那雙綠眼睛,看一眼曹振聲,再瞪著黃金榮:「黃探長,過幾天就是元旦了。英租界要開萬國禁煙會,浦東陸家嘴要銷煙。等他們會開了,煙銷了,你再把公司的牌子掛出來。」笑了笑,「你們中國人有句話,叫盜亦有道。我變通一下,叫做事情得講面子。明白嗎?」

「明白。」黃金榮心想,我一開年就在永亨記設聯絡處,你這法國佬高高在上,如何得知!

「還有,」費沃利一擺手,「以後俸祿每年加百分之二十。明白嗎?」

黃金榮心裡大罵費沃利,不過口頭上還算恭敬:「總監先生,本公司有三大股東……。」

費沃利又一擺手,打斷他的話:「你們商量商量,過兩天給我個答覆。」

商量的結果是給。當晚黃公館書房裡坐著黃金榮、林桂生、杜月笙、曹振聲、金剛鑽阿金、程聞。黃金榮把跟費沃利的談判說了一遍，杜月笙第一個表示贊成，林桂生也隨即表示同意，黃金榮別過頭看看程聞。

程聞明白主子是要自己發表意見，便躬躬身，笑道：「黃老闆，我覺得師娘、曹先生和月笙都說得對，如果英租界的大小土行都搬到法租界來經營的話——他們肯定是要搬過來的，那費沃利的條件可以接受。三鑫公司一定可以發大財的。」黃金榮默默抽雪茄。

大富婆阿金愣著。上個月她聽了林桂生的一番鼓動，也知道黃金榮在法租界是大阿哥，他做生意是決不會虧本的，於是把三萬銀洋的票子拿了出來。剛才一聽黃金榮說每月要孝敬那麼多銀洋，心中立時被嚇得怦怦跳，擔心血本無歸，不過她也知道自己無力反對，就只能在心中叫苦；再聽杜月笙等人一番議論，則又定下心來。現在林桂生輕輕拍拍她的肩頭，便立即把頭點了點：「我同意。黃老闆做的生意，一定不會錯的。」

大家又商討了一會，算是定下來了。過了兩天，黃金榮向費沃利「稟報」，最後再著重提出：「公董局、巡捕房以至駐軍，必須幫助三鑫公司運作，公司內部人事及帳目等等，不得干涉。」

費沃利哈哈大笑：「放心放心。」心想我坐享其成，才懶得管你！

於是，談判完成。就在這法租界當局、巡捕房跟幫會勢力聯合起來，公開進行中國近現代歷史上規模最大的販毒活動時，上海的禁煙聲勢也正達到頂峰。

一九一九年隨即來臨了，一月初，上海當局開始查驗貯存鴉片煙土情況，得到滬上各界支持。自此後，算是結束了政府公開參與鴉片貿易的罪惡活動；而英租界工部局礙於國際輿論，也再次重中在英租界裡查禁煙土，並宣佈封閉租界內一切煙土買賣商行。禁令頒下，潮州幫大土行如鄭洽記、李偉記、郭煌記及開在三馬路的上海幫廣茂和等等大小土行，眼看再也立腳不住，只得易地而賈，實行搬遷。

搬哪裡呢？自然是南鄰法租界。

身為福嘉行實際負責人的帳房蘇良早已得了杜月笙的命令，向英租界的大小土行老闆傳遞了信息：法租界並不禁煙。華探長黃金榮做老闆，杜月笙做董事長，特意開了間三鑫公司，專門為各位押運鴉片，萬無一失；如有失鏢，照價賠償金。云云。

這個消息在英租界的土行老闆中已是盡人皆知，現既然在英租界立腳不住，果然便紛紛搬進法租界去，令法租界煙業隨即呈現蓬勃開發之勢，本來就夠興旺的土行，現在比以前更加興旺，維祥里弄堂口也掛出了「三鑫公司」的牌子。這條小弄堂現在已成了杜月笙主持販毒的大本營——身為探長的黃金榮不便公開出面，只得聽從林桂生的提議，讓杜月笙來當董事長兼總經理。

現在維祥里跟以前大不相同了。從弄堂口起裝了一道道鐵柵欄，由安南巡捕日夜分批把守，外人不知還以為這是個軍營。弄堂裡的房子就如杜月笙早已設計好了的，第一幢是寫字間、會客室，第二幢作為警衛宿舍及儲物室；其餘四幢便全做了存放鴉片的倉庫。

在三鑫公司的牌子掛出之前，永亨記則早已在年頭就向租界裡的各土行發出口頭通知：本行既是土行，亦是三鑫公司聯絡處。本公司負責為土行押運煙土，有捕房警備車護送，萬無一失；如有失鏢，照價賠償金。云云。到三鑫公司的牌子掛出來後，土行老闆們收到的通知就有所不同了，語氣變得強硬：今後凡在上海販運煙土，必須向三鑫公司交納煙土總金額百分之十的保險費，由本公司負責保護，安全送到貴行。如遭意外，本公司賠償全部損失，決不食言！法租界原來的土行，大多是向黃金榮投保運土的，但也有少部分老闆是自己雇人押運，現在看三鑫公司這般架勢，雖知杜月笙是董事長，卻明白黃金榮才是後台老闆，否則哪會有巡捕把守？因而確信它「萬無一失」，便紛紛向它投保。也有三幾家仍是自己押運的，結果就莫名其妙地遭了劫，不得不向三鑫公司低頭。當然，這又是杜月笙暗示顧嘉棠、江肇銘等人「搶到就歸你」的傑作。

三鑫公司的押運確能令土行老闆們放心：運送鴉片的輪船進港之前，碼頭上就已佈置了大批安南巡捕站崗放哨，一箱箱一包包鴉片上岸後，便先運往維祥里大本營，一路上除了有大批三鑫公司豢養的流氓護送外，還有巡捕房的警備車在後跟隨，以保萬無一失。這是當年上海灘不時可見的奇特街景。鴉片進了倉庫，隨後便根據保單分批運送到土行。杜月笙在這裡又表現出其黑道梟雄的「智能」。他吸取土行防不勝防，突遭搶劫的教訓，使用集中優勢兵力的戰術，哪怕是只運三兩箱煙土，也派出幾十人馬護送，煙土便能平平安安運到土行。土行老闆校驗數目無誤，交出保險費，運土者就給他三鑫公司出具的收條，這種收條的一大特徵，就是竟然有法租界巡捕房加蓋的戳記！

當年上海灘的鴉片販運就是這樣從秘密轉向公開的。三鑫公司大發販毒財，費沃利也很高興，這首先是由於每個月可以收到二萬銀洋的「俸祿」，此外，治安狀況果然大大好轉，心中不覺對這個華探長大為讚賞，隨後公董局通過決議，昇任黃金榮為巡捕房督察長，領少將銜，並為法租界公董局顧問。在法租界捕房，這個大把頭又升一級——也升到了頂級，真正位高權重，洋捕們也得向他鞠躬。黃的好友程子卿、金九齡分任了政治、刑警兩處督察。

杜月笙現在則已成為名聲僅次於黃金榮的「黑道聞人」。不過，現在他的面前還有阻礙，並非一馬平川：他還要對付一個強硬的對手，那就是以沈杏山為首的英租界大八股黨。

第七十九章　又一個混世魔王

英租界的土行多年來都是由大八股黨來負責煙土押運的，現在這些土行紛紛遷到了法租界，易地而賈。儘管這三幾個月來大八股黨因自己押運的煙土接連遭到杜幫的搶劫而信譽大跌，但仍有多家潮州幫的大土行繼續向大八股黨投保。沈杏山手下的巡捕軍警，穿著便衣腰別短槍，或明或暗地為這些大土行押運。

黃金榮從手下的三光碼子那兒得知消息，非常惱火，大罵一聲：「觸那娘！」當天晚飯後，叫程聞去把杜月笙和曹振聲請到黃公館來，商量對策。

「現在大八股黨公開在法租界押運煙土，」黃金榮看杜月笙一眼，「這事你知道嗎？」

「知道。」杜月笙微笑，「上個月他們為鄭洽記、郭煌記進了貨，下個月他們還會為李偉記、廣茂和進貨，數量都不少。我也正想來跟黃老闆說這件事。」

「這太過分了，簡直豈有此理！」黃金榮語氣忍不住衝起來，「三鑫公司早已向法租界各土行發出通知，凡在法租界販運煙土都要向三鑫公司投保，現在仍有土行找大八股黨，明擺著是不把我們公司放在眼裡。」瞪一眼杜月笙，「你的三十六股黨已搶了他幾次，怎麼還會有土行向他投保？」

「那主要是潮州幫的大土行，他們是大八股黨的老主顧了。」杜月笙笑道，神情很輕鬆。

「這裡不是英租界，是法租界！我是捕房督察長！」黃金榮金魚眼圓睜，一拍八仙桌，「大八股黨為土行押運，那分明是要搶三鑫公司的生意，而且是大生意！月笙，這三幾個月來你的三十六股黨哪裡去了？」

杜月笙明白黃金榮這句話的意思，仍然微笑答道：「黃老闆，我的三十六股黨還在，在為三鑫公司押運。」頓了頓，輕輕把話題一轉，「有關大八股黨在法租界押運煙土的事，我想來想去，還是覺得最好不要跟他們動粗。」

「為什麼不能動粗！」黃金榮把手中茶杯往桌上重重一放，「我是督察長，巡捕房裡的巡捕都是我的部下，豈容沈杏山在我的地盤耀武揚威！」語氣稍稍緩了些，「月笙啊，你的三十六股黨在英租界也敢劫他的，怎麼在法租界反而不敢了？再劫他三幾次，看那些土行還來不來向三鑫公司投保！」

「黃老闆說的是。」杜月笙很恭敬地躬躬身，其實他也曾想過再劫大八股黨三幾次，不過張鐵嘴陳述了其中的種種厲害，再論證了只要黃金榮肯出面，沈杏山就一定會屈服，一番話把他勸服了。現在杜月笙就如法論述：「不過，我不主張動粗，正是由於黃老闆剛昇任了督察長啊！法租界治安好了，公董局才會讓黃老闆昇官。」說著別頭看一眼曹振聲，「曹先生，是不是這樣？」

曹振聲明白杜月笙的意思，他自己也不想在法租界出現幫會打鬥，搞出血案來，便對著黃金榮點了點頭：「月笙說得不錯，費沃利就對我這樣說過，領事先生很欣賞金榮哥的治安能力。」

黃金榮的臉上現出了點得意之色。杜月笙接著道：「黃老闆當了督察長，這是三鑫公司能夠穩固和生意興隆的保證，如果江湖上腥風血雨，就肯定會引起公董局不滿，那可真是划不來呢。所以，我不主張在法租界動粗，怕的就是影響黃老闆在公董局的威望。我們過去在英租界搶土，受損的是沈杏山；現在若在法租界搶，受損的可是黃老闆了。」

幾句話果然說得黃金榮心裡很舒服。杜月笙又對黃金榮拱拱手，繼續道：「沈杏山現在法租界運土，猶如一種亡命之徒的心理，隨時準備拼命，同時又是提心吊膽的；若然搶他，雙方定必有傷亡，而黃老闆如果約他出來談判，說明厲害，我相信他會放手。既然這樣，就不必動武！」

黃金榮未作出表示，林桂生突然插嘴：「月笙，你說大八股黨下個月會為潮州幫土行進貨？」

「是，師娘。」杜月笙點頭，「這消息不會假。」

「確實哪一天？」

「據說是二十八號。」

「在哪裡上貨？」

「陸家嘴碼頭。」

「那好！」林桂生睜著圓眼睛，一揮手，「我同意跟他談判，但最好是先搶他一次再跟他談。」

曹振聲反對。程聞微笑搖頭。又是你一言我一語，商量到將近半夜。

黃金榮終於擺擺手：「讓我好好想想。橫豎沈杏山到下個月底才運貨。」

杜月笙知道他是想睡覺了，便起身拱手告辭。

以後兩天，黃金榮沒有消息，杜月笙也沒能想出更好的理由來說服黃金榮。杜月笙現在已是黑道大亨，他覺得沒有必要再舞刀弄槍的率領手下衝鋒陷陣；加上張鐵嘴告誡他，以後不要再開槍親手殺人，否則必遭天譴，死於亂槍之下，這令他更不想動粗了。若有可能，他還是想和平解決。

這天吃過晚飯，正想叫上江肇銘和馬祥生去榮生公司巡視巡視，張鐵嘴突然興沖沖帶了一個人進來：「月笙，看誰來了？」同時聽到一聲大叫：「月笙哥！」

大家抬頭一看，江肇銘已大叫一聲：「高鑫寶！」

「唉呀！鑫寶哥！」杜月笙叫著拱手迎上前，「幾年不見，不知大駕光臨，請坐！請坐！」

「月笙哥果然英雄！在上海灘做出大市面來了！」高鑫寶拱手還禮。其他人都是以前相識的，用不著介紹，嘰嘰譁譁一番寒暄。

杜月笙拉他坐下，輕輕一拍肩頭：「多年不見，你哪裡去了？」

「唉！一言難盡！」高鑫寶猛灌一口茶，「在杭州混了這幾年，結識了張嘯林，可惜沒能真正做出個市面來。忙忙碌碌，不說也吧。」一轉話題，「不知月笙哥有沒有聽說過張嘯林？」

「老張頭好像跟我提過，」杜月笙拍拍張鐵嘴的肩頭，看高鑫寶的神情，似乎十分惶急，便問：「張嘯林現在哪裡？」

「他被小東門東區巡捕房的金獅狗捉了，現在可能在巡捕房裡！」

「什麼回事？」

「月笙哥，我回上海半年多了，跟朋友在蘇州河北岸阿拉白司脫路開了個賭台，生意還算過得去。剛才正吃晚飯，瘦猴堂突然跑進來，說張嘯林今天下午在陸家嘴碼頭劫土，為掩護手下逃走，被金獅狗和兩個手下巡捕捉了，要我想想辦法。但我能有什麼辦法啊？看今天上海灘，月笙哥聞名法租界，是數一數二的大好佬了，又是黃公館裡的紅人，如果月笙哥向他求個情，我相信金獅狗一定會放了張嘯林的。」高鑫寶說著站起來，對著杜月笙就是深深一揖，「小弟在杭州跟張嘯林算得上是兄弟一場，他人面廣，有膽識，將來肯定是個人物，現在他有難，我敢請月笙哥救他一救！」

杜月笙怔了怔，心想你高鑫寶跟他是兄弟一場，我跟他卻是連面還沒有見過。碼頭劫土被巡捕逮住，這罪不輕，憑什麼我要為個素不相識的人去求黃金榮？想到這裡，心裡有點不滿，不過臉上還是客客氣氣的：「鑫寶哥果然講義氣，令人佩服！好吧，我去跟黃老闆透透風，探探他的口氣。」頓了頓，「不過有時也不能期望過高。黃老闆雖然是華捕首領，但也不能一手遮天，頭上還有那些什麼總監總巡，還有公董局，有時也不便做得太過出面的。」

「多謝月笙哥！」高鑫寶又作一揖，「就憑月笙哥的面子……。」又讚了杜月笙幾句。

杜月笙擺擺手：「鑫寶哥過獎了，我盡力就是。」站起來，用力一拍高鑫寶的肩頭，「多年沒見，走！到逍遙浴室過過癮！」別頭看看江肇銘和馬祥生，「來來來，一起去！」

這一去去到將近三更天才回來。一進門，杜月笙便看見張鐵嘴坐在客廳的沙發上打盹，右手還拿著部《紫微斗數》，覺得奇怪，走過去搖了搖這算命佬：「張老頭，怎麼不進房睡？」

張鐵嘴一下睜開眼，霍地挺直身：「我等你。」

杜月笙知道這老頭肯定有很重要的事相告，便對江肇銘和馬祥生擺擺手：「你們去睡。」拉起張鐵嘴，走向後間密室。鎖好門，兩人在太師椅上落坐。

張鐵嘴看著杜月笙，問：「月笙，高鑫寶沒一起回來？」

「他回英租界了。」杜月笙悠悠閒閒的喝口茶，「老張頭，有什麼事？」

張鐵嘴不答，反問道：「張嘯林的事，你是不準備找黃探長了?來個緩兵之計，再一推乾淨？」

「哈哈，」杜月笙笑起來，「張老頭，你果然好眼力！」

「我知道你覺得沒有必要救這個張嘯林，」張鐵嘴神情嚴肅，「但我認為你應該救他！」

「我跟他連面都沒見過，」杜月笙仍在笑，「為什麼要救他？」

「他在軍警界有很多關係，在租界也有很多朋友，青洪兩幫，都有門路。我推算了幾個小時，再根據我對他的瞭解，斷定三鑫公司以後若要在上海灘暢通無阻地發大財，必須要有此人參與，應在此人身上。」張鐵嘴很自然便抖出他的江湖術語，身體往太師椅上一靠，神情充滿自信。

張嘯林，後來跟黃金榮、杜月笙並稱「上海三大亨」，在二十世紀三十年代，聲名十分顯赫；不過這時候，他只是個在杭州小有名聲的白相人；在上海法租界，則還沒闖出什麼名堂。

清光緒三年（一八七七），張嘯林生於浙江寧波府慈溪縣，排行第二。哥名大林，他名小林，乳名阿虎，後更名「寅」（在十二生肖中，寅屬虎），後來在流氓堆裡混出點名氣，又改名「嘯林」，取「猛虎嘯於林」之意。張嘯林的父親是個木匠，為養活一家四口，不得不拼命勞作，終至積勞成疾，不久便與世長辭。張家越加生活艱難。不過張嘯林還是上過學堂，讀過點書。

清光緒二十三年，張嘯林二十歲，全家在鄉下實在困頓，便遷居距慈溪一百四十多公里的杭州拱宸橋；張家兄弟隨後進了杭州一家織造綢緞的機房當學徒。不過，張嘯林不務正業，開始跟當地流氓為伍，糾眾滋事，尋釁打架；做了幾年，叫各機房老闆實在忍無可忍，暗中聯合起來，不再讓他吃機房飯，於是他只得捲鋪蓋走人，在社會上糾合了幾個流氓癟三，專門以詐賭騙錢，刨鄉下人的黃瓜兒為生。

光緒二十九年，張嘯林二十六歲，考入了浙江武備學堂，在校與同學周鳳歧、夏超、張載陽等人結為密友。這幾個人後來都成為中國現代史上有名的人物：周鳳歧曾參加辛亥革命起義攻打南京的戰役，一九一二年任浙江省都督府參謀長。一九二七年八月官至浙江省政府主席。夏超在一九一二年任浙江省警察督練公所主辦，一九一九年任省會警察廳長——張嘯林正是在這年殺進上海灘。張載陽在辛亥革命後任師長。三人都是浙江境內握著軍警實權的人物。張嘯林與他們稱兄道弟，這為他以後在上海灘崛起並使幫會勾搭上軍閥，在上海租界稱王稱霸奠定了基礎。

當年的浙江武備學堂是專門培養軍事人才的學校，不過張嘯林並沒把精力放在學習上，除了結交夏超等各式人物外，還有意勾搭官府衙役，以擴張自己的流氓勢力。結果，他還未畢業便離開了武備學堂，拜了杭州府衙門的一個領班李休堂為老頭子，為其效力。不久，他就依仗地方官府的支持，在拱宸橋一帶開了一間茶館，作為結交當地流氓和聚賭敲詐的據點。

當時拱宸橋一帶有個流氓賭棍，綽號叫「西湖珍寶」，在當地擁有相當的勢力。張嘯林初開茶館聚賭時，他也沒在意，後來見這鄉下仔竟敢在自己的地盤挖自己的牆腳，用些小恩小惠來引誘自己的手下賭徒去茶館開賭，並一步步擴張自己的勢力，不覺大怒，一拍八仙桌：「所謂猛虎不及地頭蛇！你張小林什麼東西，敢在我西湖珍寶頭上動土！」第二天便糾合了二十來個流氓兄弟，手持木棍，突然殺進張嘯林的茶館來。張嘯林當時江湖朋友不少，但真正的手下只有七八個，在茶館裡做打雜做巡場，一下子被打個措手不及，頓即四散奔逃。張嘯林高聲吼叫，舞起條凳，掃倒兩個，那些隨西湖珍寶殺進來的也不過是烏合之眾，一看這傢伙如拼命三郎，慌忙閃避，張嘯林得以殺出包圍，逃之夭夭。不過他再不敢回拱宸橋來，只是在心中已種下了對西湖珍寶的刻骨仇恨。

張嘯林逃離了拱宸橋的地頭，但他並沒有離開杭州，仍以訛詐騙賭為生。不久，他結識了一個江湖藝人陳效岐，外號「馬浪蕩」，是個唱灘簧的。灘簧是蘇杭、上海、寧波等地流行的一種曲藝。陳效岐出堂會，就要張嘯林幫著扛絲弦家什，這時的張嘯林已經三十歲，其形貌神情十足是流氓把頭的模樣，一開口便是粗話。他自以為可以稱霸一方，哪料現在卻成了個流浪藝人的跟班，靠討些賞錢糊口，心中常常是窩了一肚火。

不久他便鬧出一件大事。

一九〇八年十月，曾任武英殿大學士的杭州人王文韶病亡，出殯那天，轟動整個杭州城。陳效岐也受雇扮戲加入送殯行列。張嘯林便走在他的身旁。出殯隊伍經過日本租界清河坊，張嘯林無意中撞倒了一個看熱鬧的日本小孩，這下就如同捅了馬蜂窩，一時噪吵起來，住在清河坊的日本人竟傾巷而出，攔住王府的孝幃，聲言要賠款才可放行。雙方於是爭執起來，越吵越烈，張嘯林突然一聲暴喝：「開打！」揮拳就上，成百上千的掮執事、騎頂馬、吹吹打打各色人等連同圍觀民眾，一聽這聲吼，再看張嘯林如此勇猛，也吼叫著衝向日本人，嚇得這些日本人掉頭就跑，紛紛關門，以避鋒芒。出殯隊伍於是繼續前行。

不過這事沒完。待出殯諸事完畢，隊伍解散，張嘯林仍餘怒未消，又約了十來個好事的灘簧先生，再叫上以往的機房朋友，一伙人殺回清和坊與保祐坊，看見日本人開的店鋪，不管青紅皂白，衝進去就是一輪亂打亂砸，立時引發一場騷亂，打出外交交涉。事後，杭州官府在日本人的壓力下，決定懲辦帶頭鬧者的人。陳效岐倒是講義氣，為保護張嘯林，他以灘簧首腦的身份，挺身而出，結果被判在拱宸橋頭披枷帶鎖，示眾一月。陳如此在橋頭一站，更激起杭州民眾的反日情緒，他們自動組織起來，拒買日貨，日本人難敵眾怒，只得相繼遷出清河坊。使那一帶變相的日本租界，頓顯荒涼。此後，陳、張二人成為至交，後來更成了過房親家。

這時的張嘯林已經多少有了點名聲，不過他並不洗心革面，仍然四處施展其聚賭詐騙的伎倆。每年春繭上市或秋季稻穀收穫之時，他就會叫上幾個同道，雇艘小帆船，到杭嘉湖一帶，以三粒骰子做賭具，巧立青龍、白虎等標稱（俗稱「顛顛巧」），引誘農民賭博，設局詐騙錢財。農民無知，往往入局，以致輸得當空賣絕，甚者投河上吊，這就激起了民憤，人們稱這伙人叫「撩鬼兒」，這是杭州土語，意為「沒出息」；更有人寫狀上告，要求官府捉拿這伙騙子。杭州府與錢塘縣均曾出簽緝拿，只因衙門中差役多受過張的好處，事前通風報信，使張得以幾次避過風頭，逍遙法外。

約在一九一一年夏，一天，張嘯林上茶館喝茶，與幾個旗人爭起坐位來，一時火起，揮椅就劈，這傢伙本來習過武，一椅下去，當場把其中一人劈倒地上，再爬不起來，張嘯林一看大事不好，要出命案，掉頭便跑，沒人敢攔他，不過他不敢跑回家，乾脆跑出了杭州城，隨後逃到紹興安昌鎮，投靠老朋友翁左青，當時翁正在安昌分駐所當巡官。不久，武昌起義爆發，旋即杭州光復，張嘯林托人探知自己的案子已不了了之，於是又大搖大擺的回到杭州。

不久，張嘯林加入了洪門三合會，並結識了洪門大哥杭辛齋。杭是老同盟會員，曾辦報鼓吹民權，參加革命，又曾任浙江農會會長，當時任國會眾議員。就靠著杭的關係，張嘯林糾合起舊日一幫機房朋友，逐漸發展成杭州城裡頗有勢力的一霸。

這時候，上海幫會發生過一次內訌，英租界著名大流氓、青幫通字輩季雲卿避走杭州，張嘯林與之結識，並成為金蘭之交。不久，張又結識了另一個青幫的通字輩吳鴻，此人原是浙江省警務廳廳長夏超的舊部，當過杭州蒙古橋第二警署署長。在上海青幫中熟人很多，門路甚廣。兩人幾經交往，吳鴻便勸張嘯林到上海打天下，張笑道：「等我報了仇就走。」

不久後的一個午夜，十來個黑衣黑褲的人，個個手提刀棒，突然殺到拱宸橋西湖珍寶的家，撞門而入。當時西湖珍寶正呼呼大睡，猛然驚醒時，大門已被撞開，他拉開房門剛剛衝出，只見張嘯林手舉朴刀直撲過來，西湖珍寶掉頭就跑，一步跨出走廊，當頭一棍劈來，一側身，肩頭中招，慘叫聲未完，再見寒光一閃，張嘯林的朴刀已削了他的半片腦袋。這時西湖珍寶家的銀洋銀票已被搜出，張嘯林一聲呼嘯，一伙人便漏夜逃出了杭州，奔往上海。

通過杭辛齋、季雲卿、吳鴻等大好佬的關係，張嘯林很快就在上海英租界紮下根來，在五馬路滿庭芳一帶吃賭台和妓院俸祿，又在四馬路大興街一帶設茶會，幹勾嫖串賭及販賣人口等勾當；半年後，拜了著名青幫頭目、大字輩樊瑾丞為老頭子，正式加入青幫，成為通字輩。於是張嘯林既身在洪門，又為青幫中高輩份人物，在白相人地界越來越兜得開，同時廣收門徒，擴張勢力。

張鐵嘴把張嘯林的出身及大致情況說了一遍，喝口茶，只聽杜月笙問道：「那不知張嘯林後來為什麼又回到杭州？」

「據說是他曾帶領手下搶土，得手過三幾次。後來有一次被沈杏山手下的巡捕碰到，只得驚惶逃跑。不知怎的，被沈杏山查出是他所為，便派人去捉拿他。張嘯林有朋友在巡捕房中當差，事前得到消息，立即逃出上海灘，後來就回到杭州。當年我在杭州擺攤，他曾找過我給他看相算命。此人生得身材魁梧，臂粗力強，頭圓耳大，兩顴高聳，兩頰低陷，脖子特長，一雙豹眼滴溜核圓，隱含殺氣，令人望而生畏。在一般人眼裡，他絕對是個煞星；但在江湖道上，他必定是個人才。從八字推算，你跟他一樣，都應在今年正式發跡。」杜月笙微笑，神情是似信不信。

「好，暫時的撇開命理不說。」張鐵嘴看得懂杜月笙的神情，「只說張嘯林在軍界的關係，就絕對是三鑫公司以後不可或缺的人物。」頓了頓，「我說過了，張載陽是浙江省長，周鳳岐是浙江省都督府參謀長，夏超現在是省會警察廳長，你看看，都是今天浙江境內握著軍警實權的人物，在武備學堂時張嘯林跟他們稱兄道弟，現在仍是朋友。自鄭汝成被刺後，盧永祥當了淞滬護軍使，不久就做鴉片生意，據說是從外省運來煙土，發售到華界，其利潤之豐厚不言而喻。現在浙江督軍楊德善病重，楊一死，盧很可能會昇遷督軍，他的部下何豐林、江斡廷、劉吾圃、俞葉封等人都會把握實權，而這些人跟張嘯林都有私交，據說就是由張載陽、夏超介紹的。」頓了頓，「北洋軍執掌政權以後，各地方軍閥多以販賣鴉片來飽私囊並用來彌補軍費開支，而上海正是全國煙土的主要集散地。你想想，如果三鑫公司跟當地軍界聯手起來，那是多大的生意？」杜月笙點頭。

「但是，今天三鑫公司跟軍界沒有關係，程聞跟個什麼南市的刑偵科長相識，這沒有用，必須要跟手握實權的大人物直接聯繫才行！因此就需要一個人來穿針引線，大家一起幹，最適合的就是張嘯林！他跟軍界要人有交情，既是洪門中人，更是青幫通字輩，幫裡低輩份的一般都叫他爺叔的；他在英租界人面廣，門路也廣。」張鐵嘴說著輕輕一拍桌子，「還有，他跟沈杏山有私怨，現在你若救他出來，正好用得著他去逼沈杏山放棄潮州幫土行的押運權，此人天不怕地不怕，敢打敢殺敢衝鋒陷陣，雖有家室，卻可稱亡命之徒；沈杏山家大業大，講起玩命，必定畏他三分。還有，惠根和尚的事，至今未了，救張嘯林出來，還可以讓他去對付惠根和尚，無須自己動手。」那雙渾濁老眼直視杜月笙，「月笙啊，這樣一舉多得的事，為什麼不做？」

杜月笙默默想了一會，一拍八仙桌，站起來：「說得不錯！我現在就去找黃老闆！」

第八十章　猛虎出閘震聲威

杜月笙來到黃公館時，黃金榮才回來不久，剛過完鴉片煙癮。一看這門徒深夜來訪，以為要談跟沈杏山談判的事，兩句閒話說完便擺擺手：「有關大八股黨的事……？」

「黃老闆，夜深打擾，不是大八股黨的事，」杜月笙說，「有一個人想請黃老闆救他一救。」

「什麼人這麼大面子要你親自來說？」

「不知黃老闆有沒有聽說過張嘯林？」

「張嘯林？」黃金榮想了想：「幾年前見過，是杭辛齋介紹的，十足一個粗漢，後來聽說他回杭州了，沒有來往。」

「他現在被逮進了小東門東區巡捕房。」

「什麼回事？」

「他今天下午在陸家嘴帶領手下搶土，被金獅狗逮住了。」

「搶土犯？」黃金榮怔了怔，「那不是跟我們作對？為什麼還要救他？」

「他不是搶三鑫公司的。但他對我們以後做生意很有用。」杜月笙把張嘯林的江湖經歷細述一遍，又把張鐵嘴所說的要救他的理由說了一遍，最後著重道：「三鑫公司若想在運土中暢通無阻，必須聯合軍界的人，這就需要張嘯林；張嘯林夠殺氣，敢衝敢幹，又跟沈杏山有仇，要他跟隨我們一起跟沈杏山談判，必能加重逼沈杏山放棄的份量。黃老闆，此人可用。」

黃金榮一直沒哼聲，現在點點頭：「聽你這麼說，該救他出來。但這事我不能出面。」

「為什麼？」杜月笙暗吃一驚，「你是捕房督察長啊！誰敢不聽你的？」

「要是在別區的巡捕房，我可以出面，但現在是小東門東區巡捕房。」

「有什麼不妥？」

「現在那裡的頭目叫徐阿東，是公董局任命的。上任兩年，對江湖兄弟歷來採取高壓政策，金獅狗就是他的得力手下。如果我出面保搶土犯，他向費沃利告狀，那可不是鬧著玩的。」聲音變得有點狠起來，「這傢伙得想辦法治治他！」明擺著，黃金榮有難處，不會出面。

杜月笙想了想，向站在旁邊的程聞拱拱手：「不知程先生認不認識金獅狗？」

「認識。」

「那得請程先生帶小弟走一趟了。」

「走哪裡？」黃金榮問。

「江湖兄弟，不外求財。我現在就去給金獅狗一千銀洋，讓他放了張嘯林！」

「果然仗義疏財！」程聞笑道，顯然十分欣賞杜月笙的做法，「走！」

兩人出了同孚里，乘上黃包車向東而去，走了十來步，遠遠看見高鑫寶飛跑過來，大叫：「月笙哥！」

杜月笙跳下車：「鑫寶哥，什麼事？」

「要，要出大事！」高鑫寶狂奔過來，喘著粗氣，「翁，翁左青、陳，陳效岐集合，集合了二、三十人要去救張，張嘯林。我，我說已找了你月笙哥找黃老闆，他們說如果半夜兩點還沒有消息，就要去衝東區巡捕房，要打死金獅狗。大刀斧頭木棒都準備好了！月笙哥，你說怎麼辦！」

杜月笙一聽，愣了愣：「衝巡捕房？找死！」一拍高鑫寶的肩頭，「你立即告訴翁左青，說我現在就去救張嘯林！快！告訴他們，不要去！事情鬧大了大家都沒好處！巡捕房有槍，打死了白死！一切等我去找了金獅狗講開後再說！快！」

「是，月笙哥！」高鑫寶掉頭就跑。

「快！去小東門！」杜月笙跳上黃包車，對車伕高聲暴喝。

來到小東門時已將近半夜兩點，金獅狗的家在小東門南面，當時他正呼呼大睡，得報程聞來訪，急忙跳下床披衣走出前廳相迎：「唉呀！程先生……。」
「司馬兄，夜深打擾，恕罪恕罪。」程聞拱手，先作介紹，「這位是杜月笙先生。」
「唉呀！原來是杜先生！」金獅狗道：「久聞大名，如雷灌耳！請坐請坐！」作了一揖。
「杜某不速之客，恕罪恕罪。」杜月笙連忙還禮。
各人落座。客套話再說兩句，杜月笙一拱手：「司馬兄，深夜打擾，有一事相托。」
「不知什麼事？」
「張嘯林是小弟的兄弟，現在巡捕房裡，求司馬兄網開一面。」杜月笙說著，從懷中掏出一疊銀票來，「這裡是一千銀洋，聊表謝意。」
杜月笙身為白相人，對這些巡捕看得透了。這金獅狗一看這疊銀票，臉上立時興奮得發光，立即一拱手：「唉呀！久聞杜先生為人豪爽，仗義疏財，果然如此！佩服佩服！」把銀票拿過來，細細數了一遍，抬起頭，臉上露出點為難的神色來，「只是，杜先生，那些巡捕房裡的兄弟……？」
「好說！」杜月笙似乎是連想也沒有想，又掏出一疊銀票來，往桌上一放，「這裡是五百銀洋，慰勞慰勞各位兄弟。」臉上神情變得稍稍凝重，再一拱手，「司馬兄，請給個面子，現在放人。」
「好說好說！」金獅狗站起來，「現在就走。」
三個人出了門，到了巡捕房。金獅狗突然站住：「杜先生，只是還有徐阿東……？」
「我會拜訪他！」杜月笙一擺手，「有事請他來找我杜月笙！」
這話說得斬釘截鐵，金獅狗也不敢再想別的花樣了——其實他根本就不想讓徐阿東知道這事，便對程、杜二人拱拱手：「兩位先生請稍等。」說完便走了進去。過了大約半個鐘頭，金獅狗和兩個巡捕「送」張嘯林出來，這個混世魔王雙眼仍毒毒的隱含殺氣，只是臉色發青，顯然被揍得不輕。
當夜回到金福里，張嘯林對杜月笙「仗義相助」可謂深感五內，打躬作揖，連連道謝：「江湖上人稱諸葛亮仗義，我張嘯林多謝了！」

杜月笙連連拱手還禮：「小事一樁，何足掛齒，嘯林哥客氣！」兩人可謂一見如故。

隨後一個禮拜，張嘯林就在杜月笙家裡養傷。這傢伙本來身體壯實，六、七天後，便又龍精虎猛起來。想起在捕房裡被金獅狗一頓狠揍，刻骨般的仇恨便湧上心頭。

這天跟杜月笙講自己的江湖經歷及跟當今軍界要人的友情，正吹得天花亂墜，翁左青、陳效岐等十來個親信手下又來探望，閒話幾句後，說到金獅狗那天帶著手下開槍追打，一個個便怒火填膺。「啪！」張嘯林一拍八仙桌，大怒道：「那個金獅狗，我要他變成隻被吊在市場裡出賣的光毛狗！」

眾手下一齊大叫：「對，打死他！」

坐在張嘯林旁邊的杜月笙哈哈一笑，再拍拍他的肩頭：「嘯林哥，不要在法租界搞出命案。」

張嘯林猛轉過頭來，一雙豹眼滴溜核圓的瞪著：「好！月笙，我就看在你的面子上留他一命！」蹦地跳起來，向眾手下一揮手，「走！」

十來人氣沖沖出了金福里，翁左青在這伙人中號稱文武全才，對張嘯林道：「嘯林，這樣一大伙人衝到小東門，不妥。分散去。分散在江邊等著，看準機會再下手。」

張嘯林點點頭：「說得不錯！」

金獅狗平時打白相人是慣了的，很多癟三地痞都畏之如虎。這次收了杜月笙的一千銀洋，根本沒把張嘯林放在眼裡，哪料到要付出沉重代價。這天穿了巡捕制服，一頭金黃色的捲髮上戴頂硬蓋帽，腰間掛了警棍，目無餘子般走過江邊，一路上看四周也沒有什麼異常，便準備去前面的那艘商船去「稽查稽查」，撈點油水。悠悠閒閒的向前走，嘴裡正哼著《十八摸》的淫曲小調，突然從江邊衝出十多人來；金獅狗愣了愣，還未作出反應，就已被打倒地上，隨即是一頓拳腳交加。金獅狗慘叫連聲，抱成一團。張嘯林狠命地踢了十腳八腳，再一揮手，翁左青等人就把金獅狗整個抬起，往江下一扔。張嘯林的用意是，你金獅狗不死是你大命。說來真巧，這時江邊正好停著一艘大糞船，金獅狗被整個扔出去，隨著在空中的一聲怪聲，撲通！掉進「糞池」中，這時岸上正好哨聲響起，兩個巡捕持槍朝這邊衝來，而張嘯林、翁左青等人已逃得無影無蹤。

金獅狗果然大命，沒有死，不過成了二級殘廢。躺在床上，他明知是遭了暗算，卻不知向誰復仇，因為他得罪的白相人實在太多了。不過，就算知道了，他也不敢對張嘯林下手，因為連他的頂頭上司徐阿東隨後也不得不向杜月笙低頭。

這說來也是湊巧。這時，黃金榮是巡捕房的督察長，華人巡捕、偵探的昇遷等等都是由他提名的，這時剛好有一個職位空缺。手下那些三埭頭、探目、包打聽等得知了，便紛紛來求黃金榮，徐阿東當然也想昇職，就不得不廁身其中。黃金榮對誰都打哈哈，暗裡則讓程聞告知徐阿東，說督察長最信任杜月笙，很多事都聽他的；又說杜月笙明天下午在聚寶茶樓幫督察長辦事，云云。程聞有意不把話挑明，徐阿東卻是心領神會，他認定這個黃公館裡的第一師爺說的話絕不會錯，便躬了躬身：「多謝程師爺提點。」

第二天下午，徐阿東便上聚寶樓找杜月笙，心想我堂堂東區巡捕房探目，你杜月笙雖是黃公館的台柱，也不過是個白相人，還能不給我傳話。他沒料到自己這就上了黃金榮的當：黃金榮有意要通過這次提名的事，迫使徐阿東放棄對白相人採取高壓手段，以提高白相人在社會上的地位。

徐阿東施施然上了聚寶樓，一個小伙記好像早已在等他了，滿臉堆笑的迎上前來，連連鞠躬：「先生好，請！」

徐阿東一擺手打斷他的話：「杜月笙在不在？」

小伙記立即做個請的手勢：「在，杜先生現在幽遠廳為黃老闆辦事，並恭候先生。」說著在前引路。四年前，杜月笙在幽遠廳逼退了企圖硬吃福嘉土行的沈杏山，黃金榮在此密謀從史少卿手中奪取這聚寶樓；今天，杜月笙有意在此安排跟徐阿東「講開」。

徐阿東哪知究裡，一進幽遠廳，果然看到杜月笙在伏案書寫，便一拱手：「杜先生。」

杜月笙放下筆，站起來，臉上神情是不亢不卑，拱手還禮：「原來徐大哥駕到，請坐請坐。」

徐阿東在大辦公桌前的沙發上坐下，杜月笙朝他笑笑：「小弟急著給黃督察長辦事，不知徐大哥……？」心裡則在嘿嘿冷笑——昨晚程聞已把黃金榮的用意告訴他了，他知道徐阿東的來意。

「是這樣，」徐阿東對白相人多是凶神惡煞，現在不得不表示出點恭敬，就把來意說了，「程師爺說杜先生是黃老闆最信任的門生，那就拜託杜先生在黃老闆面前多多美言。」

「好說好說！」杜月笙滿面笑容，「小弟一定為徐大哥傳話，說好話。」別過頭對仍站在門口的小伙記點點頭，「木林，請各位兄弟來見徐先生。」

外面的「兄弟」早等著了，都是杜月笙事前叫來的租界、閘北及南市的白相人，有開土行的，有開燕子窠的，有開賭檔的，有開堂子的，總之是黃賭毒俱齊，還有地痞流氓團伙的頭目，共三、四十人之多，一聽杜月笙發話，立即擁入，個個照著杜月笙事前的吩咐，恭恭敬敬的對著徐阿東打躬作揖：「徐先生好！」領頭的張嘯林尤其叫得響亮，如打銅鑼一般。徐阿東看著這些三邪七煞的人物，有些愣了，現在看人家對著自己如此恭敬，臉上便有點尷尬，也只得拱手還禮。

未等徐阿東說話，杜月笙已高聲道：「徐先生，這些都是我杜月笙的好朋友、好兄弟，今天難得群英會，以後在公事上，就有請徐先生對各位另眼相看。徐先生一定會給我杜月笙面子的吧？」

徐阿東這時只好點頭：「既然是杜先生的好朋友，一定一定。」

「那就好了！」杜月笙立即高聲宣佈，「徐先生今後就是一家人了！一定不走大家的樣！」

眾人同聲高呼：「多謝徐先生！」

徐阿東的表情尷尬極了，雙眼直著，不過隨即就放出光來，因為杜月笙從懷中掏出一疊銀票，放在他的面前：「徐先生，以後大家一家人，這裡一千銀洋，是各位兄弟孝敬先生的。」

徐阿東哪能抗拒這千個大洋的誘惑，竟對著杜月笙鞠躬說多謝。儘管後來黃金榮並沒有提名昇他的職，但這件事已給了他足夠的教訓：杜月笙有財有勢，自己根本就不應該與這類白相人作對，跟自己過不去，而應該大家聯手撈銀洋，只有銀洋才是最珍貴的！

無可否認，杜月笙收買江湖人心的手段確有他的獨到之處。這次徐阿東的屈服，不僅使杜月笙在白相人地界裡聲望猛增。

再說杜月笙正考慮找個時候帶上張嘯林去見黃金榮，跟沈杏山講開，馬世奇突然回來報告：「月笙哥，惠根和尚回來了，聽大頭成說，麥五不肯讓位，惠根和尚可能要跟他打起來了！」

「消息可靠？」杜月笙坐在金福里的大交椅上，一副當今豪傑捨我其誰的模樣。

「不會假！」馬世奇急起來，「今天中午我請大頭成上風生一嘯樓吃飯喝酒，喝了半瓶花雕，我問他，他對我說的。他說惠根和尚今天上午回來了，麥五還以為他回來要錢，哪知他說不走了，要重新帶領陸家嘴碼頭的兄弟打天下，麥五就請他走，兩人吵起來。」

「哈哈！好極了！真是天助我也！」杜月笙放聲大笑，一擺手，「世奇，去把嘯林哥叫來。」

張嘯林現在不住金福里了，他帶著翁左青等人在天主堂街開賭檔，有時又糾合起手下去行劫商船，現在一聽杜月笙有事，立即趕過來，一進門就大叫：「月笙，有什麼事要我出頭！」

「嘯林哥！請坐請坐！」杜月笙起身相迎。

兩人落座，杜月笙笑道：「嘯林哥，有沒有興趣要個碼頭？」

「什麼？」張嘯林一愣，「要個碼頭？」

「對，你一定熟悉的，就在天主堂街東面，陸家嘴碼頭。」

「麥五一伙人在那裡把持著呢！那傢伙我認識。」頓了頓，「聽說以前是惠根和尚做首領的。」

「說得對。」杜月笙給張嘯林斟茶，「一年多前，惠根和尚買凶行刺黃老闆……」把萬復仇行刺及惠根和尚「潛逃」的事略說一遍，「當年黃老闆對我說過，誰殺了惠根和尚，誰就可以佔陸家嘴碼頭，巡捕不干涉。現在惠根和尚回來了，還發生了內訌……。」

聽得張嘯林一對豹眼圓睜，直著頭，那長脖子顯得更長了，蹦地跳起來：「好哇！我今晚就去幹掉他！」

「不管能不能奪得碼頭，」杜月笙瘦瘦的長臉上顯得凝重，「都必須殺掉惠根和尚！」

張嘯林叫聲：「一定！」大步出去，調集他的人馬。

杜月笙看著他的背影，想想自己不必冒險就可以除掉仇人，不覺心中發笑：「黃惠根啊黃惠根，有道是君子報仇，十年不晚，現在已經九年，你也該給李阿三填命了！」猛灌一口茶，「阿三哥，你若泉下有知，也不該怪我杜月笙遲到現在才動手！」又灌一口茶，「黃金榮啊黃金榮，這回張嘯林殺死惠根和尚，了結你一件心事，又掐住沈杏山上貨的陸家嘴碼頭，也該重用張嘯林了吧！」

惠根和尚得知萬復仇被擒，就斷定黃金榮不會放過自己，把碼頭交給大徒弟麥五，自己拿了銀洋便離開了上海灘。幾個月後又回來拿過一次銀洋，仍然不敢逗留，第二天又離開了上海，避過了杜月笙的追殺；在外遊蕩了大半年，江湖上沒聽人說過黃金榮要追殺自己，反倒聽說黃金榮大人有大量，不追究萬復仇的事。心想黃金榮儘管沒有這麼大量，但也可能把這事忘了，便放心回上海灘來，哪料麥五竟不肯讓位，寧願給他一筆銀洋讓他永遠離開，氣得這光頭佬火冒三丈，但他只能大罵麥五忘恩負義，卻不敢動粗，因為他看到以前的手下竟有一半站在麥五一邊，另一半像是置身事外，看看這個過去的首領又看看這個現在的首領，噤若寒蟬；最令惠根和尚心灰意冷的是，竟然沒有一個人敢公開站出來為他「伸張正義」。

惠根和尚氣壞了，他在外四處遊蕩時並沒有帶槍，現在卻對著腰間別了左輪的麥五，沒辦法。晚上出了外面吃飯，喝得半醉，真想一走了之，但這口氣實在嚥不下。到了二更天時分，又回到陸家嘴碼頭倉庫。他打定的主意是，留下來，找個機會殺掉麥五，看誰還敢不從！

麥五看著他冷笑。惠根和尚一臉怒氣回望著這個一年前常常對著自己點頭哈腰的大徒弟。兩人對視了約有一刻鐘，麥五終於很「和善」地開了口：「黃惠根，時勢不同了，正所謂長江後浪推前浪，這一年多來你在外面風流快活，我和兄弟們堅守碼頭，你已經沒有資格做我們的大哥。」

「你！……」惠根和尚右手一指，大叫。

「你明天就拿上二千個大洋，繼續在外面風流快活好了。」麥五擺擺手，「江湖上二哥殺大哥的事多得很，我可不想這樣做。」

惠根和尚幾乎要跳起，正在這時一個手下跑進來：「五爺，張嘯林說有很要緊的事要見你。」麥五一揮手，身後跟了兩個親信手下，大步走出倉庫。看大門外，張嘯林、翁左青、陳效岐還有幾個青年人都是一身短褂打扮，雄赳赳的模樣，站在那裡。

「嘯林哥大駕光臨，不知有何貴幹？」麥五拱拱手，春風得意的模樣。

「打擾。」張嘯林也拱拱手，走前兩步，低聲問：「五哥，我聽說惠根和尚要奪你的位？」

「正是。」麥五愣了愣，一下子沒弄明白張嘯林話中的含義。

「豈有此理！」張嘯林低聲罵道，「你叫他出來，我為你除了此人！免得他給你惹禍！」

麥五可謂權迷心竅，稍稍一猶豫，便道聲好，別過頭對左邊的親信道：「阿通，叫黃惠根出來，就說有大好佬要調停我跟他的事。」

惠根和尚這時正在抽雪茄解悶氣，一聽有大好佬來調停，心想自己是理直氣壯，立即出來，一看門前站了個豹眼長頸的傢伙，稍稍愣了愣；他離開上海灘大半年，張嘯林重來上海灘才半年，因而不認識，便拱拱手：「這個大哥……？」

張嘯林兩步上前，還未等惠根和尚反應過來，右手的匕首已猛的一下插進了這光頭佬的左脅。惠根一聲慘叫，隨即又是一聲慘叫，不過這是麥五發出來的。這傢伙只顧看張嘯林如何「除了」惠根和尚，沒料到站在他左邊的翁左青突然出手，還未等他回過頭來，一把匕首已插進了他的右脅。兩聲慘叫劃破了寂靜的夜空，卻又像一道命令，幾十個手執刀棍的青年人突然從四周衝過來。張嘯林一抽刀，左手盒子槍舉起，怒吼一聲：「跟我來！」領頭就衝進了倉庫，後面緊隨著陳效岐等五六個手下，全是短槍在手。

惠根和尚死了，麥五也死了，一同倒在地上。兩個麥五的親信，一個被人用槍指著面門，另一個被人用刀架著脖子，動彈不得，就只有雙眼愣著。倉庫裡的三十多個流氓也愣著。事變太過突然，張嘯林的手下隨後湧進來，有人拿槍有人拿刀棍，麥五原來的手下更是呆若木雞。

張嘯林一下跳到桌子上，左手仍舉著盒子槍，右手一劈，叫道：「各位兄弟！我張嘯林跟你們無冤無仇，不要害怕！惠根和尚和麥五，意圖行刺黃老闆，我就來伸張江湖道義！」說到這裡，有意停下來，看有誰敢哼聲。沒人哼聲。

「那好！」張嘯林又一揮手，「各位認為我張嘯林做得不錯，那我們以後就是兄弟！」一轉頭，「翁兄，帶幾個兄弟把那兩條屍扔到黃浦江中去！」目的自然是毀屍滅跡。

翁左青應聲是，出去了，張嘯林又對著麥五的手下一揮手：「我說了，以後大家就是兄弟！這個陸家嘴碼頭就是我們大家的了！我來做大哥，誰不服氣？」沒有人反對，等了一會，倒是有人贊成：「我願意，張爺叔！」這些人平時跟張嘯林是有點交情的。

「那好！今夜裡的事誰也不得傳出去！惠根和麥五是想行刺黃老闆，死有餘辜！誰若亂說，我就種他荷花！」張嘯林再一揮手：「每位兄弟二十個大洋，都快活去！」

以杜月笙原來的想法，惠根和尚為人凶狠勇猛，霸佔陸家嘴碼頭多年，手下又有三幾十徒眾，張嘯林雖然是攻其不備，但也難免一場血戰，鹿死誰手還在未定之天，哪料張嘯林竟能如此略施小計，便置對方於死地，並把陸家嘴碼頭奪到手。心中不覺暗暗稱奇：這個長脖子看來真是個江湖人才，對著來「報喜」的張嘯林便拱手：「嘯林哥，你這回真是名震江湖啊！」

「月笙，是你的好關照！」張嘯林大大咧咧。

「下一步嘯林哥就更了不得了。」

「什麼下一步？」張嘯林怔了怔。

杜月笙便把準備如何跟大八股黨談判，以後又要跟軍界要人勾通聯手販運鴉片的計劃說了一遍，聽得張嘯林一拍八仙桌，高聲渲洩久積心中的仇恨：「沈杏山，這回我要叫你吃癟！」

第八十一章　三大教父齊聚首

張嘯林一下便殺掉了麥五與惠根和尚，並搶奪了陸家嘴碼頭，麥五原來的手下私底下向外一宣揚，令他在江湖上隨即以凶狠聞名，聲威大震。黃金榮聽了杜月笙的稟報和一再推薦，也認為此人可用，便「召見」了張嘯林。張嘯林是青幫通字輩、洪門大爺；在幫會裡，他的輩份不低，比自稱「天字輩」的黃金榮更有面子。他見黃金榮，跟杜月笙初見黃金榮時大不相同。杜月笙當時是既興奮又有點慌張，可謂戰戰兢兢；張嘯林久聞黃金榮大名，以前也見過一面，對這大把頭很佩服，但並不戰戰兢兢。

這三個未來的上海灘最著名的流氓大亨就坐在黃公館的密室裡商談販毒大計。

張嘯林先說了一遍自己的江湖經歷，尤其著重說了自己跟當今軍界要人的關係，使黃金榮覺得他確是個敢幹敢衝的人物，一個「可用之才」，便很自然地把話頭轉到大八股黨身上，說月笙主張跟大八股黨談判，但我擔心大八股黨不肯，反而打草驚蛇。云云。

黃金榮話未說完，張嘯林一拱手，叫起來：「黃老闆，你放心！大八股黨的首領是沈杏山，他跟我張嘯林有積冤深仇，跟他談判，如果他敢不聽黃老闆的，我就一鎗斃了他！」

沈杏山指揮大八股黨的手下在法租界運土，正如杜月笙所說，心裡確是七上八下的，因為黃金榮決不會容忍他人在自己的地盤裡分肥！但一直沒見黃金榮有什麼動靜。這天睡醒午覺，傭人送進來一張請柬，打開一看，是黃金榮邀自己今晚到陶樂居赴宴。兩年多前，杜月笙在這陶樂居那間臨窗小雅室裡跟小腳阿娥密謀奪取回春行，現在，他也在這小雅室裡設下鴻門宴，要逼沈杏山就範。沈杏山明知這宴會並非什麼好事，但他考慮再三，還是決定赴宴。

時在夏季，沈杏山帶著兩名親信保鏢來到陶樂居二樓雅室時，天已全黑下來了，黃金榮、杜月笙、張嘯林三人早在等候，起身相迎。客套話說了一堆，外人聽來以為是老朋友相聚，哪知雙方正面臨劍拔弩張。酒過三巡，沈杏山終是忍不住，一舉杯：「黃探長，請小弟來，不知有何貴幹？」

「想跟你說說大八股黨在法租界運土的事，」黃金榮說得很輕鬆，「從今天開始，我三鑫公司發了通行證給各土行，運土的必須有通行證才能免受法捕房的檢查，你大八股黨以後就不能再在法租界運土了。」哈哈一笑，「特邀沈探長來，是要通知一聲。」

未等黃金榮說完，沈杏山已一股怒火湧上腦門，手中酒杯往桌上重重一放，霍地站起來：「黃探長，你的舞台在我英租界開張撈銅鈿，我從沒為難你；現在我大八股黨在法租界運土，我希望你別欺人太甚！」一對馬眼圓睜，「你巡捕房有槍，我大八股黨也有槍！逼急了，大家都不好看！」

黃金榮看著他，吸口雪茄，竟沒動氣。

「沈探長何必這樣衝動，」杜月笙更是臉帶微笑，「坐下慢慢說。」

沈杏山突然覺得自己有點失態，只得坐下來，聽杜月笙道：「沈探長，黃老闆這樣做，正是為了別大家都不好看。我們得到確鑿消息，這次英租界禁煙，工部局已警告過你，土行關閉，以後不得再為土行押運煙土，否則撤職查辦。現在我們完全可以向工部局告密，告你動用手下巡捕的力量，在法租界為土行運煙，那你在巡捕房裡的地位就岌岌可危了。是不是這樣？」沈杏山立時愣著。

「還有，幾個月前在英租界，你大八股黨的煙土押運多次失風，不用說你也知道是誰做的。沈探長，你想想，在你自己的地盤也會接連遭劫，那現在法租界的地頭，我們不過是不出手，若出手，你的煙土又哪能保得住？只不過看在大家都是江湖中人的份上，得講講江湖道義……。」

「觸那！」沈杏山一股怒氣又湧上來，「杜月笙，難道我還要感謝你的三十六股黨！」

「不，你應該感謝你自己內部的人。」杜月笙甚是心平氣和，「他們向我三十六股黨提供準確情報，讓我們知道什麼時候有貨到，運到哪間土行，走哪條街道。」一看沈杏山又要跳起來，一擺手，「遠的不說了，就說近的，你的下一批貨就在本月二十八日晚到達陸家嘴碼頭，這不錯吧？過去陸家嘴是麥五那伙人在那裡收銀洋，現在不是了，是嘯林哥了！」

沈杏山一進來時，就覺得張嘯林有點臉善，聽杜月笙介紹，也一時沒想起來，現在愣了愣，想起來了：六年前我沒逮著的原來是你這傢伙！對著張嘯林不覺嘿嘿兩聲冷笑：「張嘯林，久違了！」

「沈杏山！」張嘯林現在是怒火填膺，要報六年前被追捕之仇，只見他霍地站起來，右手一指，「現在我是陸家嘴碼頭的霸主！你的貨敢在那裡上，我就和手下六十個兄弟搶了你的！」

「你敢！」沈杏山也跳起來，「幾年前沒把你逮住，算你大命！你敢在我沈杏山面前……。」

「兩位息怒，」杜月笙看這兩人火遮眼，而沈杏山的兩個保鏢已站起來想拔槍，他才不想動粗，先將兩人按下，「坐下慢慢說。」兩人怒目對視，氣鼓鼓坐下來，只有黃金榮在微笑。

「沈探長，」杜月笙說得和顏悅色，「請叫你兩位保鏢規規矩矩的坐著。」瞟一眼門口，「打起來你絕對沒便宜。」沈杏山回頭一望，只見雅室的木門不知什麼時候已經關了，門內站著阿七、阿衡等七八個黃公館的打鏢，一個個腰間別著槍，殺氣騰騰的看著自己，不禁倒抽一口冷氣。

「沈探長，你大八股黨運土的地方是法租界，法捕房的督察長是黃老闆，不必說了，我三十六股黨要搶你的煙土並非難事，何況你內部還有人提供情報。三鑫公司發通行證後，你的手下就等於跟巡捕房作對了，那結果如何也不必說了。」杜月笙淡淡一笑，頓了頓，「我想沈探長也不希望煙土接連失風，更不希望出現自己的手下在法租界跟法捕房的巡捕開戰的局面吧？」

「你杜月笙要硬吃我大八股黨？」沈杏山直視杜月笙。

「不是我要硬吃大八股黨，是你們大八股黨硬吃了三鑫公司的生意！」杜月笙語氣深沉。沈杏山竟一時無言以對。

杜月笙不等他說話，又道：「如果大八股黨願意放棄煙土押運權，我們三鑫公司每個月給各位五百銀洋的俸祿，那就天下太平，各位也可以平安享福。」語氣不但放緩了許多，而且還十分感慨地嘆了口氣，「沈探長，你們大八股黨多年來壟斷英租界運土，早已賺得金山銀山，何必還要為幾個銀洋打生打死？」

杜月笙這番話真可謂軟硬兼施，最後那句還似乎頗有人情味，叫沈杏山一時無語，杜月笙不失時機，很恭敬地問：「沈探長，不知意下如何？」

沈杏山仍愣著，張嘯林又蹦地跳起來，同時右手拔出腰間的盒子槍，「啪！」往桌上一拍：「沈杏山，我和黃老闆、諸葛亮是兄弟！如果你還在法租界運土，我不但要在法租界搶你的，找個時候我還要一槍崩了你！崩了你的什麼大八股黨！」那對豹眼像要噴出火來。

沈杏山勃然大怒，也跳起來：「張嘯林！我當年……。」

杜月笙站起來一拱手，打斷他的話：「沈探長，當年的事算了，現在我們還是說眼前的事。黃老闆的意思已是很明白了，請你放棄在法租界運土，否則，我三十六股黨與嘯林哥的兄弟將搶你的煙土，不惜死人流血，你以前賺得的銀洋就要倒賠出來。而如果大八股黨放棄押運權，由三鑫公司來承運，各位每月可得五百銀洋的俸祿。」頓了頓，「至於嘯林哥剛才說的，我相信那不是開玩笑，沈探長請三思而後行。三天後給個答覆吧，如果沒有消息，我們就只能刀槍相見！」不等沈杏山說話，便對黃金榮和張嘯林拱拱手：「黃老闆、嘯林哥，別打擾沈探長作決定。」

說完，帶頭走出雅室，突然聽到背後「啪！」的一聲響，猛回頭一看，竟然是剛才仍笑瞇瞇的黃金榮冷不防給了沈杏山一記耳光！同時是一聲怒喝：「觸那娘！」

張嘯林持槍在手，對著那又氣又惱一下還沒作出反應愣在當地的沈杏山高聲怒吼：「我張嘯林君子報仇六年不晚！」七八個保鏢簇擁著三大亨下樓而去，沈杏山的兩個保鏢跟他的主人一樣愣著。

當夜，沈杏山輾轉反側不能入睡，左思右想前衡後量，雖是惱恨交加，但最後，還是準備屈服，唉，行走江湖為的什麼？銀洋也夠多了，三世都花不完，而人死了，銀洋再多也沒有用！

第二天上午，沈杏山把季雲青、楊再田、鮑海濤、郭海珊、余炳文、謝葆生、戴步祥叫來。這八個人就是所謂大八股黨。沈杏山把昨晚到陶樂居赴宴的經過說了一遍，叫這伙流氓大亨一時間吃驚得目瞪口呆，面面相覷。

整個大廳沉寂了大約一刻鐘，然後爆發一場激烈的爭論。季雲青、楊再田、郭海珊三人怒拍八仙桌，主張跟黃金榮幹；年紀最大的謝葆生囁囁嚅嚅的表示反對，余炳文、鮑海濤低聲表示支持；戴步祥在大八股黨中年紀最小，自知人微言輕，看看這個看看那個，不哼聲。

激烈的爭論持續了一個多鐘頭，季雲青也不再跟謝葆生吵了，走過來一拍戴步祥的肩頭：「步祥，你說該怎麼辦？」

戴步祥苦笑了一下：「老季，你們說的都有道理，但我總覺得法租界是黃金榮的地盤，我們是打不過黃金榮的。」

季雲青輕蔑地瞪他一眼，心裡罵一聲：「懦夫！」不過沒罵出口，看一眼也是一直沒發表意見的沈杏山：「沈老闆，你是大哥，你說，打不打？」

沈杏山拿開嘴裡的雪茄，尷尬的苦笑：「老季，你說跟黃金榮幹，怎麼幹？他是督察長，法捕房的巡捕全是他的兵；杜月笙有三十六股黨，手下的小八股黨又各有手下；說到張嘯林，這傢伙更是亡命之徒，手下又有六七十人，我們能派多少人到法租界押運煙土？打起來，會是什麼結果？」

大家靜下來，看著沈杏山。「只有大敗，說不定還會被關進法捕房吃生活。」沈杏山繼續苦笑，「以後還有誰敢去押運？失了土，我們還要賠……」把自己打算屈服的理由說了一遍，最後是長嘆一聲，「唉！與其打生打死還要受損失賠銀洋，不如放棄，每個月收他五百銀元的俸祿，安享榮華，倒也不錯。」

沈杏山這就表明了態度，謝葆生先叫起來：「老沈講得對！在江湖上打生打死的求什麼？求財啊！現在的銀洋夠用了，我是不想冒險。」其他人你眼望我眼，沒哼聲，原來主戰的楊再田、郭海珊也不哼聲了。

過了一會兒，季雲青一拍八仙桌：「沈大哥既然說了，我也不反對！但是，三天後那批貨，他們不能搶，保費歸我們！以後就收他的俸祿，井水不犯河水！」其他人表示同意。

沈杏山擺擺手：「知難而退，也未必不是明智。」為自己及這伙難兄難弟找了漂亮的台階。

過了兩天，沈杏山邀黃金榮到風生一嘯樓，把條件說了。

黃金榮哈哈一笑：「觸那娘！好！老沈，好！」

杜月笙則站起來，對著沈杏山很恭敬地拱拱手：「沈探長果然前輩，有度量！」就這句話，竟令慘敗的沈杏山一時覺得很舒心。

就這樣，隨著大八股黨的退出，整個上海灘的煙土押運權就落到了三鑫公司手上，眼看著銀洋滾滾，杜月笙卻不滿足，他要實現原來的計劃，聯繫上盧永祥、何豐林等軍閥聯手運鴉片，並打通從吳淞口到外灘這幾十里水路的信道，以「擴大經營」。而這就需要張嘯林出馬了。

張嘯林早知杜月笙有這個想法，哈哈一笑，認為沒問題：「那些什麼大官小官，不過都是想著怎樣多撈銀洋，只要送得起禮，沒問題！」

這天，三大亨坐在黃公館裡，商量行動的具體細節，張嘯林正在吹噓他跟盧永祥、何豐林之間的「友情」，程聞興沖沖走進來，叫道：「好消息！這回張爺叔真要有用武之地了！」

「什麼回事？」張嘯林又瞪豹眼。

「當了兩年浙江都督的楊善德病死了！」程聞道，「繼任者是盧永祥，而他原來的淞滬護軍使的職位就由他的手下大將何豐林繼任。此外，江幹廷擔任了護軍使署秘書長，劉吾圃當了淞滬警察廳主任秘書，俞葉封最要緊，他調充緝私營統領了！這批分據要津的大官都是張爺叔你的朋友，三鑫公司正需要跟他們聯繫；哈哈，張爺叔不是真要有用武之地了？」

「果然好消息！」杜月笙一拍八仙桌，叫道，「簡直是天助我也！」

「下一步怎麼辦？」黃金榮躺在那張大斜躺椅上，悠悠閒閒的吞雲吐霧。

「嘯林哥，看你了。」杜月笙對著張嘯林哈哈一笑。

張嘯林手一揮，「只要有銀洋，我保證盧永祥、何豐林、俞葉封會跟我們合作！沒問題！」

真的沒問題。當年的軍閥，大多數把做鴉片煙生意作為主要的經濟來源。何豐林繼任淞滬護軍使後，正在謀劃如何擴張這門販毒生意時，張嘯林大大咧咧的來了。張嘯林不是空身來，而是帶著大疊的銀票。他先找到當了緝私營統領的俞葉封，套了熱乎。俞葉封留他飲宴，彼此舉杯同飲時，張嘯林再一疊銀票遞上去，同時就是一番「有土斯有財，三鑫公司財雄勢大，我們何不聯手做生意，撈銀洋，做大亨」的高論。

俞葉封就是負責緝查煙土的，他知道頂頭上司何豐林早想插手租界煙業，只是未有門路，現在一看這疊銀票，再聽這番話，可謂正中下懷；一拍張嘯林的肩頭，大嘴咧開：「哈哈！嘯林哥，說得不錯！真是英雄所見略同！」

當天晚上，俞葉封就帶張嘯林去見何豐林。大家本來就是相識的，也無須轉彎抹角，張嘯林先把三鑫公司在法租界的財勢吹噓一番，再道明來意，又是一疊銀票呈上。何豐林接過，啪！拍在桌上，大笑道：「想不到租界白相人裡也有人才！嘯林兄，好！大家一起幹！」一揮手，「你回去讓黃金榮、杜月笙弄個合同來，大家以後遵約辦事。哈哈！有土斯有財，至理名言！」

就這樣，繼幫會與租界勢力結合以後，張嘯林又促成了軍閥、租界、幫會凝為一體。利之所趨，三方可謂一拍即合。杜月笙的計劃實現了。在此前，三鑫公司的鴉片煙土進上海，得擔心水警緝查，得備好銀洋孝敬，有時還是難免被查緝了去；現在可好，公司由張嘯林出面，反過來依靠何豐林的人馬，依靠俞葉封的緝私營，把鴉片從吳淞口運到十六鋪，沿途保護，接駁運送，完全化暗為明，當時白相人地界稱之為「軍警一體保護，沿途嚴禁騷擾」。煙土到了法租界，杜月笙早已指派小八股黨率領三鑫公司豢養的流氓打手在碼頭等候，還有法捕房巡捕荷槍實彈「護衛」，全部安全包運到三鑫公司倉庫；再由黃金榮發通行證，運到各處土行，又或批發到外地。這三鑫公司很快就走上正軌，如程聞所形容的：「局面豁然開朗，事業蒸蒸日上。」

不久，張嘯林跟俞葉封結為親家，而林桂生的妹子則成了何豐林母親的乾女兒。

張嘯林覺得時候到了，提出要當三鑫公司總經理。杜月笙連說應該應該，黃金榮知道沒有這個張嘯林跟軍閥打交道不行，哈哈一笑，一擺手：「月笙你還是當董事長，讓金剛鑽阿金和范回春回去賣珠寶吧！」阿金隨後得到林桂生的暗示，自知不敵張嘯林，倒也知道見好便收的道理，共拿回六萬銀洋，范回春也得了三萬，一聲拜拜，離開了三鑫公司。

從此，黃、杜、張「三大亨」在上海灘聞名，同為三鑫公司的首腦。黃金榮是後台老板，一般不出面；杜月笙當董事長，大權在握；張嘯林主要負責外務。當年在上海灘不少人稱這家公司為「大公司」，以形容其財雄勢大，它當年為三大亨及其手下，為盧永祥、何豐林、俞葉封等軍閥，為租界當局所帶來的巨大經濟收益，簡直驚人。

不過，只是這三鑫公司還不足以使杜月笙成名，此人得以享名數十年，是由於他從下三流社會裡崛起，終至廁身上層。當年動盪的政局與混亂的社會使杜月笙得以成名：黃杜張三人開始大發販毒財之時，正是國內軍閥混戰，南北對峙的時期；各省四分五裂，各地豪強紛起。租界的存在，工業的發達與優越的地理位置，使上海得以在全國形成特殊的地位，並成為微妙的政治中心。這時候，全國各地的軍閥、政要，但凡有個局面的，大多派出代表到上海來設個辦事處什麼的，開展活動。南北和議在上海舉行，各路政客在上海發表對時局的意見。政治和軍事方面的秘密交易，情報的收集和交換，軍餉政費的籌措，搜購軍火，運銷鴉片，各種走私活動，以至於各地貨物之出口及採辦，秘密性質的觀光遊覽，少爺小姐的入學出洋等等，當年在上海發生過的事，真可謂五花八門，而這些事主要的便是由那些各地軍閥政客在上海所設的辦事處或他們的代表辦理的。打進上海的各路人馬，事務紛繁，如果能夠接交當地的「社會有力人士」並得到他們的幫助，那辦起事來自然方便得多。同時，當年不少下野的政客軍閥也紛紛來到上海當寓公，他們也希望能夠得到當地有力人士的接濟保護。

這就給了三大亨，尤其是杜月笙成名的機會。

所謂社會有力人士，在當年的上海，就是幫會中人，而當時上海最有名望的幫會頭目，正是黃、杜、張。他們在幫會中的輩份不算高，卻門徒眾多，且財雄勢大。其他幫會人馬不得不退避三舍，各地軍閥政要正是需要三大亨的幫忙。不過，黃金榮對外交往的興趣不濃，而杜月笙則發現這是自己以後名揚天下的絕好時機。他拉上張嘯林，熱情地跟這「各路諸侯」交往，能幫忙的就盡力幫忙。這時杜幫勢力在上海法租界幾乎是橫行無忌，在英租界、華界同樣暢通無阻，辦起事來快捷了當，因而使不少政客軍閥欠了他的人情。除出力外，杜月笙還慷慨解囊，那就是能救濟的就救濟，三鑫公司的販毒利潤使他富逾公侯；對那些失意政客，黃金榮是愛理不理，杜月笙卻是「禮賢下士」，幾乎是有求必應；不少原來叱吒風雲，現在失意潦倒的過氣人物都得過他的周濟，因而對他心存感激，私下裡誠心稱頌，譽之為仗義疏財的春申君。這些人現在雖然沒有實權，卻還有虛名，通過他們，杜月笙逐漸跟全國各地的政要軍閥創建了密切關係，並結下友誼。

三大亨的名聲開始在各地響起來。杜月笙「仗義疏財」的名聲尤其躥得快，並逐步登上政治舞台。一九二三年六月，總統黎元洪內憂外患，交相煎迫，只得辭去職位，從北京到天津再到上海，這時他早已聞三大亨的名聲，到上海後便是住在杜月笙特地為他布置的小洋房裡，並由杜月笙負責保駕；居留三月，十分滿意。

一九二八年，袁世凱的二子袁克文到上海來，就專程找杜月笙。杜月笙對他是盛情接待，隨後就用計榨去了這個比自己高兩級輩份的青幫大字輩、前總統公子的幾萬銀洋，然後又慷慨地「送」他五千銀元讓他回北京。袁克文不知其中「玄奧」，還到處稱讚杜月笙果然仗義疏財。

到一九三一年，杜祠在高橋鎮落成，造成全滬轟動，全國眾多的軍政要人多有給杜月笙送匾道賀，使之為中國有史以來一次規模最大的家祠盛典。杜月笙的名聲在那時到達頂峰。

杜月笙的名聲躥起，並慢慢蓋過了黃金榮，這除了他自身的手段外，還由於黃金榮這大把頭早已「跌霸」了——在黎元洪到上海來之前就已跌霸了，這便「成就」了杜月笙：他趁機擺脫了多年來對這大把頭的依附地位，進而成為上海灘「第一號大亨」。

這個過程頗為微妙。

跌霸前的黃金榮正可謂春風得意，時時看著那滾滾而來的銀洋開懷大笑，哪料到突然挨了當頭一棒，從目無餘子般的霸主頂峰上啪的一聲摔了下來。

這大把頭的跟頭是怎樣摔的呢？

第八十二章　黃金榮跌霸失威

黃金榮這跟頭摔在了石榴裙下。

黃金榮曾經以超低價買下了迎仙鳳舞台，更名「共舞台」，後來又名「老共舞台」，據說這是他最早經營的戲館。當年上海灘演京戲，男女演員不同台，黃金榮打破了這個慣例，他的共舞台首倡男女合演，這在當年上海灘引起了小小轟動，並且生意興隆。

到了一九二二年，也就是三鑫公司正在大肆販毒售毒大發「香財」，黃金榮看著銀洋滾滾而春風得意的時候，老共舞台一下子延攬了三位聲色藝俱佳的坤伶登台，其藝名分別叫小金鈴、粉菊花和露蘭春。尤其出色的是露蘭春，玉人頎頎，豔光四射，唱功也是了得，一登老共舞台，即令全場傾倒，隨後就成了台柱。相傳她唱紅的那部《宏碧緣》，不但唱得老共舞台天天客滿，人人爭說露蘭春，而且風行大江南北十餘年。

黃金榮當年已是五十多歲的人，卻是難擋美色，看上了露蘭春，隨後就大獻殷勤。只要是露蘭春演出，他就派保鏢派車子，管接管送，而且親去「把場」；同時派人查出了這露蘭春的家世，原來竟是自己的下屬、法捕房翻譯張師的女兒，不覺高興得哈哈大笑：露蘭春啊乖乖兒，你得侍候我黃金榮囉！以後更加大獻慇勤。

如此過了一段時間，黃金榮便找張師「講開」，挑明想娶露蘭春為妾。張師為人怯懦，看著這個大把頭，不敢不從。黃金榮於是在外面另置房間，供露蘭春居住；再使出軟硬兼施的手段，逼露蘭春就範。露蘭春無奈，看著黃金榮那張麻皮面靠過來，儘管心中湧起一陣陣的噁心，還是從少女成了少婦。

黃金榮金屋藏嬌，心中十分得意，哪料禍事來了。

話說當年中國有所謂「四公子」：前大總統袁世凱二子袁克文、東北關外王張作霖長子張學良、南通狀元農商總長張謇次子張孝若、浙江督軍盧永祥之獨子盧篠嘉，都是一時之選的風流人物。

且說那個盧篠嘉，時年大約二十二歲，長得像個白面書生的模樣；恃著老子權傾東南，長期在上海風流快活。這小子喜歡聽戲，而且頗精音律。這天吃過晚飯，無所事事，便一襲青衫，輕車簡從，專程去老共舞台聽露蘭春的拿手好戲《鎮潭州》。這場戲，露蘭春自飾岳飛一角。

說來也是合該有事，這坤伶當晚不知怎麼搞的，竟將一段戲文唱走了板。台下也有聽眾聽出來了，但懾於黃金榮的威勢，誰敢在太歲頭上動土，便都不敢哼聲。唯有這盧篠嘉，見眾人不聲不響，不覺一股惱氣湧上來，霍地站起，怪聲怪氣的喝起了倒采：「哈哈！唱得好！唱得好！」

這下子就鬧出事來了。露蘭春從未失過手，現在這樣被人當眾扎了台型，丟盡了面，不覺羞憤交加，匆匆唱完以下幾句，也不按鑼鼓點子，便跑回後台，放聲大哭。當時黃金榮正為伊人把場，眼看這般情景，那面子哪還能掛得住，頓時勃然大怒：「立即去把那混蛋給我抓來！」

阿七、阿衡等保鏢不認識什麼督軍公子，齊應聲：「是！黃老闆！」五、六條大漢，氣勢洶洶的向盧篠嘉衝來。盧篠嘉自認堂堂四公子之一，根本不把這伙「小白相人」放在眼內，還嘻嘻發笑。這可把這伙流氓氣了，阿七猛撲過去一把抓住他的衣領，還未等這公子哥兒反應過來，便是「啪啪！」兩記耳光。

盧篠嘉寡不敵眾，就被人反扭了雙手，扭到黃金榮面前。黃金榮這才看清楚了，當場嚇得愣住，心中打個寒顫。事情鬧到這步田地，該如何收場？立時腦中猛打轉：是顧及自己的面子，還是低頭認栽？這時候，整個老共舞台靜極了。黃金榮的幾十個手下，舞台的職員，還有幾百個觀眾，一個個的眼睛像探照燈那樣，盯著黃金榮。黃金榮心中明白，阿七剛才的兩記耳光甩過，雙方這衝突就不小了。得罪了他，真是碰上煞星！唉！彼此相識，何不大事化小小事化了，先向盧公子賠個笑臉，再把阿七等保鏢大罵一頓，化解了這仇冤？

黃金榮想這樣做，但盧篠嘉顯然不想和解。他一直沒哼聲，冷笑著，看著黃金榮。一想到這小子平日趾高氣揚，不可一世的模樣，現在如此當眾受辱，又豈是三言兩語可以和解的？黃金榮若當著自己的手下與數百市民的面認了栽，這一世威名豈不付諸東流！就是一念之差，這大把頭為了面子，故作威風，臉上變得秋霜滿佈，裝作不認識盧篠嘉，冷冷拋出一句：「好了，放他走路！」

盧篠嘉平日目無餘子，但現在也有自知之明。這裡是法租界，父親縱使有雄兵十萬，要遵規矩進入這屬法國人統治的彈丸之地，也不容易。好漢不吃眼前虧，但也不能過於坍台了，嘿嘿便是兩聲冷笑：「好極！黃老闆，今天我算是陽溝裡翻了船。不過，套句戲文：騎驢兒看唱本，我們走著瞧！」說完，轉過身，昂首挺胸，大步走出老共舞台。

這就等於向黃金榮下了戰書。

盧篠嘉一出了老共舞台，靜透了的舞台池座裡，立即發出嗡嗡之聲。有人是認得盧篠嘉的，不覺心中大叫痛快，等著看這場盧黃大戰將如何開場。

黃金榮愣在當地。自發跡後，這大把頭還從未這樣吃驚過。他本來是想不坍台子，現在看來這台子還不知會怎樣坍！回到同孚里，立即令程聞去把杜月笙與張嘯林請到黃公館來。

兩人看著黃金榮，聽這大阿哥一五一十的將剛才發生的事細述了一遍，不覺蹙額皺眉，面面相覷，默然無語。金榮也自知這回事情鬧大了，把話說完，便猛抽雪茄，不哼聲了。

張嘯林的臭脾氣出了名，尋事打架殺人放火最對他的胃口，但現在知道對頭是督軍的兒子後，就成了「徐庶入曹營，一言不發」。看一眼杜月笙，這小子乾脆合上了眼睛，像在閉目養神。

杜月笙剛才心中連連叫苦，現在則是在想計謀。這件事太要命了。杜月笙要擺平這件事，他主要的不是要救黃金榮，而是要救三鑫公司。在盧永祥、何豐林、俞葉封的大力支持下，三鑫公司現在正日進斗金。現在，雙方卻可能會劍拔弩張。杜月笙明白，黃金榮與盧篠嘉都是極要面子的人，都不能讓自己坍台子，那就極可能造成一場打鬥，自己與軍閥的合作定然會因而土崩瓦解，而沒有軍閥的參與，三鑫公司哪能像現在這樣銀洋滾滾？

杜月笙心中輕輕嘆了口氣。這件事只能和解，不能動粗。杜月笙在心中定下這個原則。但怎樣和解？以黃金榮和盧筱嘉的身價地位，誰能當這個和事佬？此人必須牌頭夠大，字號夠響，一站出來，不但雙方服貼，而且白相人都認為他們會服貼才行，這樣黃、盧二人才會覺得自己沒坍台。突然靈光一閃：張鏡湖！此人現在就住在海格路上范園里，既是青幫大字輩，又是手握兵權的陸軍第七十六混成旅旅長，江蘇通海鎮守使；在幫在軍，都夠資格。不覺輕輕一拍大腿：「對，此人最為合適！」

黃金榮與張嘯林一齊望過來，張嘯林高聲問：「誰？什麼合適？」

杜月笙把自己的想法慢慢說出來，最後道：「其實盧筱嘉也跟黃老闆一樣，只不過坍不起台子罷了，誰想動刀動槍呢？」

這時的黃金榮正是心煩意亂，火氣過去，也明白盧筱嘉實在是得罪不起的。現在聽了杜月笙這番「解說」，甚是樂胃，臉上露出笑意來：「不錯！月笙你真是絕頂聰明！就這麼辦！」

程聞在旁邊恭維一句：「果然是諸葛亮。」

平心而論，這諸葛亮的計謀本來是不錯的，但並沒實現。當夜是辦不成什麼事了。第二天，不管張嘯林如何聲聲抱怨黃老闆怎能搞出這樣的事來，杜月笙還是硬要他先去找親家俞葉封，再去找何豐林的母親何老太，請他們在盧筱嘉面前說說好話。看張嘯林氣鼓鼓的走了，他自己便去海格路范園找張鏡湖的開門徒弟吳營長吳昆山。

吳昆山說張老太爺不在，三天後才回來。彼此聊了一會，杜月笙一疊銀票子遞過去，再道明來意，吳昆山沉默了一會，銀票收下：「好吧，張老太爺回來我一定代為傳話。」

杜月笙也沒什麼好說了，離開范園，先去逍遙池皮包水，包了兩個鐘頭，吃過午飯，去找張嘯林，張嘯林未回。一直等到日落西山，這個長脖子豹子頭才回來，還未等杜月笙詢問，先自己發了脾氣，說俞葉封同意跟何豐林說說，但拒絕帶他去見何豐林；而自己跑到楓林橋去，卻被護軍使的門衛趕了出來，簡直丟臉子。當然，張嘯林沒說自己隨後就去了堂子嫖粉頭，直玩到現在才回來。杜月笙無言，告辭回到金福里，心想盧永祥雖是權傾東南，但總不至於夠膽派兵到法租界來捉人吧？倒也安心吃晚飯。

哪料他這回想錯了。大約九點來鐘，程聞突然上氣不接下氣的闖進來，平時的師爺風度也顧不得了，扯開喉嚨大叫：「月笙！快！快去黃公館！」

「發生了什麼事？」杜月笙看他這模樣，大吃一驚，跳起來跑過去相迎。

「不好了！」程聞一把抓住杜月笙的手肘，「何豐林把黃老闆捉去了！」

「啊！」杜月笙吃驚得整個人定住，「什麼時候？」

「晚飯後，黃老闆又去老共舞台給露蘭春把場，正唱得高興，突然外面來了一隊全副武裝的士兵，把共舞台團團包圍。然後一個軍官手舉左輪，帶著大隊人馬衝進來，把黃老闆捉走了！」程聞邊說邊拉著杜月笙向外走，「正宮娘娘叫你快去！」

「有沒有發生打鬥槍戰？」杜月笙邊走邊問。

「這倒沒有。大家看見這大隊官兵，個個拿著槍，哪個還敢動啊！」

這說的倒是實話。大小流氓欺負小商販平民百姓，耀武揚威，一碰到拿著真傢伙的，也就露出狗的本相來了。程聞說了一會，兩人便來到黃公館，上了後園二樓。要在平時，林桂生只會在小客廳會客，哪肯降尊出來迎接，這回竟站在了梯口上，一把拉住杜月笙：「月笙，你快想想辦法！」張嘯林站在這正宮娘娘身後，臉無表情。

看著林桂生這驚惶失措的模樣——這可是從來沒有見過的，杜月笙心中突然湧起一種快感：嘿嘿，黃金榮啊黃金榮，你稱霸法租界多年，這回可是摔得慘了！該到跌霸的時候了！他突然感到這兩三年來想擺脫這個大把頭籠罩在自己頭上的陰影的機會到了。不過，杜月笙夠道行，表裡不一，心中嘿嘿冷笑，但臉上的表情似乎比林桂生還要著急，說出來的話則是：「師娘，別驚慌，會有辦法的！」其實並沒有什麼更有效的辦法。商量到深夜，還是杜月笙昨晚想出的計謀，找張鏡湖，找俞葉封，找何豐林，還有一條就是去找何豐林的母親何老太。

杜月笙心中明白，何豐林夠膽派軍隊闖進法租界捉人——這可是法租界自創建以來，中國軍隊第一次闖進去捉人，那肯定是盧永祥的命令。沒有盧的命令，何豐林絕對不會這樣做；同樣，沒有盧的命令，何豐林也肯定不會釋放黃金榮。他想出的這些辦法，實在是想一箭三鵰：一，多關黃金榮幾日，讓他受受罪，在法租界丟盡面，以後自己好取而代之，登上江湖霸主之位；他認定張嘯林是老粗，不是自己的對手。二，何豐林不會接見林桂生與張嘯林，讓他們碰碰壁，更顯得自己有辦法，這就是三，過三天自己找上張鏡湖，讓他出面調解，那黃金榮獲釋後，一定會對自己萬分感激。

前兩點果然如杜月笙所料，黃金榮沒被放出來，而何府令張、林不得其門而入，但第三點他失算了。他天天去找吳昆山，到第三天，吳昆山說，張老太爺知道這件事了，但不準備出面。

杜月笙大吃一驚：「不知張老太爺要什麼條件？」

吳昆山擺擺手：「不是條件問題，這只能怪黃老闆自己。他是個空子，竟援用青幫的禮制來收門徒，點香燭叩頭、傳三代履歷、收門生帖子，明擺著這是嚴重違犯了幫規。張老太爺歷來對這個看不順眼。」笑了笑，「暫不說三刀六洞的話。杜先生，相信你也知道：冒充光棍天下有，清出袍笏要人頭。」

杜月笙知道下面就不用說了，說了也沒用，便拱手告辭。來到黃公館，只見林桂生圓圓的臉已憂慮得成了長臉，幾乎沒哭出來：「月笙啊，還不知黃老闆怎樣了呢！不能再這樣拖下去了！何府不讓進，快想想別的辦法吧！」

杜月笙這時也知道應該設法救出黃金榮才行，雖說自己想取而代之，但若黃金榮不在，對自己並沒有好處，對林桂生拱拱手，就把剛才從吳昆山那兒碰了壁的經過說了一遍，最後道：「師娘，張鏡湖不出面，那我們就靠自己吧！我聽說何老太是信佛的，請師娘帶上三兩件佛門寶貝，與令妹子去見何老太，請她開恩。我現在就去找張嘯林，一同跟他去杭州見盧大帥！」

盧篠嘉怒火填膺走出老共舞台，招手要了輛黃包車，大叫：「快跑！」飛也般回到護軍使署，氣鼓鼓把受辱的事對何豐林說了一遍，最後大叫：「何將軍，你立即派兵去法租界捉拿黃麻子！」

何豐林看他那張白臉上好幾條紅指印，也是怒火上冒：「豈有此理！白相人竟敢打督軍公子！」不過要派兵進租界，他還不敢造次，只好賠個笑臉：「盧公子，那裡是法租界啊，這樣的大事，我得聽令尊大人的命令。」

盧篠嘉知道何豐林的難處，便一個電話打到杭州的浙江督軍府，哪料盧永祥不在。隔一個鐘頭打一個電話，直打到半夜，盧永祥仍未回來，接電話的秘書也說不清盧大帥到底去了哪裡。盧篠嘉沒辦法，只好睡覺。一覺到天明，又一個電話打過去，盧大帥回來了，聽了兒子這番哭訴，勃然大怒，下令何豐林派軍隊去捉人。

何豐林得令，但他還是勸服了盧篠嘉，到晚上才動手。二更天時分，一支中國軍隊就從民國路進入法租界，直撲老共舞台，把黃金榮逮了回來。黃金榮這回可算倒霉透了。當盧篠嘉舉著槍帶著大兵闖進老共舞台時，他就知大事不好，起身想躲，但沒走幾步，就已被盧篠嘉一聲怒喝，用槍指著腦袋。上了軍車就已挨了幾拳，回到護軍使署，自知已成了俎上之肉，先是任由盧篠嘉連刮了幾記耳光，再遭了何豐林馬弁的一頓好揍；盧篠嘉氣狠狠一聲令下，便被關到了潮濕的地窖裡。幾天過去，平時養尊處優的黃金榮睡的是爛稻草，吃的是豬狗食，肥胖的身軀則成了蚊子的美餐，痛苦得幾乎想一死了之。這時候，杜月笙與張嘯林走進了督軍府。

盧永祥下令捉黃金榮的時候，確是怒火衝天，現在已幾天過去，那股火也降下來了，現在看張嘯林、杜月笙對著自己鞠躬賠罪說好話，況且張嘯林是張載陽介紹相識的朋友，知道做絕了也不好，便嘿嘿兩聲冷笑：「兩位不必客氣了。只是黃金榮這樣在大庭廣眾之下要我盧某出羞，這是能夠容忍的嗎！」

「是是是！」杜月笙連連點頭，從懷中掏出一大疊銀票，雙手呈上前：「盧大帥，你大人有大量，這裡是十萬銀洋的票子，請盧大帥高抬貴手。」

盧永祥接過，臉上似笑非笑，瞟杜月笙一眼，同時把票子揚了揚：「杜月笙，我也聽人說過你仗義疏財的名聲，嘿嘿，看來名不虛傳嘛！」看一眼張嘯林，「嘯林是我盧某的朋友，以後大家還是要做生意的。」手中票子又揚了揚，「好吧，現在你倆就回去跟豐林說說。不過，將在外，君命有所不受。明白嗎？」

「明白！」杜月笙作了一揖，「那先告辭了！」

兩人離開督軍府，立即乘火車趕回上海。張嘯林一面迷惑：「月笙，這就可以了？盧大帥說什麼將在外，君命有所不受，什麼意思？」

「盧大帥收了銀票，可以了。」杜月笙笑笑，「我相信他會給何豐林打電話。至於將在外，君命有所不受，意思就是我們還得給何豐林銀洋。」張嘯林怒罵一聲。

這時候，留在上海的林桂生正帶著一尊足金觀音和一尊竹節羅漢——這是黃金榮以前巧取豪奪來的，由妹子帶路繞了彎，到何公館見到了何老太。這老太婆確是個佛教徒，一看這兩件佛門奇珍，再聽林桂生姐妹「媽啊媽啊」的叫，高興得那雙老眼瞇成一條縫。林桂生又說自己的丈夫經常去佛殿唸經，給寺廟不知施捨了多少錢財，就更把個老太婆逗得高興。

林桂生便哈著腰把何豐林捉了自己丈夫的事說了一遍：「請媽媽開恩，救女兒一救！」

何老太已被這婆娘逗得開懷，一聽這話，手一揮，倒也有點官太太的風度：「沒問題沒問題！我就去跟豐林說。」

林桂生把這個重要關節打通了，杜、張二人隨後回到上海，過家門而不入，直奔護軍使署。門口的衛兵果然不再阻攔，一個師爺模樣的人在前引路，兩人直到何豐林的辦公室。

杜月笙推斷正確，何豐林已收到了盧永祥放人的電話，何老太的話他自然聽了，他準備放人——他跟黃金榮又沒有仇冤，但打定主意要敲一筆，對著走進來的杜、張二人一揮手，客氣話少說：「兩位來請求放人嗎？」

杜月笙站定一鞠躬：「何將軍英明。」

張嘯林也躬躬身：「何將軍。」

嘻！怪了，何豐林再不說話，看著杜、張二人，也不讓座，只管慢慢抽雪茄。

杜、張二人愣了愣，張嘯林恃著自己跟何豐林是老相識，先嘮嘮叨叨的說了一番「大水沖了龍王廟」「不為已甚」的話，最後道：「何將軍，大家都是朋友，這件事就這樣算了吧。我們是去見過盧大帥的。」

「盧大帥可沒跟我說過。」何豐林眼一瞪，盧永祥說的「將在外，君命有所不受」並非全無道理，他一聽張嘯林的口氣是要用盧永祥來壓自己，一股怒氣就湧上來。

杜月笙一直沒說話，因為張嘯林跟何豐林相熟，希望他能說得動，現在一聽何豐林這口氣，知道他想要什麼，立即一躬身：「何將軍，這件事只是小小的誤會。三鑫公司這幾年來承蒙將軍和盧大帥的關照，生意做得很好，大家都有好處；但是，如果黃探長不回去坐鎮，那這公司就難做了，對將軍也是一大損失。」說著從懷中掏出一疊銀票，輕輕放在桌面上，「三萬銀洋，聊表對何將軍的敬意，以後將軍的聚豐貿易公司跟三鑫公司還有很多生意合作呢。」

聚豐貿易公司是盧永祥命令何豐林與淞滬防守司令徐國樑合伙開設的，唯一的業務就是鴉片走私。杜月笙的三萬銀洋使何豐林心滿意足，最後這句話也說著了要害處。

黃金榮是肯定要放的，現在正好做個順水人情，想到這裡，何豐林哈哈一笑：「人稱杜先生是諸葛亮軍師爺，看來說得不錯，以後生意還是要做的嘛！」一揮手，「兩位請回吧，今晚我就用車子把麻子金榮送回老共舞台。」

杜、張二人只得躬身告辭。離開護軍使署，張嘯林大叫晦氣，杜月笙則在心裡嘿嘿發笑。這流氓大亨想得絕。回到法租界，張嘯林逕直去逍遙池快樂，杜月笙則立即趕回金福里，把顧嘉棠、江肇銘等手下骨幹叫來，低聲吩咐如此如此，一切佈置妥當，便去黃公館向林桂生邀功。

第八十三章　上海灘第一大亨

當天晚飯後，老共舞台大門口來了越來越多人，社會上像在無聲地傳播消息：今晚黃老闆會被護軍使派兵押送回來。到了晚上九點左右，也就是大約盧筱嘉七天前被阿七甩了兩記耳光的時候，那一帶簡直是人頭洶湧，聚集了大約二三千人。人們正議論紛紛翹首南望之時，一輛大汽車打著大燈從南而來，走得近了，人們也看清楚了，車上站立了幾十條漢子，穿的雖是便服，卻是一個個凶神惡煞，趾高氣揚。

車子來到老共舞台門口停下，黃金榮被兩條大漢「押」下車來，仍是穿著被捕時的那套衣服，顯得骯髒無比。這真是難得一見的情景：三教九流的人物連同數以千計的市民來看這場熱鬧，黃金榮以前出場，昂首闊步，目無餘子，眼睛像長到了額頭頂；現在卻是耷拉著腦袋，腳步浮浮，剛站定了，一個青年人從駕駛室那邊伸出個頭來，對著黃金榮高聲暴喝：「以後見到盧公子你最好避開走！」觀眾中有人發出了怪叫聲。

黃金榮呆在當地，一聲沒哼，只覺眼前發黑，腦子一片空白，押他下車的人已上了車他也不知道，仍然站著，雙腿在打著顫，以前那不可一世的模樣似乎已蕩然無存，脖子縮著，腦袋低著，似乎一下子老了十年，成了個蔫蔫的老頭子。

護軍使署的汽車發動時，杜月笙急步走了上來，拉著黃金榮走向路邊：「黃老闆，請上車，回黃公館。」轉頭向湧過來圍觀的人大喝一聲：「讓開！」人們立即讓出一條路，顧嘉棠、江肇銘等三十六股黨流氓在動手把圍觀的人們推開，這是杜月笙事前吩咐好的。他要江肇銘等手下骨幹暗暗把消息散佈出去，讓喜歡湊熱鬧的上海市民來圍觀，這樣，一可以讓黃金榮在人們面前失威跌霸，二可以讓黃金榮感激自己派人來「護駕」。

黃金榮上了車，靠在座椅上，對比趕集還要熱鬧的圍觀者似乎視如不見，乾脆閉上了眼睛。車子響著喇叭，向西開去。杜月笙偷眼看身旁這個以前不可一世的肥督察，已是瘦了三圈，臉色灰青，神情萎靡至極，臉上隱隱有幾個指印。

這些指印是盧篠嘉打的。何豐林吃過晚飯，叫衛兵把黃金榮帶上來，看到他這副「將死」模樣，不覺起了點憐憫之心，心想以後還要大家合伙做生意，做絕了不好，立時和顏悅色，說出幾句安慰話來：「大水沖了龍王廟，黃老闆這回受驚了，以後大家還是朋友，一起做生意發財。」云云。

黃金榮這幾日過得真是苦過黃蓮，剛才被衛兵「拉」上來時還以為盧永祥要拉自己去鎗斃，嚇得臉青唇白雙腳直抖，現在一聽何豐林說要放他回去，高興得連連鞠躬：「多謝何將軍！多謝何將軍！」話音剛落，門外突然衝進一個人來，黃金榮掉頭一看，那顆心幾乎蹦上喉嚨頂：盧篠嘉！

「何將軍，為什麼要放了這麻皮？」盧篠嘉一指黃金榮，叫道，「我要關他一年半載！」

「盧公子，放他回去是令尊的命令。」何豐林笑道。

「那也不能就這樣放了！」盧篠嘉右手一指黃金榮，「這太便宜了他！」

「你要他怎樣？」何豐林問。

「我要他給我叩頭！」盧篠嘉一下坐在了旁邊的大交椅上，雙腿分開，雙手放在扶手上，神態傲慢至極，盯著縮了脖子的黃金榮，像個山大王。

黃金榮猛然間鼓起了勇氣，抬起頭，雙眼直視盧篠嘉，不哼聲，臉上神情冷漠。何豐林看得出他的眼睛裡隱藏有殺氣，心中不禁打個突，他知道這麻皮金榮已經再輸不起面子，就算強迫了他，難說以後自己的後背會不會被人打冷槍。走過去拍拍盧篠嘉的肩頭：「盧公子，令尊只說放人，沒說要黃老闆再做什麼。俗話說，得饒人處且饒人。我看這件事就這樣算了吧。」

盧篠嘉聽出了何豐林話裡的份量，再看其眼神，陰沉凝重，表明這事不容自己胡來。儘管心有不甘，但也不敢硬抗，轉過身盯著黃金榮足有三分鐘，突然衝上前：「再還你在老共舞台的兩記耳光！」手起聲落，「啪啪！」

黃金榮現在仍感到臉上火辣辣的痛。

車子到了同孚里口，黃金榮一直沒動，也沒說話，杜月笙說的幾句安慰話他也好像沒聽見；現在車停下來，才慢慢張開眼，輕輕地說了一句：「月笙啊，過這幾天我像過了一世。」

黃金榮這次丟面幾乎是丟到家了。他目空一切之時，誰見他都拍他馬屁，沒人敢說他不是；現在呢，威風掃地了。不知多少人親眼看見他被盧筱嘉用槍指著，提著衣領走出老共舞台，像條狗一樣；更多人看見他被護軍使署的便衣軍警押下汽車，神情灰暗，雙腿發抖，腦袋低垂，乾蔫的樣。往日的多少威勢，剎時間盡付東流，露出了原形來。以後的一大段日子，幾乎整個白相人地界都在議論這件事，連市民們也說得眉飛色舞。茶樓酒肆，各種傳言不脛而走，把這個法租界的大把頭貶損得夠嗆。人們藉此以發洩心中的某種憤懣，以獲得某些心理上的快感，說起來這也是很多人的通病：憎人富貴厭人窮。

黃金榮知道自己已威勢盡失，也自覺元氣大傷，甚沒面子。不過還未等他完全喘過一口氣，一封信突然飛到了他的手上，信中怒斥他身為空子，卻敢按青幫的規矩來招收門徒，攪亂幫規，實在是大逆不道……罵得暢快淋漓，語氣咄咄逼人，最後警告黃金榮，以後若還敢攪亂幫規，青洪幫兄弟就要上門問罪。云云。

要是在以前，黃金榮看到這封信定必火冒三丈，下令追查到底是誰敢太歲頭上動土，但現在，他默然無語。他認定這封信是張鏡湖張老太爺授意他人寫來的。這個官居南通鎮守使手握兵權的青幫大字輩，在黑白兩道都是威名顯赫的人，自己可惹不起。拿著信的手便微微顫抖，交給站在旁邊的親信師爺程聞，兩眼茫然看著天花板，一時間只覺心灰意冷，同時記起林桂生所說的那番杜月笙如何為營救自己而四處奔走的話來。

程聞把信看完，躬著身，不知說什麼好。

過了兩天，又一封言詞更為嚴厲的信寄到黃金榮手上。又過了兩天，黃金榮把杜月笙叫來，當著張嘯林、程聞、曹振聲等人的面，宣佈以後自己再不出面管江湖的事，三鑫公司及榮生公司等生意就交由杜月笙出面打理。沒人提出異議。這消息隨後就傳遍了上海灘的白相人地界。

杜月笙躬身道謝，表情甚是恭敬，心中卻在嘿嘿冷笑，暗暗佩服張鐵嘴不愧是老江湖，寫兩封信痛打落水狗，果然就把黃金榮逼到「退居幕後」。

計劃實現了，杜月笙從此擺脫了對黃金榮的依附地位，真真正正地獨立出來，名聲一時無雙；在江湖上，他手下的小八股黨似乎也向上昇了一級，更加肆無忌憚地招收門徒，擴張勢力，杜門聲威大振。杜月笙後來自稱有八千弟子，就包括了過去、現在以及將來所收的這大批徒子徒孫。

再說黃金榮，他的這次跌霸是因露蘭春而起，但他色心不死，覺得為這少婦人付出的太多了，非要娶她過門不可，不再讓她唱戲，只留給自己一個人享用。但他又不敢把這門心思對林桂生說。林桂生原來得知他是為露蘭春出氣而惹的禍，不覺惱恨交加，但看在多年夫妻份上，為救這花心丈夫倒也盡心盡力。現在放了回來，休養了一段時間，看這黃金榮又變得精力充沛，不覺就時時提醒他「別再死在野女人的手裡」。林桂生的用意，是想把丈夫留在身邊，哪料這些話說來說去，令黃金榮越聽越心煩，反而更堅定了娶露蘭春進門的決心。這天把杜月笙找來，要杜為他去對林桂生說。

杜月笙一聽，大吃一驚：「黃老闆，這使不得呢。露蘭春今年二十開外，你老已經五十多啦，玩玩當然無所謂，真的娶進門去，能駕馭得住嗎？」

「無須多說。」黃金榮一擺手，顯然不想討論這個問題，「你去跟桂生說就是了。」

杜月笙心思一轉，突然很想撮合這件事：黃金榮啊黃金榮，露蘭春已經叫你摔了個大跟頭，好，你娶她進門，再叫你摔個跟頭，看你以後還有什麼能耐重新稱霸上海灘！杜月笙於是恭敬不如從命，立即到黃公館去。

林桂生一聽，頓時火冒三丈，破口大罵：「好啊，麻皮金榮！我早知你在外面常常睡那個狐狸精，眼不見為淨，我就算了，現在竟要娶進門來！麻皮金榮你簡直是忘恩負義！沒有我林桂生在背後給你出謀劃策，你哪能在法租界發跡當探長當督察長！」罵了一會，一拍八仙桌，「月笙，你回去告訴他，要想娶那狐狸精進門，有我林桂生在，休想！」

杜月笙倒是非常尊敬這位師娘，立即遵命回報黃金榮。黃金榮仰天長嘆。林桂生說的是實話，沒有這婆娘可能真的沒有今天的黃金榮，但他儘管自知理虧，娶露蘭春進門的決心卻不變，沉默了一會，對杜月笙擺擺手：「月笙，我意已決，非娶露蘭春不可！你去告訴桂生，如果她認為有她就沒有露蘭春，那就請她走路。」頓了頓，「明天再跟她說吧，先讓她的火氣降一降。」

當夜，黃金榮乾脆沒回黃公館，而是睡到了藏嬌的金屋裡。以後幾天，他也沒回黃公館。杜月笙則成了跑腿，為黃、林二人兩邊傳話。

開始時林桂生態度強硬，最後見黃金榮似乎已死了心，知道硬頂下去，也是無益，苦笑了一下，對杜月笙道：「我跟黃老闆姻緣盡了。唉，想當年，黃老闆一氣之下離開巡捕房，跑到蘇州跟鬧天宮開茶館。我看他是個人才，甩了原來的丈夫跟了他，他也甩了阿桂來跟我。到今天，輪到我走了，大概是報應。」瞟一眼杜月笙，長長的嘆口氣，「黃老闆老了，以後的場面一定要由你來風光。我在各公司的股份分紅，你讓人送過來。」

「是，師娘。」杜月笙很恭敬。

「以後別叫我師娘了，叫桂生姐吧。」林桂生笑笑，「讓黃老闆派人送三萬銀洋過來吧，做個樣子作為安家費。我過兩天就走。」

「是，桂生姐。」杜月笙站起來，輕輕躬躬身。

「月笙啊，」林桂生一把拉住杜月笙的手，「你要好好看著黃老闆，他是色迷心竅了。那個露蘭春，唱戲的，整天塗脂抹粉的，哪會像我林桂生這樣盡心盡力的為黃老闆賺錢啊？她只會花他的錢呢！」頓了頓，「說不定還會幹『倒脫靴』的事呢！你看著點。」

「你放心，桂生姐。」杜月笙答應得很恭敬，心中卻恨不得黃金榮再為露蘭春摔個大跟頭。

杜月笙隨後到大自鳴鐘中央捕房找黃金榮，黃金榮不在，一直等到中午才回來。聽了杜月笙的稟報，不覺喜上眉梢，而且心中大為感激：這林桂生真大方，只要自己三萬銀洋。哪料他的感激還未表達，林桂生就已離開了黃公館。

這個正宮娘娘並沒要黃金榮的三萬元安家費，而是把公館裡的貴重財物如鑽石戒指、名貴貂皮大衣等席捲而去，還帶上了十萬大洋的銀票子——她一直拿著保險箱的鑰匙。以後這婆娘再很少理江湖上的事。她看得開，得享高壽，一九八一年才在上海病故。

再說黃金榮回到公館裡，看損失如此慘重，不覺黯然神傷，卻又發作不得。他不敢去找林桂生追討。這次跟正宮娘娘離婚，早已在江湖上遭到物議，三教九流人物，背後大都說他的不是，黃金榮明知自己再一次威名大失，但也只能吞下這口氣。

而露蘭春也不是省油的燈，她說要娶我進門，可以，但我在公館裡得享有林桂生那樣的權勢，黃金榮為得到這美人兒的歡心，只好應允。三天後，黃公館張燈結綵，鞭炮轟鳴，一頂八人抬的龍鳳大花轎，送來了一代名伶露蘭春。黃金榮算是如願以償了，但往後的日子他卻過得並不舒心：他越來越覺得這名伶不像以前那般溫柔，而自己的床笫功夫更變得越來越力不從心。心中時時暗暗嘆氣，更沒料到不到一年時間，這名伶又令自己再摔個大跟頭。

露蘭春跟人私奔了。

露蘭春早就想逃出黃家。她討厭黃金榮，而顏料大王薛寶潤的次子薛恆對她一見鐘情。這小子生得年青英俊，風度翩翩，令她芳心大動。趁著黃金榮外地公幹，露蘭春一看機會難得，此時不走，更待何時，便把黃家的地契、債券、金銀珠寶等席捲而去——她得到林桂生一般的權勢，保險箱的鑰匙在她手裡。

這件事令黃金榮在江湖上顏面盡失，他下令杜月笙派人四出偵察，把露蘭春找回來。杜月笙唯唯喏喏，其實他早已知道這名伶有去意，但他不告訴黃金榮；也早已知道露蘭春跟薛恆逃出了上海，但他也不說。現在得令，便把江肇銘等手下找來，當著黃金榮的面——這樣更可令黃金榮丟臉——作威作勢的下令搜人。當然沒搜著。

黃金榮仰天長嘆，這大把頭跟一代名伶的這段風流孽債也就暫告一段落。不過這事還有尾聲。

事隔數月，杜月笙派人找到露蘭春，要她把在黃公館裡拿走的東西全部送回來，露蘭春照辦，算是為黃金榮挽回了一點點面子，不過這大把頭對名伶已是心灰意冷，便放她一條生路。露蘭春隨後正式下嫁薛恆。露蘭春跟黃金榮睡了幾年，一個蛋也沒生下來，嫁給薛恆，卻生了六個孩子。這位一度名噪大江南北的名伶在嫁給黃金榮後就再沒唱戲，嫁給薛恆後，銀洋多的是，也沒再登台。一代名伶就這樣從此銷聲匿跡，後來還染上煙毒，自己躺在煙榻上過了大半輩子，在抗日戰爭勝利後病亡。

且說這時的黃金榮，因近兩年接連跌霸，在江湖上威名大損，自覺身心俱疲，顯得精神痿頓，一片暮氣沉沉，雖然仍是當著督察長，卻是沒有興趣再出面管三教九流的事；跟他相反，杜幫勢力這幾年來一直呈上昇之勢，杜月笙所收的門生除黑道人物外，還漸漸包括巡捕房的探長巡捕、商界大亨、軍界人士，後來連江蘇禁煙局的處長、隊長都成了他的門生；而他的門徒如江肇銘之流所收的徒弟更包羅了社會各層次結構，尤其是下三流人物。杜幫聲勢較前更盛。黃金榮之消沉與杜幫之勢盛，這一消一長，顯示出杜月笙正開始登上「霸主」之位，成為「上海灘第一大亨」。江湖上的人馬，不是不知道有黃金榮，而是更「景仰」這個聲望不斷高漲，名聲遠播遐邇的杜月笙。

黃金榮看著這個當年的小赤佬已一步步爬到了自己的頭上，而自己有很多事情還要靠他出面料理，甚至有時急著等錢用，還得經他同意才能在三鑫公司支錢，不覺隱隱有惱火，但也只得暗中嘆氣，卻是無可奈何。在法租界法格臬路，黃金榮有兩畝地，後來就在上面造了兩幢洋房，分贈與杜月笙和張嘯林；三人隨後放棄了輩份之差別，結拜為兄弟。

可以說，黃金榮已默認了杜月笙的「第一大亨」地位。

從此後，杜月笙稱比自己大二十歲的黃金榮為金榮哥，而很少再稱黃老闆；張嘯林也不再是他「爺叔」，原來三大亨的排名是黃、杜、張，現在成了杜、黃、張了。

一天清晨，程聞來找杜月笙去聚寶樓喝茶，提出要在三鑫公司入股。杜月笙舉舉茶杯，微笑：「程先生的事，閒話一句。」

程聞也微笑：「一句就可以了？」

「閒話一句，可以了。」

程聞抱拳道謝，然後再用手蘸了蘸茶水，在桌面上寫下一個對子：

長江後浪推前浪，世上新人勝舊人！

有意把原來的「換」字改成了「勝」字。

杜月笙看他寫完，身體往大交椅上一靠，仰天大笑……。

〈註十七〉：

一九一四年六月四日，公共租界召開納稅外人特別會議，認為洋涇濱、泥城濱濱水污濁，有礙衛生；濱上各橋橋身狹窄，有礙交通。於是通過決議：授權公共租界工部局會商法租界公董局和上海跑馬總會，將這兩濱填為馬路。洋涇濱是黃浦江的支流，西接周涇（今西藏南路），隨著十九世紀四〇年代後期英法兩租界的開闢，成為第一條租界界河：北為英租界，南為法租界。泥城濱則並非上海的古河道。當年小刀會起義後，租界外國人大恐，急忙趕築防禦工事，於一八五三年從租界西境的周涇向北到蘇州河挖掘了一條護界河，這就是泥城濱。到一八六二年才全部開通，先後在濱上建了四座橋。歲月悠悠，到現在決定填濱之前，泥城濱已基本斷流了，而洋涇濱則還像條河的模樣，儘管污濁氾臭，河兩岸的鹹水妹照樣「營業」。一九一四年十一月下旬，填濱築路工程正式開始動工，先填塞公共租界自北泥城橋（今北京東路和北京西路的交接處）至大馬路泥城橋（今南京東路與南京西路交接處）一段。整個工程則在一九一六年先後峻工，泥城濱成為今天的西藏中路，現在橫跨蘇州河連接西藏中路與西藏北路的泥城橋，其名稱便是由此而來。洋涇濱則成為今天的延安東路，不過當時稱愛多亞路，是用英王愛多亞七世的名字命名，被當時的報紙譽為是「遠東最良馬路之一」。不過現在杜月笙與蘇嘉善走過時，是一九一五年的夏季，洋涇濱是沒有了，而馬路尚在修建，並未峻工。

〈註十八〉：

當年四馬路西端的幾條弄堂裡，妓院一間連著一間，是英租界著名的肉慾橫流之地，故有人稱四馬路為「野雞街」。而說來令人感到哭笑不得的是，四馬路又被稱作「文化街」，因為這馬路近望平街的一段，書店相連，中華、世界、大東三大書局及開明、民智、泰東等二十餘家書店均開設在這裡；又有十餘家筆墨紙張文具店相望，還有上海雜誌公司也設於此。北面的望平街則被稱作「報館街」，因為十餘家報館設在這裡，三大報館《申報》、《新聞報》、《時報》也在望平街東西兩側的漢口路上。

附錄：舊上海方言行話

一歇歇：一會兒（很短的時間）

一塌胡塗：一、形容極亂極糟；二、加在形容詞或動詞後作補語，表示程度深、範圍廣。

十三點：形容言行不正常、不合情理。

三腳貓：對某種知識、技能什麼都懂得一點，但都不精。

工鈿：工錢。

大亨：有勢力的大官、富商或大流氓。

大班：洋行經理。

大好佬：好漢；大人物。

大胖頭：胖子；身材魁梧者。

門檻：竅門；訣竅。

小開：廠主或店主的兒子。

王伯伯：做事不牢靠無信用的人。

開心：高興，快活。

開火倉：開伙。也作「開伙倉」。
毛估估：粗略的估計。
巴結：努力、勤奮。
軋苗頭：揣測略微顯露的事情的開發趨勢或情況。
軋鬧猛：湊熱鬧。也作「軋鬧忙」。
出洋相：鬧笑話；出醜。
白相：遊玩；戲耍。
白相人嫂嫂：遊手好閒、貪吃懶做的女人。
包打聽：巡捕房的偵探。
樂胃：舒暢；安逸。
死樣怪氣：形容有氣無力不死不活的樣子。
厭氣：煩悶而厭倦之狀。
吃酸：比喻感到為難或討厭。
吃勿消：支持不住，受不了。
吃生活：挨揍。
伊拉：他們、她們、它們。
講閒話：談天兒。
尋相罵：吵架。

買帳：甘拜下風；順從；佩服。
來三：形容行。也作「來事」。
抄靶子：警察等攔住行人進行搜身。
阿拉：我們。
灶披間：連接正房的較小的房間，一般常作廚房。
賣野人頭：虛張聲勢；誇大事實來嚇人或矇騙人。
擔肩胛：承擔責任。
拆爛汙：比喻做事馬虎、不負責任，造成差錯或事故。
挺刮：較硬而平整。
罵山門：罵街；當眾謾罵。
篤悠悠：形容不急不忙的樣子。
亭子間：樓後的小房間，通常在灶披間的上層，矮小而又陰暗。
揑鼻頭做夢：癡心妄想。
勒陌生頭：突然。也作「冷陌生頭」。
勒煞弔死：吝嗇，小氣。
摜紗帽：比喻因對工作不滿而甩手不幹或辭職。
偎灶貓：指緊挨灶前取暖的貓。
鴨矢臭：因不光彩、不名譽之事而丟臉。

停生意：解僱。
兜圈子：閒逛，外出散步。
兜得轉：吃得開；有辦法。
腳碰腳：比喻技能、本事、水平差不多。
脫底棺材：稱進多少就出多少，不會節儉過日者或工作極不負責任者。
彈眼落睛：眼睛睜得很大。
落場勢：收場的台階或機會。
搭界：發生關係。
搭漿：應付；敷衍。
插蠟燭：比喻輪船、汽車等中途機器發生故障而停駛。
裝死腔：假裝胡塗。
滑頭生意：騙人的買賣（多指偷工減料、買空賣空等）。
擺噱頭：說出引人發笑的話或做出引人發笑的動作。
照牌頭：指靠某人或某物達到某種目的。
觸霉頭：遇到不愉快的事情；倒霉。
觸壁腳：暗中使壞；中傷（人）。
瞎三話四：胡說八道。
戇大：傻；愣。也作「憨大」。

車伕姨娘：女傭。
回湯豆腐乾：未滿學徒期而被店主逐出店門者。
小癟三：對流浪街頭不求長進的小青年的鄙稱。
朝奉：當鋪時接收押當物人員的稱謂。
守七：子女守喪。人死後七天為一七，子女守喪七七四十九天為滿七。
黃坤山：大糞的別稱。
借台基：借床鋪。
三隻手：從別人身上偷竊的小偷。
上腔：對人施加壓力、尋釁。
上街：妓女從良。
小老馬：小老婆。
小房子：指男姘居在外面租的房舍。
小先生：指還未賣身的妓女。
開條斧：向對方暗示某種要求或條件。
紮大囤：缺省圈套，引人上當，以詐取錢財。
手條子：手段、手腕。
長三：妓院中地位較高的妓女。
戶頭：指人。

仙人跳：男女串通設的騙人錢財的圈套。
頭錮：賭博抽頭所得的錢。
老頭子：地痞流氓的首領。
當水：騙局。
吊膀子：調情。
回寶門：回答問題，說出問題的來龍去脈。
先生：對高級妓女的稱呼。
進門檻：加入黑社會。
拐子：拐騙人口或錢財的人。
拆白：用誘騙手段詐取錢財。
拆梢：借端敲詐勒索錢財。
拆白黨：專騙錢財的流氓集團。
拉皮條：介紹促成男女非正當之交際。
拉帳：分贓。
頂缸：代人受過。
炒螺螄：彼此鬥毆。
骯三貨：本領不強的人；質量不好的東西。
放白鴿：用婦女引人上鉤以捲走對方財物。

玻璃杯：酒吧間女招待。

挑頭：聚賭拿頭錢。

拜老頭：投靠地痞流氓頭子。

香港車：又稱「大紅袍」，一種架著機槍的紅色警備車。

撈油水：用不正當手段取得錢財。

調頭：妓女換妓院營業。

黃中：倒賣金銀從中取利者。

黃六：虛假，靠不住。

接龍：玩骨牌。

掮木梢：受人哄騙上當。

堂子：妓院別稱。

長三堂子：頭等妓院，進去起碼三元，百多年前不是少數。故叫「長三」。

堂客：受人長包的妓女。

野雞：沿街拉客的妓女。

打野雞：嫖妓。

銃手：扒手。

清館人：還沒接過客的妓女。

裝榫頭：設圈套，栽贓陷害人。

滑頭碼子：油滑不老實者。
戳空槍：招搖撞騙，買空賣空。
檔子：種類，人的等級。
谿令子：流氓術語，意謂暗裡通風報訊。
賭軟子：用賭博騙人錢財。
空子：未曾入幫拜老頭子的幫外流氓。
脫梢：流氓放脫其敲詐對象。
應局：被邀赴會、吃酒。
翻梢：重來滋事。
鵨子：贓物。
十丈水頭：一丈即一萬，水頭即錢。
尋常的過堂：一般的搶劫。
搬石頭：販賣男孩。
摘桑葉：販賣女孩。
販豬仔或國際護照販：販賣男女青年。
大黃魚：五十兩黃金。
老勿死：老東西（罵人話）。
不識丘好：不知好歹。

勿來三：不行。

老缺西：老不死。

軋出苗頭：看出苗頭。

銅鈿：錢。

收篷：收手，退縮，了結。

盎三：討厭的差勁的人或物。

開盤：交易所開門。

收盤：交易所打烊。

洋盤：遇事受騙但毫無覺察的人。上當者。

三埭頭：舊上海租界上的警察。巡捕頭。

西崽、一千三百零九(boy)：洋人侍役。

七十鳥（音「叼」）：妓院老鴇。

淌排：專在馬路上勾引人的時髦女人。

白相人嫂嫂：女流氓。

癟三：城市中無正當職業而以乞討或偷竊為生的遊民，形狀猥瑣。

地皮蛀蟲、白螞蟻：買賣地皮的掮客。

糯米戶頭：好買主。

餿飯戶頭：厲害腳色的買主。

剝豬玀：攔路搶劫財物，剝人衣物。穿皮衣叫「帶毛豬」，錢多叫「肥豬」。

背娘舅：把繩索套上行人脖了背起來走，再搶劫。

上腔：流氓之間尋仇。

背皮榔頭：拔拳打人。

吃五支雪茄煙：吃耳光。

蹋脫鑊蓋：事情敗露，須即逃走「出檔」。

么二：舊上海妓院中的二等妓女，因請她們出來見見要二元。二等妓院。

鹹肉莊：暗裡賣淫之地。下等妓院。到此遊樂叫「斬鹹肉」。

吹橫簫、吃黑飯：吸鴉片。

土行：販賣鴉片的商行。

燕子窠：吸食鴉片的煙館。

《教父版圖》系列一之　　*The Godfathers' Land 2103*

上海教父〔下〕

出 版　者：三誠堂出版社
發　行 人：游世龍
作　　　者：馮沛祖
封面設計：黃維君
版面構成：吳一中
登記字號：北市建一商號八八字第二二七三一六號
地　　　址：新店市僑愛四路10號
電　　　話：(02)2215-2359
傳　　　真：(02)2215-1427
劃撥帳號：19338611　三誠堂出版社
總　經　銷：貿騰發賣股份有限公司
地　　　址：台北縣永和市永和路一段69號8樓
電　　　話：(02)2231-3503
傳　　　真：(02)2231-8834
製版印刷：盛邦國際有限公司
電　　　話：(02)2789-0077
初　　　版：2000年4月
訂　　　價：全套共三冊，每冊零售價220元整

國家圖書館出版品預行編目資料

上海教父 / 馮沛祖作 -- 初版. --〔台北
縣〕新店市：三誠堂，2000〔民89〕
冊； 公分. -(教父版圖系列；1-3)

ISBN 957-0362-23-5(上冊：平裝).
--ISBN 957-0362-24-3(中冊：平裝).
--ISBN 957-0362-25-1(下冊：平裝).

857.7 89004653